김말봉 전집 9

태양의 권속

지은이

김말봉(金末峰, Kim Mal Bong) 1901~1961. 본명은 말봉(末峰), 필명은 보옥(步玉), 말봉(末鳳), 아호는 끝뫼, 노초(路草, 露草). 1901년 경남 밀양에서 출생하여 1919년 서울 정신여학교를 졸업하였고 이후 일본으로 건너가 1924년 동지사대학 영문과에 입학하였다. 1927년 동지사대학을 졸업하였고 『중외일보』 기자 생활을 하였다. 1932년 『중앙일보』 신춘문예에 단편 「망명녀」가 김보옥이라는 필명으로 당선되어 문단에 데뷔하게 된다. 이어서 「고행」, 「편지」 등의 단편을 발표하였고 1935년 『동아일보』에 『밀림』을, 『조선일보』에 『찔레꽃』을 연재함으로써 일약 대중소설가로서의 자리를 굳히게 되었다. 하지만 일어로 글쓰기를 거부하여 더 이상 작품 활동을 하지 않다가 1947년 『부인신보』에 『카인의 시장』을 연재하면서 다시 소설 쓰기를 시작한다. 1954년 『조선일보』에 『푸른 날개』를, 1956년 『조선일보』에 『생명』을 연재하여 높은 인기를 얻었고 1957년 기독교 장로교회에서 최초의 여성 장로로 피선되었다. 1961년 지병인 폐암으로 사망하였다.

엮은이

진선영(陳善榮, Jin Sun Young) 문학박사. 1974년 강릉에서 출생하여 이화여자대학교 대학원 국어국문학과를 졸업했다. 「한국 대중연애서사의 이데올로기와 미학」으로 박사학위를 받았으며 현재 이화여자대학교에서 강의하고 있다. 대중문학에 대한 관심에서 출발하여 잊히고 왜곡된 작가와 작품의 발굴에 매진하고 있으며 젠더, 번역 등으로 연구의 영역을 확대하고 있다. 주요 논문으로는 「유진오 소설의 여성 이미지 연구」, 「마조히즘 연구」, 「부부 역할론과 신가정 윤리의 탄생」, 「추문의 데마고기화, 수사학에서 정치학으로」, 「김광주 초기소설의 디아스포라 글쓰기 연구」 등이 있고, 저서로는 『최인욱 소설 선집』(현대문학), 『한국 대중연애서사의 이데올로기와 미학』(소명출판), 『송계월 전집』 1·2(역락), 『한국 베스트셀러 여성작가의 러브스토리 코드』(이화여대 출판문화원) 등이 있다.

김말봉 전집 9 - 태양의 권속

초판 인쇄 2021년 8월 10일 초판 발행 2021년 8월 20일

지은이 김말봉 엮은이 진선영 펴낸이 박성모 펴낸곳 소명출판 출판등록 제13-522호

주소 서울시 서초구 서초중앙로6길 15, 2층

전화 02-585-7840 팩스 02-585-7848 전자우편 somyungbooks@daum.net 홈페이지 www.somyong.co.kr

ISBN 979-11-5905-629-1 04810
979-11-85877-30-3 (세트)

값 28,000원

The Complete Works of Kim Mal Bong
Vol.9 : Family of the Sun

김말봉 전집 9

태양의 권속

진선영 엮음

일러두기

1. 김말봉 전집은 김말봉 발표 작품을 발표 연대별로 수록하였다.
2. 모든 작품은 발표 당시의 것(신문, 잡지 연재본)을, 연재 미확인 작품은 출판사 발행 초판본을 저본으로 삼았고 출처는 본문의 마지막에 명기하였다.
3. 본문의 표기는 독자의 편의를 위해 현행 한글맞춤법과 외래어표기법에 따랐다. 단 작품의 분위기에 영향을 준다고 판단되는 방언이나 구어체 표현, 일본어, 의성어, 의태어 등은 그대로 두었다.
4. 원문의 한자는 가급적 한글로 바꾸었고 작품 이해에 도움이 될 만한 한자는 그대로 두고 괄호 안에 넣었다. 어려운 단어나 방언, 일본어는 각주를 달아 설명하였다.
5. 원문의 대화 표기인『 』은“ ”로, 독백과 강조는‘ ’로 표시하였고 말줄임표는 ……로 통일하였다. 과도하게 사용된 생략 부호나 이음 부호(−)는 읽기에 편하도록 조절하였다.
6. 원문에서 판독할 수 없는 부분은 □로 표시하였고, 기타 사용 부호는 원문 그대로의 것을 사용하였다.

머리말

김말봉은 『찔레꽃』의 작가이자 식민지를 대표할 만한 대중소설 작가이다. 임화는 김말봉의 돌발적 출현을 작가의 '유니크성'과 당대 소설 창작 환경의 모순에 두고 작금의 조선 소설계가 대망한 한 작가로 '김말봉'을 지목한 바 있다.

유니크unique란 무엇인가? 유니크는 이중적 의미를 갖는데 '유일한, 독특한, 진기한'의 긍정적 의미와 '기이한, 돌출적인'의 부정적 함의를 동시에 갖는다. 김말봉의 유니크'성性'은 전 조선에 유례가 없는 독특한, 독창성이 풍부한, 진기한 유니크이며 반대로 이상하거나 기이한 존재로서의 유니크이기도 하다. 기실 이 양가성 사이에 김말봉의 문학이 자리 잡고 있다.

식민지 시대 김말봉의 유니크함은 무엇인가. 김말봉이 『밀림』과 『찔레꽃』을 연재할 당시 문단의 이단적 존재로 받아들여졌던 이유는 스스로 '순수 귀신'을 비판하며 전면적으로 대중소설을 표방하며 문단에 출현했기 때문이다. 김말봉의 '대중작가 선언'은 독자들의 인기와 칭찬을 통해 '대중성'을 입증 받으면서 힘을 얻게 된다. 당시 김말봉 소설의 인기는 식민지 후반기 신문소설계의 새로운 흐름을 주도하여 대중소설이란 새로운 소설 장르를 분화시켰고 이로 인해 장편소설론, 신문소설분화론, 통속문학론, 신문화재소설론 등의 다양한 비평적 활동을 촉발시켰다. 그러므로 김말봉의 역사적 등장은 엄밀한 의미에서 대중소설사의 시작이라 해도 과언이 아니기에 대중문학 연구가 축적된 현재 김말봉 전집의 기획은 대중문학사적 기반을 위한 의미 있는 출발이 될 수 있을 것이다.

해방 정국, 한국전쟁기 김말봉의 유니크함은 '장편소설' 창작에서 발견할 수 있다. 김말봉은 한국 작가 중 이례적으로 단편소설보다 신문연재 장편소설을 많이 쓴 작가이다. 현재 연구자가 확인한 김말봉의 단편소설은 동화 및 청소년 소설을 제외한 약 25편 남짓이고 장편소설은 신문연재 장편으로 31편이다. 하지만 여기서 한 가지 짚고 넘어가야 할 것은 연구의 대부분을 차지하는 식민지 시대 장편은 『밀림』, 『찔레꽃』 단 두 편뿐이라는 사실이다. 작가의 전체 작품 중 10%도 넘지 못하는 작품 편수가 작가의 역사적 이력과 작품의 전체 경향을 가두고 있는 형상이다. 이러한 현상은 작품의 90%에 해당하는 해방 이후, 한국전쟁기에 연재했던 소설이 실린 신문과 잡지를 구하는 일이 어렵기 때문인데 그러므로 김말봉 문학에 대한 기초적 자료를 확보하는 노력은 무엇보다도 시급하다.

김말봉 전집은 앞선 취지를 통해 기획되었다. 본 연구자는 대중문학으로 박사학위를 받았고 그것과 연계하여 대중문학 작가를 발굴하고 의미화에 연구적 역량을 집중하였다. 김말봉 전집의 출판은 그 시발점이 될 수 있을 것이다. 특히 김말봉의 경우 연재 당시의 인기에 힘입어 많은 단행본이 출간되어 있으나 연재 당시와 단행본 출간 시 작가에 의해 많은 개작이 이루어진 바 대중소설의 현장성과 인기를 복원하기 위해서는 당대의 신문 연재본을 발굴하여 정전화하는 작업이 필요하다. 또한 한국전쟁 이후 신문 연재 장편의 발굴은 김말봉 문학 연구의 외연을 확대하여 김말봉 전체 작품에 대한 의미화와 개별 작품 연구의 초석이 될 수 있을 것이다.

넋두리 없이 머리말을 닫기에 이 작업은 실로 고단하였다. 안과 수술 이후 무리한 작업으로 0.6의 시력을 잃었으며 손목 터널 증후군을 훈장으로 얻었다. 발굴의 상처가 다양한 후속 연구의 밑거름이 되길 기원한다.

더불어 인문학의 현장에서 함께 고민하는 동학들과 사랑하는 가족들 박창성, 박성준, 박경민에게 감사의 마음을 전한다.

수리산 끝자락에서

2014.10

4권을 내며

김말봉 전집의 네 번째 책을 발간한다. 이전의 책들『김말봉 전집』 1~3권(『밀림』 상・하; 『찔레꽃』)이 김말봉의 식민지 시대 발표 작품이라면 네 번째 책『가인의 시장』/『화려한 지옥』은 『밀림』 후편이 연재 중단된 이후1938.12.25 9년 만에 발표한 작품으로 이 작품을 통해 김말봉의 해방 이후 작품 세계가 시작된다.

『가인의 시장』은 1947년 『부인신보』에 연재된 작품인데 1948년 5월 미완으로 연재가 종결되고 1951년 『화려한 지옥』으로 제목이 변경되어 출판된다. 『가인의 시장』은 『부인신보』 연재 당시 '佳人의 市場'으로 연재되었고 『화려한 지옥』 1954년 문연사판 서문에는 '카인의 시장'으로 명명되었다. 『화려한 지옥』으로 출간될 때 제목과 목차 일부가 변경되었고 결말이 보충되었다. 다른 이름의 같은 작품은 서로에게 의미 있는 참조점이 될 것이라 생각되어 함께 발굴하였다.

2014년 김말봉 전집을 시작할 때 한 해에 두 편 이상의 작품을 발굴하리라 목표하였다. 이 목표를 성실히 이행한다 하더라도 전작을 전집화하기 위해서는 15년 이상이 걸리기 때문이다. 하지만 이듬해부터 실패다. 마이크로필름이라는 변수를 만났기 때문이다. 해방기-한국전쟁기 이후 발간된 종이 신문에 대한 현실적 접근이 어려운 상황에서 마이크로필름은 참으로 고마운 기록화이지만 이것은 두 배의 시간을 필요로 하였다. 마이크로필름을 출력하여 문서화하고 판독 불가능한 부분은 종이 신문을 통해 보충하였고, 다시 단행본을 참고하는 형식으로 작업을 진행하다 보니 올해 한 권의 작품을 발굴하는 데 만족해야 했다.

다시 한 번 쓴다. 발굴의 상처가 다양한 후속 연구의 밑거름이 되길 기원한다. 더불어 인문학의 현장에서 함께 고민하는 동학들과 사랑하는 가족들 박창성, 박성준, 박경민에게 감사의 마음을 전한다.

다시 수리산 끝자락에서

2015.11

진선영

5 · 6권을 내며

김말봉 전집의 다섯 번째, 여섯 번째 책을 발간한다. 원래 5 · 6권은 4권과 함께 작년에 출판할 예정이었으나 저간의 사정으로 올해 출판하게 되었다. 아쉬운 점은 지금까지의 전집이 신문이나 잡지에 연재된 원본인데 반해 5 · 6권은 연재 여부의 불확실로 인해 단행본을 저본으로 삼았다는 사실이다. 김말봉 전집은 김말봉 발표 작품을 발표 연대별로 수록하는 원칙을 세웠기에 그러하며 자세한 내용은 작품 해설을 참조하길 바란다.

전집을 발간하며 해마다 누적되는 머리말이 오히려 사족처럼 느껴지지만, 첫 머리말에서 존경을 표하지 못한 많은 선생님들과 연구자들에게 죄송할 뿐이다. 고립된 자의 독선을 열정이라 착각했던 것 같다. 지금의 이 전집은 앞서 김말봉의 작품을 사랑하고 연구한 모든 선배 연구자들로 인해 가능한 저작물이다. 감사와 존경의 마음을 받치며 사랑하는 가족들 박창성, 박성준, 박경민에게도 마음을 전한다.

2016.9

진선영

7 · 8권을 내며

김말봉 전집의 일곱 번째, 여덟 번째 책은 해방 전, 해방기 단편서사 모음집이다. 해방 전과 해방기를 나눈 것은 일제 말기 김말봉의 절필 기간을 명시화하고자 함이다. 김말봉은 장편소설을 주로 집필한 것으로 알려졌으나 단편소설 및 수필, 칼럼의 수도 상당하다. 단편서사 모음집에는 그간 알려지지 않은 김말봉의 다양한 면모를 좀 더 가까이 확인할 수 있는 서사들이 많이 있다. 이와 함께 한국전쟁 후 단편소설 및 수필의 목록을 추가하여 작품 연보를 수정, 보강하였다. 앞으로도 보완 작업은 계속되리라 생각한다. 김말봉은 연구하면 할수록 놀라운 작가다.

2018.12

진선영

9 · 10권을 내며

김말봉 전집 9권은 한국 전쟁기에 발표된 『태양의 권속』이고, 10권은 잡지에 게재되었으나 단행본으로 출판되지 않은 『옥합을 열고』이다. 이 두 작품은 연애소설이고 종교소설이며, 또한 가족소설이라는 측면에서 김말봉의 세계관을 오롯이 보여준다. 그간 관련 연구가 없을 정도로 연구적 관심이 부족했던 작품이기에 전집 출판을 계기로 관심이 촉발되길 기대해 본다. 김말봉이 한국전쟁기 이후 발표한 소설을 발굴하는 작업이 이전보다 더 오랜 시간을 요구하는 것은 신문, 잡지 연재본과 단행본을 겹쳐 보는 작업 때문이다. 더 고단한 노정이다.

'7, 8권을 내며' 머리글이 2018년 12월에 쓰인 것을 보면 2년이 넘는 시간이 흘렀다. 원래 9, 10권은 7, 8권과 함께 출판할 계획이었으나 차질이 생겼다. 게을렀나 생각하면 그건 아닌데 딱히 부지런하지 않았던 모양이다. 그 사이 2020년 팬데믹이 있었다. 달라진 수업환경에 적응하는 시간이 필요했고 오롯이 컴퓨터에 매달려 두 해 가까이를 살았다. 그 행간에 틈틈이 김말봉 전집이 개입했다. 10권의 책은 원래 계획의 절반을 넘지 못하는 숫자이지만 지나온 길을 보면 가야 할 길이 보인다는 경구에 기대어 천천히 걸음을 옮겨 본다. 전집 10권이 출판될 동안 포기하지 않은 소명출판에 감사드린다.

2021.6

진선영

태양의 권속

출발

대동극장은 오늘도 초만원이다. 만원 버스 이상으로 사람이 들어찬 이 극장에 신희와 상칠은 간신히 두 발만을 딛고 설 수 있는 공간을 얻었다. 뉴스를 보고…… 또 한참 기다려야 되는지 불이 켜졌다.

사람들이 수선거리며 밀어 댄다. 어디서 버티는 팔고뱅이[1]인지 신희의 옆구리를 쥐어지르는가 하면 누구의 무르팍인지 상칠의 허벅지를 걷어찬다. 어느 사람의 주먹인지 신희의 어깨를 치기도 하고 상칠의 등허리를 쑤시기도 하고 그러다가 사정없이 신희의 발등을 밟아 대는 구둣발이 있고…….

이러한 고난을 당하면서도 그들은 사진[2]을 보는 것이 즐거웠다. 꿀벌의 노동처럼 꾸준히 견디면서 달콤하고 향긋한 꿈과 애수에 젖는 그들이었다.

구경이 파하고 거리로 나오는 두 사람의 뺨을 스치는 밤바람은 차가웠다. 상칠은 신희의 손을 쥐어 외투 포켓에 집어넣고 조몰락조몰락 쥐어보면서

"어때요? 오늘 밤 사진?"

하고 물었다.

"절반 절반이에요."

---

1 팔꿈치의 방언.

2 영화.

하고 신희는 심상히 대답을 하였다.

"그만하면 최근에 본 사진으로는 수준이 높다고 할 수 있는데요."

"다른 것과 비교해서가 아니라 그 사진 자체만을 가지고 따져 봐야 해요."

"당신이 싫다고 지적할 만한 장면을 내가 지적할까요?"

"해 보세요."

"칼끝으로 서로의 팔을 찔러 피를 빨아 먹는 장면 아닐까요?"

"네 그게 싫어요."

신희는 어둠 속에서 눈살을 찌푸리고

"피를 먹어야 사랑을 느낀다는 것은…… 난 모르겠는데요."

"왜요? 그만큼 심각하잖아요? 현대인은 거기까지 가야만 만족할 것 같에요."

"피를 빠는 장면에 나오는 그들의 표정을 보셨지요? 꼭 무슨 짐승의 얼굴 같지 않아요?"

"짐승이면 나쁜가요?"

"그럼 상칠 씬 인간이 짐승으로 퇴보해도 괜찮단 말씀이에요?"

"아니죠……. 사람에게는 확실히 짐승의 일면이 있는 것을 알아야 해요. 짐승처럼 사람도 먹어야 하고 짐승처럼 생식하여야 하고 또 죽을 수도 있고…… 단지 그런 것들이 아름답게 표현될 때는 인간성을 훨씬 더 심각하게 반주해 주는 것이 되겠지요. 젊은 성주와 집시 여자의 결혼 장면처럼."

"상칠 씬 그걸 결혼으로 보십니까?"

"그럼 신희 씬 무얼로 보세요?"

"단지 자기들의 사랑의 약속이겠지요. 너와 나와는 변치 말자는 약속."

"그게 결혼이 아니고 무어에요?"

하고 상칠은 신희의 얼굴을 들여다보며 웃었다.

"결혼은 아니지요. 그런 것은 결혼은 아니에요. 남자와 여자가 정열이 끓어오를 때 할 수 있는 사랑의 맹세지요. 그런 것은 신문 삼면에 얼마든지 볼 수 있는 치정극의 주인공들이 할 수 있는 일이에요. 난 그렇게 생각해요."

"그럼 신희 씬 어떤 걸 가지고 결혼이라고 하나요?"

"무지몽매한 시대를 지나 인류가 진보하면서 결혼이란 것이 의식儀式을 갖추게 되지 않았어요? 두 사람의 결합이 부모와 사회 앞에서 동의와 축복을 받은 후 비로소 사회성을 띠게 되고 소위 공인된 부부로서 인정을 받은 것이 결혼이라고 하는 것이겠지요."

"그럼 부모가 찬성하지 않는 결혼은 결혼이 아니란 말이죠?"

하고 상칠[3]이가 의외라는 듯이 반문하였다.

"부모의 동의 없이도 사랑도 하고 결혼도 할 수 있나 봐요. 그래도 그 결과가 행복스럽지는 않더군요. '투르게네프'의 「그 전날 밤」의 주인공 '엘레나'와 '인사로프'의 결혼하며 '셰익스피어'의 「로미오와 줄리엣」 그밖에도 그런 예는 얼마든지 들 수 있어요."

신희는 상칠의 손을 두어 번 흔들고

"지금 본 「싱고알라」도 그렇잖아요? 젊은 성주가 말입니다 어머니도 성城도 다 버리고 집시 여자를 따라 갔다면 좀 더 행복 되어도 좋지 않을까요? 하지만 그가 바친 대가에 비하여 결과는 너무도 비참하지 않아요? 역시 사회성을 띠지 못한 결혼의 한 가지 예로 볼 수 있겠지요."

---

3 원문에는 '상칠'과 '상철'의 이름이 혼용되어 있음. '상칠'의 오기로 보여 '상철'로 되어 있는 부분을 모두 '상칠'로 고침.

하고 신희는 상칠의 포켓에서 손을 빼냈다.

상칠과 신희는 큰길에서 꺾여 남포동 다방거리로 들어섰다.

"신희 씨의 말대로 두 사람의 결합이 행복된 결과만을 생각한다면 이해관계를 따지는 꼭 무슨 장삿속 같지 않을까요? 연애는 그런 것이 아니라고 난 생각하고 싶어요. 「싱고알라」니 「로미오와 줄리엣」이니 하는 연애가 얼마나 아름답습니까, 얼마나 로맨틱하고 얼마나 예술적입니까?"

"아름다운 것과 인간의 행복과는 분리해서 생각해야 될 줄 알아요. 난 단언하고 싶어요. 사람을 행복하게 만들 수 없는 연애는 죄악이에요……. 그리고 이러한 연애를 강조하는 예술도 선이라고 인정할 수 없어요."

"바로 톨스토이즘 인데요?"

"톨스토이즘이 아니라도 현대인은 연애나 결혼을 좀 더 과학적으로 따져도 좋을 때가 된 것 같아요……. 한번 흘깃 보고 연애를 느낀다는 것은 좀 병적인 것 같아요."

"한번 흘깃 보고 연애를 느낀 것이 병적이라면 전연 한 번도 본 적이 없이 그야말로 결혼하기 위해서 소위 '선'을 보아가지고…… 어머니 병을 간호하기 위하여 며느리도 데려오고 또 어머니가 없는 가정에는 살림을 할 주부도 데려오고 심하면 군인으로 나가기 전에 씨종자를 받아 둔다고 장가를 들이는 등등…… 그런 것은 신희 씬 어떻게 생각하세요?"

"그게요 일종의 도박 심리지요. 다행으로 들어맞으면 사는 게고 맞지 않으면 새로 장가를 들든지 외입을 하든지 그런 심산이겠지요. 그게 도둑 심사와 통하는 게 아니고 무엇이에요."

"여자도 마찬가지지요. 가서 잘 살면 좋고 못 살면 그 집에서 나오고……."

"마찬가지 도박 심리지요."

"하하하."

갑자기 상칠은 소리를 내어 웃었다.

"'싱고알라'도 '줄리엣'도 신희 씨의 연애를 못 따라 온다는 말인데."

상칠은 목소리를 낮추어

"그야 나와 신희 씨의 연애만이 제일 건전하고 합리적이라는 것을 나도 잘 알고 있어요."

"그렇게 해석하신다면 약간 곤란한데요……."

두 사람은 다방 '한강'으로 들어갔다.

그들의 앞에는 따끈한 레몬 티가 나왔다. 광선 아래 나타난 상칠의 파르스름한 이마 위에 머리카락이 두 오라기 흘러 멈췄다. 신희는 핸드백에서 거울을 꺼내 테이블 아래로 상칠의 무르팍 위에 놓아줄까 하는데

"여기 왔구려."

하고 신희의 등 뒤에서 남자의 목소리가 들렸다. 신희의 회사 사장 정사민 씨다. 오십이 넘었건만 얼굴에는 주름살도 별로 없고 훤한 신수가 사장으로서의 안목이 섰다.

"네."

하고 신희가 일어서 고개를 숙였다.

"이 젊은 분은?"

하고 사장은 상칠에게 인사를 할 생각인지 빙그레 웃으며 내려다본다.

"상공 장관[4] 비서로 계시는 이상칠 씨에요."

하고 신희가 소개를 하였다.

---

4 상공부(상업 · 무역과 공업에 관한 사무를 장리(掌理)하기 위해 설치되었던 중앙행정기관)의 장관.

"하 그러십니까? 참 뵙습니다. 난 이런 사람이야요."
하고 사장은 포켓을 뒤져 명함을 내어 놓는다. 고개를 숙여 보이고 명함을 들여다보는 상칠에게
"저의 회사 사장님이셔요."
하고 이번에는 사장을 소개하였다.
"안녕하십니까?"
상칠은 커다란 키 위에 실려 있는 고개를 푹 수그려 경의를 표하였다.
"앉으세요, 앉으세요."
하고 사장은 연방 의자를 들었다 놓았다 하며 신희의 곁에 자리를 잡고 앉는다.
콧구멍이 약간 들린 듯한 큼직한 코 아래로 그 코와 비슷한 마도로스파이프[5]를 물고 라이터로 불을 붙여 두어 모금 빨다가
"요사이 여러 가지로 많이 바쁘시지요?"
하고 상칠을 건너다보고 아부에 가까운 웃음을 띤다.
"뭐 별로 그렇지도 않습니다."
하고 상칠이가 찻잔을 드는데 신희가
"무슨 차로 하실까요?"
하고 사장을 쳐다보았으나
"장관께서는 그사이 일본 시찰 가셨다더니 돌아 오셨나요?"
하고 사장은 또 한 번 싱그레 웃는다. 담뱃진이 낀 이 사이로 회색 연기가 스르르 기어 나온다.

5 담배통이 크고 뭉툭하며 대가 짧은 서양식 담뱃대의 하나. 뱃사람들이 주로 사용한 데서 유래.

"네 열흘 전에 돌아오셨습니다."

사장은 무엇을 생각하는지 파이프를 문 채 신희를 물끄러미 건너다본다.

"무엇으로 하시겠어요?"

흑색 비로드 치마저고리를 입은 젊은 여자가 차를 주문받으러 사장 곁에 섰다.

"차는 오늘 과음이고…… 능금을 가져와. 삼 인분으로."

사장은 점잖게 명령을 하고 생각난 듯이 파이프를 문다.

"그래 피난 살림살이가 얼마나 불편하세요?"
하고 사장은 상칠을 향하여 연방 사교적 웃음을 띤다.

"뭐 피차일반이 아니겠습니까?"

상칠은 되도록 이 늙은 실업가에게서 오는 어떤 압박에 대항하려고 그는 척추를 똑바로 세웠다.

사장은 코에 비하여 훨씬 가늘게 그어진 두 눈을 문 있는 곳으로 자주 돌리는 것을 보면 누구를 기다리고 있는 모양이다. 능금을 깎아 담은 쟁반이 세 사람 앞에 놓이는 것과 꼭 같은 시각에 안으로 문이 밀리며 손님이 들어온다.

사장은 지금 들어서는 사십이 될락말락한 중년부인을 보자 한 손을 끄덕치켜 보이더니 파이프를 입에서 빼어 물고 여인이 가서 앉는 박스로 간다.

진한 자줏빛 계통의 두루마기를 입고 하얀 세루 머플러로 두루마기 깃고대를 싸고 무테안경을 걸친 그 여자의 얼굴은 이마에 가는 주름살이 두어 개 불빛에 보일 뿐 갸름한 턱이며 곧게 내려온 코며…… 이지적이다.

별로 화장한 표도 없는데 얼굴이 깨끗하고 세련된 표정이 상당한 교양을 갖춘 여성으로 보여졌다.

사장은 부인 손님과 몇 말 주고받더니 자리에서 일어서 이쪽으로 걸어 온다.

"이 선생! 그럼 난 부득이 실례하여야겠는데요……. 일간 꼭 한 번 만납시다."

하고 커다란 손을 내밀어 상칠과 악수를 하고 신희에게도 고개를 끄덕여 보이고 그리고 카운터로 가서 계산을 마치고 부인 손님의 뒤를 따라 밖으로 나간다. 상칠은 능금을 한쪽 집어 들며

"저분이 부인 실업가 강월라姜月羅 여사라지요?"

하고 의미 있게 웃는다. 상칠의 얇은 입술 안에 들어앉은 이빨은 수정알 같다.

"그런가요? 난 첨보는 이에요."

신희는 건성으로 대답을 하였으나 꿈을 꾸는 듯한 조용한 그의 두 눈에는 지금 사라진 월라 여사의 환상이 아물거리고 있다.

'나이 먹어도 저만치만 조촐하게 늙어간다면…….'

속으로 생각하는 것이다.

"상공부에 몇 번 온 일이 있어요……. 부인으로 억대를 움직이는 이는 저이뿐이라나?"

"그래요? 괜찮은데요. 억대라면."

신희의 기다란 속눈썹이 바쁘게 깜박였다. 능금 접시가 비어지자 두 사람은 밖으로 나왔다.

진주를 뿜어내는 검은 바다인 양 휘어진 하늘에는 별들이 쏟아질 듯이 찬란하다.

"별들 보세요."

하고 신희가 상칠의 손가락을 쥐고 호르르 한숨을 쉬며

"아름다운 것은 왜 슬플까요?"

하고 상칠의 얼굴을 쳐다보았다.

"글쎄요……."

한참 걸어가던 상칠은

"슬픔과 아름다움과…… 사랑은 결국 한 가지에 열린 열매라고도 할 수 있을 것 같아요."

"그럼 사랑도 슬프다는 말이지요?"

"네. 사랑은 아름다운 것이니까……."

"…… 아름다운 것이 슬프다면 사랑은 확실히 슬픈 것일 거야."

중얼거리는 신희의 목소리는 처량하였다. 두 사람은 잠잠한 채 길을 걷는다.

슬프다는 말을 입으로 뇌이면서도 그들은 행복하였다. 옆에서 셰퍼드같이 지프가 달려오거나 미친 하마 같은 트럭이 소리를 치거나 택시가 길들인 당나귀처럼 오고 가도 그런 것은 아무것도 아니었다. 그들에게는 다만 그들 두 사람만이 있었다.

별과 사랑과 청춘을 소유한 오늘 저녁 그들은 억만금의 재물도 일국의 재상의 의자도 부러울 까닭이 없었다. 호젓한 모퉁이로 오자 상칠은 한 팔로 신희의 어깨를 안았다.

"신희 씨는 언제나 아름다워요. 그래서 나는 언제나 행복해요."

"나도 그래요."

두 사람의 입술은 참숯불처럼 뜨거웠다. 그리고 꿀송이 같이 달았다.

집에 들어온 신희는 아버지가 깨어 있는 것을 알았다.

꼭 한 간 되는 온돌방에 책상과 마주앉아 일심으로 붓을 놀리고 있는 아버지는 석달 전부터 시작한 아담 스미스의 경제윤리의 번역이 거의 완성에 가까워진다. 딸을 흘깃 쳐다보는 아버지는

"옜다 네게 온 편지."

하고 기름한 봉투를 내밀어 놓고는 여전히 붓을 움직인다. 훌쩍 빠진 볼이 다만 빛나는 두 눈만 아버지의 총명과 정력을 증명하는 듯 벌써 오십 살에서 다섯을 더한 아버지만 청년학도와 같이 그의 연구욕은 불타는 정열로 계속되고 있다.

서울 ××대학 총장이고 교수인 신희의 부친 김병화 씨는 경제학이 그의 전공과목이다. 미국으로 가서 컬럼비아 정경과를 우수한 성적으로 마치고 영국 옥스퍼드 대학 연구과에서 삼 년이나 수업을 한 그는 한국의 경제학 권위의 한 사람이다.

이러한 김병화 씨가 피난지 부산으로 오자 그에게는 합당한 직장이 없었다. 손톱을 깎는데 청룡도가 소용이 없고 젖 먹는 어린 아이에게 산진해미가 쓸데없는 것 같이 가족을 살리는 데는 국제시장 넝마장수보다도 무능하고 고무신이나 양담배를 파는 할머니보다 재간이 없었다.

김병화 씨는 연래로 숙원이던 번역을 시작한 것이다. 아침부터 저녁까지 책상에만 붙어 앉아 있는 김병화 씨에게 달린 네 식구는 서울서 가져온 옷이며 책 같은 것을 팔고는 한 끼 한 끼의 양식이 걱정이 되어 왔다. 이 피난하여 내려온 딸 신희의 약혼한 청년 이상칠은 자기의 동서되는 상공장관의 비서로 추천하였으나 정작 자기의 딸 신희는 제 발로 직장을 찾아 제일무역회사 타이피스트로 들어간 것은 신희가 한 달 월급을 받아 온 뒤에야 비로소 알아낸 사실이다.

신희는 아버지에게 받은 편지를 가지고 안방으로 쓰는 육조 다다미방으로 왔다. 방 한가운데 파진 고타츠[6]에 거기 이불을 씌우고 어머니가 발을 대고 누워 계신다. 그 옆에 밥상을 책상 대용으로 동생 성희가 학과를 연습하고 있다.

"언니—이……."

하고 성희는 어리광 조로 신희를 불러 놓고

"이것 봐요. 학교에서 가져오라는 돈 글피까지가 기한이래요……."

하고 자그마한 종이를 내민다.

"얘 언니가 자리에 앉기나 하거든 말을 하려무나 츳츳."

어머니가 혀를 찬다.

"어머니 아침에 안집에서 말하던 장작은 어떻게 되었어요?"

하고 신희는 어머니의 곁으로 다가앉으며 이불 속으로 발을 밀어 넣었다.

"나무 장사가 직전[7]을 받아간다고 해서 현금 가진 사람이 나누었단다."

삼시세끼 밥을 끓이는 나무며 아버지 방에 지필 군불 나무로서 아무래도 한겨울 지피려면 적게 잡아 오백 개피는 있어야 한다. 한 개피에 이백 원이면 오백 개피에 십만 원이다. 싼 시세다. 어떤 일이 있어도 그 나무를 붙들어야 했던 것이 현금이 없으니 그림 속에 떡이 되고 말았다.

신희는 우울하여졌다.

"언니…… 학교 돈은 어떻게 해요? 이것저것 합해서 칠만 오천 원이야 읽어봐요…… 그리고 내 교복……."

---

6 일본의 실내 난방 장치의 하나. 나무틀에 화로를 넣고 그 위에 이불, 포대기 등을 씌운 것으로 이 속에 손, 무릎, 발을 넣고 몸을 녹임. 원문에는 '고다쓰'로 되어 있음.

7 直錢. 현찰(물건을 사고팔 때, 그 자리에서 즉시 치르는 물건값).

성희는 언니의 눈치를 슬금슬금 살피면서

"학교에서 교복 안 입은 사람 나 하나뿐이야."

"요 거짓말쟁이."

"정말야 와 봐요. 학교로 와 보라니까……."

목멘 소리로 겨우 말을 맺는 성희 눈에 눈물이 핑그르르 고인다. 신희는 뼈가 저리도록 동생이 가여워졌다.

"그래 그래 학교에 낼 것도 내고 교복도 만들자. 내 어떤 일이 있어도 내일은 너 교복 맞춰줄게."

"정말? 아이 좋아 언니 만세야. 정말 정말 고마워요."

남보다 한 가지라도 빠지면…… 죽고 싶도록 부끄럽고 슬프기만 하던 여학교 시절을 신희 자신이 경험한 만큼 그는 너무도 톡톡히 성희의 심정을 알 수 있었다.

'이럴 때 오십만 원만 있어도.'

속으로 중얼거리며 신희는 무심히 아버지가 주시던 편지봉을 열었다. 속에서 나온 것은 오십만 원의 수표였다. 꿈도 아니고 환상도 아닌 생생한 기적에 신희는 놀랐다. 기적을 베푼 사람의 이름이 분명 신경문이라 쓰여 있는 사실에 신희는 한 번 더 놀랐다.

이튿날 아침 신희는 다른 날과 같이 어머니가 주시는 점심을 책보에 싸서 들고 동생 성희와 나란히 집을 나왔다.

"언니 — 이…… 교복."

신희의 턱 아래서 꿀벌처럼 잉잉거려 놓고 전차를 기다리는 사람들의 행렬에 끼어드는 성희였다. 또박또박 길을 걸어가면서도 신희의 귓속에는

"언니 — 이…… 교복."

하는 성희의 목소리가 수은알 같이 무겁게 또 가련하게 굴러다닌다.

대교동 제일무역회사 사무실로 들어선 신희는 불기 없는 축축한 공기가 오히려 서늘해서 좋았다. 책상에 앉아 어제하던 일의 차례를 정돈하는데도 그의 귀에는 성희의 목소리가 매미처럼 울다가 쉬고 쉬다가 울고.

사원들이 하나씩 둘씩 자리를 채우는데 열시 이십 분쯤 되어 사장 정사민 씨가 들어온다. 여럿의 인사를 받는 정 사장은 오늘 달리 무슨 기쁜 일이 있는 모양이다. 파이프를 물고 있는 두꺼운 입술 위에 파이프의 굴뚝처럼 확연히 열려 있는 그의 두 콧구멍이 자꾸만 벌룽거리는 것이 그 증거다.

신희가 일어서서 인사를 할 때다.

"엊저녁 그 손님에게는 실례를 했거든……. 앵 암만해도 미안해서 견딜 수가 없지 않소? 실례를 했거든."

혼잣말같이 하고 고개를 끄덕이는 사장은 중대 사건처럼 되놓는다.

"사장님이 무슨 실례를 하셨다고 그러세요?"

신희는 예사롭게 대꾸를 하면서도 마음속에 도사리고 있는 한 가지 발언을 쏟아놓을 기회를 노리고 있다. 사장은 거대한 책상 뒤로 가서 회전의자에 몸을 실어놓고

"이리 좀."

하고 신희를 눈으로 부른다. 검은 사지 스커트에 자줏빛 스웨터를 걸친 신희의 날씬한 몸이 사장의 책상 앞에 섰다.

"에 또 이건 특별한 부탁인데……. 이상칠 군을 내일, 내일 저녁 식사에 초대할 생각인데 그 시간에 별 지장이 없는지 좀 알아봐 주소."

신희의 도톰한 입술에 미소가 서리었다.

"쉬운 일이올시다. 꼭 그렇게 연락하겠습니다. 그런데요 사장님, 저도

사장님께 소청이 하나 있습니다…… 호호.”

신희는 열없이 웃음소리를 내어 웃을 뿐 혓바닥에 돌돌 굴러다니는 말을 탁 뱉어 놓을 용기는 나지 않는다.

“무어요?”

사장은 천천히 입에서 파이프를 빼어 들며 얼굴을 치켜든다.

“저 다름이 아니고요…….”

아래로 내리뜨는 신희의 긴 속눈썹이 바르르 떨렸다.

“이달과 훗달 샐러리[8]를 한꺼번에 전불[9]로 좀 꾸어 주셨으면…… 하고…….”

신희의 얼굴이 연지 빛으로 붉어졌다.

“…….”

사장은 점잖게 파이프를 탁탁 털더니 손수건으로 닦기 시작한다. 사장의 대답이 나올 동안이 일 분도 못 되었건만 신희에게는 너무나 긴 시간이었다. 굴욕과 슬픔과 그리고 어떤 분노가 섞인 괴로운 감정을 어금니로 반추하고 서 있는 신희의 얼굴빛은 좀 더 붉어졌다.

“에 또 그럼 그렇게 합시다.”

사장은 회계를 불러 김신희의 이 개월 봉급의 전불을 명령하였다.

신희는 바쁘게 타이프를 치건만 문서는 잇따라 들어온다.

‘이렇게 쉴 새 없이 노동을 하는 데도 식구들은 굶주리고 성희의 학비도 모자라고…….’

오정[10] 고동이 길게 울린다. 사무실 안으로 또 손님이 들어선다. 몇 차

8 Salary. 노동의 대가에 대하여 일관되게 지불하는 즉, 급여에 관한 경리상의 용어. 원문에는 ‘살라리’로 되어 있음.
9 全拂. 모두 다 지불함.
10 정오(낮 열두 시).

례 손님이 들어오고 나가고 하였으나 신희가 관심을 가진 손님은 아니었다. 그러나 지금…… 회색 외투에 같은 빛 소프트를 쓰고 검은 구두를 신은 삼십사오 세가 되어 보이는 신사를 볼 때 신희의 가슴은 뜨끔하였다. 어제저녁 오십만 원 수표를 보낸 신경문 씨인 까닭이다.

신경문의 얼굴은 넓고 둥근 편이다. 복스러운 코며 두터운 귀뿌리며 저력 있는 음성이 그의 정력을 증명하는가 하면 억세게 벌어진 어깨와 굵고 곧은 두 다리가 이십 대 청년 시절에 운동 선수였다는 것을 충분히 보증하는 것이다.

통일토목회사 사장의 간판을 걸고 동업자 가운데서도 가장 활발하게 발전하고 있는 소장 실업가 신경문이가 오십만 원의 수표를 보낸 것이다.

신희는 점심때가 되어 타이프라이터에서 손을 떼었다.

'신경문 선생 친전.'

이라고 쓴 봉투를 꺼내 책상 위에 얹어 놓고 벤또를 열었다.

사장과 이야기를 주고받던 신경문은 무슨 우스운 일이 있는지 커다랗게 소리를 내어 웃으며 일어선다.

"그럼 오늘 점심은 내가 사야 됩니까? 하하하."

웃으며 사장의 뒤를 따라 나오던 신경문은 신희의 곁으로 오더니 모자를 들고 정중히 인사를 하고

"갑시다 점심 잡수러…… 바로 요 건너 스시 집이야요."

하고 신희의 등 뒤로 돌아가서 한 손을 신희가 앉은 교의에 걸치고

"자 어서 일어서세요……. 바로 저기야요."

하고 약간 당황하여 독촉을 한다.

"고맙습니다만 저는 또 제 점심을 가지고 왔어요……."

하고 방금 김이 무럭무럭 나는 주전자를 들어 차종에 물을 따른다.

"그러지 말고 같이 나가요……. 스시가 입에 맞지 않는다면 다른 걸로 얼마든지……."

"노 땡큐 미스터 신."

신희는 옆에 사람들이 듣는 것이 싫어서 평소에 별로 사용하지 않는 영어로

"난 사장님들과 교제할 수 있는 거물이 아니야요. 나는 한 적은 사원의 지위에 있어요……. 이것 읽어 주십시오."

하고 신희는 앞에 놓인 봉투를 집어 들었다.

"내게 주시는 편지야요? 감사합니다."

신경문은 감격한 까닭인지 흥분한 까닭인지 그의 뿌옇게 살이 찐 두 뺨이 발그스레 충혈이 되었다. 신희는 끓는 물을 벤또에 들이붓고 젓가락으로 밥을 먹기 시작하였다.

그 이상 더 강요할 수 없다는 것을 짐작한 신경문은 신희에게서 받은 편지를 귀중품처럼 윗저고리 안 포켓 속으로 깊숙이 밀어 넣고 정 사장의 뒤를 쫓아 거리로 나왔다.

겨울을 재촉하는 바람이 신경문의 넓고 두터운 뺨에 휙 하고 먼지와 티끌을 끼얹건만 신경문에게 있어 그런 것을 짜증내기에는 그의 마음이 너무도 즐거웠다. 두 사람은 닭고음[11] 집으로 들어갔다.

영계를 한 그릇씩 받아 놓고 더운 국물을 훌훌 마시는 신경문은

"정 사장…… 그럼 아까 말씀하던 그 액수대로 수표를 뗄까요? 이천만 원!"

---

11 삼계탕.

상쾌한 목소리다. 정 사장은 오히려 비장한 얼굴로

"신 사장 고맙소 고맙소. 무엇보다도 나를 그만큼 신임해 주는 것이 더 없이 고맙소."

정 사장은 처량하게 들리리 만큼 침착한 목소리로 이렇게 인사를 닦고 영계 그릇으로 숟갈을 넣는다.

신경문은 수표에다 도장을 누르며

"그리고 서시관 비용도 제가 담당하지요. 저도 앞으로 상공부와 정밀한 연락이 필요하니까요……."

"그렇고말고 아 누구보다도 신 사장이 상공부와 조인을 해야 된다는 것을 나는 전부터 역설해 오지 않았소?"

"네 그랬었지요……. 수표는 한 달 기한이라지요?"

하고 신경문은 정 사장 앞에 이천만 원 수표를 내밀어 놓고 그는 약간 초조한 걸음으로 다방 '동산'으로 들어갔다.

점심시간이 되어 그러한지 빈 박스가 여러 개 눈에 뜨인 만큼 손님이 적다. 제일 은근한 자리라 생각되는 곳으로 가서 신경문은 신희에게서 받은 편지를 열었다.

황매黃梅에게서 받는 편지와는 다른 존경에 가까운…… 전에는 결단코 경험해 보지 못한 감정을 느끼면서 신경문은 신희의 편지를 펼치었다. 편지가 너무 짧은 것이 그에게 첫째로 주는 실망이었다.

'이유 모를 친절은 받지 않을 만한 총명을 가지고 있는 김신희라는 것을 알려드립니다. 오십만 원 수표는 분명히 돌려 드렸습니다. 김신희. 신경문 선생.'

"수표는?"

하고 휘휘 자리를 살피는 신경문은 구두 발 끝에 죽은 흰 나비처럼 엎드려져 있는 오십만 원 수표를 집어 들었다. 쓰디쓴 감정이 소태와 같이 전신에 배어들었다.

"봉변이다."

중얼거리는 그의 이마에서 끈적끈적한 진땀이 내밴다.

다방 '동산'에서 나오는 신경문은 수건으로 이마를 씻으며

'여자 대학생인 만큼 피아노 한 대쯤은 사줄 수도 있었는데…… 황매 보다야 대우를 달리할 작정이었는데…….'

신경문은 마음으로 이런 생각을 하는 것이다. 황매는 요정 서시관 접대부요 또 신경문의 애인이다.

동래 신경문의 본가에는 부모님이 계시고 그 부모님을 봉양하는 아내가 있고 그 아내에게서 아들딸이 셋이 나고.

그러나 그는 사업을 위하여 연회석에 자주 나가게 되면서부터 서시관 황매를 대절하여 버린 것이다. 그가 부산 시내에 와서 자게 될 때면 언제나 황매는 버젓한 인형처럼 신경문의 침실에 대기하는 것이었다.

황매가 신경문의 애인이라는 것은 어느 정도 공공연한 비밀을 되어 버린 요즈음 신경문은 차츰 황매가 시들하여졌다. 그는 좀 더 새로운 자극이 필요하다 수시로 생각하였다.

'사업을 위하여 부득이 자극이 필요해……. 아주 생생한 정력을 불러일으키는 데는 어여쁜 여성과 연애를 하는 거야…….'

신경문은 부산서 제이 상업학교를 수석으로 나오고 한때는 야구선수로 이름도 날리고.

그러한 그는 연애라는 문자에 자기 독특의 해석을 가지고 있는 것이다.

돈을 주고 사는 여인과의 접촉을 그는 항시 연애라고 버티다가 간혹 자기의 선배 되는 정 사장에게서

"여보 신 사장 그건 외입이야 연애는 아니야."

하고 주의를 받을라치면

"연애가 별겁니까? 남녀 간의 애정이 연애지 뭡니까?"

이것은 그의 표면 대답이었다. 그러나 그 가슴 한 까풀 속에는 좀 더 구체적 답변이 꼬리를 물고 서물거리는 것이다.

'그래 정신 연애랍시고…… 남이 지어 놓은 시들이나 베껴놓고 거기다가 감탄사나 몇 개 덧붙여서 보내고 받고 그러고는 아이가 과자를 들여다보듯 고양이가 생선 토막을 얼리듯 그렇게 계집과 사내가 한종일 서로를 얼러 대고만 있는 게 연애란 말이냐? 무엇이 답답해서 그런 매삭매삭 하고 고리타분한 짓을 하느냐 말야. 연애합네 하고 비장한 얼굴들을 하고 그것들이 뭘 하는지를 알아? 결국 암컷과 수컷이야 하하하.'

이러한 신경문이가 제일무역회사에 새로 들어온 타이피스트 김신희를 볼 때 그는 황매보다 십 배나 나은 인형감을 발견한 자신의 행복을 스스로 축하하였던 것이다.

'이만하면 나의 정력을 불러일으킬 충분한 대상이야.'

첫째 신희는 황매보다 신선하다. 그리고 황매보다 훨씬 편리한 현대 지식을 소유하고 있다. 타이프, 영어며 그리고 ××대학 영문과를 졸업하였다는 훌륭한 레테르가 붙어 있고…….

그 모든 것보다도 신희가 황매보다 단연코 아름다운 것이다. 호리호리하고 날씬한 신희의 키는 어떤 옷을 걸쳐도 착 어울리는 것이 이상하였다.

신희의 입은 것을 보면 어떤 때는 일본 넝마를 가지고 치마저고리를 해

입고 어떤 때는 국제시장에서 헐값으로 팔려 나가는 헙수룩한 스커트며 블라우스를 입고 있건만 수십만 원의 값비싼 치마를 두른 어느 여인보다도 신희가 아름다운 것이다.

약간 노르스름한 신희의 얼굴은 전체로 보아 한 개의 우수한 조각이다. 길게 찢어진 그의 눈은 쌍까풀은 아니다.

눈을 떠서 사람을 응시할 때는 신희의 눈은 확실하고 눈시울은 뚜렷하다. 아랫입술이 알맞게 두터워 약간 나온 듯하고 코와 이마와 턱은 기하학적으로 따져도 미인으로써 완전히 성공된 작품이다.

'썩어 나갈 듯이 흔한 여자 대학생이지만 이앤 좀 달라. 고상하단 말야…….'

자기의 심미안이 지적한 대로 고상하고도 아름다운 신희에게 우선 자신의 호의를 보이기 위하여 오십만 원 수표를 보낸 것이다. 한 달에 이십오만 원의 샐러리를 받는 신희의 두 달 월급이다.

감지덕지 좋아할 줄 알았던 신희에게서 고스란히 수표가 쫓겨 왔다.

'나의 오산이었나? 음…….'

신경문은 젊은 황소같이 신음하면서 중앙통에 있는 자기 사무소로 향하였다.

퇴근 시간이 되었다. 하루의 노동에서 해방된 신희는 집으로 돌아가는 걸음이 오늘 달리 경쾌하다. 일등상을 탄 소학생 모양으로 신희는 가슴에 안긴 책보를 단단히 안고 벌써 저녁연기가 서리는 초량 뒷골목으로 들어섰다.

수도 근처에는 아우성 소리가 한참 소란하다. 사람들의 틈에서 바듯이 물 양철을 들고 나오시는 어머니는 무어라고 혀를 차면서 무거운 양철통을 길바닥에 내려놓고 허리를 핀다. 허옇게 세어가는 어머니의 머리카락이 바람에 발리고 앞에 두른 행주치마는 절반 젖어 있다. 신희는 책보를 한옆으로 끼면서 얼른 물 양철을 집어 들었다.

"아이고 네가 오는구나. 얘야 이리 내라. 그게 그래도 꽤 무겁단다. 이리 내라."

하시면서도 기뻐서 빙글빙글 웃는 어머니다. 집으로 들어와서 물통을 마당에 내려놓는 신희는 안방으로 귀를 기울였다.

"오늘 울 언니가 내 교복을 맞춰준다면 내 장지손가락에 딱 들어 맞이렸다?"

동생 성희의 목소리가 장지문 안에 들리는 것이다.

"오늘 신희 언니가 내 교복을 사다 줄는지 알 수 달 수 없고 나야?"

신희는 문을 팔짝 열고 책보를 성희 앞으로 던졌다.

"아이고 깜짝야…… 어머나 돈이네. 아이고 좋아 언니. 지금 나가요 지금 사러 가요."

하고 성희는 겅중겅중 뛴다. 한참을 이리 뛰고 저리 뛰던 성희의 팔다리가 그대로 리듬을 이루어 한 개의 춤이 된다. 성희의 입에는 노래가 흘러 그대로 장난이 된다.

"이 강산 좋은 강산 떠나지 말자……. 돌밭에 해당화 빨갛게 필 때에 이내의 가슴도 빨갛게 피네……. 하늘에 뜬 구름도 달맞이 간다……."

성희의 어깨며 다리며 그리고 자그마한 엉덩이가 선율에 맞춰 자연스럽고도 가볍다. 신희는 황홀한 듯이 한참 바라보다가 성희의 춤이 끝난 뒤에

"한 번 더 추어 보아 응? 호콩[12] 사줄게 어디 한 번 더 추어 봐."

"싫어. 부끄러워."

하고 성희는 언니의 등허리에 얼굴을 처박고 깔깔거린다.

"얘 너 어쩌면 그렇게 예쁘게 춤을 추니? 한국 춤도 가르쳐 주니? 학교에서?"

"댄스는 체조시간에 가르쳐 주고…… 한국 춤은 잘 추는 아이들만 뽑아서 가르쳐 주는데…… 거기 끼었어."

신희는 동생 성희를 데리고 밖으로 나왔다. 어두워 오는 항구 거리 쌀쌀한 바람을 맞으며 두 처녀는 나사점[13]으로 들어섰다.

이틀 후에 찾는다는 교복을 맞추고 나오는 성희는 종달새같이 즐거워 보인다.

신희는 자기는 외투도 없지만 동생이 교복을 맞추고 나니 그는 자기의 외투쯤 얼마라도 괜찮을 것 같았다.

집에 오니 안방에는 어머니와 따뜻한 저녁밥이 기다리고 있고 또 하나 신희를 기다리는 상칠이가 있었다.

"같이 잡서요."

신희는 찬도 없는 저녁상을 상칠 앞으로 당겨 놓았다.

"지금 막 먹고 오는 길인데……."

하면서도 상칠은 젓가락으로 미역나물도 집어먹어 보고 멸치 볶은 것도 몇 개 집어먹어 보고 신희의 밥그릇의 밥도 몇 번 뜬다.

"내일 저녁 진지는 참 잘 잡수실 거야요. 서시관이란 요정이래요……. 우리 회사 사장께서 당신에게 한 턱 하신 데요. 내일 저녁 진지……."

"왜 준데요? 서시관 저녁밥을 무엇 땜에 사준데요?"

---

12 땅콩.

13 양복점.

"그게 사교 관계지요. 친하고 싶으니까 초대하는 게지요…… 안 가시면 내 심부름이 잘못된 것이 되니까요 잘 고려하세요."

상칠은 눈을 껌벅껌벅 하면서

"저녁을 먹이고 난 뒤에 그들이 내게 주문할 심부름이 귀찮으니까 말이죠."

"심부름은 그때 만나서 따지세요. 좌우간 초대부터 먼저 응하는 게 예의가 아닐까요?"

"먹어 준다는 거야 쉬운 일이죠 뭐. 이 피난 세상에 먹으란 말밖에 더 반가운 말은 또 없거든요…… 신희 씨의 연락이니 만큼 용기를 내지요."

상칠은 전에도 다른 이들과 어울려 두어 번 가본 일이 있는 그 서시관의 정경이 눈앞에 환하여졌다.

신희는 아침에 출근하여 사장을 만나자 이상칠에게 서시관 초대를 연락하였다는 사실을 똑똑히 보고하였다. 사장은 커다랗게 고개를 끄덕이고 마도로스파이프를 문 채 장부를 뒤적인다.

한나절이 지나서부터 비가 내리기 시작하였다. 화로에서 멀찍이 떨어져 있는 신희의 자리는 좀 더 춥고 축축하여 타이프를 두드리는 신희의 손가락은 봉선화를 물들인 것 같이 빨개졌다. 제법 손이 시려오는 신희는 화로로 와서 불을 쪼였다. 널따란 무쇠 화로 위에 소사가 새로 숯을 한 바가지 쏟아 넣는데 우산을 접으며 신경문이가 들어왔다. 신희와 눈이 마주친 신경문은

"안녕하십니까?"

부드럽게 인사를 건네고 뚜벅뚜벅 사장 곁으로 간다.

신희는 다시 자리로 가서 익숙한 악사같이 타이프를 친다. 유리창에는 빗방울이 가는 진주 꾀염이 같이 매어달리고 빗방울 사이로 보이는 바다

는 뽀얀 안개에 가려 연기 속 같이 몽롱하다.

정 사장은 연방 마도로스파이프를 손수건으로 닦으며

"그 애를 붙들면 될 것 같아. 첫째 아이가 순진하고 통 때가 오르지를 않았어……. 양복 벌이나 해주고 잘 달래서 우리 손잡이로 쓰자는 게 내 목적이란 말이요."

"정 사장 눈에 든 사람이라면 어련하겠어요?"

하고 신경문은 눈을 돌려 신희의 자줏빛 스웨터를 바라보는 것이다. 롤을 한 개 꺼내 불을 붙여 깊숙이 한 모금 훅 하고 뿜어내는 연기 속에는 신희를 향한 조롱이 절반은 섞여 있다.

'너도 결국은 젊은 여자야 흥.'

젊은 여인이 가질 수 있는 유혹과 허영과…… 일체의 약점을 십이분으로 알고 있다고 자신하는 신경문은

'지구전[14]으로 나간다면? 단연코 승산 있다.'

이런 생각을 하고 있는데

"신 사장! 왜 대답이 없소?"

하는 정 사장의 독촉 소리가 들린다.

"네? 네! 강월라 여사 말씀이죠? 좋고 말고요. 그 분도 같이 오시게 해야지요."

정 사장의 얼굴에 만족한 웃음이 흘렀다. 자가용 자동차를 소유하고 있으면서도 신경문은 좀처럼 차를 부리지 않는다. 특별한 경우 가령 장관실에 면회를 간다든가 어느 고급 요정으로 손님을 초대할 때든가 그리고 동

---

14 持久戰. 승패가 얼른 결정되지 않는 경우 적의 쇠약, 소모 또는 자기 편의 응원대의 도착 따위를 기다리기 위하여 될 수 있는 한 오래 끄는 전투 방법.

래 본가로 부모님을 뵈러 갈 때 외에는 신경문은 웬만한 곳이면 택시를 이용하고 가까우면 도보로 다니는 것이다. 그만큼 신경문은 경제적으로 머리가 면밀하게 되어 있다.

현재 제일무역회사도 걸어서 온 것이다. 그러나 상공 장관 비서를 초대하려는 지금 마땅히 자가용 자동차가 출동할 차례다. 신경문은 전화로 자기 회사원 박 군을 불렀다. 박 군은 회사 창고의 물품 정리원인 동시에 자동차 운전수의 면허장을 가지고 있는 편리한 사원이다.

이 분 후 신경문의 일구사팔년 '포드'가 제일무역회사 정문에 섰다. 호피를 깔아 놓은 좌석으로 들어가자 빠져 들어갈 듯한 물씬한 탄력을 느끼며 신경문은 한 옆으로 몸을 기대앉았다.

차가 속력을 내며 큰 거리로 달려 나올 때 전차를 기다리는 초라한 긴 행렬이 눈에 띄었다. 그는 부유[15] 같은 대중을 흘겨보며 왕자와 같이 넌지시 자리를 고쳐 앉는 것이었다.

상공부 비서실로 들어간 신경문은 쉽게 이상칠을 찾았다. 그들은 처음 보는 인사를 마치고 차 속으로 들어오자 신경문은 두툼한 손으로 이상칠의 가느스름하고 여윈 손을 덥석 쥐고

"이 형! 우리 좀 일합시다. 젊은 시절에 사업하지 않고 나이 살 먹고 후회하는 사람들 보면…… 겁나요 사실."

"네……."

이상칠은 여인 같이 수줍은 웃음을 띠고 무릎 위에 놓인 손을 딱딱 손마디를 자른다.

---

15 하루살이.

"실없지만 나도 이 형 연배가 되는 아우가 있지요. 지금 몸이 약해서 집에서 수양하고 있지요. 허니 나라는 사람을 말이요, 이 형 오늘부터 꼭 친형으로 믿어도 괜찮단 말이야요……. 나는 지금 취해서 하는 소리가 아닙니다. 술을 안 먹었으니 말이요."

"네 감사합니다."

상당히 앞세우는 사나이라 생각하면서 상칠은 비 내리는 거리로 눈을 돌렸다. 차가 요정 서시관 현관 앞에 대었다.

그 옛날 일제 시절에 호화를 구해서 건축한 서시관의 넓은 정원에는 동백이며 삼나무의 상록수들이 함초롬 비에 씻기고 섰는데 살창 두터운 현관문 안에는 벌써 보이며 접대부들이 쭉 나와 섰다.

이상칠은 신경문과 나란히 긴 복도를 꺾이어 별실로 들어갔다. 먼저 와서 기다리고 있는 정 사장과 강월라 여사는 두꺼운 방석 위에서 청동화로를 안고 앉았다가 한꺼번에 일어나 반갑게 상칠을 맞이한다.

"상공부 비서 이상칠 씨에요. 그리고 부인 실업가 강월라 여사 아시죠?"
하고 정 사장이 소개를 하니

"첨 뵙습니다, 강월라라 합니다. 저때 번에 상공부에서 먼빛으로 뵌 일이 있고…… 초면은 아닌가 봐요 호호호."
하고 웃는 월라 여사의 왼편 송곳니가 백금으로 싸졌다.

"네. 저도 상공부에서 두 번쯤 뵀다고 생각이 됩니다. 많이 바쁘시겠습니다."

틀에 박힌 이런 인사를 교환하고 그들은 자리에 앉았다. 접대부가 뜨거운 녹차를 들여왔다.

"차를 드실까요?"

월라 여사가 상칠 앞으로 찻잔을 내밀었다.

"네 네네. 감사합니다."

월라 여사의 몸에 착 들어맞는 회색 양단저고리의 소매 속에 들어앉은 굵다란 황금 팔찌가 둔한 광택을 발한다.

창밖에는 비 가락이 좀 더 굵어졌는지 정면으로 보이는 안뜰 정원수의 잎사귀들이 하르르 떨고 바람이 스칠 때마다 후루루 가지들이 흔들린다. 그들 앞에는 술상이 들어왔다. 안주로 신선한 생굴과 전복과 해삼이 각각 쟁반에 담기고 끓는 매운탕 냄비가 한가운데 놓이고 마산 청주가 알맞게 데워 들어왔다.

접대부로 백도니 선화니 하는 여자가 나타날 뿐 황매는 보이지 않는다. 정 사장은 선화를 보고

"황매는 왜 안 보여?"

하고 물었다.

"황매 언닌 다른 방에 들어갔는데요. 이제 곧 이리로 올 거에요."

하고 신경문을 쳐다보고 선화는 한쪽 눈을 찡긋 하였다. 여인들의 희고 보드라운 손들이 어여쁜 기계와 같이 잔으로 돌아가며 술을 따른다. 오늘 주빈이 이상칠이라는 것을 짐작하고 접대부들은 상칠의 앞으로 다가앉아 쉴 새 없이 술잔을 채운다. 신경문이가 자기 잔을 비우자 냉수 대접에 담방 적셔 가지고 물을 착 뿌려 상칠 앞으로 내밀었다.

"이상칠 씨 같이 순진한 분이 상공부에 계시다는 것은 우리 사업가를 위하여 참으로 경하할 일이지요."

상칠은 두 손으로 잔을 받아 마시고 공손히 빈 잔을 신경문 앞에 내밀고 은주전자를 들어 술을 따랐다. 강월라 여사의 잔이 상칠에게로 오고 상

칠의 잔이 월라 여사에게로 그리고 상칠의 잔이 정 사장에게로 또 정 사장의 잔이 상칠에게로…… 어린애들 소꿉질 같은 분주하고 자자분한 주도의 인정이 한창 바쁜 때 문이 사르르 열리며 보시시 절을 하고 들어서는 이는 황매이다.

"어…… 황매 오늘 저녁은 왜 우릴 푸대접할 생각인가?"
하는 정 사장이 해삼이 집다가 젓가락이 미끄러졌는지 해삼 토막이 정 사장의 마카오 바지 무릎 위에 뚝 떨어졌다. 정 사장은 황망히 손가락으로 해삼을 집어내고 수건으로 무르팍을 닦는다.

"천만에 말씀을 하세요."
하고 황매는 빙긋이 웃는다. 웃을 때 그의 긴 속눈썹만 남고 두 눈은 완전히 감겨지는 것이 황매 얼굴의 특징이다.

황매가 선화가 안주를 가지러 나가자 상칠의 곁으로 다가앉아 주전자를 들었다. 술이 얼근히 취해오는 상칠은 여인들에게서 풍기는 능금 같은 향기를 감각하면서 황매가 따르는 술잔을 탐하듯이 죽 들이켰다.

술이 들어가는 대로 상칠의 이마는 파랗고 매끈매끈 하여진다. 입술이 자줏빛으로 붉어질 뿐 얼굴 전체는 희고 윤택한 광택이 훨씬 더 그를 건강하고 아름답게 보이게 한다. 술잔의 총사격을 받는 상칠의 고리샤 코가 약간 벌룽거리면서 호흡이 빨라지는 것을 보면 상당히 취한 모양이다.

저녁 밥상이 들어왔다.

"진지 잡수세요."
하고 수저를 들어 상칠에게 권하는 황매의 손을 덥석 쥐자 상칠은 황매의 어깨에 얼굴을 실어버렸다.

본래 술이 세지 못한 상칠인데 두 시간이나 집중 사격으로 술을 퍼먹인

지라 상칠은 곤드레로 취하여 버렸다. 그는 황매의 어깨에 얼굴을 실은 채

"전우의 시체를 넘고 넘어 앞으로 앞으로 낙동강아 흘러가라 우리는 전진한다."

상칠은 눈을 감고 소리를 치며 군가를 하다가 고개를 번쩍 들고

"형님! 신경문 형님!"

제법 혀가 꼬부라진 소리다.

"형님일랑 돈을 버슈. 나와 내 연배 되는 놈들은 다 전장으로 가서 피를 흘리고 죽을 테니 형님일랑 후방에 앉아서 돈벌이를 하시면 말야요……. 화랑 담배 연기 속에 사라진 전우야…… 아아 비행기의 프로펠러 소리."

상칠은 취한 눈을 부릅뜨고 천장을 노려본다.

"부르릉 부르릉."

비행기들이 지붕 위로 지나가는 폭음이 들려온다. 방안은 잠깐 동안 침묵이 흘러간다.

"후."

하고 상칠은 숨을 쉬고

"형님! 인생은 일장춘몽이라 하지만 젊디젊은 목숨이 한 나라를 위해서 나가야지요. 나가서 죽어야지요……. 그리고 형님은 돈을 벌고……."

상칠은 곡조를 뽑아

"화랑 담배 연기 속에 사라진 전우야…… 낙동강아 흘러가라 우리는 전진한다……."

고개를 끄덕끄덕 장단을 맞추며

"화랑 담배 연기 속에 사라진 전우야 사라진 병구야! 사라진 용섭아!"

머릿속에 새겨져 있는 전사한 친구의 이름들이 취중에 흘러나오는 것이다.

"자 우리 수저 좀 들자구 자."

하고 신경문은

"이 국물 좀 떠먹어 보세. 아주 시원하다니까 자 이 도밋국."

신경문은 상칠의 손에 스푼을 쥐어준다. 만취된 상칠은 국물을 떠가는 숟갈이 입으로 가기보다 자신의 뺨을 스치기도 하고 턱주걱을 쥐어지르기도 한다. 그럴 때마다 국물은 상칠의 양복 앞자락에 쏟아진다.

"저를 어째 촛촛 행주 가져와."

월라 여사가 혀를 찬다. 백도가 행주를 가지러 일어섰다. 월라 여사는 소매 속에서 손수건을 꺼내가지고 상칠의 곁으로 와서 말짱히 닦아 놓고

"인내요 스푼. 내 좀 떠먹여 드릴게."

하고 상칠의 손에서 숟갈을 뺏었다.

상칠의 입에 국물을 떠 넣을 때마다 월라 여사의 왼손 무명지에 이 캐럿이나 되는 다이아가 눈부신 광채를 발사한다. 서너 번 국물을 받아먹던 상칠이가

"형님!"

하고 신경문 쪽으로 얼굴을 내밀며

"나 밥 좀 먹여주세요."

하고 입을 벌린다.

"아주 어리광 피는 도령님이야 호호호."

월라 여사가 소리를 내어 웃는데

"나보다야 이런 젊은 여성의 손에서 받아 자시는 게 더 나을 게야."

하고 신경문은 황매를 눈짓하였다. 황매는 방그레 웃고 밥을 떠서 상칠의 입에 넣어주자 선화가 신선로에서 송이버섯을 한 점 집어 상칠의 입에 넣

어준다.

도밋국을 뜬 월라 여사의 스푼이 또 다시 상칠의 턱 아래로 갔을 때다.

"헉 그 사람 능소능대(能小能大)[16]하군. 호강을 곧잘 할 줄 알거든……."
하고 정 사장은 웃지도 않고 코를 벌룽거리고 방금 선화가 집으려는 알쌈 한 개를 젓가락으로 얼른 집어 간다. 백도도 선화와 황매의 하는 대로 상칠의 입에다가 무슨 반찬인가 넣으려 하는데

"얘 널랑은 거기 앉아 내 술갈 위에 반찬을 좀 집어놔."
하고 정 사장이 눈을 흘긴다.

"정 사장님은 제가 드리죠. 옜습니다. 이걸 드십시오."
하고 상칠은 커다란 능금을 한 개 집어 들더니

"이 능금에서 말입니다 젊은 여자의 얼굴 냄새가 난다는 사실을 아신다면 정 사장님은 능금을 사랑하실 겝니다."
하고 상칠은 두 손으로 능금을 정 사장 앞으로 내밀었다.

"호호호."

백도가 소리를 내어 웃고 선화도 웃고 월라 여사며 신경문이도 웃었다. 그러나 황매만은 웃지 않았다. 슬프디 슬픈 눈으로 상칠을 건너다보는 황매의 눈에 핑그르르 눈물이 고였으나 아무도 보는 사람은 없었다.

정 사장은 능금을 받아 쥐고 열적은 듯이 웃고

"이 선생 많이 잡숫지도 않고 그까짓 술에 곯아 떨어져서야 말이 되우? 그러고 능금은 나보다 이 선생이 더 사랑할 것 같으니 돌려 드릴 수밖에 하하하."

---

16 큰 일이나 작은 일이나 임기응변으로 잘 처리해 냄. 또는 남들과 사귀는 수완이 능함.

웃으며 기다란 팔을 뻗어 능금을 상칠의 코밑으로 들이민다.

"아 이 향기 당신의 얼굴 향기외다."

하고 상칠은 능금을 받아 쥐고 황매의 뺨에 코를 댄다.

"향기의 고향을 찾아…… 이 능금은 마땅히 이리로 가야겠군……."

하고 상칠은 능금을 황매의 손바닥에 놓아준다.

황매는 능금을 받아 쥐고 호 하고 새어나오는 한숨을 목구멍 속에서 삼키며

'향기는 당신에게서 나는 거야요.'

하고 속으로 중얼거렸다.

'능금 같기도 하고 귤 같기도 한 향기가 당신의 호흡에 당신의 체취에서 흘러나오고 있습니다.'

황매는 혼자서 맘속으로 이렇게 속삭이고 깊숙이 숨을 들이마셨다. 취한 상칠의 향기가 무르녹은 과일처럼 황매의 폐부에 스며든다.

여인에게 정력을 소모하고 술과 고기에 체한 사나이들의 입김이란 시궁창 냄새도 같고 때로는 변소 냄새도 같은 것을 황매는 너무도 똑똑히 알고 있다. 그러나 이 저녁 상칠에게서 흘러나오는 향기란 건강하고 순결한 젊은이에게서만 감각할 수 있는 그러한 달고 깨끗하고 또한 매혹적인 것이다.

아까보다 좀 더 거세어 가는 빗줄기가 후르르 유리창을 스쳐간다.

'오늘밤 갈리면 이 젊은이를 언제 또 다시 만날 것인가? 전장에라도 간다면.'

설움 같기도 하고 아픔 같기도 한 감정이 소복이 부풀어 오른 황매의 가슴 속에 비늘 같이 젖어온다.

"낙동강아 잘 있거라 우리는 전진한다."

상칠은 손으로 식교자의 변두리를 톡탁톡탁 치면서

"오늘이야 피에 맺힌 적군을 무찌르고서 꽃잎처럼 떨어져간 전우야 잘 자라……. 병구야 잘 자라 김준아 잘 자라 용섭아 너도 잘 자거라……."

상칠은 고개를 끄덕이며 밥상을 치며 소리소리 질러가며 노래를 계속 한다.

머리카락이 두어 오라기 파란 이마 위에 내리 덮었다. 희고 창백한 상칠의 얼굴은 점점 더 깨끗하고 화려하여진다.

황매는 상 아래로 살그머니 손을 넣어 상칠의 발가락을 꼭 모아 쥐었다. 상칠은 빙그레 웃으며

"당신은 여기서 술을 따르시오 나는 또 내 동료는 전장으로 가야 되겠소. 가서 피를 흘려야 되겠소……. 아아 조국 조국……."

상칠은 고개를 들어 이리저리 살피다가

"형님! 나 술 좀 더 먹어야겠수. 형님 술 좀 더 주세요."

하고 소리를 쳤다.

"어이 그러세. 이 봐 술 가져와."

하고 신경문은 선화에게 명령하였다. 술 주전자와 술잔이 놓인 쟁반이 들어오자 상칠은 주전자를 들고 벌컥벌컥 마시고 능금을 집어 껍질 채로 움푹 깨물어 먹더니 또 주전자를 들고

"조국의 번영과 전사한 젊은 장병의 명복을 위하여……."

커다랗게 외치고 남은 술을 쭉 들이켰다.

시간이 얼마나 되었는지 그들이 서시관에서 나올 때는 바람에 쫓기는 빗줄기가 사납게 문으로 들이친다.

만취된 상칠은 황매의 어깨에다 한 팔을 얹고

"형님 어때요 능금이며 복숭아 같은 과일이나 그리고 장미나 백합 같은 꽃에서 말요 여인의 얼굴 냄새가 난다는 사실을 말요 어떻게 생각하시느냐 말야요 형님."

하고 신경문의 어깨를 쳤다.

"글쎄 그건 확실히 연구할 재료야."

하고 신경문은 정 사장을 보고

"내 호텔로 데리고 갈까 봐요."

하고 의논하는 것을 월라 여사가

"그럴 것 없어요…… 우리 집으로 데리고 가겠어요. 우리 아이 공부방에 침대도 있고 스토브도 있고 걱정하실 것 없어요."

월라 여사는 건들거리는 상칠의 상체를 안은 듯이 그의 한 팔을 끼었다.

서시관 현관 공지에 파킹하고 있는 고급차들은 휘황한 헤드라이트를 흩트리며 각각 주인을 기다리고 있다.

월라 여사가 상칠을 끼고 나오는 것을 알아차린 운전수는 올즈모빌[17] 차의 문을 열었다. 월라 여사는 상칠을 차 속으로 밀어 넣고 자신도 따라 올라탔다.

포드의 문도 열리고 정 사장과 신경문이가 올라탔으나 황매는 오늘밤 신경문의 숙소로 가지 않았다.

"두통이 납니다."

하고 눈살을 찌푸리는 황매는 정말 두통이 난 것이다. 전 같으면 질겁을

17 Oldsmobile. 2004년 단종된 제너럴모터스(GM)의 자동차 브랜드.

해서 병원이니 의사니 하고 덤벼들 신경문이가 오늘 저녁은

"그래? 가서 눕지."

한 마디 하고 자기 차 속으로 들어가 버렸다. 삼조 다다미방 자기 침실로 들어온 황매는 경대 앞에서 콜드크림으로 화장을 지우며

"이제 신 가도 차츰 돌아설 때가 되었구나."

중얼거리고 신경문에게서 상당한 액수의 돈을 뺏어낼 것을 궁리하는데 자기 어깨에 얼굴을 실어 놓고

"당신 뺨에서 나는 향기 같소."

하고 능금을 들고 주정 같지 않은 주정을 부리던 상칠의 모습이 자꾸만 눈 앞으로 달려든다.

"내가 반했나 보다."

황매는 이런 소리를 지껄이고 불을 끄고 자리 속으로 들어갔으나 오늘 밤 달리 이불 속이 차갑고 쓸쓸하여 주르르 눈물이 베개 위로 흘러 내렸다.

× × ×

밤이 얼마나 깊었는지 타는 듯한 갈증을 느끼며 상칠이가 눈을 떴을 때는 남빛 갓을 씌운 전등 곁에 놓여 있는 대리석 앉은 시계가 세시 이십분을 가리키고 있다.

고맙게도 손이 닿기 알맞은 테이블 위에는 자리끼가 놓여 있어 상칠은 주발 뚜껑을 열고 벌컥벌컥 물 한 식기를 거의 다 마셨다. 술을 과음한 탓인지 사지가 느릿하고 골치가 패는 듯이 아프다. 상칠은 그대로 누워서 다시 혼곤히 깊은 잠에 빠졌다.

딸랑 딸랑 딸랑

확실히 종소리다. 상칠은 눈을 떴다. 창 아래로 지나가는 두부 장사의 요령[18] 소리였다. 동창이 훤하니 밝았는데 길에는 오고가는 사람들의 발소리며 말소리며 그리고 트럭의 거친 엔진 소리도 무슨 짐승이 포효같이 들려온다.

상칠은 누워 있는 침대에서 팔을 뻗어 기지개를 켜고 천천히 일어났다. 어제 저녁 자동차에 올라탄 것까지는 기억이 떠오르나 그 뒤에 일은 전연 생각에 남지 않는다.

스토브 위에 빨간 숯불이 이글거리는 화로가 놓여 있고 화로 위에는 김이 모락모락 나는 양은 주전자가 올려 있고.

상칠은 침대 발치에 놓여 있는 교의에서 양복저고리를 찾아 입고 머플러를 두르고 외투는 팔에 걸치고 조용히 문을 열었다.

밤사이 비는 씻은 듯 개어 진한 남빛으로 푸른 하늘이 방석 둘레만큼 내려다본다. 어제 저녁은 취중이었고 또 어두워 들어온 때문인지 신발을 어디다 벗은 기억이 나지 않는다. 좁다란 눈썹마루[19]에서 두리번두리번 뜨락을 살펴보았다.

"신발 찾으세요? 잠깐만 기다리세요. 이제 다 됐습니다."

하는 여자의 목소리가 나는 곳으로 상칠은 눈을 보냈다. 흑색 즈봉[20]에 분홍빛 블라우스를 입고 그 블라우스 빛깔 같은 두 팔뚝을 노출한 채 구두를 닦는 젊은 여인이 있다.

---

18 놋쇠로 만든 종 모양의 큰 방울.

19 단층집의 방 앞에 깐 툇마루를 비유적으로 이르는 말.

20 프랑스어 jupon. '양복바지(양복의 아랫도리)'의 잘못.

"굿모닝 미스터 리."
하고 인사하는 젊은 여자는 상칠이가 미쳐 무어라고 대답할 사이도 없이
"구두 닦은 삯은 오백 원야요."
하고 구두를 들고 이쪽으로 쪼르르 오더니
"자 오백 원 주세요."
하고 불그스레한 손바닥을 내민다. 아침 햇살이 비쳐 구두를 들고 있는 여자의 얼굴이며 목덜미가 상아로 만든 조각처럼 뽀얀 광택이 아물거린다.
"이건 너무 미안해서 온 참 너무도 감사합니다."
하고 상칠은 빙그레 웃으며 인사를 하고 구두를 받으러 손을 내밀었다.
"노, 노 안 돼요. 어머님의 손님을 돌려보냈다는 중상[21]만은 받기 싫어요."
여자는 방글방글 웃으며 상칠에게 눈을 부릅떠 보이고 고개를 절레절레 흔드는 것이다.

여자는 어깨 위로 넘어온 머리칼을 뒤로 보내려 고개를 젖히면서 한 손으로 귀밑을 쓸어 넘긴다. 안으로 말아 붙인 여자의 풍성한 검은 머리에서 모란 향기가 풍긴다.

뾰족한 턱이며 톡 튀어나온 이마며 그리고 얄따란 작은 귀가 뒤로 홀딱 젖혀진 것이라든지 신경질로 보인다.

웃을 때 약간 바름한[22] 앞니가 이 여자의 짧디 짧은 귀여운 윗입술과 참 따랗게 조화가 되어 그의 웃음을 어린아이 웃음처럼 천진하게 만드는 것이다.

반질반질 윤택한 그러나 선이 가느다란 눈썹은 양쪽 끝이 길게 치켜 빼

21 中傷. 근거 없는 말로 남을 헐뜯어 명예나 지위를 손상시킴.
22 물건의 사이가 꼭 맞지 않고 틈이 조금 벌어져 있다.

었다가 살짝 아래로 옥아져 이 여자의 엷은 콧날이 깎인 듯 오뚝한 코와 조화되어 현대형 얼굴을 만드는 유효한 역할을 하고 있다.

길고 숫한 속눈썹 속에서 웃고 있는 커다란 눈동자는 타는 듯한 정열로 사람을 응시한다.

'총명하게 생긴 여자다.'

상칠은 이렇게 생각하면서

"신발을 주십시오. 가보아야겠습니다. 간밤에는 폐를 끼쳐 드려 무어라고 인사드릴 말씀이 없습니다."

하고 또 다시 손을 내밀었다. 여자는 구두를 뒤로 감추며

"이제 곧 어머니가 오시니까요……. 저 거 아냐요?"

하고 여자는 월라 여사가 들고 들어오는 광주리를 대뜸 받아 마루로 올려놓고

"어머니 저분이 말씀야요 자꾸만 가신다는 걸 제가 이때껏 붙들고 있지 않았어요? 난 몰라요."

하고 팽 돌아서 구두를 내려놓더니

"후유."

양손을 허리에 대고 커다랗게 숨을 내쉬고는 다람쥐처럼 안방으로 뛰어 들어가 버린다.

"여보시우 이 선생! 조반진지 자시고 같이 나갑시다. 뭐 다 됐어요. 시장에 가서 고기 조금 사온 거 내 불이 번쩍나게 장만할 테니…… 우리 이 고기 구어 먹고 나갑시다. 자 안방으로 들어가세요."

하고 월라 여사가 간청을 하는데 안방 영창을 빼꼼히 열고

"피난민 방이라도 어지간히 괜찮아요 들어와 보세요."

하고 여자가 손가락을 까닥까닥 한다.

상칠은 이 이상 더 사양할 수는 없었다. 그는 자기가 한밤을 새운 뜰아래 방 툇마루에서 내려서 번질번질 윤이 나게 닦아진 구두를 신고 안방으로 올라갔다.

정갈스럽게 새 장판이 깔리고 벽이며 천장이며 모두 고급 도배지로 발라져 있는 것은 고사하고 이방이 전재민의 방이 아니라는 증거를 저명한 화백의 동양화가 정면 벽에 걸려 있고 그 아래 자개장이 놓여 있고 상 옆에 경대가 있고 또 그 옆에는 버들상자가 서너 개 포개져 있다.

동남향인 이 방안에는 햇살이 뿌옇게 평화롭고 오동나무 화로를 끼고 앉아 연방 방글방글 웃는 여자의 입은 모든 아름다운 사람들의 구비한 조건으로 입을 벌리고 소리를 내어 웃는 대도 잇몸은 보이지 않고 진주와 같은 이빨이 차라리 분홍빛으로 건강하게 보인다.

"애 인사 드려라. 상공부 비서로 계신 이상칠 선생님이시다……. 얘는 내 딸아이이야요……. 잘 좀 가르쳐 주세요."

"어머니가 엊저녁에 이상칠 씨라고 제게 일러 주시고는…… 호호호 제 이름은 강설려야요 눈 설…… 그리고 그담 글자는 맘대로 붙이는 거야요. 계집 녀女, 같을 여如, 빛날 려麗…… 미스터 리께서는 무슨 글자를 붙여 주시겠어요?"

하고 상칠의 눈을 빤히 들여다본다. 아직 세수하지 않은 상칠은 손으로 이마며 눈언저리를 몇 번 쓸고

"빛날 려麗자가 좋겠군요."

하고 열적은 듯이 웃었다.

"손님 세숫물 떠 놨어요."

마루 끝에서 계집애 하인의 목소리다.

"세수 하시죠."

설려가 영창문을 열었다. 마루로 나온 상칠은 커다란 놋대야에 남실남실 담겨 있는 미온탕에 두 손을 담갔다.

"아이 웃어 죽겠네. 미스터 리 저고리를 벗고 세수를 하셔야지요."

하고 설려는 상칠의 뒤로 가서 양복저고리를 벗기고 한 번도 쓰지 않은 비누와 타월을 대야 곁에 갖다놓는다.

"이것도 완전히 새 것이니까요 안심하세요."

하고 새 칫솔과 아직 헐지 않은 '콜게이트(치약)'를 가져 왔다.

"고맙습니다 고맙습니다."

상칠은 연거푸 치사를 하고 세수를 하였다. 부드럽고 정갈스런 타월로 얼굴을 닦는 것은 확실히 상쾌한 기분이 아닐 수 없다.

턱 아래며 뒷목까지 다 닦고 막 수건을 떼니까 설려가

"빗!"

하고 투명한 셀룰로이드 빗을 내민다. 상칠이가

"고맙습니다."

하고 받으니까

"거울!"

하고 자루가 달린 동그란 손거울을 내민다. 하나에서 열까지 완전히 친절하고 민첩한 서비스에 상칠은 그만

"하하하."

하고 웃어버렸다.

"호호호 호호호."

설려도 우스운지 한참을 깔깔거리고 웃어 대다가

"자 윗옷 입으셔야지요."

하고 양복저고리를 들고 상칠의 뒤로 간다.

"이건 너무 미안해서 원."

하면서 상칠은 행복스럽게 웃고 팔을 꿰어 단추를 잠갔다. 설려는

"잠깐만."

하고 기둥에서 양복 솔을 떼내더니 상칠의 어깨와 등허리와 앞가슴을 말짱히 털고

"오케이."

하고 영창문을 열고

"들어가세요."

하고 상칠의 두 눈을 들여다보며 방긋 웃는다. 방에는 열댓 살 난 단발한 소녀가 앉아 있다가 상칠에게 꼬박 고개를 숙여 보인다.

"내 아우야요."

설려는 상칠을 아랫목으로 앉혀 놓고

"이애 이름은 경여야요. 거울 경鏡 같을 여如."

"경여, 좋은 이름인데요."

상칠이가 소녀를 돌아보니 능금 빛으로 빨간 두 볼을 한 경여는 고개를 수그리며 부끄러워 웃기만 한다.

"××여자중학교 일학년이야요. 애는 순전히 제힘으로 들어갔어요. 시험 점수를 사백구십 점을 땄으니까요."

"네! 굉장한데요."

"그리고 우리 경여는 댄스가 아주 특장[23]이야요. 학교에서 늘 뽑혀 나

간대요.”

“아?”

하고 또 상칠이가 소녀를 돌아보니

“언니 난 싫어 그런 말 하는 거.”

하고 경여는 설려의 등 뒤로 가서 얼굴을 처박고 두 손으로 설려의 어깨를 잡아 흔든다.

“애 내가 뭐 거짓말 했니?”

아침상이 들어왔다.

식탁에는 광엇국이며 두부찌개며 동치미와 새우등살을 조린 것이 눈에 띄고 초겨울인데 어디서 구했는지 달래 멸치젓도 놓여 있다.

양념한 불고기가 화로 석쇠 위에 올려놓아지고

“이 선생! 전재민 생활이 거저 이렇습니다. 좀 많이 잡수세요.”

“온 천만에 말씀을. 많이 먹겠습니다.”

하고 상칠은 설려가 떠놓는 밥공기를 받아 들었다.

불고기 구어진 것을 상칠 앞으로 갖다 놓으며

“많이 잡수셔야 해요, 이 선생.”

하고 월라 여사가 자꾸 권하니까

“어머니 그렇게 다짐을 받으면 못 잡수셔요. 가만 두어야만 외려 많이 잡수시는 거야요.”

어른처럼 경여가 이런 말을 하는 통에 일동은 모두 웃었다.

“저애 어른이 동경 가서 계시거든요 그게 벌써 삼 년째야요. 그래 그런

---

23 특별히 뛰어난 장점.

지 버릇들이 없어서 걱정입니다."

하고 아직도 늙지 않은 양미간을 찌푸리며 웃는다.

"온 천만의 말씀을. 댁에 따님 같은 여성들은 드뭅니다. 정말이야요."

"미스터 리!"

하고 설려가 밥을 뜨던 입을 꾹 다물고 눈을 커다랗게 뜨고 상칠을 노려본다. 장난꾸러기 웃음을 가득 싣고.

'사랑스러운 여자다.'

상칠은 진정 귀여워 자신도 설려에게 눈을 부릅떠 보이고 빙긋 웃었다. 단 하룻밤을 지낸 이 집 식구들이 마치 십 년이나 지내 온 사람들 같이 이렇게 흉금[24]을 터놓고 교제할 수 있는 사실에 상칠은 감탄하지 않을 수 없다.

식사가 끝나자 계집애 하인이 쟁반에 커피 세트를 날라 왔다. 월라 여사의 훈련인 듯 이 집에 하인의 끓인 커피는 유난히 향기가 높다.

설려가 커피에다 사탕과 크림을 넣다 말고

"미스터 리께서는? 진하게 사탕을 넣으십니까? 연하게 넣으십니까?"

하고 고개를 삐뚜름히 하고 상칠을 건너다본다.

"설려 씨의 마음대로 넣어 주세요."

하고 상칠은 설려의 눈과 부딪힌 시선을 무릎 위에 떨어뜨렸다.

건넌방에서 책보를 들고 나오는 경여가

"안녕히 겝쇼."

하고 상칠에게 인사를 하고 뜰로 나갔다. 등교시간이 된 것이다.

"애 잘 살피고 다녀라. 큰길을 달리는 차가 다 지나가도록 기다려야 한다."

---

24 胸襟. 마음속 깊이 품은 생각.

월라 여사는 매양 하는 주의를 오늘도 되풀이하고

"이 선생, 애들을 모두 상해에서 낳으니까 중국 계집 이름이지 뭐요? 차 드세요."

하고 자신도 찻잔을 든다.

"네? 그러셔요. 중국 처녀?"

상칠은 설려를 돌아보고 짓궂은 웃음을 빙그레 웃었다.

"호호호 또 어머니 걸핏하면 중국 계집애 말씀이라니까."

"왜 내가 거짓말 하니? 저에 할아버님께서 나랏일로 망명해 나가셔서 상해에서 꼭 십 년 되던 해 우리도 올라오라고 기별을 보내시지 않았어요? 그때가…… 지금부터 스물두 해 전이니까…… 내가 바로 스물한 살이고 얘 어른이 스물세 살 그이는 배재중학을 졸업하고 나는 숙명여학교를 막 나오자 결혼식을 치르고 바로 상해로 떠났어요."

"네 그러셨어요? 신혼여행이었구먼요."

상칠은 차를 훌훌 마시며 월라 여사의 이야기에 고개를 끄덕이는 것이다.

"신혼여행이 뭐야요? 그 무서운 경계망을 뚫고 용하게 아버지를 찾아 갔거든요."

"네!"

"상해 불란서 조계에서 자그마한 양관을 빌리고 제법 편안하게들 살았댔지요. 아버지께서 추사체 글씨를 쓰셔 그것이 그때만 하더라도 곧잘 비싼 값으로 팔리더군요……. 그 이듬해 정월에 얘를 낳았어요. 눈 오는 밤 온 천지가 은세계가 아니어요? 그래 할아버지께서 설려라고 명명하셨지요."

"네 그렇군요."

하고 상칠은 설려를 건너다보니 차를 마시는 설려의 두 눈에 샛별 같은 웃음이 반짝거린다.

"그 사이 얘 아버지는 호강대학을 졸업하고 어느 중국인 회사에 사원으로 일을 보고 있었는데 얘가 아홉 살이 되고 경여가 두 살 되는 가을에 할아버지가 작고하시더군요. 생전에 친한 중국 친구들의 부의금이며 써두신 글씨를 전부 팔고 해서 몇 만 량이 족히 되는 은화를 달러로 바꿔가지고 로스앤젤레스로 갔지요. 얘 어른이 공부를 더 한다고……."

"네."

"거기서 한 이 년 동안 공부를 하다가 그만두고 한국인삼도 팔고 국수 장수도 하고…… 고생했어요……."

월라 여사는 한숨을 쉬고 찻잔에 담긴 차를 마신다.

"거기서 그럭저럭 한 오 년 지나다가 동경으로 왔지요. 동경서 육 년 동안 피땀을 흘려서 겨우 토대가 섰지요. 도자기 공장을 했거든요……. 그러다가 조국이 해방된 바람에 우리 네 식구가 서울로 달려왔지요. 그게 바로 4281년[25] 봄이었어요. 일 년 반을 지나고 얘 어른은 또 다시 동경으로 건너갑디다. 동댕이를 치고 온 도자기 공장을 아주 버릴 수가 없어서……."

"네."

상칠은 설려가 새로 따라 놓은 찻잔을 집으며 연방 고개를 끄덕인다.

"지금은 도자기며 양은 공장을 운영하고 계시지요. 상당한 재고품이 있지만 수입 허가가 나와야 들여오지요."

월라 여사는 찻빛 세루저고리 소매 끝을 들추고 시계를 들여다보며

"시간이 늦어가네. 내가 너무 오래 지껄였군. 이 선생 장관께 잘 좀 부

25 서기 1948년.

탁을 드려주어요. 수입 허가가 되도록……"

월라 여사는 상칠의 대답을 기다리는 듯이 그의 얼굴을 빤히 들여다본다.

각오는 하고 있었지마는 월라 여사의 모녀가 베풀어 준 하나에서부터 열까지의 친절은 결국 공리적으로 따지는 어떤 요구의 대상이었다는 것을 느끼자 상칠은 쓸쓸하였다.

젊고 아름다운 사나이의 매력으로써 받은 친절이 아니었고 그들의 목적을 위하여 심부름꾼으로서의 받은 '삯'이었다는 것을 생각할 때 상칠은 약간 우울하기까지 하였다.

이러나저러나 상칠은 월라 여사의 요청에 대하여 무엇이라고 대답을 하여야만 한다. 그러나 상칠은 '예스'할 용기는 나지 않았다.

무엇보다도 상공 장관이 자기 같은 말석 비서의 의견을 어느 정도까지 들어 줄는지 도무지 자신이 생겨나지 않기 때문이다. 그는 잠자코 한 손으로 이마를 두어 번 쓸어 놓고

"힘대로 해보겠습니다."

하고 입을 다물어 버렸다. 무겁게 대답하는 상칠의 태도가 미덥게 생각이 되었든지 월라 여사는 그 이상 더 중복하지 않고

"얘 이 선생님 모셔다 드려야지. 늦으셨나보다."

하고 딸을 돌아본다. 설려는 발딱 일어나 밖으로 나갔다.

"뭐 아직 괜찮습니다."

하고 자개 담배함에 놓여 있는 모러스를 한 개 집어 들어 붙이며

"재고품이 대개로 얼마나 되겠습니까?"

하고 사무적으로 물었다.

"조선 식기가 한 이백만 벌이나 되고 양은솥과 냄비가 한 오백만 개쯤 된

다나 봐요. 그것은 일 개월 전의 개수니까 지금은 훨씬 더 불었을 거야요."

"호우……."

상칠은 커다랗게 고개를 끄덕이고

"자본주는 일본사람입니까?"

하고 넌지시 물었다.

"네. 중간에 한번 내던졌기 때문에 다시 시작할 때는 자본주가 있어야 됐다나 봐요. '시미즈'라는 일본 사람과 합자했대요."

"네."

"승인 허가만 된다면 우리도 좋겠지만 이 선생도 좋게 돼요. 난 내 혼자만 잘 살려는 욕심쟁이는 아냐요."

하고 월라 여사는 괴롭게 웃고

"시간이 어떻게 됐지요?"

하고 또 시계를 들여다본다.

"네 괜찮습니다."

하고 재떨이에 담뱃재를 떠는데

"미스터 리 나오세요."

그 사이 뜰아래 방 옆에 붙어 있는 차고에서 오즈모빌을 몰아낸 설려가 뜨락에서 소리를 치는 것이다.

상칠은 월라 여사에게

"같이 나가신다더니…… 동행 하시지요."

하고 권해 보았으나

"난 좀 방향이 달라요. 어서 시간에 매인 사람들이나 먼저들 가 보세요."

하고 상칠을 따라 뜨락으로 내려오며

"남의 집이다 생각지 말고 종종 들려주서요. 사업상 얘기는 고사하고라도 우리 좀 친하게 지냅시다."

"네 감사합니다……. 여러 가지로 폐를 많이 끼쳐드려 죄송합니다."

"온 천만에. 일본말로 하면 '미즈쿠사이'[26]라고 할까 그러면 못 써요 호호호."

상칠은 월라 여사에게 고개를 숙여 인사를 하고 자동차 곁으로 왔다. 차의 객석 있는 쪽으로 가서 손잡이를 비틀고 문을 열려는데 핸들을 잡고 운전대에 앉아 있는 설려가

"노 노."

하고 소리를 친다.

"앞으로 오셔요. 제 곁에 앉으세요. 전 뭐 택시 운전수가 아니니까요."

상칠은 빙글빙글 웃으며 운전대로 가서 설려의 옆에 앉았다. 설려는 상칠을 흘겨보고 방긋 웃고 핸들을 돌렸다. 차는 스르륵 미끄러져 큰길로 나갔다.

"늘 설려 씨가 운전하시나요? 차를."

"엊저녁 같은 때는 운전수가 하지만 내 출근시간에는 내 손으로 운전해서 가요……. 이따 운전수가 어슬렁어슬렁 내 사무실로 와서 차를 들고 가지요……. 열두 시까지 시내로 돌아다니며 영업을 하지요."

"일석이조로군요."

"열두 시만 되면 미리 지정한 까레지로 가서 기다리고 있죠. 어머니와 제가 전화를 하면 곧 돌고 오게 되었어요."

---

26 みずくさい. 서먹서먹하게 굴다, 정다운 맛이 없다는 뜻.

"일석삼조로군요."

상칠은 감탄하여 보였다.

"이제부터는 매일 미스터 리를 모셔다 드리겠어요 좋지요? 이 차를 타면 무척 편안해요."

자기가 소유하고 있는 고급차로서 상칠의 직장까지 바래다주는 것은 설려의 임의로 정할 수 있는 일인 것처럼 더구나 그것은 상칠이가 고두사배[27]하고 받아야 할 친절인 것처럼 생각하고 있는 설려의 태도에 상칠은 불쾌하여졌다. 자존심이 건드려진 까닭이다.

상칠은 얼굴을 돌렸다. 심해 빛으로 푸른 하늘을 따라 차창 너머로 눈을 돌리며

"그러실 것은 없어요. 우리 집은 부산진이니까 방향이 사뭇 다르지 않아요?"

하고 상칠은 고개를 흔들어 보였다.

"부산진까지 뭐 십 분도 못 걸려요."

이번엔 상칠을 보지 않고 들릴 듯 말 듯

"난 미스터 리가 무척 좋아요."

중얼거리는 설려의 얼굴은 저녁놀같이 붉게 타올랐다.

"미스터 리, 내 오빠 되어 주시겠어요?"

하고 조심조심 이쪽으로 돌아보는 설려의 눈은 웃지 않았다. 처량하다 할까 괴롭다 할까 고아와 같기도 하고 약하디 약한 병자와도 같은 그러한 무기력한 표정이 설려의 얼굴에서 눈에서 그리고 그의 몸 전체에서 흘러나

27 鼓頭四拜. 한 번 절을 한 다음에 일어서지 않고 머리가 땅에 부딪히면서 절을 네 번 반복한다는 뜻.

오는 것이다.

조금 전에 자신의 자존심을 건드려 준 불쾌한 맘은 어디로 갔는지 상칠은 진정 설려가 어린 누이동생처럼 가엾기도 하고 사랑스럽기도 하여졌다.

“그럴까요? 설려 씨가 내 누이동생이 되어 주실까?”

하고 상칠은 설려를 들여다보고 미소하였다.

“그럼은요 난 오빠 있는 여잘 보면 부러워 죽겠어요. 사내 형제 가진 사람은 보이지 않는 튼튼한 울타리를 가진 것처럼 든든하게 보여요 후.”

설려는 가만히 한숨을 뿜고

“다 왔지요?”

하고 속력을 늦춘다. 전기 회사 사옥을 임시로 사용하는 상공부 정문이다.

“아 참 다 왔군.”

하고 상칠이가 일어나려 하였다.

“미스터 리!”

하고 설려가 손바닥을 내밀며

“잊어버린 것!”

하고 눈을 흘긴다.

“구두 닦은 삯 말이야요?”

하고 상칠이가 웃으며 포켓에 손을 넣으니까

“아냐요. 고맙다고 또 잘 가라고 악수하고 내리셔야지요.”

“아 참 그렇겠군요.”

하고 상칠은 설려의 갸름한 손가락 다섯을 모아 쥐고

“고맙습니다. 진정 고마웠습니다.”

하고 몇 번이나 손을 흔들어 주고 차에서 나왔다.

정문으로 들어가려던 상칠이가 차 쪽으로 흘깃 돌아볼 때 설려는 커다랗게 손을 흔들었다.

상칠은 전과 같은 자리에 앉아 전과 같은 사무를 보고 있으나 그의 머릿속은 전과 다른 생각으로 가득하여졌다.

불과 반일 남짓한 시간을 지나는 동안 상칠에게는 너무나 많은 사건이 지나간 것이다.

서시관에서 지난 일…… 자기 옆에서 다소곳이 권하던 황매의 요염한 자태며 어머니 같기도 하고 맏누님 같기도 한 월라 여사의 팔에 안기어 그의 차를 타고 그 집으로 가서 한밤을 쉬게 된 일이며 그보다도…… 팔딱팔딱 뛰는 옥토끼와도 같고 작은 꼬리를 흔들며 금빛 헤엄을 치는 금붕어와도 같은 설려의 출현!

이 모든 것은 잔잔한 시냇가에서 부드러운 물만 먹고 있는 어린 양과 같은 상칠의 미각에 단연코 강렬한 자극이 아닐 수 없는 것이다.

상칠의 머리에는 하루 종일 그의 눈앞을 지나간 달고 애틋한 장면들이 활동사진의 필름처럼 나타났다.

그 중에서 클로즈업한 설려, 황매, 그리고 월라 여사의 얼굴이며 선화며 백도의 얼굴들이 차례로 나타났다 사라지고 사라졌다 나타났다.

저녁때가 되자 상칠의 마음 맨 깊은 곳에 감추어 있던 한 개의 얼굴이 나타났다. 해와 같이 상칠의 눈이 부신 얼굴이다. 상칠은

'신희 씨!'

하고 마음으로 신희의 환상 앞에 고개를 숙이는 것이다.

상칠은 지금까지 신희 아닌 다른 여성에게서 흥미를 느끼고 자극을 느끼고…… 감정의 방랑을 할 대로 다한 자신이 신희에게 대하여 어떤 배신

이나 한 것처럼 그의 마음은 미안하기도 하고 또 약간 부끄럽기도 하였다.

그는 수화기를 집어 들었다. 전화에는 곧 신희가 나왔다. 신희의 목소리를 들은 순간 상칠은 모든 감정의 흐트러진 실마리가 각각 제자리로 들어서는 것 같은 상쾌감을 느끼는 것이다.

"네! 엊저녁엔요? 뭐 그렇지요. 그런 곳엘 가면 의례 판에 박은 그런 거지요. 네 시에…… 그럼 나도 그리로 가지요."

전화를 마친 상칠의 마음은 편안하여졌다. 잠깐 동안 동산을 빠져나와 색채와 향기를 따라 장미 울타리며 창포 늪 속을 헤매다가 다시 제가 살고 있는 동산으로 돌아온 듯한 그러한 아늑함과 평화를 느끼는 것이다.

이제 삼십 분만 있으면 네 시다. 신희와 약속한 '초생달'이라는 밀크홀로 가기까지 한 이십 분 동안 여유가 있다. 상칠은 일선에 나가 있는 친구 규환에게 편지를 썼다.

'친구야 일선에는 초설이 내렸다는 소식이 방금 배달된 신문에 보이기에 나는 대뜸 자네 생각이 나서 붓을 드네. 자네가 소속되어 있는 ○○○○부대가 주둔하고 있는 곳은 깊은 산골이라니 오죽이나 바람이 맵고 눈이 차겠나? 나는 매일 일 같은 것도 하지 못하면서 그날 그날 불리어 나갈 것을 기다리고 있네.

따뜻한 스토브 앞에서 푸석한 속옷을 입고 이렇게 붓을 드는 나는 그대들 앞에 안부를 물을 만한 체면은 없네. 하지만 그대와 꼭 같은 연령에 있는 나는 무언중에 그대와 꼭 같은 지점에 발을 딛고 섰다는 감각만은 어찌할 수 없네.

이 감각은(감정이라 해도 좋네) 생리적으로 어떤 때는 내 모가지를 누르기도 하고 또 어떤 때는 내 심장을 푹푹 쑤시는 아픔으로 압박하기도 하네.

죽음이란 것은 죽는 그 순간에는 별 고통이 없을 것인 줄 나도 아네. 단지 죽음을 공포하는 그 공포가 인간을 괴롭히고 있는 것이 아닐까?'

여기까지 쓰고 있을 때다.

똑똑 노크하는 소리가 났건만 상칠은 여전히 붓을 놀리고 있었다.

"이상칠 씨요? 저기 앉아 무얼 쓰시는 분이야요."

하는 소리가 들려 상칠은 쓰는 종이에서 눈을 떼고 고개를 들었다. 순간 상칠의 시야에 달려든 한 개의 얼굴이 있다.

방그레 웃는 하얀 이빨과 빤히 응시하는 두 눈동자 그는 아침에 자동차로 상칠을 바래다주고 정문에서 돌아간 강설려였다.

"웬일이십니까?"

상칠은 진정 의문이었다. 아침에 태워다 준 인사로 또 잘 가라는 예의로 악수를 교환하였으면 그만이 아니겠는가.

'그런데?'

무슨 까닭으로 상칠의 직장에까지 추격하여 오는가. 실로 상칠에게는 의외의 일이 아닐 수 없는 것이다.

"저 어머님에게서 전화가 왔어요. 모시고 오라구요."

하고 사르르 눈을 내리감는 설려의 목소리는 완전히 풀이 죽었다. 반갑게 맞이해 줄줄 알았던 상칠이가

"웬일로 왔느냐?"

고 바로 나무람이나 하듯이 질문 하는 것을 들을 때 일 분 전까지 창공에서 훨훨 나르고 있던 희망의 날개가 진흙 속으로 빠져 들어가듯 설려의 얼굴에는 고민의 빛이 역력히 나타났다.

"어머니가 어디서 기다리신다는 거야요?"

상칠은 나지막이 목소리를 부드럽게 하여 물었다.

"그것은 나가서 말씀 드리고."

하고 여전히 풀이 죽은 처량한 목소리다. 상칠은 이 죄 없는 어린 처녀에게 자신이 너무도 무뚝뚝하게 대한 것이 약간 미안하여졌다.

"내 지금 곧 나갈 테니 복도에서 잠깐 기다리세요."

상칠은 어린 누이동생에게 대하는 듯한 애틋한 감정을 느끼며 이렇게 말을 하고 설려를 복도로 내보냈다. 상칠은 쓰던 편지를 책상 서랍에 넣고 돌아서 나오려니까

"굉장한 미인인데?"

하고 옆에 앉은 동료 비서가 부러운 듯이 놀려댄다.

상칠이가 복도로 나오니 유리창을 내다보고 서 있는 설려의 뒷모양이 보였다.

산 끝에 걸린 해가 초라한 광명을 던지는 창턱에 팔고뱅이를 받치고 하염없이 서 있는 설려는 진한 남빛 드레스를 입고 같은 빛깔의 띠로 졸라맨 허리가 한줌이나 되어 보인다.

자그마한 엉덩이 아래로 펼쳐진 치마 끝에 예쁘디예쁜 두 발이 진한 고동색 나일론 양말에 검은 빛 구두를 받쳐 신었다.

설려의 입은 옷의 빛깔의 계통이기는 하나 그보다 훨씬 연하고 부드러운 짙은 옥색 머플러를 머리와 귀를 싸고.

"설려 씨!"

하고 상칠이가 불렀다.

"네?"

설려의 기분이 돌아왔는지 아까보다는 훨씬 명랑한 목소리로

"어머니께선 말야요 동래 온천에 계세요. 지금…… 아주 조용하고 물도 깨끗하다고 하루 저녁 쉬어 가시자는 거에요. 어때요?"

설려는 어리광하는 듯이 뒤축으로 또각또각 걸어보고

"같이 가세요. 난 가고 싶어 죽겠어요. 어머닌 말야요 날 그런 곳에는 잘 데리고 가시질 않으세요. 오늘 밤만은 미스터 리를 모시고 같이 오라는 거야요. 난 몰라요."

설려는 몸을 흔들며 소리를 죽여 웃어댄다.

"약속한 곳이 있는데 네 시에 꼭 만나자고."

하고 상칠은 진정 걱정스러운 얼굴이다.

"네 시에요? 지금이 네 신데요. 못 가신다고 전화로 거절하시면 되잖아요?"

상칠은 눈을 껌벅껌벅 하면서 한참 서 있다가 잠자코 되돌아서서 나왔던 방으로 들어갔다.

수화기를 집어 들었으나 신희는 없다.

"지금 막 나갔습니다."

하는 대답소리가 나고 전화는 끊어졌다. 상칠은 입맛을 다시고 설려의 차에 올라탔다.

전과 같이 운전대로 가서 설려와 나란히 앉아 광복동 큰길까지 나와 밀크홀 '초생달' 앞에서 차를 정거시켰다. 신희가 당도해 있지 않기를 어렴풋이 바라는 상칠의 기대와는 반대로 신희는 참따랗게 와서 기다리고 있다.

장갑을 얹어 두었던 교의를 당겨 놓으며

"네 시에서 오 분 지났습니다만 그만하면 정확한 편이야요."

신희는 방그레 웃었다. 두 번째 주문을 받으러 온 급사에게

"빵과 케이크 이인분!"

하고 신희가 부탁하였다. 상칠은 손을 들고

"일인분만 하세요. 난 지금 급하게 가볼 때가 생겨나서…… 용서하세요."

하고 일어선다.

"그러세요? 어딜 가시는데요?"

하고 신희가 물었으나

"내일 전화 하지요."

하고 상칠은 당황이 문을 밀고 나가버렸다. 상칠은 한 시간 전에 전화로 연락하여 오라고 한 신희가 시간에 와서 기다리고 있는데도 설려에게 안동되어 온천장으로 향하는 자신의 행동을 비판하려는 자기 양심에게

'신희는 언제든지 사랑하는 나의 아내 될 사람이다. 오늘 온천 가는 것은 모처럼 생긴 유쾌한 시간이다. 신희도 이것쯤은 이해할 것이다.'

그는 이렇게 단정하고 스스로 변호하는 것이다. 설려가 기다리고 있는 차를 향하여 두어 걸음 걸어갈 때 뜻밖에도 윤규환의 형님 되는 윤 대령과 마주쳤다.

인사를 주고받고 한 삼 분이나 지체할 동안 상칠은 속으로 혀를 찼다.

'신희도 이해할 것이다.'

스스로 단정한 그 신희가 지금 곧 홀에서 나오는 것 같아서 윤 대령의 인사가 너무 지루한 것이 짜증이 난 것이다.

오늘 달리 약간 허둥거리는 상칠의 태도가 신희의 눈에 이상하게 비쳐 맘속으로 고개를 기울여 보고 신희는 빵을 봉지에 넣어 달라 부탁을 하였다.

돈을 지불하고 밖으로 나온 신희의 눈에…… 어떤 군인과 얘기를 마치고 고급차 속으로 바쁘게 들어가는 상칠의 모양이 보였다. 그리고 상칠과 나란히 앉은 운전수가 희한하게도 어여쁜 젊은 여성이라는 사실이 신희

의 호기심을 극도로 자아냈다.

멀어져가는 자동차를 바라보고 서 있는 신희의 입가에는 고민과 같은 미소가 흘러갔다. 차가 큰길 모퉁이로 사라지자 신희는 고개를 똑바로 들고 걸음을 옮기었다.

오늘도 번화가 일대에는 말쑥하게 차린 신사와 숙녀가 지나간 다음이면 찌그러진 얼굴에 헌털뱅이를 감은 어린 거지들이 깡통을 들고 웅성거리고 걸어간다.

큰길에서 꺾이어 남포동 거리를 들어설 때다. 신희가 지나가는 길가 어느 식당 문이 획 열리며 어린 거지 하나가 밀려 나오고 뒤미처 거지를 쫓아 젊은 여인이 튀어 나온다.

무섭게 짙은 화장을 한 여인은 분노에 떠는 소리로

"이놈의 새끼 가라면 가는 게지 왜 사람을 골려대는 거야."

여인의 하얀 주먹이 거지의 집수세미 같은 대강이를 몇 번이고 쥐어박는다.

"이!"

열 살 남짓한 거지는 울음을 터트린다.

"이놈의 새끼, 이놈의 새끼."

여인의 분노는 좀처럼 풀리지는 않는 모양이다. 신희는 걸음을 탁 멈추고 섰다. 그리고 두어 걸음 거지 옆으로 가까이 갔다.

"듣거라 이 새끼. 안에 손님들 있는데 올 테야?"

여인의 금가락지 낀 손가락이 거지 아이의 귀뿌리를 찢어지라고 잡아 흔든다.

"아야야 잉잉."

신희는 또 한 걸음 거지 아이의 뒤에 바싹 다가섰다. 그리고 여인의 얼굴을 정면으로 쏘아 보았다. 거지 아이의 귀를 쥐고 흔들던 여인의 눈이 신희의 날카로운 시선과 마주치자 여인은 일순 흠칫 손을 뗀다.

그러나 다음 순간 여인은 입을 삐쭉하더니 조롱스러운 웃음을 띠고 안으로 들어가 버렸다. 신희는 봉지를 열고 빵을 한 개 꺼내 어린 거지의 손에 놓아주고

"애 너 이담엔 말야 남이 나가라면 얼른 나와야지 다른 집으로 가보면 되지 않아? 가라는 데도 자꾸만 붙어 있으면 얻어맞지 않니? 약을 올려 주니까 때리는 거야."

어린 거지는 움쑥움쑥 빵을 베어 먹으며 무표정한 얼굴로 신희를 쳐다보고

"아무 집엘 가도 나가라고만 해요. 자꾸만 돌아다니니까 배가 고파요……."

점잖게 돌아서는 신희의 눈에는 핑그르르 눈물이 고였다. 한참을 걸어가며 신희는 고개를 기울였다.

오늘처럼 어린 거지가 이렇게까지 뼈아프게 가여워진 일이 전에도 있었던가? 신희의 이성은 자기의 행동과 감정에 예리한 메스를 내리는 것이다.

오늘 우연히 화려한 고급차와 그 차를 타고 간 사람들이 무언중에 던진 도전의 화살이 자기로 하여금 반발적으로 어린 거지에게 동정을 쏟게 한 것이 아닐까?

거지에게 베풀어준 빵 한 개의 선물과 거기 따른 자비심의 갈피 속에서 이런 불순에 가까운 감정을 끄집어 낸 신희는 쓸쓸하여졌다.

'나는 좀 더 깊게 좀 더 높게 살 수 없을까?'

벌써 해는 산 너머로 넘어가고 바다 위에는 갈매기들이 바쁘게 나르는데 신희는 생선들이 놓여 있는 노점 옆으로 기웃기웃 들여다본다. 주머니 속에 엎드린 천 원짜리 두 장을 생각하고

'값싸고 영양 있는 반찬.'

을 찾아 그 긴 노점의 거리를 이리저리 돌아다녔다.

신희는 한참 만에 고등어 세 마리를 책보에 싸서 들고 전차 행렬의 맨 끝에 가서 섰다.

전차를 기다리는 사람들은 하나 같이 피로하고 배고프고 그리고 추운 얼굴들이다. 신희는 언제까지 이렇게 서있어야 하나 하고 오늘 달리 휙휙 지나가는 택시가 부러웠다.

순간 조금 전에 신희의 눈앞에서 상칠과 나란히 앉아 가던 고급차의 주인은 누군가 하는 생각이 머릿속에서 살아났다.

옥색 머플러로 머리를 싼 그 화사한 몸매를 가진 여인에 대하여 신희는 궁금하여졌다.

'어느 장관의 부인인가? 따님인가?'

하고 고개를 기울여 보았으나 밀크홀에서 당황히 나가던 상칠의 행동과 관련하여 생각할 때 신희의 마음은 평온하지 않았다.

이십 분이나 서서 있는데도 전차는 올 기미가 보이지 않는다. 신희의 뒤에도 벌써 긴 행렬이 잇닿아 선다.

고등어 세 마리가 제법 무거워온다. 신희는 혀를 차고 행렬에서 나와서 타박타박 큰길로 걸어갔다.

집으로 들어가니 저녁 밥솥에 불을 지피시는 어머니가 책보를 받는다. 평소와 달리 약간 우울하여 진 딸의 얼굴을 들여다보는 어머니의 가슴은

뭉클하여졌다.

“시장하겠구나. 웬 고등어를 다 사고. 잘 먹겠다.”

하면서도

‘다른 집 딸 같으면 한창 고은 옷에 아랫목에 앉아 시집 갈 준비나 하고 있을 것을 네 식구의 먹을 거 입을 거 저것이 혼자 도맡아 걱정을 하다니…….’

이런 생각을 하는 어머니의 마음은 딸에게 대하여 미안하고 불쌍하여 그는 다만

“이제 밥이 곧 된다. 어서 들어가 ‘고타츠’에 발이나 넣어라.”

이런 말만 되풀이 하는 것이다. 신희는 신희대로 늙은 어머니가 찬물에 손을 넣는 것이 결코 마음이 편한 것이 아니었다.

‘울 어머니도 남과 같이 며느리라도 있었더라면…….’

아들이 없는 아버지 어머니가 당신네의 친아들과 조금도 다름없이 생각하고 굳이 상칠과의 약혼을 주장하신 것을 생각하고 신희는 속으로 새삼스럽게 자기 자신이 아들로 태어나지 못한 것이 한스러웠다.

신희는 케이크 세트를 자그마한 접시에 담아 아버지의 방으로 가져갔다. 이런 말 저런 말 한 십 분 앉았다가 안방으로 왔다.

“언니! 이것 봐요.”

하고 성희가 들어서며 책보를 푼다.

“학교에서 말요 상이군인 원조한다고 바자[28]를 연데요. 우리 반에서는 말요 모두들 에이프런을 해오라고 그러지 않아요……. 학교에서 옥양목을 한

---

28 bazar. 공공 또는 사회사업의 자금을 모으기 위하여 벌이는 시장. ‘자선장’, ‘자선 장터’로 순화.

필 들여다 이렇게 나눠주면서 값은 만 원이라고 내일 가져오라는 거야요."
하고 성희는 말을 뚝 그치고 신희의 얼굴을 찬찬히 들여다보며
"언니 만 원 있어요?"
하고 걱정스럽게 묻는다.
"내게는 없는데…… 어머니!"
하고 신희는 부엌으로 얼굴을 내밀고
"만 원쯤 있겠어요? 성희가 내일 가져가야만 된다는데요."
어머니는 행주치마에 손을 씻으며 방으로 들어오시더니
"네가 그저께 십만 원 주지 않았니? 그걸 가지고 쌀 한 말을 사고 메주콩 한 말을 샀지. 그리고는 나무를 서른 개비 사고 숯도 한 섬 들여왔지…… 내게 남은 돈이 있을 턱이 있겠나 생각해봐."
어머니는 딸에게 차근차근 설명을 하고 미안한 듯이 빙긋 웃고
"성희야 너 가져갈 돈은 없으니 월급 받거든 가지고 가지?"
하고 도로 부엌으로 나가신다.
'이달과 훗달 월급을 미리 당겨 온 것을 어머니는 모르시는 것이다.'
신희는 속으로 생각하고 쓰디쓰게 웃었다.
"얘야 어렵지만 김장을 다만 얼마라도 해 놓아야 되지 않겠니……. 항아리도 없으니…… 적게 잡아도 이십만 원은 가져야 김장이랍시고 흉내라도 낼 거야."
어머니는 조심조심 이런 말을 하고 방안에 있는 딸의 기척을 살피는 것이다.
"김장은 아직 일러요. 이곳은 따뜻해서 겨우내 무와 배추가 있대요."
신희는 어머니를 위로하기보다도 자기 자신이 우선 이런 말로 안심을

하고 싶었다.

"애 성희야 너 내일 꼭 가져가야만 되니? 만 원."

"그럼은요 옥양목은 학교에서 빌려주는 거래요. 내일 안 가져오면 안 된다고 몇 번이나 선생님이 그러시던데……."

신희는 돌아앉아 트렁크를 열었다. 무엇인지 찾아서 손에 쥐고 나가다가

"빵 먹어."

하고 봉지를 성희에게 내어주고 신희는 대문을 나왔다.

한 여남은 집이나 지나서 자그마한 하꼬방으로 들어가서

"아주머니 이거 만 원에 사실래요?"

손에 쥐고 있는 것을 보였다. 한 번도 신지 않은 고급 나일론 양말이다.

"만 원? 만 원 드리죠."

넝마장수 아주머니는 첫말에 천 원짜리 열장을 헤어 신희의 손바닥에 놓아준다.

오월 오일 단오절은 또한 신희의 생일이기도 하여 지난 단오절에 이모님 되는 상공 장관 부인에게서 선물로 얻은 고급 나일론 양말을 신지 않고 아껴두었던 것을 오늘 성희의 학비의 일부로써 제공한 것이다.

현금 만 원을 받아 쥔 오늘의 성희는 춤을 추기는 고사하고 웃지도 않는다. 그는 시무룩해서 고개를 탁 숙이고 앉았다가

"언니 미안해요."

하고 한숨을 호르르 쉬더니

"언니 나 말요 열심히 공부할게요."

하고 억지로 빙그레 웃으려는 성희의 두 눈에 흰 구슬 같은 눈물이 주르르 굴러 떨어졌다.

"왜 울어? 못나게……. 언닌 말야 또 있어 그런 것은. 얼마든지 시장에 나가면 살 수 있어……. 월급 받으면 한꺼번에 두 켤레고 세 켤레고 살 수 있어. 빵은 다 먹었니?"

하고 신희는 웃으며 눈을 커다랗게 떠보였다.

"그럼 뭐 꼭 두 개 들어 있는 거 눈 깜짝할 새 다 먹어 버렸지."

성희는 눈을 내리 뜨고 봉지를 훌쩍 던진다.

고등어 굽는 냄새가 풍겨온다.

"어머니 조리실 걸 그랬어요? 구우면 비릴 텐데."

하는 딸의 말에

"간장이 떨어졌다. 그래서 오늘 저녁에 한 마리 굽고 간을 해 두었다가 내일 구우면 괜찮다."

하는 어머니의 대답이다.

"네, 잘 하셨어요."

하고 대답은 하였으나 신희의 가슴은 무거워 왔다. 간장이 떨어지면 좀 있다 쌀도 떨어지고 나무도 떨어질 것이다.

'월급은 내월 치까지 받아 왔으니 훗달까지 무엇으로 살아가나.'

이러한 생각에 신희는 저절로 한숨이 새어나온다.

"밥 다 됐다."

하고 어머니가 들어다주시는 저녁상을 받았으나 시장한 정도에 비하여 입에 떠 넣는 밥이 달지가 않다.

신희는 아버지 방에 숭늉을 떠다 드리고 상을 들어 서름질[29]을 하면서

---

29 설거지.

어디서 빚을 한 이십만 원 얻어야 하겠는데 속으로 생각을 하고 누구 누구의 이름을 꼽아 보았으나 모두가 거북하고 면구스럽기만 해서 돈을 꾸어 달라는 용기는 날 것 같지가 않다. 신희는 바자에 내놓는다는 성희의 에이프런을 들고 등잔 곁에 앉아 불란서 자수 실에 바늘을 꿰었다.

"널랑은 공부해라. 내 오늘 밤 되도록 마쳐 줄게."

"언니."

성희는 행복스런 목소리로 언니를 불러놓고 빈 그릇들을 거두어 나간 밥상 위에 책을 펼치는 것이다.

성희의 옥양목을 손에 들고 바늘을 옮기면서 신희는 귀를 기울였다.

이제 곧 상칠이가 들어올 것만 같아서 골목으로 지나가는 사람들의 발소리를 헤이는 것이다.

어머니는 고타츠에 발을 넣으신 채 잠이 드시는지 가늘게 코를 골기 시작하고 성희도 책 위에 얼굴을 싣고 하품을 하면서

"언니 난 자겠어요. 아홉 시 반 아냐요?"

하고 상을 밀어놓는다.

"자라. 난 좀 더 해 놓고 잘게."

신희는 통행금지 시간이 되어 가는 데도 상칠이가 오지 않는 것을 생각하고

'그때 가서 아직도 못 돌아 왔나?'

하고 지금쯤 어디서 그 화려한 부인 손님과 함께 어울려 즐겁게 거닐고 있을 상칠의 얼굴을 맘속으로 그려보고 호 하고 한숨을 쉬었다.

"어머니, 요 깔고 주무세요. 네 어머니?"

신희는 이부자리를 내려 어머니와 성희의 자리를 보아 놓고 자기는 계

속하여 에이프런에다 수를 놓는 것이다.

길고 먼 인생의 행로가 비로소 신희에게 광막하고 고달픈 나그네 길이라는 것이 어렴풋이 생각된다.

약혼한 지 일 년 반이 되는 상칠과 함께 바다와 같기도 하고 광야와 같기도 한 세상에 나왔으나 그들의 출발이 결코 평탄치 못할 것 같은 기우가 이 저녁 신희의 제 육감 속에 파고드는 것이다.

행진

이웃집 시계가 열한 시를 친다. 신희의 손끝에 들려 있는 에이프런에는 앵무새의 모가지가 또렷하여 진다.

이따금 바람이 윙 하고 전신에 울리면 영창문의 문풍지가 파르르 떤다.

새벽 세 시가 지나니 방안의 공기는 완전히 차가워졌다. 에이프런 자수도 절반이나 되었다. 신희는 고타츠에 발을 넣고 어머니 곁에 옹송거리고 누웠으나 이웃집 시계가 네 시 치는 소리를 듣고야 어렴풋이 잠이 들었다.

이튿날 아침 회사의 출근이 삼십 분이 늦어졌다는 사실은 신희가 취직한 두 달 이래 처음되는 일이다.

× ×

오늘 아침 직장의 출근이 늦어진 것은 신희만은 아니었다. 온천장 산해관에서 월라 여사와 함께 아침상을 받고 앉은 상칠과 설려도 전 같으면 지금 시각에는 벌써 사무 보는 교의에 앉아 문서를 만지고 있을 사람들이 어젯밤 늦도록 놀아버린 까닭에 오늘 아침 잠이 늦게 깬 데다가 목욕까지 하고 밥상에 앉으니 거의 열 시가 된 것이다.

월라 여사는 오늘 만날 긴한 손님을 기다린다고 해서 상칠과 설려가 먼저 내려오기로 하였다.

신경문의 차는 어젯밤 부산 시내로 내려간 정 사장이 타고 간 때문에 신경문은 황매를 데리고 설려가 운전하는 '올즈모빌'을 같이 타기로 하였다.

운전대에는 설려와 상칠이가 앉고 객석에는 신경문과 황매가 앉고.

폭신한 은호[30] 목도리에 턱을 파묻고 앉았던 황매는 차내의 온도에 더워오는지 그는 목도리를 끌러 무릎 위에 내려놓으며 운전대를 향하여 눈을 흘긴다.

신경문의 권하는 대로 온천 목욕탕에 몸이나 담그고 하루 저녁 푹 쉬어 갈 생각으로 동래로 오기는 하였으나 오나가나 술을 따르는 것이 그의 직업이요 여기서나 저기서나 신경문에게 육체를 제공하면 그만으로 되어 있는 황매는 온천장에 가는 일에 대해서 특별한 흥분이나 감격을 느끼지는 않는 것이다.

그러나 어젯밤 황매가 산해관 이층 X호 실로 들어설 때 그는 자기의 눈을 의심하였던 것이다.

월라 여사와 마주 앉아 무슨 이야기를 하다가 이쪽을 돌아보고 빙긋 웃는 청년의 얼굴을 볼 때 황매는 아찔한 현기증을 느끼리만큼 그는 놀라움과 그리고 애틋한 정서가 한꺼번에 가슴 속에 끓어올랐던 것이다.

그리움으로 거의 한밤을 뜬눈으로 새운 그 장본인 이상칠이가 하늘에서 내려와서 자기 눈앞에 나타난 때문이다.

"안녕하세요!"

아무에게나 할 수 있는 이런 인사를 아무렇지도 않게 한 마디 하고 사

30 꼬리 끝을 제외하고 흰색과 검은색이 섞여 전체가 은빛으로 보이는 여우.

르르 눈을 내리 감는 황매의 얼굴은 요염을 지나 처염하게[31] 보였다.

"아 황매 씨! 어제 저녁에는 여러 가지로 실례했습니다."

하고 상칠은 손을 내밀었다.

"……."

황매는 맹렬히 뛰는 가슴의 고동을 느끼며 자그마한 손을 상칠의 주먹 속에 넣었다. 일 분도 못 되는 악수가 끝날 동안 황매는 몸과 마음이 한 가지로 녹아내리는 듯한 도취를 느끼었다.

신경문과 정 사장은 상칠을 데리고 목욕탕으로 내려가고 설려도 독탕으로 갔으나 황매는 우두커니 앉아 부젓가락으로 화로의 숯불을 폭폭 쑤시면서

"선생님 따님은 올해 몇 살 나시지요?"

하고 설려의 나이를 물었다.

"이제 설 쇠면 스물셋이야……. 나이야 모두 호패 찰 나이지."

하며 자개장 위에다 트럼프를 벌려 놓는다.

"학문 높은 처녀님들이야 나이 잡숫는 게 무슨 걱정이야요? 하지만 좋은 청년을 보시면 사윗감이 될까 하고 유심히 보시죠?"

하고 황매는 뽀얀 턱을 치켜들고 방긋이 웃었다.

"그야 물론이지."

황매는 점잖게 부젓가락으로 화로를 쑤시며 생각에 잠긴다.

'설려는 부잣집 맏딸, 여자대학 출신이고 영어 잘하고……잘 까불고…… 나는 소학교밖에 못 다니고 그리고 접대부고…… 그래도 얼굴만은 내가

---

31 처절하게 아름답다는 뜻.

나아. 단연코 내가 낫고 말고……. 그리고 아무리 내가 설려 같이 까불까?'

설려가 운전하는 차는 벌써 거제리를 넘어 서면을 들어서는데 황매의 머릿속에는 어제 저녁 일들이 차례를 지어 떠오른다.

산해관 이층 X호실에서 화로를 끼고 앉아 생각에 골몰하던 황매는 흠칫 고개를 흔들고 피식 웃어 버렸던 것이다. 스스로 조롱하는 웃음이었다.

'얼굴이 잘나면 무얼해? 나는 접대부 설려는 순결한 처녀. 그의 등 뒤에는 고관도 괄시 못하는 월라 여사가 버티고 있다. 나는 서시관에 들어오는 손님이면 그게 협잡꾼이거나 술망탱이거나 문둥병 균을 가졌거나 검둥이거나 노랭이거나 그 앞에서 웃어야 하고 공손하게 술을 따라야 하고 얌전하고 의젓하게 안주까지 권해야 하는…… 돈에 팔리는 종년…… 돈에 팔리는 사창.'

황매는 좀 더 크게 입을 벌려 웃음을 흘려보내고 부젓가락을 놓고 자리에서 발딱 일어섰다.

철없게도 설려와 자기 자신을 비교해 본 어리석은 공상을 뱉어 버릴 듯이 그는 문을 열고 난간 너머로 탁 하고 가래침을 뱉었다.

목욕탕으로 갔던 남자들이 우르르 몰려온다.

맨 나중에 올라오는 상칠이가 난간을 집고 서 있는 황매의 귓가에 휙 하고 휘파람을 날려놓고 방으로 들어갔다.

황매는 공연히 슬퍼져 눈을 서먹서먹하면서 불빛이 환한 뜰 안을 내려다보고 섰던 것이었다.

콩콩콩 발소리가 났다. 설려가 목욕을 하고 돌아오는 것이다. 소녀다운 명랑하고 가벼운 기분으로 설려는 발그스레 충혈된 얼굴을 두 손바닥으로 쓸면서

"미스터 리, 우리 산보 나가요."
하고 상칠의 팔을 끌고 아래로 내려갔다. 오늘 달리 봄날 같이 훈훈한 저녁 바람을 쏘이며 소나무 아래를 지나 상록수와 정원석이 적당히 배치되어 있는 뜨락을 한 바퀴 돌던 설려의 의기양양하던 모습이 지금 황매의 눈앞에 떠오르는 것이다.

술상이 들어오고 황매가 잔에다 술을 따르는데

"인내요 미스터 리의 잔은 내가 부을래."
하면서 홀딱 빼어다 상칠의 잔에다 남실남실 부어 놓고 호호호 하고 웃던 설려의 얼굴 생각이 난다.

'천연 꽁당새 같으라니…….'

황매는 이렇게 속으로 중얼거리고 업신여기는 웃음을 설려의 뒤통수에 퍼붓는 것이다.

"저 달 보세요 미스터 리. 나뭇가지 위에 걸친 달 꼭 커다란 귤 같지 않아요?"
하고 상칠의 어깨에 고개를 싣는 설려의 모습이 도전하듯 황매의 머릿속으로 기어들어 오자 황매는 부르르 몸을 떨고 속으로

'얘 이십대일二十對日이란다. 너 같은 꽁당새가 상칠 씨의 부인이 되기에는 좀 더 현숙한 처녀가 수두룩하다는 걸 알아야 해…….'

황매는 차체의 가벼운 동요를 느끼면서 맘속으로 설려에게 이런 욕을 하고 방금 능란하게 운전하면서 상칠의 귀에다 무어라고 소곤거리는 설려를 보지 않으려는 듯이 사르르 눈을 내리뜨고 운모와 같이 투명한 자기 손톱을 들여다보는 것이다.

차가 부산진을 넘어섰다.

"구관 입구를 지나서 스톱해 주세요. 집에 들려야겠어요."
하고 상칠이가 부탁을 한다.
"댁은 초량이라더니……."
"초량 삼막이라는 데에요."
상칠은 내릴 차비를 하고 몸을 도사리는데 차가 구관 언덕바지를 올라섰다.
"스톱 스톱."
스르르 차가 정거 되고 상칠은 돌아 앉아 신경문과 황매에게 악수를 하고 설려에게도 악수를 하였다.
"내려갑시다."
하고 설려는 핸들을 놓고 일어선다.
"댁도 알아둘 겸 나도 같이 가겠어요."
하고 설려는 상칠의 어깨 아래로 착 붙어 선다.
"그러실 건 없어요."
하고 상칠은 곤란한 듯이 이맛살을 찌푸리고 섰는데
"어서 가세요."
하고 설려가 상칠을 독촉한다.
설려를 향하여 조롱스럽게 웃는 황매의 두 눈은 비수와 같이 날카로운 시선을 감추고 지그시 감겨졌다.
자동차 속에는 신경문과 황매 두 사람만이 남아 있게 되었다. 눈과 얼음으로 다져놓은 인형 같이 차디찬 맵시로 손톱만 만지고 앉았는 황매를 곁눈으로 훑어보고 신경문은 팔짱을 끼고 쿠션에다 고개를 젖혔다.
오늘 이 길로 돌아가서 한 시간 후에 설려를 만나야 한다.

'커널 브라운에게서 확답을 가져오기로 약속한 설려에게 무슨 선물을 주어야 하나?'

신경문은 이런 생각으로 머릿속이 잠깐 바빴다. 그는 눈을 크게 뜨고 황매 쪽으로 고개를 돌리지 않을 수 없었다.

황매가 동그스름한 팔꿈치로 신경문의 두꺼운 옆구리를 제법 호되게 지른 까닭이다.

"왜?"

하고 신경문이가 놀라는 얼굴을 해 보이고 빙긋이 웃었다.

"돈 좀 주세요."

"저때 번에 백만 원 가져간 것 벌써 다 썼나?"

하고 이맛살을 찌푸리는 신경문의 얼굴을 빤히 쳐다보고 황매는 잠자코 오른손 팔목에서 팔찌를 빼어 신경문의 무릎 위에 올려놓았다.

"이것 가지세요. 거의 백만 원 들었어요……. 난 지금 현금이 필요해요."

여전히 눈과 얼음이 흘러내리는 황매의 차디찬 얼굴이다. 신경문은 속으로 끓어오르는 웃음을 배꼽 아래로 넌지시 눌러놓고

'요게 좋단 말야. 요 차디찬 꼬라지가 사람이 간을 녹인단 말야. 십삼도 계집이 거의 다 모여들었지만 황매 같은 계집애는 좀 어려워…….'

신경문은 한 손으로 팔찌를 쥐고 한 손으로 황매의 손을 쥐고

"자 팔찌는 끼어. 괜히 신경질 부리지 말고…… 현금이 필요하다면 주지."

하고 지갑을 꺼내더니 수표 한 장을 내놓는다.

"오십만 원 아냐요?"

하고 황매는 시들한 시선으로 흘겨보고 입을 삐쭉한다. 일전에 김신희에게 보냈다가 쫓기어 온 채 지갑 속에 갇혀 있던 것을 지금 황매에게 내밀

어 준 것이나 황매 역시 반가워하지 않는다.

'이상한 수표야!'

신경문은 속으로 고개를 기울이고

"필요 없다면 그만이고…… 나도 요새 현금이 필요해. 그나마 아주 거액의 현금이 필요해서…… 여기저기 은행에서 빚을 얻는 판이야……. 우선 이걸로서……."

하고 신경문은 황매의 손바닥에 수표를 쥐어 주었다.

"백만 원 더 주세요. 일백오십만 원 꼭 쓸 때가 있어요."

"팔찌 만들었겠다 은호 샀겠다 무엇에 쓰려고 일백오십만 원이야?"

하는 신경문의 질문에 황매는 호르르 한숨을 쉬면서

"외투 만들려구요."

하고 몸을 고쳐 앉는다.

"외투? 왜 저때 번에 두루마기 한 개 더 만든다고 해서 동경 가는 사람 편에 라꾸다[32] 검은 걸로 두루마기 감을 부탁 했는데……."

"그래도 외투를 만들어야 해요."

"그럼 저때 번에는 외투는 안 입는다고 그랬느냐 말이야."

신경문은 지은 초록빛 양단 두루마기를 입고 있는 황매의 폭신한 어깨를 가볍게 흔들었다.

"글쎄요 나도 몰라요."

하고 황매는 팔찌를 끼며 생긋이 웃는다. 눈바람 속에 피어나는 매화의 향기와 같은 웃음이다.

---

32 らくだ. 낙타 털로 만든 섬유.

'응 여자는 본래 변덕쟁이니까…….'

신경문은 백만 원 수표를 또 한 장 써가지고

"크리스마스 선물까지 연말 보너스까지 다 포함 되어 있어……."

하고 도장을 눌렀다.

"네. 만만 감사합니다."

하고 황매가 수표를 핸드백에 집어넣는데 상칠과 설려가 돌아왔다.

황매는 상칠의 어깨며 앞 두 가슴이며 그리고 팔의 화장[33]을 눈짐작으로 익혀보고

'헐어빠진 저 외투를 벗겨 버리고 새로 한 벌 장만해 입히면 훨씬 더 아름다워질 거야.'

황매의 얼음 같은 얼굴 위에 비로소 봄을 실은 미소가 가물거린다.

바쁘게 타이프를 치면서도 신희는 전화가 올 때마다 귀를 기울였다. 어제 밀크 홀에서 그렇게 총총히 가버렸던 이유를 상칠은 마땅히 전화로 알려줄 것으로 믿고 기다렸으나 열두 시가 되도록 아무런 기척이 없다.

언제나 차디찬 신희의 벤또이지만 오늘은 유난히 벤또를 열기가 싫다. 식욕이 나지 않는 때문이다. 화로 곁으로 와서 불을 쬐는 신희는 우울하여졌다.

"애야 쌀이 내일이면 떨어지겠다."

이 말 한 마디를 해놓고 미안스러워 딸의 눈치만 슬금슬금 보시던 어머니의 처참한 얼굴이 환등처럼 눈앞에 머물고 있다.

'한 십만 원 어디서 꾸어야겠는데…….'

---

33 저고리의 깃고대 중심에서 소매 끝까지의 길이.

신희는 상공 장관 부인인 이모님을 찾아 갈까 생각하다가 커다랗게 고개를 흔들어 버렸다.

성공하여 화려하게 사는 일갓집에 가난한 친척이 돈을 꾸러 가는 것처럼 비참하고 서글픈 일은 없다고 일찍부터 단정하고 있기 때문이다.

퇴근 시간이 가까워 오자 신희의 머릿속에는 차츰 한 가지 생각이 익어 온다.

같이 일을 보고 있는 여자 사무원 황미순에게 돈을 꾸어볼 용기가 생겨난 것이다. 네 시가 넘어 미순이가 퇴근하기를 기다려 신희는 미순과 나란히 사무실 문턱으로 나오며

"미순 씨!"

하고 실팍하게 생긴 황미순의 어깨에 살며시 손을 얹었다.

"신희 씨!"

미순은 환한 얼굴에 웃음을 실고 눈으로 바깥을 가리킨다. 언제 흐렸던지 밖에는 가느다란 눈이 날리고 있다.

자줏빛 스웨터 한 개만을 걸치고 있는 신희는 자신이 추위를 느낀다는 것보다 우선 초라하였다. 황미순의 폭넓은 신식 외투가 오늘 같은 날에는 입은 사람보다도 오히려 보는 사람의 마음이 푸근하여 좋았다.

"저어 내가 긴히 할 말이 있는데……."

하고 신희는 미순의 넓은 양미간을 들여다보았다. 황미순의 이마가 넓다고 젊은 사원들은 미순의 듣지 않는 데서 '시베리아'라고 별명을 지어 부르는 것이 생각났으나 신희는 이 경우에 웃음도 나지 않는다.

"무슨 말?"

하고 미순은 넓은 이마 아래로 그리 크지 못한 눈을 깜빡이며 긴장하여진다.

"저어."
하고 다음 말을 끄집어내기가 신희에게는 뻐샤 말이나 끄리샤 말처럼 발음하기가 곤란하여졌다.

신희는 몇 번이나 침을 삼키고 나서

"나 말요."

신희는 얼굴을 스쳐가는 눈포래[34]에 선득 차가움을 느끼자 그는 용기를 얻었다.

"돈을 좀 꾸고 싶어서…… 한 십만 원 미순 씨에게 없으면 어디 다른 곳에서라도 얻을 수 있으면 하고……."

신희는 방그레 웃었으나 미순은 웃지 않고

"전당 있으면 일할 이자로 얻을 수 있어."
하고 예사롭게 대답하는 것이다.

"전당?"

신희는 암담하여졌다.

집에서 전당 될 만한 것이 나올 까닭이 없다. 옷이고 책이고 돈 될 만한 것은 벌써 국제시장으로 날아간 지 오래다.

'어떡하나?'

간밤에 자지 않고 새벽 네 시까지 깨어 있은 데다가 점심도 먹지 않은 신희는 갑자기 전신이 노곤하면서 아래턱이 다르르 떨려온다.

신희는 왼편 손 장갑을 벗었다.

"이거 봐요 이 반지."

34 '눈보라(바람에 불리어 휘몰아쳐 날리는 눈)'의 방언.

하고 왼손 무명지에 낀 타원형 비취반지를 보였다.

"그거? 그것이면 십만 원은 일 없어."

미순은 사무적으로 대답하고

"비취라도 이 돌은 특별히 좋은데……."

하고 부러운 듯이 들여다본다. 신희는 또 한 번 마른 침을 삼키고

"이것 봐요 미순 씨! 이 반지가 말요 내 약혼반진데…… 이것을 내가 이렇게 끼고 있으니 말요 십만 원 못 갚게 될 땐 언제라도 벗어 줄 테니…… 그동안 내가 가지고 있고…… 미순 씨가 어렵지만 내게 전당이 있는 걸로 말을 잘 해서…… 십만 원만 되도록 좀……."

"호호호 바보 좀 봐. 바보 호호호……."

미순은 사람들이 보는 데도 자꾸만 커다랗게 웃어 댄다.

평소에 약간 소방하리[35]만큼 활발한 미순인지라 신희는 이런 사람에게 돈 말을 하다가 거절을 당해도 별로 부끄러울 것 같지도 않아 사정을 하였던 것이 대로상에서 깔깔거리고 웃어가며 바보 바보 하는데는 신희는 당황하지 않을 수 없었다.

"그럼 말야 신희 씨!"

어지간히 웃어대는 미순은 정색을 하고

"비싼 이자라도 좋다면 전당 없이 써 보지. 일할 오부…… 것도 요새 이자로 다 헐한 거라우. 웬만한 곳이면 이할로도 얻어 간다니까."

신희는 미순의 목소리가 너무 큰 것 같아서

"남 듣지 않을까? 조용히 얘기합시다."

---

35 데면데면하고 방자함.

이렇게 주의를 하여 놓고

“그럼 일할 오부라도 좋으니 한 두어 달 한정하고 십만 원만 꾸어다 주어요! 염체 없이 이런 부탁을 해서 미안해요.”

“온 별말을 다 한다니까.”

미순은 여전히 커다란 소리로

“그럼 내일 가져올게. 표를 한 장 써가지고 와서 교환합시다.”

하고 신희와는 반대 방향으로 돌아선다.

신희는 집으로 들어가서 아버지 방문 앞에서 인사를 마치고 안방으로 들어갔다.

책보를 아무렇게나 밀어놓고 고타츠에다 발을 넣고 누워버렸다.

어머니도 계시지 않고 성희는 아직 돌아오지 않아 방안은 조용하다.

‘일할오부라면? 한 달에 일만 오천 원 두 달이면 삼만 원…….’

신희는 커다랗게 한숨을 쉬고

‘십만 원을 다 쓰고 나면 새로 월급이 나올 동안 또 무엇으로 살아가나?’

비로소 생활이란 철쇠가 생생한 고통으로 신희의 모가지를 졸라매는 것을 느끼며 그는 빤히 천장을 노려보는 것이다.

문 밖에는 물통을 내려놓는 기척이 난다.

“아이고 물 한 통 얻기가 이렇게 힘을 쓰이고서야 어떻게 살아간담……. 글쎄 점심나절부터 붙어 서서 이제야 겨우 한 통 얻었으니…… 츳츳.”

혀를 차는 어머니는 방으로 들어서며

“추웠지? 이제 정말 겨울이 오나보다. 어디가 아프냐? 벤또도 그냥 있고.”

딸의 책보를 펴는 어머니는 금방 울상이 되어 딸의 얼굴을 들여다본다.

“아프지 않아요. 발 좀 녹이고 있어요.”

어머니가 저녁쌀을 퍼내는 양철 소리가 저렇게 덜거렁 거린다면 분명 쌀은 다된 것이다.

"어머니 차가우신데 미안해요."

신희는 누운 채로 말을 하고 사르르 눈을 감았다. 순간 신희의 감겨진 두 눈에서 눈물이 주르르 흘러내렸으나 어머니는 보시지 못한 채 쌀바가지를 들고 부엌으로 나갔다.

신희는 자신이 이렇게 참담하게 생활과 싸우지 않으면 안 될 이유를 또 다시 생각하여 보았다.

'전쟁 때문이다. 전쟁은 북한 괴뢰가 침략하여 온 때문이다. 북한 괴뢰는 스탈린의 지시에서 움직인다. 인류의 적…… 스탈린…….'

피난 와서 괴로울 때면 언제나 하는 이런 생각을 하고 있더라니 밖에서 상칠의 목소리가 나고 어머니의 반가워하시는 음성이 들린다.

상칠은 아버지 방으로 들어가더니 무슨 이야기인지 도란도란 말소리가 나는가 하면 허허 하고 웃으시는 아버지의 웃음소리도 오래간만에 들려온다.

한참 만에 상칠은 안방으로 왔다. 신희는 잠이 든 양을 하고 눈을 감은 채 누워 있었다. 상칠은 신희의 맞은편으로 고타츠에 발을 넣고 앉더니 신문을 펴서 든다.

신희는 실눈을 떠서 가만히 상칠을 엿보고 있는데 상칠은 신문에 참척하여[36] 한참 재미있게 읽어간다. 신희는 갑자기

"왕!"

36 한 가지 일에만 정신을 골똘하게 씀.

하고 벌떡 일어나면서 상칠의 신문을 철썩 때렸다.

“나도 그런 줄 알고 맘속으로 방비하고 있던 까닭에 놀라지 않아 미안하게끔 됐습니데이.”

끝에 가서 경상도 사투리를 흉내내고 상칠은 소리를 내어 웃는다.

“그인 누구였어요?”

“그이라니요?”

“운전수 말요.”

“운전수라니?”

“아 당신을 실어간 그 귀부인 운전수 말요.”

“…….”

상칠의 귓바퀴가 빨개졌다.

지금 신희가 묻는 대로 한다면 신희는 설려를 본 것이 분명한 것이다. 보아도 그만이다. 별로 비밀에 붙일 사건도 아니다. 상칠은 신희와 이야기를 하는 도중에 묘하게 끄집어내서 설파 하려던 설려의 일을 신희가 먼저 질문을 시작한데는 이쪽에서 약간 당황하지 않을 수 없는 것이다.

두 귓바퀴가 산호처럼 붉어진 채 잠깐 동안 대답을 못 하고 앉아 있는 상칠을 볼 때 신희의 가슴은 울렁거리기 시작하였다.

‘무슨 까닭이 있나?’

마음속으로 이런 의심이 생겨나고 거기 따라 만만치 않은 불쾌감도 일어났으나 신희의 교양은 그로 하여금 방글방글 웃게 하였다.

“여자가 고급차를 운전하는 것은 확실히 보기 좋던데요. 그도 사십이나 오십이 된 늙은이가 아니라 아주 젊고 어여쁜 여자가 핸들을 잡고 앉은 것은 그대로 한 개의 포스터 같은데요.”

하고 부드럽게 화제를 돌렸다.

"뭐 별로 예쁜 여자는 아니지만…… 총명은 합디다. 왜 저때 번에 다방 '한강'에서 정 사장과 같이 나가던 강월라 여사 아시죠?"

"네 알아요."

신희는 그 말쑥하고 점잖게 생긴 월라 여사의 모습을 마음속으로 그려 본다.

상칠은 공작을 꺼내 불을 붙여 한 모금 빨고

"그분의 따님이에요. 아직 어린애야…… 외국서 나서 자란 까닭이겠지만 무척 명랑하고 재주 있더군요. 영어도 잘하고……."

"차도 잘 부리고."

신희가 첨부를 하고

"서시관에 초대 받아 갔을 때 아셨구먼요 그분 모녀를."

"네 그런 셈이지요."

하고 상칠은 담배를 빨아 연기를 뿜으면서 다음 말을 계속 하려는데 성희가 돌아왔다. 성희는 상칠을 보고 고개를 까닥 하고

"언니."

하고 신희 곁으로 다가앉으며

"내일 말이요 바자에 내놓을 거 학교로다 가져오라는 거야요. 내 동무 경여라는 아이는 에이프런을 여태껏 못 지었다고 저네 언니가 백화점서 하나 사온데요."

경여라는 말을 듣자 상칠은 설려의 동생이라는 것을 직감하고 마음속으로 미소하였다.

"성희도 한 개 사가지고 갈 걸 그러나?"

하고 상칠이가 웃으니까

"싫어요. 누가 그런 협잡을 해요. 그 앤 부자니까…… 그러고 저네 언니가 그런 건 통 돌봐주지 않는데요."

"어떻게 남의 일을 그렇게 잘 아니?"

하고 신희가 한 눈을 깜빡하고 웃으니까

"경여는 말야요 우리 한국 춤추는 그룹이에요. 언제나 경여와 나는 한 패가 되어 추어요. 이번 크리스마스엔 말요 그 앤 춘향이고 나는 이도령이고 그렇게 추기로 했어요."

"호."

상칠은 흥미 있게 웃고

"그 춤 구경하러 갈까?"

"오세요……. 참 내일 모레 바자에는 꼭 나오세요. 언니하고…… 학교에서 그랬어요 한 사람 이상 손님을 모셔 와야 된다고…… 언니 꼭 그렇게 해야 된데요."

하는 성희는 신희의 손을 붙들고 두어 번 흔들흔들 하다가

"자 약속."

하고 새끼손가락을 꼬부랑하게 내밀어 신희의 새끼손가락을 낚아 치고 다음으로 상칠의 새끼손가락을 낚아 치면서

"꼭 꼭 와야 돼요. 한 사람 이상 이랬으니까 두 분이 오셔야 해요 꼭 꼭."

하고 성희는 신희와 상칠의 얼굴을 번갈아 쳐다본다.

"어지간한데……"

상칠은 빙글빙글 웃으며

"가면 무어 줄거나 있을까? 원."

하고 신희를 보고 눈을 껌뻑하였다.

"있어요. 마시는 걸로 '커피', '우유' 그리고 먹는 걸로는 빵, 케이크…… 그렇게 있어요. 돈을 내고 잡숴야만 하지만 호호호."

하고 성희가 웃는 바람에 신희도 웃고 상칠도 웃었다.

"그럼 일요일 오전 언니하고 갈게요. 우리 셋이 학교로 같이 갑시다 네?"

"오케이."

상칠은 커다랗게 고개를 끄덕였다.

성희가 기다리던 일요일은 왔다. 이날은 삼한사온으로 따뜻한 날씨다. 성희는 정갈스런 흰 넥타이를 갈아맨 세일러 교복을 입고 신희와 나란히 집을 나섰다.

초량 뒷골목을 지나서 삼막으로 가는 도중에는 김장감을 실은 손구루마며 지게꾼들이 자주 눈에 띄었다.

'이왕이면 미순이에게 한 십만 원 더 말할 걸 그랬나?'

하고 신희는 속으로 고개를 기울였다.

"언니 경여는 말요 저네 언니하고 저이 어머니 하고 그리고 저네 아저씨 두 분 하고 그렇게 온다나봐."

성희는 목소리를 낮추어 가지고

"내 그때 한 번 경여네 집에 가서 저네 언니를 보았는데…… 못 생겼어. 울 언니보다 못났어 히히히."

하고 목을 오므리고 웃는다.

"얘 그런 소리 하면 못 써. 어린애가 징그럽게 그런 말 하는 거 아니야."

신희는 아주 불쾌한 낯빛으로 성희를 경계 해놓고

"나는 성희를 사랑하니까 말야 성희가 좋은 인격을 가지는 게 소원이야……. 언니에게나 누구에게나 듣기 좋으라고 하는 말은 어느 정도 용서할 수 있지만 다른 사람과 비교해서 이쪽을 치켜 올리고 저쪽을 떨어뜨리고…… 그런 것을 아첨이란 거야. 그것은 비겁한 사람들이 취하는 태도야 알겠니?"

성희는 고개를 탁 숙였다. 얼굴이 피어난 참숯불처럼 붉어졌다.

기운이 탁 풀려서 잠자코 걸어가는 성희가 가여워서 신희는 성희의 손목을 잡으며

"이담부터 그러지 않으면 되는 거야……. 야 저기 보인다 상칠 씨 집."
하고 신희가 손가락으로 가리키니까

"벌써 다 왔어?"
하고 성희도 기분을 돌이킨다.

언덕길을 올라 한참 가다가 길가 도당으로 지붕을 이은 집 건넌방이 상칠이가 어머니와 함께 살고 있는 곳이다. 신희와 성희가 나란히 들어서니 마루에서 무슨 그릇을 들고 서성거리는 상칠 어머니가 반색을 해서 맞으면서

"방금 나갔는데…… 못 보았나?"
하고 딱한 듯이 혀를 찬다.

"못 보았는데요."
하고 성희가 대꾸를 하니까

"웬 젊은 부인 손님이 와서 같이 나갔지. 꼭 성희만한 여학생을 데리고 와서 자꾸만 조르니까 나가던데……."

"아무 말도 없이 갔어요?"
하고 신희가 방그레 웃으니까

"암말도 없었지……."

하고 상칠 어머니는 둥그런 얼굴에 점잖은 웃음을 띠고

"추운데 들어들 와. 몸 좀 녹이지?"

하고 영창문을 열며 신희의 형제를 불러들일 차비를 한다.

"시간 약속이 있어서 지금 곧 나가봐야겠습니다."

하고 신희는 상칠 어머니에게 나붓이 경례를 하고 돌아섰다.

"언니 상칠 씬 거짓말쟁인가 봐. 나하고 그렇게 단단히 약속을 해놓고."

성희의 자그마한 가슴은 참새처럼 파닥거려

"나 이제 만나면 비웃어 줄 테야."

하고 신희의 손목도 잡지 않고 탁탁탁 발소리를 내면서 언덕길로 내려간다.

'누굴까?'

하고 고개를 기울였으나

'젊은 여자 손님이라는 게 분명 월라 여사의 따님일거야…… 피.'

신희는 지그시 아랫입술을 깨물면서 성희의 뒤를 따라갔다.

××여자중학교 가교사로 올라가는 언덕길에는 간간히 지프며 하이야[37]가 파킹하고 있고 잘 입은 숙녀며 말쑥하게 차린 신사들이 잇따라 들어간다. 성희는 문간에 오르니 갑자기 접대원이나 된 듯이

"저리로 들어가세요 언니. 저기가 진열장이고 저기가 식당이고."

하고 손가락으로 가리켜 놓고 쪼르르 어디로인지 가버렸다.

신희가 진열장을 향하여 두어 걸음 발을 옮길 때다. 자기 앞 한 십 미터나 되는 거리에 젊은 남자와 여자 두 사람이 무슨 이야기인지 주고받으며

37 콜택시

지나간다. 상칠이와 월라 여사의 딸이라는…… 며칠 전 상칠을 태우고 고급차를 운전하던 젊은 여인이다.

신희는 자기 시야에서 사라졌으나 동공 속에 사진처럼 남아 있는 월라 여사의 따님을 찬찬히 검토하여 보기로 한다.

자기 나이에 비하면 약간 늙은 빛깔이라 할 수 있는 회색 계통의 외투를 입은 것은 이 여자가 얼마나 대담하고 노련한 취미를 가졌다는 증명일 것이다.

어디까지나 화사하게 생길 그 몸과 얼굴을 침착하게 또 고상하게 만들 수 있는 빛깔을 선택한데 대하여 신희는 우선 그 여자의 취미를 높게 평가하고 싶었다.

검정 우단으로 싼 굽 높은 구두며 안으로 말아 붙인 채 길다랗게 드리운 머리 컬…… 이러한 것은 첨단적이고 또 약간 이채적인 채 조금도 어색하지 않게 전부가 잘 조화되어 있다. 얼굴이며 걸음 걷는 자세가 어디까지나 가볍고 명랑하다.

'커트글래스[38]같이 깨끗하고 화려한 여자다.'

신희는 입속에서 중얼거리진 말이다.

허름한 찻빛 외투를 걸쳤으나 상칠은 키가 호리호리하고 어깨가 짝 벌어진데 물론 두 다리는 길고 곧고…… 현대형 청년이다.

얼굴의 표정이나 그 눈빛이나 또 음성은 언제나 씩씩하고 정열적이면서도 귀공자다운 기풍이 상칠의 생명인 것이다.

신희는 오늘 상칠이가 자기 아닌 여성과 행동하며 담화하는 모습에서

38 무늬를 새겨 넣은 유리.

더욱 더 또렷이 상칠의 특징을 인식하는 것이었다. 신희는 나오고 들어가는 손님들과 길을 비키면서 '접대'라고 쓴 완장을 두른 총명하게 생긴 소녀에게서 자그마한 프로그램을 받아 쥐었다.

제일 진열관…… 오륙학년의 습자, 작문, 도화, 제이 진열관…… 삼사학년의 자수, 인형 및 향토 수공품, 제삼 진열관…… 일이학년 양재소품 레이스 수공품…….

종잇조각에 쓰인 대로 한다면 동생 성희의 에이프런은 제삼 진열관에 있어야 한다. 신희는 우선 제삼 진열관이라 쓰인 넓은 방으로 들어섰다.

백여 개나 되는 에이프런이 백조의 행렬 같이 깨끗하게 진열 되었는데 같은 옥양목이나 모양도 다르고 자수도 달랐다.

신희는 김성희라는 이름이 붙어 있는 앵무새가 자수 되어 있는 에이프런을 내려다보고 빙긋이 웃었다.

"신희 씨 아니요?"

하는 소리가 등 뒤에서 났다. 돌아보니 정 사장이 월라 여사와 함께 신희의 바로 뒤에 서 있다. 신희는 두 사람 앞에 나부시 경례를 하였다.

"강월라 선생님께 인사드리시우……. 그리고 이 사람은 우리 사원인데…… 타이프라이터로는 아마 전국에서도 일류에 속할 걸요."

하고 정 사장은 만족한 웃음을 흐트린다.

"아 그래요? 그렇고만요……. 아이참 내가 왜 아들이 없을까? 아들만 하나 있었더라면…… 내 냉큼 이 처녀를 데려가지…… 우리 며느리로……."

월라 여사는 이런 말을 하고 신희의 등을 어루만진다.

"잘 지도해주십시오. 아무것도 모릅니다."

신희는 방그레 웃으며 겸손하였다.

"누구? 동생이 다니요? 이 학교에."

"네, 일학년이에요."

"우리 아이도 일학년인데."

"네 그러세요?"

그들은 제삼 진열관을 고루고루 다 보았다.

"사실 게 있으시면 사무실로 연락해 주십시오."

문간에서 소녀들은 제품 사기를 권한다. 제일 제이 진열관을 다녀나온 세 사람은 잠깐 동안 교정에 서서 남청색으로 푸른 하늘이며 하늘빛으로 물든 바다들을 바라보고 섰는데

"아이고 바쁘신데 오셨습니다그려."

하고 정 사장과 반갑게 인사를 교환하는 이는 이 학교 교감선생 H씨다. 알맞게 살이 찐 얼굴에 H교감은 교양 있는 웃음을 웃으며

"식당으로 가서 좀 쉬시지요. 따끈한 커피가 있습니다. 잠깐만 들어가시지요."

월라 여사와 신희에게도 예절답게 권한다. 그들은 모두 식당으로 들어갔다. 정 사장이 커피를 주문하였다.

"이 피난 중에 이만큼 설비 하시느라고 수고하셨습니다."

월라 여사가 교감선생에게 막 이런 인사를 하는데

"어머니."

하고 문으로 들어오는 이는 설려다. 설려와 나란히 상칠이도 웃으며 들어온다.

식당에 앉아 있는 여러 사람의 눈이 일제히 설려와 그리고 상칠에게로 돌려졌다. 누구보다도 말쑥하게 차린 설려의 세련된 맵시가 이 방안에서

는 단연코 퀸이 아닐 수 없다.

설려는 스텝을 밟듯이 어여쁜 발을 가볍게 어머니의 테이블로 걸어왔다.

물론 상칠이도 설려와 함께 월라 여사에게로 왔다.

신희는 행여나 자기의 얼굴에 표정이 달라질까 마음속으로 경계하며 애써 미소를 띠고 부드럽게 설려와 상칠을 바라보았다.

"얘 인사 드려라. 교감 선생님이시다."

어머니의 말이 떨어지자 설려는 방긋이 웃으며

"선생님 이렇게 성대한 전람회를 열어주셔서 참말 감사합니다."

"온 빈약해서 부끄럽습니다."

교감은 벌써 사십 고개에 올라선 장년인데도 젊은 여성과 인사를 하는 얼굴에 일순 수줍은 미소가 지나갔다.

"우리 딸이에요 선생님. 잘 좀 지도해 주십시오. 아직 어립니다."

"훌륭한 따님이신데요……. 자 이리로 앉으십시오, 자 여기 여기."

H교감은 자기가 앉았던 교의를 설려에게 비켜주고 저만치 서 있는 학생에게 눈짓한다. 교의가 또 두 개가 왔다.

"앉으시지요."

하고 우두커니 서 있는 상칠에게도 자리를 권한다.

"상공부 장관 비서로 계시는 이상칠 씨야요."

"네 네 그러세요."

상칠은 H교감에게 고개를 숙이면서

"수고하십니다."

하고 조용히 앉았다.

"여기 계신 분은 누구시지요?"

하고 H교감이 신희를 향하여 미소하고 정 사장을 돌아보았다.

"그 사람은요?"

월라 여사가 간발[39]을 넣지 않고

"김신희라고 제일무역회사 타이피스트인데…… 아주 능률적 솜씨랍니다."

빈정거리는 것도 같고 멸시하는 것도 같은 월라 여사의 소개말이 가느다란 가시와 같이 신희의 신경을 할퀴었으나 신희는 부드럽게 웃으며 자리에서 일어서며

"선생님 불편한 피난처에서 여러 가지로…… 감사합니다."

하고 허리를 굽혔다.

"이 선생도 인사하시죠."

월라 여사는 상칠을 건너다보고 턱으로 신희를 가리키며

"정 사장님 회사의 여자 사무원 신희라는 여성을 알아두시면 편리하신 점이 있어요. 호호 그리고 너도 이 김 타이피스트와 서로 알아두어라. 노상에서 만나더라도 반가울 수 있도록……."

설려가 먼저 손을 내밀었다. 가느다란 손가락이 연분홍 빛으로 깨끗하다.

"강설려라고 해요."

"네 반갑습니다……."

신희는 설려의 손을 두어 번 흔들고 나서 상칠을 돌아보고

"상공부 장관 비서님 안녕하세요? 상공부 비서실에 혹시 타이피스트가 소용 되신다면 제게 연락하여 주십시오."

하고 신희는 억양스럽게 이런 말을 하고 잔을 들었다.

---

39 아주 잠시 또는 아주 적음을 이르는 말.

“위험한데…….”

월라 여사가 눈을 크게 뜨고

“정 사장님…… 말단 사원의 대우를 특별히 주의하셔야 돼요. 김 타이피스트가 벌써 전직운동을 하지 않어요? 호호호.”

“…….”

월라 여사의 농담이 너무 가혹한 듯한 기분이 사람들의 머리를 스쳐갔는지 아무도 대답하는 사람이 없다.

“그럼 천천히들 쉬십시오. 난 또 사무실로 가보아야겠습니다.”

하고 H교감이 일어서는데

“참 교감 선생님 제일 진열관에 진열되어 있는 족자 중에 그럴듯한 것 한 점 골라 주십시오. 기념으로 가지겠어요.”

월라 여사가 커다랗게 외쳤다.

“네 감사합니다.”

H교감이 돌아나간 뒤 설려는 좌석의 공기를 조화시키려는 듯

“미스터 리 오늘 우리 집에 가셔요. 그리고 미스 김도 같이 가셔요 네?”

하고 신희의 대답을 기다린다.

신희가 무어라고 대답을 하려는데 월라 여사가

“애!”

하고 딸을 부른다.

“자동차의 좌석이 그렇게 있겠니? 네 동생도 데리고 가야지!”

하고 월라 여사는 신희를 자기 집으로 동행하자는 설려의 발언을 거부한다. 신희는 쓰디쓰게 웃고 고개를 기울였다.

‘예의를 잃을 만큼 노골적으로 자기에게 하대하는 월라 여사의 의도가

어디 있는가.'
하고 생각해보는 것이다.

'돈을 가진 사람의 교만…… 자기 같은 젊은 직업여성을 멸시해보고 자기들의 행복을 좀 더 실감적으로 향락해보려는 잔인한 심리?'

신희는 이렇게 마음속으로 헤아려 보았으나 월라 여사가 자기 딸 설려보다 훨씬 더 아름다운 신희를 상칠의 앞에서 질투하고 있다는 엉뚱한 사실은 꿈에도 상상치 못하는 것이다.

"스테이션 왜건이었으면 여럿이 탈 수도 있을 텐데……. 신희 씨 이모님 댁에서 사용하는 차는 정말 편리하겠더군요."

상칠이가 신희를 바라보고 위로하듯 이런 말을 하였다.

"이모님이라니요?"

월라 여사의 눈에서 호기심이 번쩍하고 지나갔다.

"상공 장관 부인이 김신희 씨 이모님이 되세요."

상칠은 예사롭게 말을 하고 방금 여학생이 갖다 놓는 찻잔을 들었다.

"……."

월라 여사의 얼굴빛이 금시로 달라졌다. 잔물결 같이 가늘게 지져 놓은 머리칼이 얌전하게 덮힌 관자노리에 새파란 힘줄이 일어섰다.

"상공 상공부 장관 부인이 이모님, 이모님이 되시나요?"

월라 여사의 음성은 확실히 허둥거리고 그리고 약간 떨리기까지 하는 것을 신희는 민망히 생각하면서

"네 바로 저의 어머님의 동생이야요."

"네…… 그렇구먼요."

월라 여사는 텅무하고[40] 기가 막힌 얼굴로 정 사장을 돌아보았다. 정 사

장 역시 딱한 표정으로 마도로스파이프를 손수건으로 닦고 있다.

"어머니, 상공 장관 부인 내 먼빛으로 뵈었어요. 미인이야요. 미스 김의 패밀리는 미인 계통인가봐…… 난 미스 김 같은 얼굴이 좋아요."

하고 설려는 차를 한 모금 마신다.

"그럼 네가 초청한 이상칠 씨와 김신희 씨를 모시고 집으로 가거라. 난 정 사장님과 택시를 타고 갈 테다……. 우린 또 좀 가볼 때가 있어……. 세무서에."

하고 월라 여사는 신희의 어깨를 만지며

"집은 비좁지만 설려와 하루 놀다 가시지요…… 신희 씨."

하고 신희의 얼굴을 들여다보고 웃는다. 초조한 웃음이다. 신희는 도금한 패물에서 금박이 벗어나간 듯한 초라함을 월라 여사의 인격에서 발견하고 그는 방금 찌푸려지려는 눈살을 간신히 펴고

"만나자고 약속한 곳이 있어서 가보아야 하겠습니다……. 그럼 천천히들 오십시오……."

하고 신희는 일동을 향하여 고개를 숙여 보이고 또박또박 걸어 나갔다.

"나도 가보아야겠군요. 그럼 설려 씨 여러 가지로 고마웠습니다."

하고 상칠은 설려에게 악수를 하였다.

"……."

설려의 얼굴에서 울 듯한 슬픈 표정이 흘러갔으나 상칠은 월라 여사와 정 사장에게 인사를 하고 밖으로 나왔다.

"신희 씨!"

---

40 '어이없다'의 방언(평북).

상칠은 저만치 앞서가는 신희의 뒤를 쫓아갔다. 신희는 뒤도 돌아보지 않고 경사진 넓은 길로 내려간다.

"아침에는 부득이 약속을 어겼지요. 용서하세요."

상칠은 신희와 나란히 보조를 맞추며

"성희에게 미안하게 됐어…… 큰일났군."

상칠은 혼잣말같이 하고

"오늘 여러 가지로 불쾌한 장면 미안했습니다."

하고 소곤거렸다.

"상칠 씨가 왜 대신 사과를 할 무슨 의무가 있어요?"

하고 신희는 웃으며 상칠을 쳐다보았다.

"아니 그런 건 아니지만…… 사실 나도 불쾌했어요."

"괜찮아요 그런 것쯤…… 그런 사람들이란 그런 게지요 뭐."

신희는 사실 대수롭게 여기지 않는다.

"그런 사람들이란 뭐 그런 게지요."

하고 대수롭지 않게 던지는 신희의 말 가운데는 그런 사람은 이해관계를 위하여 사람을 사귄다, 배경을 보고 사람의 가치를 따진다, 그 때문에 가난한 직업여성을 모멸한다. 신희야 말로 그러한 사람은 인간적으로 얼마든지 업신여겨도 괜찮다는 뜻인 줄은 상칠은 똑똑히 알아냈다. 월라 여사는 그러한 사람인지도 모른다. 사실 그러한 일면이 확실하기도 하다.

'그러나?'

상칠은 커다랗게 고개를 흔들었다.

"설려 씨만은 달라요 신희 씨……."

상칠은 신희의 어깨로 바싹 다가서며

"설려 씨는 순진한 처녀에요."
하고 소곤거렸다.
"순진하지 않은 처녀도 있나요 뭐?"
하고 대꾸하는 신희의 목소리는 깔끔하나 상칠의 목소리도 약간 커졌다.
"있지요 얼마든지."
"예를 들면?"
"예를 들 수 있지요. 누구라고 지명하기는 곤란하지만 처녀가 꼭 무슨 사내 같기도 하고 할머니 같기도 하고 사십 살 먹은 아주머니 같기도 하고 개중에는 매소부 같은 차림을 하고 천하디 천하게 구는 처녀가 얼마나 많다고."
"그야 그 사람들의 개성이겠지요."
"글쎄 그 개성이 그렇단 말입니다."
신희는 잠자코 한참 걸어가다가
"신희는 어떤 처녀로 보십니까?"
하고 물었다. 상칠은 잠깐 생각하더니
"신희 씬 말이지요 순진한 처녀지요 그러나…… 좀 딱딱한 편이지요. 지성의 처녀이기 때문이겠지요."
"딱딱한 것이 꼭 지성이 될 수는 없지 않아요?"
신희의 입가에는 조롱스런 웃음이 흘러갔다. 상칠은 약간 곤란한 빛을 띠고
"딱딱한 것이 반드시 나쁜 것은 아닙니다. 설려 씨가 부드러운 감수성의 개성을 가졌다면 신희 씨는 싸늘한 이지가 그 개성이라는 말입니다."
"그래서?"

하고 재처 묻는 신희의 눈초리에는 웃음이 사라졌다.

"그래서 말입니다 설려 씨와 그 어머니를 혼돈하지 말아 달라는 내 부탁입니다."

"아침에 삼막엘 들렀더니 어머님이 그러시더군요. 어떤 젊은 부인이 와서 같이 나갔다고."

"네 설려 씨가 왔습디다. 당신과 성희와의 약속을 생각하고 기다리려고도 했습니다. 그러나 나는 설려 씨를 안방으로 불러들일 마음은 없었어요. 첫째 초라하니까…… 그래서 성희에겐 미안했지만 부득이 먼저 나가버렸지요."

"네."

신희는 고개를 끄덕였다.

"신희 씨 똑똑히 들어주세요. 설려 씨와 사귄다는 것은 순전히 친구로서 교제하는 것뿐입니다. 거기 무슨 털끝만침이라도 신희 씨에게 미안을 느낄만한 불순은 없습니다."

"……."

"내게도 양심이 있고 이지가 있으니까요."

신희가 빙그레 웃으며

"그건 상칠 씨 자신에게 하는 설교지요."

하고 상칠의 턱을 빤히 쳐다본다.

상칠은 일순 얼굴이 붉어져 잠잠하였다. 신희의 날카로운 메스가 벌써 상칠의 감정과 행동에 일점의 용서가 없는 해부를 시작한 것을 깨달은 때문이다.

잠자코 걸어가는 두 사람 뒤에 가벼운 경적이 울렸다. 돌아보니 고급자동차가 뒤에서 스르르 속력을 늦춘다. 운전대에는 설려가 핸들을 잡았던 손을 커다랗게 치켜들면서 웃는다.

"언니."

하고 성희가 차창 밖으로 고개를 내밀며

"내 말요 우리 동무 집에 가서 한국 춤 연습하고 올게요."

하고 해죽이 웃는다. 성희의 옆에 단발을 한 성희 연배의 소녀가 앉아 있다.

"이리로 올라오시죠. 바래다 드릴 테니."

하고 월라 여사가 고개를 내밀고 사정하듯이 권했으나 신희는

"좌석이 없지 않습니까? 성희야 일찌감치 마치고 돌아와."

하고 신희는 상칠에게

"난 지금 회사로 가봐야 하겠습니다."

하고 돌아섰다.

신희는 상칠이가 자동차 속에 앉아 있는 설려와 무슨 이야기인지 주고받고 하는 것을 뒤통수로 느끼면서 그는 빠른 걸음으로 초량 역전까지 왔다.

마침 전차에 사람들이 들어가고 있어 신희는 꽁지에 붙어서 겨우 비좁은 전차 속으로 들어갔다.

상칠은 월라 여사며 설려며 그리고 정 사장에게서까지 차를 타야 된다고 거의 위협처럼 권하는 말들을 골고루 물리치고 신희의 뒤를 좇았으나 신희의 그림자는 보이지 않는 것이 이상하였다. 초량 뒷골목으로 들어서서 신희의 집으로 갔을 때 어머니가 물통을 들고 나오시며

"신희는 없는 걸."

하고 미안스럽게 웃는다.

상칠은 터벅터벅 큰길을 걸었다.

'오늘은 일요일인데도 회사로 가다니…….'

상칠은 약간 짜증을 느끼며 버스를 기다려본다. 거의 십 분이나 지나서 버스가 왔다. 터져 나갈 듯한 버스 속으로 상칠은 가슴으로 사람들의 등을 떠밀며 들어갔다. 시청 앞에서 내려서 대교동 제일무역회사로 들어가니

"어 웬일이요?"

하고 소리를 치며 내닫는 사람은 신경문이었다. 조금 떨어진 곳에 신희가 앉았다가 방그레 웃는다. 일요일이라 그러한 지 다른 사원은 보이지 않고 급사가 화로 앞에서 신문을 들여다보고 있다.

"정 사장 만나러 오셨지? 나 잘 알지요. 지금 곧 오실 텐데…… 학교에서 보았다고 그랬지요? 신희 씨……."

하고 신경문은 신희를 돌아보고 히죽이 웃는다.

"여러 가지로 항상 폐를 끼쳐드려 죄송합니다."

상칠이가 인사를 하고 교의에 앉았다. 급사 아이가 차종에 끓는 물을 따라 두 사람 앞에 놓았다.

"그동안 우리 잠깐 커피나 마시고 옵시다."

하고 신경문은 일어서서 상칠의 어깨를 밀며

"신희 씨도 같이 갑시다……. 이분께 첨 뵙는 인사도 하고…… 자 어서 나오시오."

하고 문턱에서 소리를 쳤으나

"전 안 갑니다."

하고 신희는 돌아앉아 책상 서랍을 열고 종이를 꺼냈다.

'일금 십만 원야.'

라 쓰고 자기 이름 아래 도장을 눌렀다. 신희는 상칠이가 설려와 같이 가

지 않고 자기를 찾아 회사까지 왔다는 사실에 무척 만족하였다. 상칠이와 마주앉아 따끈한 커피나 티를 마시고도 싶었으나 그는 신경문이와 같이 어울려 가기는 싫었다.

길 건너편 모퉁이를 돌아서는 상칠의 뒷모양을 바라보고 신희는 애틋함과 든든함을 느끼고 호 하고 한숨을 쉬었다. 한참 만에 황미순이가 왔다.

“기다렸죠?”

하고 미순이가 벌겋게 상혈된 두 뺨에 약간 큰 입을 벌리며 웃는다.

“네 조금 기다렸어요……. 수고를 끼쳐 미안해요.”

하고 신희가 괴롭게 웃었다.

“그런데…… 신희 씨! 좋은 일이 생겨 누가 오십만 원 수표를 내놓겠다고 지금 쓰고 매달 이십만 원씩 석 달에 갚으라고 그러는데 쓰실 테요?”

신희는 눈을 깜박깜박 하면서 잠깐 생각을 해보더니

“나 그 돈 쓸게. 그 돈 쓰게 해 주세요.”

하고 미순의 앞으로 손을 내밀었다.

“그럼 표를 써요. 오십만 원 쓰고 매달 이십만 원씩 삼 개월 갚는다고 그렇게 써요.”

신희는 미순의 시키는 대로 차용증서를 썼다.

“됐군……. 그럼 수표를 내놔야지.”

하고 황미순은 핸드백을 열고 수표를 꺼내 신희의 손에 놓았다. 오십만 원 수표를 들여다보는 신희의 눈이 일순 동그래졌다. 수표 발행인의 이름이 분명코 신경문이라고 쓰인 때문이다.

“아니 이 수표는 누구에게서 가져 왔죠?”

하고 신희는 눈살을 찌푸리며 물었다.

"왜요? 우리 아주머니가 내놓은 수표에요."

"아주머니 성함이 신경문 씨에요?"

"아뇨 우리 아주머니 이름은 황복매라고도 하고 황매라고도 하지요. 여러 손님을 상대로 해서 돈을 버니까 이 수표는 우리 회사에 놀러오는 신경문 씨에게서 받은 지도 몰라."

신희는 잠자코 수표를 받았다. 사실 이 수표는 며칠 전에 신희에게로 왔던 것이 도로 쫓기어 가서 황매에게로 가고 황매가 돈을 늘리려고 내놓은 것이다.

"점심 좀 사요. 수고했다우."

하고 미순이가 신희의 어깨를 쳤다. 신희는 가슴이 덜컥 하였다.

지갑 속에는 서울 시민증과 도장과 그리고 전차표 두 장이 들어있고 지금 미순에게서 받아 넣은 수표가 있을 뿐이다. 현금이라고는 거짓말 같이 백 원도 없다.

"뭘 그렇게 생각하고 있수."

하고 말하는 황미순은 신희의 사정을 짐작하고 있는 것이다. 빚을 내쓰는 신희에게 점심 살 돈이 있을 까닭이 없겠고 만약에 돈이 있다손 치더라도 신희의 돈을 빼앗아 점심을 살 수는 없는 것이다.

"점심은 내가 살 테요……. 신희 씨더러 사란 것은 농담이었어."

"점심은 내가 사야 해요."

하고 신희는 화끈 붉어진 얼굴로

"수표 바꾸어 옵시다. 수표를 바꾸어 가지고 나 점심 살 테야."

하고 은행 있는 골목을 향하여 한 걸음 떼놓는다.

"피 오늘이 일요일인데 은행문이 열려 있겠소? 바보 바보라니까 호호호."

하고 미순은 웃어댄다.

"그럼 내일 사지 응 내일?"

하고 신희가 사죄나 하는 듯이 나직이 속삭였다.

"글쎄 그런 걱정은 하지 말고 저리로 가요. 우리 아주머니 기다리고 있는 데로 갑시다. 가서 인사라도 해야지."

하고 신희의 팔을 끈다. 신희는 미순이가 끄는 데로 남포동 다방 골목으로 들어섰다. 다방 '수정탑'에도 사람들은 그득히 차 있다.

카운터 가까이 자리를 잡고 앉아 있는 젊은 여인에게로 가서 황미순은

"아주머니!"

하고 나지막이 불렀다.

힐끗 이쪽으로 얼굴을 돌리는 황매의 두 눈이 미순의 등 뒤에 서 있는 신희를 발견하였다.

'저런 얼굴을 가진 여자도 가난하다니.'

그는 이상한 듯이 고개를 기울이고

"앉아."

하고 쿠션에서 자리를 좁히면서

"저 손님도 앉으시지요."

하고 신희에게도 부드럽게 웃으며 자리를 권한다.

"울 아주머니에요. 황복매 씨라고 그리고 이 분은 우리 회사 여자 사무원 김신희 씨에요. 왜 아시죠? 수표."

"오 그러시군요. 앉으세요."

신희는 진정 고마운 얼굴로 황매를 향하여

"여러 가지로…… 감사합니다."

하고 고개를 숙였다.

“천만에 말씀을…… 얘 애자야 차 가져온 커피 셋.”

“피난지에서 오죽이나 고생이 많으시겠어요? 춧.”

하고 신희를 위로하듯이 황매는 혀를 찬다.

“식기 전에 드세요.”

하고 찻잔을 잡는 황매는 현대 여성으로써 사치를 할 대로 다하고 있다. 바른편 손목에 순금 팔찌며 왼편 손목에 마카오 시계며 무명지에 한 캐럿이나 되는 다이야 반지며 무릎 위에 놓인 미국제 핸드백과 은호 목도리. 그러나 이상하게도 이런 것들이 하나도 천하지도 또 속되지도 않고 황매의 몸과 얼굴을 더욱 더 아름답게 꾸며 주고 있는 것이다. 신희는 맘속으로

‘드물게 보는 미인이야.’

하고 감탄하였다. 황매는 황매대로 신희의 입은 옷은 초라하리만큼 수수하고 왼편 무명지에 비취반지 한 개뿐 시계도 팔찌도 외투도 목도리도 가지지 않은 신희를 황매는 마음속으로 경탄하는 것이다.

‘활짝 핀 목련이랄까 백합이랄까?’

어디다 비할 수 없이 아름다운 신희의 자태에 황매는 다만 황홀할 뿐이었다.

‘내가 만약 남자였더라면…… 단연코 이런 여자와 결혼할 게야.’

순간 황매의 머릿속에 상칠이가 떠오르고 그리고 설려의 모습이 지나갔다.

‘그 꽁당새 같은 설려보다 이 처녀가 얼마나 낫다고 비교도 못 돼.’

황매는 이렇게 속으로 단정하면서 차를 마신다.

“난 지금 나사점으로 가봐야겠는데 미순이 너 나하고 같이 가서 옷감

하나 고르자…… 초면에 미안하지만 손님도 좀 같이 가 주세요 잠깐만."
하고 황매는 신희를 바라본다. 상칠의 외투를 장만하려는 황매는 그 감과 빛깔을 선택하는데 신희를 협력하여 달라는 것이다.

선희는 오십만 원 수표를 전당도 없이 빌려준 고마운 여인의 청을 거부할 마음도 없이

"잘 모릅니다만 그럼 같이 가서 골라 보실까요?"
하고 그들과 같이 나섰다. 크도 적지도 아니한 황매의 키, 눈 또 알맞게 살이 쪄서 전체적으로 부드러운 기분을 주는 미인이라 신희는 생각하였다.

"외투 감 하나 보겠어요."

나사점으로 들어서면서 황매가 말을 하였다.

"네 그렇게 하십시오."

점원은 풍성하게 진열 하여 놓은 나사 옆으로 오며

"부인용이세요?"
하고 묻는다.

"아니 남자 것이야요. 나이는 스물 육칠이고 키는 호리호리하고 얼굴빛이 깨끗하게 생긴 청년이 입으려는데요 어떤 빛깔이 좋을까요?"

황매는 상칠이가 입을 만한 옷감이면 가격은 얼마라도 상관 하지 않으리라 생각하였다. 단지 좀 더 효과적인 감과 빛깔이 필요할 뿐이다. 상칠이가 입어서 더 아름다워지고 상칠이가 받아서 기뻐할 수 있도록 그에게 어울리는 빛깔과 기지를 선택하여야 하는 것이다.

"이것은 어떨지요?"
하고 점원이 가리키는 것은 흑갈색 낙타다.

"어떤가요?"

하고 황매는 기지를 만져보며 신희의 동의를 구한다.

"그보다도 언제나 유행에 초월할 수 있는 검정 빛깔이 차라리 낫지 않을까요?"

신희는 자기의 의견을 솔직히 말하였다.

"그렇겠는데요."

황매는 고개를 끄덕이고

"네 생각은 어떻니?"

하고 미순에게도 물었다.

"검정 빛깔이 무난할 것 같군요."

미순이도 동감이다.

외투감으로 검정 낙타에 남빛 주단으로 안감이 작정되었다. 황매가 보에 싸서 들고 있는 지전 뭉텅이들이 점원의 손으로 들어가고 옷감은 정하게 싸서 황매가 안았다.

"입을 분이 누구신지 몰라도 당자의 의견을 무시하고 우리끼리 이렇게 결정해 버려도 괜찮을까요?"

하고 신희가 미안한 듯이 황매에게 말을 하였다.

"선사할 거야요. 그러니까 어디 그 분을 데리고 와서 고를 수야 있겠어요?"

하고 황매는 꿈을 보는 눈으로 창공을 바라본다.

"네! 선사 예물? 그렇다면…… 그렇다면……."

신희는 속으로 한숨을 쉬었다.

'상칠 씨 외투도 헐었는데. 돈만 있으면.'

신희는 마음대로 선물을 사서 보낼 수 있는 황매가 부러웠다.

"바로 저기야요."

황매는 신희를 보고

"복어 요리 잡숴 보셨겠지만 이 집은 또 달라요."

하고 점심을 먹으러 가자는 것이다. 미순이도 달려들어 신희의 팔을 끈다.

"입에 맞지 않으시면 다른 데로 가기로 하고 잠깐만 들어 보셔요."

하고 황매는 진정으로 신희에게 점심 대접을 하려든다. 신희는 오늘 우연히 돈을 가진 여인 두 사람을 만나게 되었고 그리고 부지중 그들의 품격을 엿보게 되었다.

어느 정도 초조하고 과장하려 드는 월라 여사보다 표리 없는 인정으로 사람을 사귀려는 황매가 마음에 들었다. 처음 먹는 복어 요리도 맛있었으나 황매가 더 좋았다.

'돈 변리[41]를 놓는다고 반드시 인색과 졸렬이 따른다는 법도 없고 이름 있는 대실업가라고 해서 꼭 점잖다고 단정 할 수 없는 세상.'

이라고 신희는 무슨 새로운 과목이나 배운 것처럼 그는 집으로 돌아오면서 생각을 되풀이 하는 것이다.

집에 들어가니 성희가 내닫는다.

"언니 오늘 내 빨리 돌아왔죠? 이인 내 동무야요. 얘네 집에 가서 한국춤 연습 했어요."

하고 성희가 가리키는 소녀는 설려의 자동차에서 보던 그 단발한 소녀다.

"성희는 좋은 동무 가져서 좋겠군."

하고 신희가 웃어 보였다.

"어머니께서 갖다 드리라고 해서 가져 왔어요."

---

41 남에게 돈을 빌려 쓴 대가로 치르는 일정한 비율의 돈.

하고 경여는 반듯한 사각 봉투를 내민다.

신희는 경여가 내미는 사각 봉투를 열었다.

'오는 수요일은 설려의 생일입니다. 차린 것도 없사오나 오셔서 설려를 축복하여 주시면 이만 다행이 없겠습니다. 강월라. 김신희 씨.'

신희는 찌푸려지려는 눈 사이를 펴려고도 하지 않고 부엌으로 내려갔다. 오늘 같이 일찍 돌아오는 날엔 의례히 신희가 저녁을 짓는 것이다. 자그마한 행주치마를 입고 쌀바가지를 들고 양철을 들여다보는 신희는 주춤하고 서버렸다. 쌀이 한 톨도 없는 때문이다.

"솥에 씻어 넣어 두었으니 불만 지피면 된다."

어머니는 돋보기를 걸고 신희의 두루마기 고름을 달며 호르르 한숨을 쉰다. 경여가 돌아간 뒤 신희는 방으로 고개를 내밀고

"어머니 염려마세요. 내일이면 쌀 한 가마니 들여옵니다."

"아이고 기특해라……. 오늘도 안집에서 한 바가지 꾸었다. 모두 세 바가지! 내일이면 갚아주겠구나."

"어머니 그리고 김장도 들여오도록 돈을 좀 마련했어요."

"아이고…… 자식두."

어머니는 목이 메어 그 이상 말이 나오지 않는다. 딸의 목구멍에서 넘어오는 핏방울을 빨아먹고 살아가는 것만 같아서 애처롭고 슬프기만 했다. 그는 깊이 긴 한숨을 뿜었으나 또 그렇다고 해서 건넌방에서 원고지와 싸우고 있는 남편을 원망할 마음도 없다.

'학자에게로 시집온 내 팔자지.'

신희 어머니도 동양적인 운명론자이다.

이튿날 신희는 △△은행으로 갔다. 현금 오십만 원을 찾아 일회분 이십

만 원을 떼어 황미순에게 주고 나머지 삼십만 원에서 쌀 한 가마를 사고 그리고 김장거리와 장작을 샀다.

신희는 어느 정도 생활의 자신이 생겨나는 것 같아 전신에 뻗어나는 공기를 감각하였다. 그러나 성희의 학비며 자신의 잡비며 벤또 두 개의 반찬이며 소금이며 간장이며 숯, 성냥 그리고 석유…… 살림살이에 드는 일용품이 당장에 아쉬워졌다.

'부업을 하나 얻어 보자.'

신희는 점심시간을 이용하여 직업소개소를 찾아갔다. 주소와 성명과 연령과 학력을 따지던 직업소개장은 딱하디 딱한 얼굴로

"야간 직업이란 댄서가 첩경이요 그담이 접대부…… 그담에는 별 직장이 없는데요……."

하고 고개를 기울인다.

"며칠 후에 올게요. 좀 알아봐 주세요. 댄서와 접대부 말고 아무것이라도 할 테니까요."

하고 돌아 나왔으나 그는 인생의 행로가 갈수록 고달픈 '행진'이라는 것을 똑똑히 깨달았다. 날이 새고 밤이 오는 동안에 가마니에 쌀도 줄어들고 장작도 소모되어 가고.

설려의 생일이라는 것이 생각에 떠올랐으나 신희는 그런 곳에 갈 시간도 없고 또 필요도 느끼지 않았다. 그에게는 단지 네 식구가 죽느냐 사느냐 하는 생활 문제가 있을 뿐이다.

서대신동 월라 여사의 집 안방에 화려한 식탁을 둘러 정 사장이며 신경문은 물론 상칠이도 와서 월라 여사의 곁에 앉았고 또 하나 색다른 손님 '커널 브라운'이 설려의 곁에 앉아 영어로 이야기를 하며 한국 음식의 칭

찬도 하고 설려의 미모도 찬미하고 월라 여사의 수완도 감탄한다.

노르스름한 수염을 싹둑 자르고 얇은 입술이 연지를 칠한 것 같이 붉은데 그는 위스키 잔을 높이 들고 여럿에게 건배를 청한다.

월라 여사는 손님들과 같이 먹고 마시면서도 그의 마음 한 구석은 편안치 않다. 그렇게 간곡한 글을 보냈는데도 검다 쓰다 말도 없이 착 말살해버리는 신희의 태도가 도무지 마음의 불쾌를 가져왔다.

신희에게서 모욕이나 당한 것처럼 월라 여사는 괘씸하기도 하고 억울하기도 하였으나 그보다 그는 어떤 엷은 공포가 가슴을 스쳐가고 있는 것이다.

'만약에 상공 장관이라도 만나서 나를 비난이나 한다면? 내 사업을 공격이나 한다면?'

열 사람이 애를 써 만들어 놓은 일을 한 사람이 망가치는 것은 조반전의 일이라고 생각하는 것이다. 무슨 우스운 이야기가 나왔는지 일동이 커다랗게 웃어대는 데도 월라 여사는 바보같이 생각에 잠기고 있다.

어머니의 마음속에 어떤 고민이 있는 것을 어렴풋이 짐작을 하였으나 지금 이 자리에서 무어라고 말을 할 수도 없어 설려는 어머니의 기분을 전환시킬 방법은 없나 하고 생각하는 때다.

얼근히 취한 '커널 브라운'이 포켓에서 자그마한 상자를 꺼냈다. 일동의 시선은 그리로 갔다. 돌아가며 잘디잔 진주를 박았고 한가운데는 진홍색 루비가 들어앉은 하트형의 브로치가 브라운 씨의 손가락에 들리자 그것은 곧 설려의 비단실로 짜낸 레이스가 달린 설백의 블라우스 깃고대에 꽂혀졌다.

"야!"

하고 신경문이가 소리를 치고 정 사장이며 월라 여사며 상칠이까지 함성을 쳤다.

“그럼 나도 지금 꺼내야지.”

하고 신경문은 상 아래서 제법 긴 상자를 집어 설려의 손에 놓아주었다.

설려가 열어보니 삼중으로 된 진주목걸이다.

“브라보!”

하고 브라운 씨가 소리를 쳤다. 정 사장도 호주머니에서 자그마한 상자를 꺼냈다. 배양진주로 된 귀고리 한 쌍이다.

사람들의 함성이 울릴 때마다 같이 소리를 치던 상칠은 차츰 자기가 떠드는 환호가 의미 없는 한 개의 공허한 음향이란 것을 스스로 깨달았다. 설려에게 선물을 가져오지 못한 자신의 초라함을 느끼는 까닭이다.

설려는 오늘 밤은 선물들이 귀고리며 목걸이며 브로치가 우연히도 모두 진주로 통일된 것이 무척 희한해서 설려의 기쁨은 컸다.

설려는 진정 감격해서 선물을 보낸 사람들과 악수를 교환하는 것이다. 상칠은 오늘 이 자리에 빈손으로 온 자신을 백 번이나 후회하였으나 돌이킬 수 없는 노릇이었다. 손님들이 돌아 나갈 때 상칠은 도망꾼이처럼 신발을 신자마자 대문 밖으로 나와 버렸다.

그는 전차에 올라 신희의 집으로 향하였다. 설려의 집에서 마셨던 위스키도 깨고 그 집에서 안주며 국수며 과일이며 여러 가지를 먹었는데도 웬일인지 상칠은 허전허전 하고 힘이 빠졌다.

그는 한시 바삐 신희를 만나고 싶었다. 신희만이 지금의 상칠에게 필요하였다. 신희의 든든하고 흔들리지 않는 이성에서 오는 격려를 받고 싶었다.

그러나 신희는 집에 없었다. 어머니가 장작을 지피시면서

"신횐 회사에서 와서 어디론지 가면서 통행금지 시간이 되어야 온다고 그러던걸."

"통행금지 시간?"

하고 되놓는 상칠의 가슴은 캄캄하여졌다.

"어디로 간다고 하고 갔어요?"

하고 물었으나

"어디로 간단 말은 못 들었는걸."

푸푸 연기 나는 아궁이를 붙든 어머니는 딱한 듯이

"들어가서 몸 좀 녹이고 가지?"

하고 권하였으나 상칠은 무거워지는 가슴을 안고 뒷길로 빠져 초량 삼막 언덕길을 뚜벅뚜벅 올라갔다.

바다에서 몰아치는 바람이 씽 하고 상칠의 낡은 외투 깃고대를 후려갈긴다.

집에는 어머니가 감기가 들었다고 아랫목에 누워 계시었다. 상칠은 어머니의 머리를 짚어보고 아스피린 두 알을 권하고 램프를 켰다.

책상에 앉았으나 마음은 천 갈래로 찢어진 듯 괴롭기만 하다. 통행금지 시각에 도달한다는 신희의 행방을 생각할 때 바작바작 타는 듯한 초조가 가슴을 파고들었다.

× ×

저녁때가 되어 회사를 나오는데 황미순이가 신희의 등을 쳤다.

"저 아는 사람 가운데 찬송가 잘 부르는 사람 있어요?"

하고 난데없는 말을 끄집어냈다.

"왜요?"

"하루 저녁에 만 원 주겠다고 저녁밥은 그 집에서 먹고 통행금지 시간까지 찬송가 한 여남은 장 불러 줄 사람을 구해달라는데…… 갑자기 있어야지……."

"누구 집인데? 사람이 죽었나?"

"아니야. 망령이 난 늙은이가 자꾸만 찬송가를 불러달라고 며느릴 못 살게 구는데 이젠 며느리가 지쳤대. 그래서 누구 찬송가 부를 사람을 삯을 내고 얻으려는데 갑자기 있어야지."

"저녁 먹고 만 원이면…… 내가 가볼까?"

"가요 우리 먼 일가 할머니야."

집에 들렀던 신희는 찬송가를 끼고 황미순을 따라 나갔다.

어둑스레 짙어 오는 황혼을 등지고 기대 앉았는 늙은이의 얼굴은 눈만 감으면 죽은 사람의 얼굴 같이 파랗다. 신희는 노래를 끊고 가만히 귀를 기울였다. 노인이 잠이 드는 모양이다. 신희는 거푸 석 장이나 부른 찬송가를 내려놓고 침을 삼켜 생생해진 목을 추켰다. 갑자기

"안 하나? 어서 해라, 어서 해라."

노인은 가느다란 소리로 끝에 말을 흐리며 잠이 든다. 신희는 잠자코 노인을 바라보는데 갑자기

"안 하나?"

하고 방이 떠나갈 듯 소리를 친다.

"만세 반석 열리니…… 내가 들어갑니다."

신희는 목청을 빼서 찬송가를 부르기 시작하였다. 일절 이절 신희는 차

츰 피로해졌으나 삼절 사절을 끝까지 불렀다.

"어서 해!"

노인은 푸른 얼굴을 무섭게 찌푸린다.

"저 뵈는 천당 집 날마다 가까워 나 갈길 멀지 않으니 전보다 가깝다."

이 노래도 사절이다. 후렴이 끼어 무척 긴 찬미의 하나인데 신희가 끝을 마쳤을 때는 그의 이마에 가는 땀이 내솟았다.

안방에 있는 황미순이가 건너왔다.

"저녁 밥 먹고 합시다래."

우스운 소리를 하고 미순은 신희를 끌고 안방 아랫목에 앉힌다. 아이 셋이 밥상으로 돌아가며 앉아 차례로 신희를 빼꼼히 쳐다보는데 이 집 며느리라는 사십이나 되어 보이는 중년 부인이 들어왔다. 생활에 피로해진 얼굴에 웃음을 띠고

"좀 많이 잡수세요. 많이 잡수셔야 찬미도 잘 나오지요."

하고 권한다. 이 부인의 기름한 얼굴에 광대뼈가 약간 나오고 그 광대뼈에는 가느다란 혈관이 거미줄 같이 서리어 있다. 신희는 착 꼬부라진 허리를 펴면서 밥상으로 다가앉았다.

'지칠대로 지쳤다.'

생각하고 신희는 노래 부르는 것이 상당히 중노동이라는 것을 깨달았다.

자기 집보다 반찬도 잘 차렸지만 원체 시장하던 김이라 신희는 밥 한 그릇을 다 비웠다. 숭늉을 마시는데

"안 하나?"

하고 건넌방에서 늙은이의 고함 소리가 또 들려온다. 신희는 일어서며

"미순이 좀 기다려요. 나와 같이 가요."

하고 건넌방으로 갔다. 며느리가 늙은이의 마시고 난 미음 그릇을 들고 나오며

“이제 합니다 이제 해요. 쉬 가만 계서요 찬미 소리 들으세요.”

하고 신희에게 눈을 끔뻑한다.

“하늘 가는 밝은 길이 내 앞에 있으니.”

시장한 김에 밥을 과식한 탓인지 목구멍으로 밥알이 꼴깍꼴깍 넘어온다.

“슬픈 일을 많이 보고 큰 고생 하여도.”

신희는 자기 자신을 노래하는 듯 그는 콧등이 시큰하여졌다.

“예수 보배로운 피 모든 것을 이기니 예수 공로 의지하여 항상 이기리로다.”

신희는 이절 삼절까지 마치고 트림을 하며 책을 내려놓았다.

“안 하나?”

늙은이가 또 야단을 친다. 신희는 또 다시 목청을 빼지 않을 수 없었다.

“저 높은 곳을 향하여 날마다 나아갑니다. 내 뜻과 정성 모아 날마다 기도 합니다.”

안방에서 듣고 앉았는 며느리는 어느덧 따라서 합창을 하고 황미순이도 신희의 세련된 소프라노에 감동이 되었는지

‘나도 예배당에 나가볼까?’

맘속으로 생각해 보는 것이다.

아홉 시가 되어갈 때 노인은 노래 듣기에 지쳤는지 쌕쌕 정말 잠이 들었다. 신희는 되도록 조용히 문을 열고 밖으로 나왔다.

찬송가 열석 장을 부르고 나오는 신희는 후줄근히 시장함을 느끼었다.

부산진 역에서 버스를 기다리는 신희의 손에는 오늘 밤 받은 현금 일만

원이 쥐어 있었다.

기다려도 버스도 전차도 오지 않는다. 신희는 미순과 함께 택시에 올라 탔다.

아무도 없는 좌석에 오싹 혼자 팔짱을 끼고 조는 듯이 눈을 감고 있는 신사는 신경문이었다.

황미순과 신희가 좌석에 앉은 후에도 그리고 운전수가 자동차의 문을 닫고 차가 속력을 내어 달리는 데도 신경문의 팔짱을 끼고 눈을 감고 앉았는 자세는 변하지 않았다.

분명 졸거나 잠이 든 것이다.

"내일 저녁에도 가야만 돼요."

하고 미순이가 신희의 얼굴을 들여다보며 이렇게 소곤거렸다. 신희는 고개를 끄덕끄덕 하여 보였다.

"목 아프지?"

하고 미순이가 물었다. 신희는 또 고개를 끄덕였다.

"그리고 시장 하지?"

하고 미순이가 물었을 때 신희는 빙그레 웃으며 또 고개를 끄덕끄덕 하였다.

"아이 가엾어! 그럴 거야 세 시간 넘어 소릴 쳤으니……."

미순이가 혀를 차고

"우리 초량 내려서 우동이나 먹을까?"

하고 소곤거렸다. 신희는 잠깐 생각해보더니 이번에는 고개를 살래살래 흔든다.

"왜?"

하고 미순이가 재차 물었을 때 신희는 방그레 웃었다. 손에 쥐고 있는 돈이 아까워서 그렇다는 뜻인 것을 미순은 짐작하였다.

"내일의 노동을 위하여 밤참 한 그릇은 먹어야 해요."

하고 또 한 번 미순이가 신희에게 권할 때

"정거 시켜 주세요."

하고 신희가 운전대에 부탁을 한다.

"네."

하는 운전수의 대답소리와 함께 차는 스르르 멈추었다.

"여러 가지로 고마워."

신희는 미순에게 소곤거리고 차에서 내렸다. 미순이가 따라서 내리면서

"내 오늘 저녁 우동 한 턱 살래."

하고 신희와 나란히 선다.

"괜찮다니까 집에 가면 밥 있을 걸 뭐."

하고 신희가 사양하였으나 미순은 기어이 신희를 가까운 우동 집으로 데리고 들어갔다.

자동차에서 신경문은 팔짱을 끼고 눈을 감고 있었으나 가는 처음부터 졸지도 않았고 물론 잠이 든 것도 아니었다. 그는 단지 눈을 뜨기가 싫었던 것이다.

눈을 떠서 옆의 사람을 살펴 볼만한 마음의 여유가 없었던 것이다. 오늘 밤 신경문은 그토록 그의 마음은 어떤 절박한 사정과 직면하여 있는 것이다.

'××은행 전무는 고개를 흔들었겠다. 재무 장관의 보증이 있다면 몰라도 그런 거액은 좀 힘들어요. 그것도 은행 총재가 내일 일본 갔다가 닷새 후에 돌아온 뒤가 아니면 말할 수 없습니다……. 결국 허울 좋은 거절이다.'

이렇게 생각하는 신경문은 전신에서 모든 힘이 탁 빠져 나가는 것을 감각하는 것이다. '커널 브라운'이 말하는 그 거대한 공사를 자기가 맡지 못한다면 이해 문제는 둘째다. 부산 항구에서 토건사업으로 첫째로 꼽는 자기 회사의 위신이 떨어지는 것이다.

'그보다도.'

신경문은 고개를 흔들었다.

'토건계의 왕자라고 자타가 공인하는 나의 명예는 무엇이 되느냐 말이다.'

미군이 유엔군의 선봉장이 되어 공비들과 싸워 이겼다는 기념으로 또 한 가지 미국의 부강을 동양인에게 재인식 시키는 교재로서 또 하나 미국인이 대한 반도에서 떳떳하게 마음 놓고 살 수도 있고 놀 수도 있는 지대를 설정하기 위하여 부산 항구를 문화 도시로 재건한다는 실로 어마어마한 플랜이 섰다는 것을 설려를 통하여 '커널 브라운'에게서 들은 것은 지금부터 열흘 전의 일이다.

제일회 공사로 영주동과 구관 산 변두리에 있는 한국 사람들의 가옥을 시의적당한 지점으로 철거시켜야 한다. 배가 오륙도 물목을 들어 설 때 첫째로 눈에 띄는 그 돼지우리 같은 집들을 없애버리고 홍콩 항구처럼 돌과 벽돌로 거기다가 동양적 색채를 가미하여 초현대적 건축을 시작하는 것이다. 이 공사자의 제일회 보증금으로

'오억 원.'

의 은행 당좌 예금 통장을 보여야 한다는 것이다.

이 예금 통장은 미군부대 건설단 본부에다 제시하여야만 되는 것이다. 동시에 그 수속은 '커널 브라운'이 중간에서 연락하도록 되어 있는 것이다.

'오억 원은 결코 큰돈은 아니다.'

신경문은 속으로 부르짖었다. 그 크나큰 공사가 진행되어 성공하는 날에는 십억 대의 이익이 신경문의 손바닥에 떨어지는 것이다.

땅 짚고 헤엄치는 일이 있다면 이런 것을 가리키는 것이리라. 신경문은 또 생각하였다. 이 공사가 성공한 뒤에는 한국은 물론이고 미국에까지도 자기 이름이 알려질 것이다. 적어도 자기는 국제적으로 진출하게 된다.

'한 백억쯤 달러로 환산해 가지고 하와이를 거쳐 시카고며 뉴욕을 구경하고 대서양을 횡단하여 세계일주를 해도 좋다.'

신경문은 요즘 밥을 먹다가도 길을 걷다가도 곧잘 눈을 가늘게 뜨고 마음속으로 혼자 지껄여 보는 것이다.

'그때 나와 동행할 여성은? 세계일주할 때 말이야.'

이런 생각을 하면 벌써 그의 입가에는 참을 수 없는 미소가 맴을 돌기 시작하는 것이다.

'물론 나의 아내는 아니고 황매도 아니다. 첫째 영어를 잘 해야 하니까 설려나 신희나 둘 중의 하나라야 된다. 설려는 얼굴이 신희만 못해 암만해도 신희라야만 돼 신희가 좋아.'

이런 생각은 벌써 신경문의 머릿속을 수십 번을 지나간 것이다. 그 화려하고 장엄한 희망이 날개를 펴고 곧 자기의 품 안으로 달려들 것 같으면서도 어쩌면 또 그 희망은 한 개의 물거품 같이 허잘 것 없이 사라져 버리고 말 것 같기도 하여 그는 초초하여 지는 것이다.

그러나 오억 원이란 그리 쉽게 꿀 수 있는 돈은 아니었다. 은행에 아무리 돈이 많다 치더라도 그것은 그 값어치의 몇 배나 되는 저당이 있거나 또는 전적으로 책임을 질만한 보증이 있지 않으면 그러한 거액은 움직일 수 없다는 사실을 신경문은 똑똑히 알아내었다.

××은행 책임자나 또 △△은행 중역이 하나같이 고개를 흔드는 이유도 거기 있는 것이다. 신경문의 설명만 믿고 오억 원을 턱 내놓을 수는 없다는 것이다.

'××은행 총재가 닷새 후에 일본서 돌아와서 과연 자기의 소망대로 오억 원의 대부를 허락할까?'

신경문은 두툼한 입술을 굳게 다물었다.

'꾸어 주기를 기다릴 것 없이 꾸어 주도록 만들면 되지 않나? 재무 장관을 움직이는 거야.'

신경문은 지그시 감고 있는 두 눈 속에 결심의 광채가 번들거리기 시작할 때였다.

"정거 시켜 주세요."

하는 여자의 목소리가 귀밑에서 들렸던 것이다. 신경문은 그 목소리의 주인이 누구라는 것을 똑똑히 알아내자 그의 두 눈의 동공은 자동차의 천장을 쏘아 보았던 것이다. 두 처녀가 우동 집으로 가는 기미를 알게 되자 그는 비로소 자신이 설려의 생일 파티에서 나와 여태껏 저녁을 먹지 않은 것이 생각났다. 그리고 그는 갑자기 시장함을 느꼈다.

방금 엔진에다 새로 동력을 넣고 두어 미터 굴러가는 차를 세우기를 명령했다. 밖으로 나온 그는 물론 신희와 미순이가 들어간 우동 집으로 들어갈 것을 생각하였다. 그는 두리번두리번 그리 밝지 못한 초량 입구 넓은 골목을 좌우편으로 살펴보는 것이다.

아홉 시가 넘은 밤거리는 적적하기도 하고 춥기도 하였지만 신경문은 외투 깃을 세우지는 않았다. 얼마를 아니 가서 우동, 떡국, 술…… 등등의 종이가 붙어 있는 간이식당이 나타났다.

흐릿한 불빛에 더운 김을 얼굴에 받으며 앉아 있는 두 여자는 분명코 황미순과 김신희였다. 신경문은 서슴지 않고 식당 안으로 그 거대한 어깨를 들이밀었다.

"어서 오십시오."

오십이 넘었을 듯한 주인 늙은이가 손님을 맞이하는 소리에 두 여자는 무심코 고개를 들었다.

"맛있는 것 있어요?"

하고 신경문은 빙그레 웃고 신희의 곁으로 자리를 잡아 앉으며

"한 사람 분 더 주문합시다. 나도 시장해서 왔으니."

"웬일이세요?"

미순이가 반가워 소리를 치고 신희도 고개를 숙여 인사를 하였다.

× ×

상칠은 누워 있는 어머니가 걱정을 하시면서 아래로 내려가서 장국밥이라도 시켜먹고 오라고 권하시는 소리를 세 번째 듣고서도 그는 펼쳐 놓은 책에서 눈을 떼지 않았다.

테니슨의 시집…… 그 오묘하고 초현세적인 달콤한 문장이 지금의 상칠의 눈에는 뻣뻣한 가죽처럼 무미건조한 문장의 나열밖에 아무것도 아니었다.

"손수건이라도 한 개 가져갔더라면…… 마카오제로 썩 고급한 행거치프."

상칠은 이런 소리를 하고 혼자서 혀를 찼다.

'첫째 남의 생일 파티에 빈손으로 간다는 것부터가 몰상식한 일이니

까…… 설려 씨가 나를 어떻게 생각할까?'

상칠은 커다랗게 한숨을 쉬었다.

'건 그렇고…….'

상칠은 우두커니 바람벽을 쏘아 보면서

'신희 씬 어디를 갔을까? 통행금지 시간까지 볼일이 있다는 그 볼일이란 또 무엇인가. 내가 몰라도 괜찮은 일이 있을 수 있을까.'

상칠은 여기까지 생각해 보자 그는 짜증 비슷한 감정이 왈칵 치받혔다. 그는 아무렇게나 책을 덮어버리고 자리에서 벌떡 일어섰다. 아홉 시 이십 분이다.

혼곤히 잠이 드신 어머니의 숨소리에 귀를 기울여 보고 상칠은 가만히 문을 열었다. 삼키어 버릴 듯한 어둠 속에서 그는 우뚝 섰다. 드문드문 별들이 하르르 떨고 있는 하늘이 멀기도 하고 아득하기도 하다.

비탈길을 내려오니 밤바람이 목덜미로 거미줄 같이 감겨든다. 길에는 벌써 통행하는 사람도 별로 없고 이따금 개들이 놀라서 짖어댄다.

신희의 집에는 신희도 없었다. 고타츠에 발을 넣으신 어머니가 멍하니 앉아 있고 성희는 하품을 하며 책들을 간추린다. 잘 시간이 된 것이다.

상칠은 신희의 아버지 방으로 들어가려 하였으나 오늘 달리 벌써 불이 꺼진 것을 보아 잠이 드신 모양이다. 상칠은 밖으로 나왔다.

그는 전찻길 쪽으로 이리저리 살피기도 하고 지나가는 택시도 지켜보았으나 신희 같은 사람은 눈에 띄지 않았다. 취한 소리로 무언지 지껄여 가며 비틀거리는 장정 한 사람을 지나치고 상칠은 넓은 뒷길로 들어섰다. 그가 몇 걸음 가지 않아 간이식당 문이 열리고 안에서 사람들이 나온다.

상칠은 거기서 나오는 사람들이 누구라는 것을 알아내자 그는 반사적으로 전신주 뒤로 가서 섰다. 자기도 모르는 일순간의 행동이었으나 상칠은 스스로 얼굴이 붉어졌다.

앞서 나오는 체구가 건장한 사나이…… 그는 분명 신경문이었다. 낯선 여자와 나란히 나오는 신희의 얼굴은 해쓱하여 피로해 보인다.

"안녕히 가십시오. 미순 씨 잘 가요."

신희가 두 사람에게 인사를 하고 싹 돌아선다.

"아니 우린 신희 씨를 바래다 드릴 의무가 있는데요."

하고 신경문은 미순을 독촉하여 신희의 뒤를 따른다. 저만치 가던 신희가 돌아서서

"제 집은 바로 요 근처야요. 저 혼자 넉넉히 갈 수 있어요."

하고 신희는 팽이처럼 좁은 골목으로 사라졌다. 신경문은 방금 신희가 들어간 좁은 골목을 기웃이 들여다보며

"우리 이 안으로 들어가 봅시다."

하고 미순을 잡아끈다.

전신주 뒤에 서 있는 상칠은 어두움을 투시하려는 듯이 눈을 크게 떴다.

"고집은 항우라니까."

허탕을 치듯 어슬렁어슬렁 골목에서 돌아 나오며 신경문이가 중얼거리고

"신 사장님 너무 친절하신데요? 호호호."

"처녀 혼자 가기에 밤이니까 하하하."

"아이고 사장님도 호호호."

차츰 멀어지는 그들의 웃음소리를 들으며 상칠은 전신주 뒤에서 나왔다. 그는 뚜벅뚜벅 발소리를 내면서 어둠속을 걸었으나 신희의 집으로 가지는 않았다.

상칠은 후련한 가슴을 안고 밤바람이 내리치는 삼막 길을 치달린다. 달려가면서도 상칠은 고개를 기울였다.

'같이들 영화 구경을 갔다 오는 길인가?'

상칠은 지난 일요일 정오 제일무역회사에서 신희와 같이 있던 신경문을 생각하고 눈살을 찌푸렸다. 두 사람이 다 별로 하는 것도 없이 우두커니 앉아 있겠다. 뭐라고 꼭 집어내어 지적할 수는 없으나 건드리면 쏟아질 듯한 웃음을 실은 신경문의 얼굴은 거의 신희만 바라보고 있었겠다…….

갑자기 상칠은 커다랗게 외쳤다.

"쌕크 릴리주어스!(神聖冒瀆)"[42]

어둠속에서 빨간 혀를 날름거리는 사탄을 향하여 소리를 친 것이다.

"신성 모독이다! 신희 씬 거룩한 처녀다 단연코."

상칠은 돌아오니 어머니는 아직 잠들어 계시고 책상 위에는 읽다가 나간 테니슨 시집의 원문이 아무렇게나 엎드려 있고, 등잔의 심지를 돋우었으나 기름이 모자라는지 불빛은 희미할 뿐이다. 상칠은 일기책을 펼쳤다.

'쌕크 릴리주어스! 과연 나는 일순간이나마 신희에게 외람된 생각을 가졌다면! 이는 신희에게 대하여 신성 모독이 아닐 수 없다. 신희! 그는 나의 태양이다. 어둡고 춥고 외로운 나의 영혼에 광명과 선과 생명을 불어넣어 주는 신희! 나는 나의 신희를 신앙한다. 신희가 있음으로써 나는 영원을 신앙한다.'

이튿날 새벽 먼동이 트자 어머니의 부르는 소리에 상칠은 눈을 떴다.

"얘 내가 오늘 하루 몸조릴 더 해야겠나 보다. 네가 괴롭지만 우물로 가서 물을 떠다 아침을 지어라."

"네."

상칠은 물통을 들고 산 밑 샘터로 갔다. 일찍이 나온 덕분에 다섯 사람이 긷고 난 뒤에 상칠에게로 차례가 왔다.

풍로에 불을 일구고 쌀을 씻어 밥을 끓인다는 것은 상칠에게 처음 하는 일은 아니다. 상칠은 양말도 빨고 또 꿰맬 줄도 안다. 속 셔츠쯤은 빨아서 말려 입을 줄도 안다.

기미년 민족 운동에 선봉의 하나였던 상칠의 부친은 팔년 징역을 치르

42 sacrilege. 신성 모독.

고 나머지 이년은 보석이 되어 나왔다. 상칠이가 뱃속에서 일곱 달이 되었을 때 오랜 감옥살이가 빌미로 병사 하신 것이다. 상칠의 어머니는 상칠의 어머니인 동시에 또 아버지였다.

"어머니를 소중히 여겨야 한다. 어머니 하시는 일을 좀 해보는 것도 괜찮아."

상칠에게 때때로 밥 짓는 것이며 빨래하는 것을 시켜 놓고

"갑자기 내가 죽어버리는 일이 있더라도 네가 네 속옷쯤은 빨아 입어야지. 그리고 사람은 언제 어떻게 될지 모르는 거니까 밥 끓이는 것도 알아두어야 하느니라."

상칠의 어머니는 오늘도 상칠에게 아침을 지어라 명령한 것이다. 지나가는 두부 장수에게서 두부를 받아 파를 넣고 마른 멸치도 넣고 찌개를 끓이고 항아리에서 깍두기도 꺼내고 어머니는 이불을 둘러쓰고 아침상을 받았다.

상칠이가 참따랗게 서름질까지 마치고 버스에 올라 직장으로 갔건만 일분도 지각이 되지 않았다. 어머니의 평소의 훈련이었다.

상칠은 신희에게서 이제 곧 전화가 올 것을 기대하고 수화기의 울리는 소리가 날 때마다 귀를 기울인다.

열한 시가 되어도 신희에게서 전화는 오지 않았다. 상칠은 고춧가루를 먹은 때처럼 얼얼해 오는 가슴을 감각하면서 건성으로 서류 안을 들여다보고 앉았다.

시간이 지나면 지날수록 울적하여지기도 하고 아득해지기도 하였으나 상칠은 먼저 전화를 걸 마음은 조금도 없다.

어디를 간다고 자기에게 한 마디의 전언도 알리지 않고 나간 신희가

'신경문 따위와 너절한 우동 집엘 들어가고…….'

상칠의 눈시울이 팽팽하여졌다.

'영화 구경을 하고 나니 시장했던 모양인데…….'

상칠의 입가에는 조롱스러운 웃음까지 떠돌았다.

'하기야 나도 설려 씨와 같이 놀러 다녔지만 나와 신희의 입장은 달라.'

상칠은 오늘 달리 주고받는 전화하는 소리들이 부럽기도 하였으나 그는 줄다리기 하는 사람 모양으로 버티기만 하였다.

'어림 있나. 내가 전화를 먼저 해?'

상공 장관이 들어오시는 기척이 나고 일동은 기립하여 경례를 하였다. 장관실로 들어가는 장관의 뒷모양을 물끄러미 바라보고 앉았던 상칠은 일 번 손님이 들어가려는 것을 제지하고 자신이 먼저 장관실 문 손잡이를 잡았다.

장관은 넓은 이마 아래 무테안경을 쓰고 서류를 뒤적거리다가 상칠을 보고 눈을 커다랗게 뜬다. 상칠은 경례를 마치고 직립부동의 자세로 섰다.

"왜? 무슨 할 말이 있어?"

"네, 저 다름이 아니올시다. 저…… 일본에 거류하고 있는 동포 가운데서 도자기와 양은 기명을 수백만 개 만들어 두고 본국으로 들여보내고자 하는 사람이 있다 합니다. 수입 허가가 되겠습니까?"

상칠은 장관의 둥근 코와 붉은 입술에서 눈을 떨어뜨리고 두 손을 맞잡고 대답을 기다리고 섰다.

"음 재료면 몰라도 제품은 곤란하거든…… 우리 동포들이 국내에서 넉넉히 만들어 쓸 수 있으니까."

"거기서도 우리 동포가 만든 것입니다."

"음, 연구해 보지."

상칠은 그 이상 더 말 할 수는 없었다. 그는 공손히 경례를 하고 장관실을 물러 나왔다. 자기의 좌석으로 돌아와서 상칠은 후 하고 큰 숨을 내쉬었다. 월라 여사의 심부름은 어느 정도 일부를 수행했다고 생각한 때문이다.

그는 전화로 월라 여사에게 연락해도 좋다 생각하였으나 월라 여사가 기대하는 만큼 만족한 대답을 가지지 못한 것이 미안하여 전화를 걸어볼 용기도 나지 않았다.

여전히 신희에게서는 소식이 없다.

'이제는 설려 씨와도 만나지 말아야 해. 설려 같은 여자와 교제 하려면 돈이 있어야 해…… 어제처럼 망신을 아니 하려면.'

그는 또 다시 설려의 생일 파티에 빈손으로 갔던 것의 불쾌한 기억이 머릿속을 스쳐갔다.

상칠은 커다랗게 한숨을 쉬고 두 손으로 머리를 쌌다.

'도대체 여자란 교제하기 피로한 존재야…….'

상칠의 말에 동의나 하듯이 찌르릉 전화기가 울렸다.

찌르릉찌르릉 몇 번이나 울리는 수화기를 물끄러미 바라다보는 상칠은 옆에 앉은 최 비서가 수화기를 집어 드는 것을 보고 눈을 흘기었다. 그러나 다음 순간

"자네에게 온 전활세."

하고 상칠에게로 수화기를 밀어 줄 때 상칠은 고집 난 아이 모양으로 불쑥 입술이 나왔으나 그의 눈에는 입과는 반대로 행복스러운 미소가 피어났다.

이제 곧 들을 신희의 목소리에 그는 지그시 귀를 기울였다.

"여보세요 이상칠 씨야요?"

하는 여자의 음성은 신희의 목소리는 아니었다.

"네."

하고 대답을 하면서 상칠은 고개를 기울였다.

"안녕하세요? 호호호 저야요."

설려의 말소리도 아니었다.

상칠은 연방 고개를 기울였으나 방금 꿀방울을 떨어뜨리려는 듯 혀끝에 감아드는 달디 단 그 목소리의 주인이 누구라는 것이 얼른 생각나지 않았다. 그렇다고 해서 상칠은

"당신 누구요?"

하고 물을 수도 없었다. 저쪽의 태도가 너무도 친근하기 때문이다.

수화기를 든 채 망연히 서 있는 수 초가 흘러갔다.

"호호호 모르시는 사람이야요. 이름도 성도 없는 사람이니까요."

그제야 전화하는 사람이 서시관 접대부 황매라는 것을 깨달았다. 상칠의 두 귓바퀴가 화끈 붉어졌다.

"네 얼마나 바쁘세요?"

상칠은 이렇게 평범한 인사밖에 할 말도 없었다.

"선생님 전 꼭 좀 뵙고 싶어요. 십 분간만이라도 뵐 수 있으면 좋겠어요. 저 지금 요정 백조에 있어요."

상칠은 당황하지 않을 수 없다. 주석에서 두어 번 만나 본 일이 있을 뿐 별로 깊은 교섭도 없는 여인에게서 보고 싶다고 전화가 온다는 것은 으쓱 기쁘지 않은 것도 아니지만 상칠의 경우로서 또 약간 곤란하기도 하였다.

돈을 가지지 않고 여인들과 교제하지 않겠다는 일 분 전의 자신의 약속도 있으려니와 그보다도 상칠은 접대부라는 황매의 직업이 싫었다.

상칠의 눈에 비친 접대부들이란 웃음과 몸을 돈과 바꾸는 허수아비들이었다. 연지와 비단으로 싸놓은 너절한 인형들이었다. 그들에게 참된 시비가 있을 리 없고 윤리적 책임을 추궁 받지 않아도 곧잘 마음 놓고 살아간다는 그들이다.

상칠은 이러한 여인 부대를 완전히 인간으로 생각지 않는 것이다.

그러나 황매만은 상칠에게 있어 접대부는 아니었다. 접대부라는 이름을 따져버리기에는 황매에게는 그의 이름과 같이 매화 같은 향기가 있다.

그러한 황매는 다만 한 개의 여인이었다.

슬프디 슬픈 눈을 사르르 내리 감는 황매의 속눈썹에는 진정이 담겨 있었다. 상칠은 그것을 똑똑히 알아냈다.

'아까운 여자다.'

하고 서시관에서 술을 마시면서도 그리고 몽롱히 취해 오는 머릿속에서도

'향기를 가진 여자다.'

하고 마음으로 감탄하였던 것이다.

그러나 이것은 어디까지나 상칠의 주관의식이었다. 세상은 황매를 접대부라 한다. 사회에서 제공한 그의 또 한 개의 이름은 사창이다.

상칠은 이제 불원간 신희의 남편이 될 사람이다. 신희의 약혼자가 사창과 몰래 요정에서 만날 수 있을까?

'신희의 위신을 위하여서도 할 수 없는 일이다.'

이렇게 단정하여 버린 상칠은 점잖은 목소리로

"무슨 급한 일이 있나요?"

하고 물었다.

"급하다면 급하지요……. 잠깐만 와 주실 수 없으세요? 남포동 중앙지

대에 있는 요정 '백조'로 곧 좀 와 주세요."

"……."

딸깍딸깍 수화기를 흔드는 소리가 나고

"선생님을 못 뵈어서 상사병이 나서 죽게 된 여자가 있어요. 잠깐만 만나 봐 주신다면 적선이라는 거야요."

간지럽기도 하고 징그럽기도 한 이런 전화를 난생 처음으로 받는 상칠은 일순 아찔 하는 말초신경의 흥분을 느꼈다.

"왜 잠잠하고만 계서요? 대답을 하셔야지요."

황매의 목소리는 약간 초조하여 진다.

"난 지금 바빠서 못 갑니다. 미안합니다."

하고 상칠은 자물쇠를 채우듯 딸깍 수화기를 걸어버렸다.

상칠은 만만치 않은 용단으로 전화를 끊고 서류로 눈을 옮겼으나 그의 마음은 도시 편치가 않았다.

웃으면 아주 감아버리는 황매의 눈이 자기를 향하여 빙그레 웃고 다소곳이 고개를 숙이는가 하면 호르르 한숨을 뿜으며

"진지 좀 잡수셔야지요."

하고 수저를 쥐어 주던 황매의 모습이 환등처럼 나타나 있다. 그 부드러운 손바닥의 촉감, 그 연하고 포근포근한 어깨, 능금 같은 향기를 발하는 그 얼굴, 아 그 머리털.

'병이 나다니?'

상칠이 입가에는 괴로운 미소가 명멸한다.

'황매가 나를 사모한다? 병이 나도록? 정말일까? 왜?'

상칠은 고개를 흔들었다. 생각하고 또 생각해 보아도 황매의 말하는 뜻

을 알아내기는 곤란하였다.

'무엇 때문에? 돈도 지위도 없는 나를 무엇 때문일까? 조롱하는 소리가 아닐까?'

하는 생각이 지나가자 상칠의 눈썹은 꼿꼿하여졌다. 신경문이니 정 사장이니 그밖에 허다한 모리배가 득실거리는 서시관에서 뭇 사나이의 주머니를 노리는 사창 황매가…….

'병이 나도록 나를 사모한다는 여자는 선화가 아닐까? 그보다도 백도가 아닐까?'

틀에 박힌 접대부들의 얼굴이 눈앞에 떠오르자 상칠은 고개를 흔들고 눈을 감아버렸다. 그는 쓰레기 같은 지저분한 생각들을 정리하려고 서류로 눈을 옮겼다.

한 오 분이 지났을까 수화기가 다시 울렸다. 최 비서가 상칠에게

"자네야."

하고 한 쪽 눈을 찡긋한다.

"기다리고 있는데요."

황매의 목소리다.

"와 주실 테야요? 오늘 밤까지라도 기다립니다."

"못 간다고 말 했는데요."

"십 분간만 들러 주시면 돼요. 십 분 더 걸리거든 뺨이라도 치세요 정말이야요 호호호."

"……."

곁의 최 비서도 듣고 있다. 상칠은 신중히 한 마디 한 마디를 골라 하지 않으면 안 될 것을 생각하였다.

"좌우간 지금은 바쁘니까요 다음 기회로 미루겠습니다."

"점심시간이 곧 되지 않아요? 점심시간을 이용하시라고 일부러 시간을 만들었는데요."

"그래도 같이 점심 먹자고 먼저 약속한 곳이 있어요."

저 편에서 또 무어라고 바쁘게 지껄이는 소리를 들으면서 흘러나오는 향유의 병마개를 막듯이 상칠은 넌지시 수화기를 걸어버렸다.

황매에게서 오는 춘정을 두 번이나 거절하여 버린 상칠은 우울하여졌다.

'위선자!'

하고 놀려대는 소리가 어디서 들리는 것도 같다. 상칠은 손가락으로 턱을 괴고 생각을 모은다.

설려가 고급차를 가지고 데리러 왔을 때는 신희와의 약속까지도 저버리고 설려와 나란히 자동차에 앉아 동래 온천장까지 가고 오고.

상칠은 괴로웠다. 설려에게 못지않은 호의를 느끼면서도 황매에게 마음 놓고 교제하지 못하는 자신의 비겁이 부끄러웠다.

접대부라도 순수한 인간성을 발견한 이상 세상이 무어라든 자신은 담대히 그와의 우정을 가질 수 있지 않으냐. 남들이 천하게 여긴다 해서 자기도 황매와 떳떳이 한 사람의 친구로서 교제할 수 없다면 자기는 비겁한 사나이다. 간사한 사나이다.

황매와 만남으로서 신희의 위신이 떨어진다는 것은 자기가 황매와 불순한 관계를 맺는 데에만 생길 수 있는 우려가 아니냐.

'이번에 한 번 다시 전화가 온다면.'

상칠은 황매의 초청에 응하리라 결심하고 수화기의 울리는 소리를 기다렸다.

상칠은 오히려 초조하게 기다렸으나 황매에게서는 다시 전화가 오지 않았다.

시간이 지나는 대로 상칠은 일말의 미안한 생각과 후회 비슷한 미련이 머릿속에 아련한 상처 같이 남아 있었다.

퇴근할 시간이 되어 가는 데도 신희에게서 전화가 오지 않았다. 야속하기도 하고 매정하기도 한 생각들이 얼크러진 실마리처럼 차츰 풀기에 거북한 의심을 가져온다.

"마음대로 하시우."

그는 이런 말을 중얼거릴 뿐 결단코 먼저 전화를 걸지 않기로 맘속으로 스스로 다지는 것이었다. 그러면서도 퇴근하여 거리로 나온 상칠의 발은 신희의 집으로만 향하였다. 상칠의 걸음은 빨랐다.

여름 새벽과 같이 신선한 신희의 방그레 웃는 얼굴만이 가을 하늘 같이 맑은 그의 눈동자만이 흐트러진 정서의 한 오라기 한 오라기를 쓰다듬어 줄 수 있는 것을 믿기 때문이다.

신희의 집 좁은 골목을 들어서는 상칠의 다리는 호르르 떨리기까지 하였다. 벌써 사흘째 신희를 만나지 못한 그리움이 가슴에서 벅차오르는 흥분으로 사지에 뻗치는 것이다.

신희의 집 문에 들어서는 상칠의 눈이 우선 동그래졌다.

마당 한가운데 즐비하게 가마니 셋이 나동그래져 있는 것을 본 때문이다. 한 개는 분명 쌀가마니고 다른 두 개는 무와 배추다.

마당 한 편에 꾸부정하고 주저앉아 풀썩풀썩 곰방대에서 연기를 뿜어내는 일꾼 옆에 회사원인 듯한 젊은 사나이가 상칠에게 빙긋이 웃으며 경의를 표한다.

"이걸 얼마 되지 않는 것이지만 우선 보태 쓰시라고 신 사장님이 보내신 겁니다."
하고 명함을 내민다. 신경문이란 글자 위에 상칠의 눈은 못을 박은 듯이 움직이지 않는다.
"도장이나 사인이나 해 주십시오. 분명히 받으셨다는 표로."
하고 젊은이는 명함을 상칠의 턱 아래로 바싹 들이민다. 상칠은 잠자코 뺑 돌아섰다.
"……."
젊은 사원은 의외라는 듯한 얼굴로 상칠의 앞으로 다가서며
"사장님이 기다리고 계시니까요 가 보아야겠습니다."
젊은 사나이는 빙그레 웃으며 상칠의 대답을 기다린다.
"나는 주인이 아니오."
하고 상칠은 눈살을 찌푸렸다.
"네? 아 그러세요?"
회사원은 신희 어머니를 향하여
"할머니 그럼 분명 가마니 세 개 받으셨죠?"
하고 일꾼을 데리고 골목 밖으로 사라졌다.
상칠은 쓰디쓴 침을 구멍으로 삼키고
"신희 씬 여태 안 돌아왔어요?"
하고 찌뿌듯한 얼굴로 물었다.
"아침에 나가면서 그러던 걸. 통행금지 시간에야 돌아온다고."
"아무것도 써두고 가지 않았어요?"
"쓰는 것도 못 봤는 걸."

신희 어머니는 딱한 듯이 상칠을 쳐다보고 화제를 돌린다.

"이건 어디서 이렇게 많이 보내 왔을까?"

혼잣말 같이 하는 신희 어머니의 표정은 확실히 기쁨과 만족이 넘치고 있다.

"글쎄요. 저도 잘 모르겠습니다."

씹어 뱉듯이 대답을 하는 상칠의 얼굴은 강직하여졌다.

"비가 오실 것 같애……. 방으로 들여 놓아야지."

하고 신희 어머니는 쌀가마니의 한 끝을 붙든다. 상칠은 기막힌 얼굴로 신희 어머니를 도와 쌀가마니를 안방으로 들이밀었다.

무와 배추 뭉치도 부엌으로 들어 놓고 상칠은 도망하듯이 신희의 집을 뛰어나왔다.

어젯밤 신경문은 황미순이에게서 신희가 얼마나 생활에 쪼들린다는 이야기와 그리고 저녁 내내 찬송가만 불러주고 단 돈 만 원을 받아 갔다는 이야기를 자세히 들었던 것이다. 신경문의 입속에는 승리의 환호가 흘러나왔던 것이다.

'그러면 그렇지.'

이튿날 아침 회사로 들어오자 신경문은 창고 물품 정리원 박 군을 불러 신희의 집에다 쌀과 김장거리의 배달을 명령한 것이다. 신희의 집 주소는 어젯밤 황미순에게서 알았고

× ×

거리로 나온 상칠은 젖은 손바닥으로 얼굴을 얻어맞은 사람 같이 얼근

하고 불쾌한 감정에 몸을 떨었다.

'신경문이가 신희 씨 집에 쌀을 보내고 김장거리를 보내고…….'

이 한 가지 사실은 상칠의 이성의 호수 위에 커다란 흙덩이를 던진 것처럼 그의 마음은 어지러워졌다.

씨근씨근 가쁜 숨을 쉬는 상칠은 자기도 모르는 사이에 탁 하고 땅바닥에다 가래침을 뱉었다.

'아무리 피난 중이기로니…… 아무리 궁하다기로니 신경문이 따위에게 구걸하여 살아가다니…….'

상칠은 견딜 수 없는 모욕감에 부르르 떨리는 주먹을 힘껏 쥐었다. 타는 듯한 분노가 그로 하여금 반달음질로 걸음을 빠르게 하였다.

감기로 누워 계시던 어머니는 말짱한 기분으로 저녁 준비를 하신다. 상칠은 바싹 마른 입술을 침으로 축이면서

"어머니 이제 좀 나으세요?"

하고 억지로 웃으려 하였으나 그의 눈시울에는 핑그르르 눈물이 고였다.

가난한 때문에 억울한 고생을 하시는 어머니가 이 저녁 유난히 상칠의 가슴을 찢어지도록 슬프게 만들었다.

상칠은 어머니를 도와 풍로에 불도 붙이고 젖은 걸레로 마루도 훔쳤으나 샘으로 갈 용기는 나지 않는다.

이맘때면 의례히 바가지가 터지도록 아낙네들과 싸움이 벌어지는 샘터인고로.

저녁을 마치고 나서 서름질은 상칠이가 했다. 개수물통에 담긴 구정물을 들고 대문 밖으로 쏟으려던 상칠은 주춤 하고 팔을 멈췄다.

엷은 황혼 속에 방그레 웃고 서 있는 젊은 여인이 있는 것을 발견한 때

문이다.

"어서 쏟으세요. 팔 아프실 텐데."

고개를 갸우듬하고 웃는 설려의 두 빰은 찬바람에 충혈 되어 능금 같이 붉어 있다.

"아니 웬일이세요?"

상칠은 진정 반가웠다. 그는 길바닥에다 물을 던져버리고

"들어오세요."

하고 설려를 안으로 불러들였다.

"누추하지만 잠깐 들어오세요."

하고 상칠이가 재차 권할 때

"차를 세워 두었어요. 바쁘시지 않거든 드라이브 합시다 네?"

하고 설려는 또 방그레 웃고 고개를 갸우듬 한다.

"좋지요 갑시다."

상칠은 얼른 들어가서 외투를 걸치고 밖으로 나왔다.

그리 어둡지도 않건만 상칠은 설려의 뒷굽 높은 구두를 염려함인지 경사진 언덕길을 내려오며 그는 한 팔로 설려의 어깨를 끼고 조심조심 걷는다.

"미스터 리, 난 미스터 리가 보고 싶었어요. 어제 오후에는 손님을 보낸 뒤 우리끼리만 오래오래 놀려고 트럼프며 화투며 모두 준비하고 있었는데 왜 잠자코 가버렸어요?"

하고 설려는 걸음을 멈추고 상칠의 얼굴을 한참 들여다보고 상칠의 어깨에다 고개를 싣는다.

"고마워요 설려 씨!"

상칠은 진정 감격하며 한 팔로 설려의 어깨를 힘을 주어 끼면서

"매일 이렇게 만나고 있으면서도 보고 싶어요?"

라고 상칠은 설려의 뽀얀 이맛전을 내려다본다.

"늘 같이만 있고 싶어요. 아침부터 밤까지."

설려는 예사롭게 이런 말을 하고 후 하고 한숨을 쉬는 것이다.

"미스터 리는 그렇지 않으세요?"

하고 설려는 또 걸음을 멈추고 상칠의 대답을 기다린다.

"글쎄 어떨까요? 내 마음을 설려 씨가 알아내 보세요."

"미스터 리도 그러실 것만 같아요. 내가 말이에요 온종일 미스터 리를 생각하지만 특별히 더 못 견디게 보고 싶은 시간이 있어요. 그때는 미스터 리도 날 생각하실 것만 같아요. 난 그렇게 믿어요."

"그럴까요?"

상칠은 대답하기에 약간 곤란을 느끼면서 마음속으로 신희를 생각하는 것이다. 순간 그의 눈앞에는 신경문이가 보냈다는 쌀가마니며 무와 배추며 그리고 어젯밤 우동 집에서 신경문이와 같이 나오던 모습이 주마등 같이 지나간다.

상칠은 불쾌한 생각을 쫓아내려는 듯 입술을 꽉 다물고 되도록 설려의 말에 귀를 기울인다. 그는 의식적으로 설려에게로 다가섰다. 그리고

"고마워요 설려 씨. 진정 고마워요."

상칠은 경련을 일으키는 사람처럼 설려의 어깨를 으스러지라고 껴안았다.

자동차가 파킹 하고 있는 구관 언덕바지로 내려갔다.

운전대에 나란히 앉은 두 남녀의 얼굴에는 꽃송이 같은 미소가 향기를 담고 흘러간다.

"어느 방향으로 할까요?"

"아무데로나 설려 씨 마음대로."

사실 상칠은 아무데로 끌려가도 괜찮을 것 같다. 어디까지든지…… 지구 끝 가는 데까지라도 설려와 가고 싶었다. 그리하여 심장 한 귀퉁이를 파먹고 있는 구더기 같은 불쾌한 생각을 잊어버리고만 싶었다.

핸들을 잡은 설려의 얼굴에는 긴장과 환희가 깃들어 있고 설려의 손에서 운행되는 자동차는 날개가 돋친 표범 같이 황혼의 항구 도심지대를 향하여 달려간다.

차는 광복동 번화가로 들어섰다. ××구락부 앞에 차를 정거시키고

"우리 저녁 먹읍시다."

하고 상칠의 동의를 구한다.

"오케이."

상칠은 설려와 나란히 식당으로 들어갔다. 두 사람 분의 정식을 주문하는 소리를 들었으나 이 저녁 상칠은 어떤 음식이 와도 식욕이 날 것 같지는 않다.

그는 모래가 들어 있는 듯한 깔깔한 혓바닥이 쓸개를 맛본 듯 쓰기만 하였다.

"위스키 한 잔 하시겠어요?"

"설려 씨도 하신다면."

"한 잔쯤은 마실 수 있어요 호호호."

웃고 설려는 급사에게 위스키를 명령하였다.

넙죽 한 잔을 탁 털어 넣고 상칠은 설려를 바라보고 빙긋 웃었다. 설려도 잔을 들어 입술에 대고 한 모금 마시고 샌드위치를 포크로 찍어간다.

"한 잔 더."

상칠은 설려 앞으로 잔을 내밀었다.
설려는 재미있는 듯이 쪼르르 술을 따라 놓고 상칠을 빤히 바라보고
"오호호."
하고 웃는다.
상칠은 술잔을 입에다 탁 털어 넣고 또 다시 설려 앞으로 잔을 쓰윽 내밀었다.
세 번째 상칠의 잔에다 술을 따라 놓고 설려는
"이 술병 가져 가요."
하고 급사에게 술병을 치우라고 명령하였다. 상칠이가 어이없는 얼굴을 하고 설려를 바라보는데
"우리 저녁 먹읍시다, 네?"
하고 설려가 먼저 스푼으로 스프를 떴다.
"나는 술 좀 더 먹어야겠는데?"
하고 상칠이가 후 하고 한숨을 뿜었다.
"안 돼요. 여긴 식당이니까."
설려는 달래듯이 눈을 커다랗게 뜨고
"이따 우리 다른 데로 가요. 송도로 가면 멋있는 술도 있고…… 별에 별 것 다 있어요."
"그래요. 그럼 그리로 갑시다."
상칠이가 몸을 일으켰다.
"밥 먹고…… 오호호."
빙글빙글 웃으며 급사가 밥을 날라 오기를 우두커니 기다리고 앉았는 설려를 건너다보고 상칠은

"그럼 많이 잡수셔요. 난 먼저 가봐야겠습니다."
하고 자리에서 엉거주춤 몸을 일으켰다.
"어머나……."
설려는 눈이 동그래서 가늘게 소리를 치고
"어딜 가신다고 그러세요?"
하고 입을 뾰로통해 보였다.
"송도로 갑니다."
하고 상칠은 정작 일어서 나갈 자세다. 설려는 상칠에게로 빼 돌아오더니
"잠깐만 기다리세요."
하고 소곤거렸다. 그래도 상칠이가 자리에 앉지 않는 것이 딱한지
"정식을 주문해 놓고 그냥 달아나는 법이 어디 있어요. 저 사람들이 우리를 정신병자라고 흉볼 거에요. 저 급사들이 말요."
하고 설려는 상칠의 팔고뱅이를 꼬집었다.
"아얏!"
상칠은 꼬집힌 자리를 한 손으로 만지며
"그러니까 설려 씨는 천천히 잡수시면 되지 않아요? 나 혼자서 어슬렁 어슬렁 걸어서 송도 쪽으로 갈 테니깐요 이따 설려 씨가 차를 몰고 오시다가 나를 발견해서 태워 주시면 되는 것 아뇨?"
"……."
설려는 말끄러미 테이블을 내려다보다가
"그럼 같이 갑시다."
하고 급사를 불러 정식을 주문한 것을 취소하고 팁을 두둑이 주고 상칠과 나란히 밖으로 나왔다.

주문한 음식을 취소하였다는 불쾌라든가 부끄러운 생각은 설려가 ××구락부 문턱을 밟고 나오는 순간 안개보다 쉽게 사라졌다.

그는 자기의 옆에 상칠이가 있는 것만이 즐거웠다. 그와 함께 완전히 캄캄하여진 밤거리를 달리는 것만이 행복스러웠다.

'얼마나 기다리던 기회인고?'

설려는 바라고 원하던 소망이 너무나 쉽게 또 너무나 빨리 성취된 것이 이상스럽기도 하였다.

위스키 석 잔은 상칠을 알맞게 취하게 만들었다.

이 저녁 상칠의 온몸의 혈관의 한 가닥 한 가닥이 모두 입을 벌리고 일어서도록 그의 정신을 흥분시키는 것은 위스키 석 잔의 성분만은 아니었다.

깔끔하고 영악스러운 처녀 설려가 많은 손님 앞에서 주문한 음식을 취소하고 그리고 노예와 같이 밤거리로 자기를 쫓아 나왔다는 사실이다.

상칠은 미안하기도 하고 또 약간 당황스럽기도 하였으나 그보다도 그는 마음 한 구석에 빤히 눈을 뜨는 한 가지 감정에 그의 가슴은 고무풍선같이 헐렁 공중으로 떠올라 갔다.

한 여성을 임의로 조종할 수 있다는

'정복감이었다.'

상칠의 눈앞으로 휙휙 지나가는 불들이 그것이 지나치는 차들의 헤드라이트이거나 또 길 좌우편 건물에서 흘러나오는 불빛이거나 그런 것은 상관없었다. 상칠에게는 모든 것이 꿈속같이 아름답게만 보였다.

능란하게 운전해 가는 설려의 모습은 햇비둘기 같이 화려한데 설려의 전신에서 풍겨 나오는 수밀도[43]의 향기가 얼근히 취한 상칠의 취각[44]을 몰약[45]과 같이 황홀하게 만든다.

그는 자신이 사나이로 태어난 것이 기뻤다. 젊고 아름다운 사나이로 태어난 자신의 행복을 이 저녁처럼 느껴본 일은 없는 것이다.

차가 차츰 번화가를 벗어나 캄캄하고 좁은 낭떠러지 길로 들어선다. 상칠의 눈에는 산도 바다도 그리고 하늘도 없었다.

건드리기만 하면 화르르 화변이 쏟아져 내릴 듯이 만개한 꽃송이 같은 설려만이 있었다. 이따금 중복된 필름처럼 신희의 자태가 어렴풋이…… 눈살을 찌푸리게도 하고 방그레 웃기도 하고 또박또박 걸어가기도 하고 반달음질로 달려오기도 하였으나 상칠은 의식적으로 신희의 그림자에서 눈을 돌렸다. 그리고 지금 이 시각 이 순간에는 설려만을 생각하고 싶었다.

상칠은 또 그러한 자신을 꾸짖고 싶지도 않았다. 차체가 가볍게 운동할 때마다 그는 설려의 체온을 감각하도록 설려와 거리를 좁혔다.

'신희가 신경문이 따위와 협수룩한 우동 집에나 간다면 그나마 밤늦게…… 내가 설려의 고급차에 실려 밤거리를 산책하기로니 잘못된 까닭이 없다…… 없어.'

상칠은 이렇게 맘속으로 호령을 하고 방금 눈앞에 명멸하는 신희의 존재를 애써 잊어버리려 노력하는 것이다.

'잔인한 생각이다? 내가? 어째서?'

잽싸게 내갈기는 힐문과 함께 그의 아름다운 이맛살은 험악하여졌다.

'그래 내가 안 보았다면 몰라…… 신경문이가 보내온 쌀가마니며 김장감을 내손으로 참따랗게 그의 안방이며 부엌에다 들여놓고 왔다니까.'

---

43 껍질이 얇고 살과 물이 많으며 맛이 단 복숭아.
44 후각.
45 천연 향신료.

그는 허공 중에 나타나는 신희의 얼굴을 향하여 눈을 흘기고 탁 하고 차창 밖으로 침을 뱉었다.

'온종일 전화 한 마디 걸지 못하는 이유도 이제 짐작이 되었어…… 흐흥.'

상칠의 입가에는 모멸의 웃음이 흘러갔다.

'신희가 신판 금색야차[46]의 주인공이 된다면 흥행은 호화판으로 벌어지는 거야…….'

상칠은 커다랗게 숨을 쉬고 팔짱을 끼었다.

'그 고답적인 신희도 그 독선적인 신희도 흥 생활에는 할 수 없이 타협한다.'

상칠의 입가에는 짓궂은 웃음이 독을 품은 버섯처럼 화려하여진다.

'여보 신희, 세상에는 당신뿐만 아닌가 보오 아름다운 처녀는…… 여기 이 처녀는 어떠우?'

상칠은 방금 입속으로 발음을 이루어 굴러 나오려는 이런 생각들을 지그시 어금니로 눌러놓고 한 팔을 뻗어 설려의 어깨 위에 올려놓았다.

서물거리는 마음속에 불쾌한 감정을 쫓아 버리고 싶은 상칠의 반사적 반항이었다. 팔을 얹으며 그는 부르짖었다.

"유 캔 이스트 샤인(청춘은 아름답다)."

상칠은 커다랗게 외치고 얹어놓은 팔에 힘을 주어 설려의 어깨를 끼어 안았다.

부르르 경련이 상칠의 팔과 가슴과 뺨을 스쳐갔다. 그 순간이었다. 달

46 돈과 사랑, 그리고 배신을 주제로 한 메이지 시대 최고의 베스트셀러. 금전만능주의가 만연한 당시 일본 사회를 현실감 있게 묘사하여 대중적으로 폭넓은 사랑을 받음. 여러 차례 각색되어 연극, 영화화되기도 하였으며, 『장한몽(長恨夢)』(1913)이라는 제목으로 번안되어 한국인들에게도 널리 읽힘.

려가는 차가 스르르 속력을 늦추기 시작하더니 길 한편 아늑한 언덕 아래로 파킹 하였다. 일촉광의 전등이 탁 꺼졌다.

자동차의 고장인지 설려가 고의로 불을 꺼버렸는지 상칠은 알 수 없는 일이었으나 단지 불이 꺼지면서 설려의 가냘픈 어깨가 상칠의 가슴으로 완전히 안겨 버렸다. 그리고 어둠 속에서

"상칠 씨!"

하고 나직이 부르는 소리가 들렸다. 상칠은 대신 설려의 어깨를 더 힘 있게 껴안았다.

"저를 사랑하세요?"

하는 설려의 음성은 떨려나왔다. 상칠은 잠자코 설려의 상반신을 훨씬 더 힘을 주어 껴안았다.

그리고 설려의 뺨에(입술은 아니었다) 상칠 자신의 활활 타오르는 뺨을 대었다.

"대답해 주세요."

설려는 상칠의 뺨에 얼굴을 대인 채 가만히 소곤거린다.

"당신이 저를 사랑하신다고…… 그리고 변치 않는다고 약속해 주세요."

"……."

설려는 화산에서 굴러온 듯한 바위에 몸을 기댄 듯 그는 뜨거운 상칠의 체온만을 감각할 뿐 그에게서는 아무런 대답이 없는 것이 이상스럽기도 하고 또 초조하기도 하였다.

설려는 두 팔로 살그머니 상칠의 목을 안았다. 그리고 또 한 번

"약속해 주세요 네?"

하고 상칠의 목덜미에 고개를 파묻었다. 바다 위에서 뱃고동이 굵다랗게

울려온다. 설려는 일초 이초 시간이 가는 대로 상칠의 대답을 더욱 초조히 기다리건만 입을 봉한 듯 상칠은 점점 몸에 힘을 주어 설려를 껴안을 뿐 아무런 대답도 없다.

불과 같이 뜨거운 체온이 상칠의 가슴에서 확확 풍겨 나오는 수초가 흘러갔다. 이윽고 상칠은 신음하듯

"설려 씨! 약속이란 건 쑥스러운 것이야요."

상칠은 숨이 가쁜 듯이 잠깐 말을 그쳤다가

"인간에게는 약속이 있을 수 없어요."

"난 그렇게 생각해요."

상칠은 거칠어지는 호흡과 함께 고개를 돌려 설려의 입술을 찾았다.

"그래도…… 그래도…… 약속해 주셔야 돼요. 사랑하신다고 그리고 언제까지나 변치 않는다고……."

설려는 되도록 상칠의 입술에서 얼굴을 피하면서 초조하게 속삭였다.

"……."

"약속하시겠지요? 네? 네? 대답하세요, 상칠 씨!"

"사랑의 약속이란 부질없는 것이야요. 사람을 피곤하게 만드는 세리프의 과장밖에 아무것도 아니에요."

"그럼 약속보다 또 다른 무엇이 있단 말입니까? 네? 네?"

"감정이 있지요. 순수한 감정만은 거짓이 없는 거야요."

"……."

불같이 뜨거운 상칠의 입술이 설려의 입술에 대려는 순간이었다.

"싫어요."

설려는 날카롭게 부르짖고 얼굴을 싹 돌렸다. 그와 꼭 같은 시간에 상

칠의 목에 감았던 두 팔도 들어버렸다.

그리고 설려는 상칠에게서 약간 거리를 넓혀 자리를 고치며

"난 싫어요. 약속 없는 키스…… 난 매소부가 아냐요."

어둠 속의 설려의 음성은 호두알 같이 야물고 차갑다.

"사랑의 약속이 쑥이라면 쑥 같은 사랑의 약속을 경험한 적이 있군요……. 피로하게 만드는 세리프에 지친 일도 있나보군요……."

"……."

"난 지나간 일을 가지고 추궁하려는 사람은 아니야요. 그런 것은 비현대적이니까요. 하지만 현재는 따져야겠어요……. 나에게 사랑의 약속을 못 하시는 것은 어떻게 보면 아주 초월하신 어른 같기도 합니다만…… 어떻게 보면 무척 비겁하게 보여요……. 용서하세요, 상칠 씨!"

설려는 경적을 울리며 지나가는 지프며 하이야의 헤드라이트에 비치는 자신의 몰골을 생각하고 그는 천천히 차를 몰기 시작하였다.

일촉 전등이 커졌다. 상칠은 빈약한 광선이 백촉 광이나 된 듯이 눈이 부셨다. 그는 지그시 눈을 감았다.

"비겁하단 이유를 아시고 싶다면 설명해 드리죠. 괜찮습니까?"

"……."

상칠은 설려가 무슨 말을 하든지 그는 목구멍에 자물쇠나 채운 듯 한마디의 답변도 나오지 않았다.

건드리면 쏟아질 듯 만개한 꽃송이 같은 설려에게 자기가 사랑의 표정만 보인다면 설려는 무조건으로 자기에게 일체를 저당할 줄로만 알았던 것은 상칠의 속단이었다. 어떤 의미로 오산이었는지도 모르는 것이다.

상칠은 부끄러워졌다. 반시간 전에 정복자로서의 자부심은 무참히도

깨여졌다.

어제 오늘 신희에게 대한 불안을 의식적으로 의심으로 돌리고 그 의심을 또 과장해서 배반으로까지 확대시켜 놓고 그리고 그는 가장 합리적으로 자기의 감정을 발전시켰던 것이다.

설려의 입술에 키스를 하리만큼 상칠의 감정이 대담하여 졌을 때 뜻밖에도 설려의 내미는 조건은 가혹하였다.

'변치 않겠다는 사랑의 약속으로 올가미를 씌우려는 설려를 나무랄 수도 없다. 그러나 그렇게 해서 좋을까? 설려와 사랑의 약속을 하는 것은 신희를 배반하는 것이다. 신희를 배반해도 좋을까?'

상칠은 비로소 냉철한 머리로 자신을 검토하는 것이다.

상칠은 생각하는 것이다. 신희가 신경문이와 함께 우동 집에 갔다는 그것을 의심한다는 것은 신희에게 대한 신성 모독이라고 일기장에까지 써놓은 일이다.

신희의 집에 쌀가마니와 김장감이 왔으나 과연 그것을 신희가 신경문에게 구걸을 해서 온 것인지 그렇지 않으면 신경문이가 자진해서 보낸 것인지 그 점은 분명치 않은 것이다. 분명치 않을 것을 가지고 물질에 타협하는 신희로 단정해 버리고…… 금색야차에다 비기고…….

'이것은 나의 질투가 아닌가……. 질투가 가져온 감정의 착각이 아닌가…….'

상칠은 고개를 흔들었다. 그러한 자신의 일방적인 질투를 가지고 천하에 공포한 신희와의 사랑(약혼)을 포기할 수는 없는 것이다.

약혼이라는 형식보다도 상칠은 마음으로 진정 신희를 사랑하는 것이다. 어떤 일이 있어도 그는 신희와 떠날 수는 없는 것이다. 이것은 언제나 그의 '일곱째 번 비밀' 속에 들어 있는 그의 참된 생각이다.

"비겁하다고 말한 이유를 설명 하겠어요."

설려는 약간 경사진 언덕으로 차를 몰면서 상칠을 흘깃 돌아보고

"상칠 씬 설려를 사랑하지 않는 거야요. 사랑하지 않으니까 약속을 못 하는 거야요…… 어때요? 어때요? 내 말이 틀렸거든 틀렸다 하세요."

"……."

차는 제법 소음을 일으키며 아래로 아래로 편편한 지대로 내려간다.

"쏴."

하는 파도 소리가 들리며 해풍에 실려 오는 바다 향기가 폐부로 스며든다.

광선이 만약에 체적體積[47]이 있다면 창살이 찢어질 듯이 광선이 흘러나오는 곳은 이층 양옥으로 된 ××호텔 창문들이다.

"저기 들어가서 약주 잡수시겠어요?"

하고 설려가 상칠에게 소곤거렸다.

"바닷가로 나갑시다."

상칠의 입이 떨어진 것이 우선 반가워 설려는 얼른

"그럼 그럽시다."

두 사람을 태운 차는 시멘트로 다져진 해수욕장 길 위에 섰다. 멀리 어선도 보이지 않는 캄캄한 바다에는 바람만 세게 불어오고 바람에 쫓겨 파도는 훨씬 더 거세게 바위에 부딪힌다.

상칠이가 자기에게 타는 듯한 정열로 요구한 키스를 물리치고 그 위에 비겁하단 말까지 쏟아 놓은 설려의 가슴은 차츰 불안하여졌다.

---

47 부피.

잠자코 한 번도 대답지 않는 것을 보면 상칠은 확실히 불쾌하여진 모양이다.

'내가 지나쳤나?'

하는 생각이 들자 그는 이대로 영영 상칠을 잃어버리는 것이 아닐까 하는 공포가 바닷물 같이 가슴에 설레기 시작한다.

"제가 지나친 말을 했거든 용서하세요 네?"

차속에 일촉 광은 또 다시 꺼졌다. 설려는 상칠에게 좀 더 가까이 다가 앉으며

"상칠 씨 노여웠어요? 네?"

설려는 상칠의 가슴에 고개를 기대었다.

"아뇨."

"그럼 왜 잠자코만 계세요?"

"오늘 저녁과 같은 장면을 당한 사나이로서 무슨 말을 했으면 좋을지 몰라서 그걸 생각하고 있어요."

"상칠 씨!"

설려는 두 팔로 상칠의 목을 안았다. 그리고

"용서 하세요. 제가 폭언을 했나 봐요."

하고 가만히 상칠의 뺨에 얼굴을 대어 보았다. 상칠의 얼굴에서는 차디찬 그리고 복잡한 근육의 촉감이 있을 뿐 아무런 반응도 나타나지 않았다.

"우리 ××호텔로 들어가세요 네? 들어가서 약주라도 잡수시면 기분이 좀 나으실 텐데……."

하고 설려가 상칠을 권하여 보았다.

"설려 씨! 시내로 들어갑시다."

그것은 일종 명령에 가까운 목소리였다.

설려는 교묘하게 차를 뒷걸음질을 시켜 큰길로 나왔다. 언덕길로 자동차는 한마悍馬[48]같이 달려간다.

일촉광 아래 설려의 나비 눈썹은 확실히 좀 더 위로 치켜지고 그의 짧은 윗입술이 지그시 아랫입술을 다잡고 있다.

아슬아슬한 낭떠러지 위를 차는 어둠속에서 괴물처럼 속력을 내어 달리고 있다.

'여기서 떨어져 죽는다?'

하는 기우가 일 찰나 상칠의 머리를 스쳐가도록 설려가 모는 자동차는 초속도로 달리고 있는 것이다.

"이렇게 속히 몰아도 괜찮아요?"

마침내 상칠이가 설려의 핸들을 잡은 손등을 살며시 쓸어본다.

"왜요? 돌아가실까봐 겁이 나시는 모양이군요……."

설려는 입을 삐쭉하고

"좋지요. 송도 절벽에서 청춘 남녀의 정사…… 라는 신문 삼면의 기사를 제공한다면…… 싫어도 나는 미인이 되지 않아요? 호호호."

"……."

상칠은 불길한 소리를 듣는다 생각하며 눈살을 찌푸렸지만

"피로하실 텐데…… 천천히 갑시다."

하고 억지로 웃어 보일 수밖에 없었다.

"……."

48 성질이 사나운 말.

설려는 일부러 좀 더 차의 속력을 낸 모양으로 휙휙 지나가는 차바퀴가 땅에 닿는 듯 마는 듯 어쩌면 땅에서 한 자쯤 들려 가는 듯도 같은 그러한 환각을 느끼도록 차는 급속히 굴러간다.

상칠의 이마에는 식은땀이 축축이 내배었으나 그렇다고 겁나는 표정도 할 수 없었다.

불빛이 환한 시내로 들어섰건만 차의 속력은 별로 늦추어 지지도 않는다.

'확실히 이 사나이는 나를 사랑하지 않는다. 사랑하지 않으면서 왜 내게 키스를 요구하였을까? 나를 희롱하였을까?'

이러한 생각이 점점 설려의 감정을 바늘 같이 쑤시기 시작한 것이다. 설려는 매섭게 눈을 부릅뜬 채 앞만 보고 앉았다. 그는 핸들을 쥔 손을 탁 놓고 보기 좋게 상칠의 뺨을 후려갈기고 싶은 충동이 몇 번이나 지나간다. 그러나 설려는 마음속에 차츰 떠오르는 한 가지 계획이 그의 무음의 닻을 내리기 시작하였다.

차가 부산역을 지나고 영주동 왼편으로 초량역을 넘어섰다.

"나는 여기서 내리겠어요."

하고 상칠이가 부스스 내릴 차비를 하였다.

"……."

설려는 완전히 상칠의 발언을 무시한 듯 그는 대답도 없이 구관 언덕바지로 차를 몰았다.

눈 깜짝 할 사이에 부산진역에 당도하였다. 상칠은 잠자코 다시 더 아무 말도 하지 않았다.

'설려가 차를 세우는 곳에서 내리면 그만이다.'

이런 생각을 하고 있는데 갑자기 차는 커다란 충동과 함께 급정거를 하여 버렸다. 순간 상칠의 눈앞에는 뚜껑 없는 트럭이 달려들고 그 트럭 위에는 밤빛에도 무장한 군인이 만재하고 있다.

방금 부산진역에서 내린 일선 지구 군인들을 싣고 영소營所[49]로 돌아가는 군용 트럭이다. 불과 이삼 척 거리에서 양편의 차가 요행히도 정거 된 것이다. 실로 위기일발이었다.

트럭에서 군인이 한 사람 내렸다. 그는 흥분하여 설려의 차문을 열어젖히며

"이런 복잡한 지점에서 맘대로 속력을 내서 달리는 법이 어디 있소?"

군인은 확실히 성이 났다. 불빛에 보이는 그의 검붉은 얼굴은 풍우와 포탄에 시달린 표적으로 양편 볼이 움푹 들어간데 비하여 약간 나온 듯한 두 눈이 유난히 광채를 발한다.

육군 소위 계급장을 갖춘 이 젊은 장교는 자기들이 일 년 동안이나 뒹굴어 오던 전지와 비교하여 나라님의 용상처럼 꾸며진 고급차 내부를 돌아다볼 때 그는 우선 눈이 둥그레졌다.

그보다도 자기 연배와 꼭 같은 젊은 사나이가 인어와 방불한 어여쁜 여성과 나란히 앉아 있는 모습을 볼 때 그의 광채 나는 두 눈에서 번쩍하고 불이 자나갔다.

"노형 무얼 하는 사람이요?"

불손하고 격정에 떠는 장교의 목소리가 상칠의 대답을 기다리지 않고

"신분증!"

하고 손을 내민다. 상칠은 포켓을 더듬어 신분증을 꺼내 장교의 앞으로 내

49 영사(營舍. 군대가 머물러 있는 지역이나 건물).

밀었다.

"장관 비서라?"

젊은 장교는 뜨끔하듯이 묻는다.

"좌우간 좀 내리소…… 어이."

그는 근처를 경비하는 헌병을 불렀다.

사태가 맹랑하게 발전되는 것을 짐작하는 상칠은 우선 차에서 내렸다. 그리고 나직한 목소리로

"잘못했습니다. 그저 약간 급한 볼일이 생겨서…… 속력을 지나쳐 낸 것만은 대단히 잘못된 일이올시다."

상칠은 장교에게와 또 설려에게 동시에 하는 말이었다. 그러나 그는 장교에게 진정 미안한 마음으로

"앞으로는 각별히 주의하겠습니다."

하고 참따랗게 고개를 숙였다.

헌병이 왔다.

"이 자동차가 규정을 무시하고 속도를 내어 달렸어. 하마터면 사고를 저지를 뻔 했어. 잘 좀 취체[50]해."

육군 소위는 상칠의 신분증을 헌병의 손에 놓아 주고 다시 트럭으로 올라탄다. 트럭은 가버렸다. 헌병은 차내를 힐긋 바라보더니

"운행증 내십시오."

이등 중사의 표식을 붙인 이 젊은 헌병은 고급차를 소유하고 있는 유한계급의 배경이 무서운지 공손한 어조로

50 取締. 규칙, 법령, 명령 따위를 지키도록 통제함. '단속(團束)'으로 순화.

"이런 복잡한 지점에서는 되도록 차를 천천히 운행하도록 되어 있습니다."
하고 설려가 핸드백에서 끄집어내는 운행증에 잠깐 눈을 던져 보고
"차후부터 잘 주의하셔야 됩니다."
헌병은 상칠에게 신분증을 돌려주고 자신도 돌아섰다.
설려의 차 뒤에는 택시며 지프며 트럭이 십여 대 쭉 늘어섰다.
지나가는 사람들은 교통사고가 생긴 것으로 생각하는지 눈을 부릅떠서 쫓아 보는 사람 서서 보는 사람이 열도 넘었다.
차를 에워싸고 들여다보는 사람 가운데 한 개의 얼굴이 있어 그들은 차 속에 앉은 설려와 차밖에 서 있는 상칠을 번갈아 살펴보고 그리고 천천히 걸음을 옮겼지만 설려와 상칠은 알지 못 하였다.
"재수 없는 저녁이야 츳."
설려는 혀를 차고 차를 움직이지 않을 수 없었다.
밖에 섰는 상칠은 구부정하고 차속을 들여다보며
"그럼 난 여기서 돌아가겠습니다."
하고 빙그레 웃으며 돌아선다. 설려는 핸들을 탁 놓고 우두커니 앉았다.
"참 기가 막혀서."
하고 쫑알거려 보았으나 상칠은 차의 방향과는 반대쪽으로 가버렸다.
"아이 속상해."
설려는 탁 하고 차문을 열어젖히고 밖으로 튀어 나왔다.
그는 쌔근쌔근 가쁜 숨으로 상칠의 뒤로 다가서며
"당신 남의 감정을 흔들어 놓고 그렇게 가버리는 법이 어디 있어요? 난 당신에게 농락 받을 사람은 아냐요."
설려의 음성은 어둠속에 차랑차랑 울렸다. 상칠은 겁을 집어먹은 어조로

"그렇게 큰 소리를 하시면 어떡해요?"

설려가 또 무슨 말을 하려는데

"그럼 갑시다."

하고 상칠은 설려보다 한 걸음 앞서 차속으로 들어간다.

××

신희는 사르르 눈을 덮고 다시 걸음을 계속하였다.

범일동 망령나신 할머니는 어젯밤보다 한 시간이나 일찍이 잠이 들었다.

"오늘은 일찍 돌아가시고 내일 또 다시 오세요. 색시 노래가 좋아서 할머니 망령도 나으시게 될 거에요."

하고 방그레 웃는 주인 여자는

"색시를 보니 꼭 우리 친정 막내 동생 같은 생각이 들어요. 얼굴이며 키며…… 세상에는 비슷한 사람도 더러 있나 봐……."

하고 웃음을 거두고 가만히 한숨을 짓는다.

"네 그러세요? 그래 그 동생이란 분은 어디 계세요? 저도 보고 싶어요. 저와 같다니까."

"이만 천천히…… 어두워서 어떡해. 그럼 조심히 가요."

하고 그 집 주부가 주는 만 원을 지갑에 넣고 신희는 큰 거리로 나왔으나 그는 택시도 전차도 기다리기 싫었다. 택시를 타기에는 돈이 아깝다.

'시간도 있고…… 천천히 걸어가자.'

이렇게 작정하고 신희는 또박또박 부산진 역전까지 왔을 때다. 그는 두어 걸음 설려와 상칠이가 타고 있는 고급차가 취체를 당하고 있는 광경을 목격하게 된 것이다.

신희는 억울한 눈초리로 허공을 바라보았다.

'하늘에는 저렇게 찬란한 성좌가 있는데…….'

신희는 입속으로 부르짖고 바르르 떨리는 두 다리를 옮겨본다.

'인간은…… 현실은 추악하다.'

신희는 비로소 질투라는 괴로운 감정이 자신의 심장벽을 할퀴고 있는 것을 감각하였다.

'상칠 씨가? 상칠 씨가? 언제부터 저런 여자들과 저렇게 친했을까.'

그는 어젯밤 집에 돌아갔을 때 동생 성희가 하던 말을 또 다시 마음속으로 외어 보는 것이다.

"언니! 나 오늘 우리 동무 경여네 집에 갔었어요. 저네 언니 생일이라고 날더러 자꾸만 가자고 해서 갔댔는데 나 거기서 상칠 씨 봤어. 경여네 언니하고 나란히 앉아서 과일도 먹고 그리고 술도 마시는 듯 했어. 그인 날 못 보았을 거야. 난 경여 방에만 들어앉았었으니까. 문을 실만큼 열고서."

신희는 별떨기를 향하여 한숨을 뿜었다.

'오늘 하루 종일 상칠의 전화를 기다렸는데도 아무런 이야기도 보고도 없지 않았던가?'

그러한 상칠이가 또 설려와 어울려 차를 타고 돌아다니고…….

젊은 헌병에게 고두사례[51]하고 신분증을 받아가지는 상칠의 몰골을 다시 한 번 생각하는 신희는 픽 하고 웃었다. 조롱과 멸시의 웃음이다. 신희는 자꾸 걸었다. 걸어가면서도 그는 방금 귓가에 남아 있는 설려의 목소리

51 머리를 조아리며 고맙다고 인사함.

에 자꾸만 몸이 떨려왔다.

"남의 감정을 흔들어 놓고…… 나는 당신에게 농락 받을 사람은 아냐요."

상칠 씨와 설려가 그렇게까지 가까워졌나?

신희는 걷기가 싫어졌다. 아니 걸어갈 기력이 없어졌다. 구관 입구 근처에서 그는 지나가는 택시에 몸을 실었다. 좁고 불편한 앞자리에 엉덩이를 올려놓고 구부리고 앉았는 신희는 핑그르르 현기증을 느끼며 두 손으로 앞에 있는 쿠션을 붙들고 손등에다 이마를 실었다. 조금 후에

"초량 입구에서 내리겠어요."

운전대에다 부탁을 하고 그는 다시 두 손으로 쿠션에다 고개를 댄다.

집에 돌아와 보니 어머니가 커다란 소리로 딸을 맞이한다. 전에 없이 아주 상쾌하고 기력 있는 목소리다.

"얘야 쌀이 왔더라. 사장님이 보내셨다고 하면서 사원이 가져 왔더라……. 그리고 김장감도 배추 쉰 포기 무 쉰 개."

신희는 고타츠 곁으로 가서 앉으며

"사장님이 보내셨대요?"

하고 다리를 뻗었다.

"응 쌀가마니를 들여다 놓고 보니 방바닥에 이런 명함이 있더라."

하고 신경문의 명함을 신희 앞에 내밀었다.

"아니 이분이 웬일이야."

하고 찌푸리는 딸의 얼굴을 바라보는 어머니는 당황해서

"그래 왜 그러니?"

하고 묻는다.

"어머니 쌀가마니 어디 있어요?"

"쥐가 슬까봐 도람관[52]을 들여다 놓고 거기다 쏟았지. 먼저 쌀도 다 함께 쏟아 넣었다."
하고 어머니가 가리키는 구석에는 과연 도람관이 서 있다.

"김장감은요?"

"무는 부엌에 그냥 있고 배추는 쪼개서 간물에 담가 두었다. 왜 그러니?"

"……."

무엇을 생각하는지 한참 동안 눈을 깜빡깜빡 하던 신희는 예사로운 얼굴로

"잘 하셨어요……. 없는 사람이 있는 사람의 것 좀 얻어먹으면 어때요."
하고 신희는 자기 자신에게 타이르는 말을 그대로 어머니에게 들려드리는 것이다.

신희는 얼얼한 목구멍으로 침을 두어 번 삼켜보고

"성희야 너 무얼 먹을래? 언니 돈 있다 이거 봐 돈."
하고 신희가 성희의 눈앞에 천 원짜리를 헤어 보인다.

"언니 호콩 아니 초콜릿 아니 아니 그건 비싸서 못 먹지? 야끼모, 야끼모[53]가 좋아."

신희는 천 원짜리 석장을 내밀며

"이건 야끼모 이건 호콩 또 이건 초콜릿 지금 사다 먹어 지금. 그리고 생계란도 두 개 사줘 건 언니 먹을래."

신희는 천 원 한 장을 더 꺼냈다.

"언니 웬일유?"

52 드럼통. 두꺼운 철판으로 만든, 원기둥 모양의 큰 통.
53 やきいも. 군고구마.

하고 성희가 눈이 둥그레졌다.

××

'금일 개업.'

먹으로 쓴 종이가 삐뚜름히 간판을 걸머지고 선 지가 벌써 한 달도 넘었건만 이 집에서는 무슨 뜻인지 종이를 떨 생각을 하지 않는다.

종이뿐만 아니다. 종이를 잘라 가화로 얽은 화한도 두 개 짤막한 다리를 버티고 '금일 개업' 양 편으로 가서 호위병처럼 딱 멈추고 섰다가 비가 오든지 날이 어두워지면 안으로 치울 뿐 첫날부터 벌써 한 달째 오고가는 손님의 눈을 끈다.

큰 거리처럼 사람의 왕래가 번잡한 곳이 아니고 오솔한 뒤 안 인적이 드문 비탈길에 외따로 선 자그마한 이층 집. 나무로 새로 만든 비둘기 집처럼 아치형으로 된 간판에는 '화산'火山이란 간판이 늙은 등속에서 또렷하게 나타날 뿐 집의 외관으로는 화산이라는 엄청난 이름과는 거리가 먼 한 개 들어앉은 살림집과 방불하다.

그러나 해가 어두워지기가 무섭게 이 집 문 앞에는 지프가 와서 대는가 하면 하이야도 댄다.

이 집에 들어가는 손님은 대개가 통행금지 시각에는 별 지장을 받지 않는 듯 그들은 열두 시가 넘고 한 시가 지나서 돌아가는 손님들이 대부분이었다.

아래 층 홀 열댓 개 되는 박스는 개개로 높은 병풍을 두른 것처럼 자그마한 방 한 개를 묶어 논 듯 방마다 색깔 다른 술이 있고 향기 다른 차가 있고 또 다른 비밀들이 있다.

다방 같기도 하고 술집 같기도 하고…… 어쨌든 번화가에서 훨씬 떨어진 구덕재 변두리에 있는 이 집은 알고 있는 사람에게는 무한한 매력과 흥분을 제공하는 그들의 가장 편리한 집합실이다.

첫째로 이 집에 오면 비밀이 보장된다. 둘째로 돈만 내면 술은 얼마든지 또 언제까지든지 먹을 수 있게 되어 있다. 셋째로 무엇보다도 고마운 것은 경찰관의 취체가 거의 없으리만큼 관대하다는 것이다.

사람들의 말은 이 집 '화산'을 경영하는 마담 소춘이가 ××국장의 애인이라는 점에서 경찰에서 알면서도 일부러 모르는 척하고 슬슬 눈을 감아 준다는 것이다.

그 대신 경찰에서도 가끔 들려 헐한 술에 외상 안주를 먹을 수 있는 편의도 있고…… 그러나 이것은 사람들의 더욱이 험구를 가진 악덕 인사의 험담이요, 사실은 소춘이가 이 근처를 경비하는 경관에게 서비스가 너무도 똑떨어진 때문에 경관들도 웃는 얼굴에 침 뱉지 못하는 격으로

"여보시우 누굴 바지저고리로 안단 말요?"

하고 짜증만 낼 때는

"아이고 한 번만 살려줍시사 아미타불 관세음보살."

소춘은 염불을 하다가 두 손을 합장하고…… 그 손으로 위스키 병과 유리컵을 살그머니 집어 경관 앞에 놓는 것이다.

지금도 한 차례 뒷문에서 경찰관 나리에게 꾸중이며 위협이며 한창 승강을 하다가 죄 없는 새우 덴뿌라에 위스키 반병을 희생해서 손이 발이 되게 빌어놓고 이층으로 올라오는 길이다.

그는 층대를 올라오며 혀를 찼다.

"에이 빌어먹을 거 못해 먹겠다. 치워 버릴까 보다."

소춘은 이층 육조방 장지문을 활짝 열어젖혔다.

장지문을 열던 소춘은

"어머나! 깜짝야."

하고 소리를 치며 방으로 달려들어 오며

"그래 언닌 언제 왔수?"

하고 주인 모르는 사이 올라와 있는 손님에게로 달려들었으나 손님은 잠자코 책상 위에 고개를 실은 채 눈으로 빙긋이 웃는다.

황매의 살짝 감겨진 두 눈에서 눈물이 수정알처럼 또르르르 굴러 떨어진다.

"아니 언니 우?"

소춘은 발길에 치렁대는 검은 벨트 치마 끝을 밟으며 왈칵 주저앉아 손수건을 꺼내 살며시 황매의 눈을 눌렀다.

"우시기는 왜? 언니 나도 서러워요. 세상이 귀찮아."

하고 소춘은 황매의 무릎에 고꾸라져 흑흑 느끼기 시작한다.

황매를 언니라고 부르는 소춘은 올해 스물다섯, 황매 역시 같은 스물다섯이나 황매는 매화가 봉우리 들이는 음력 이월 보름이 생일이오 소춘은 동백나무 꽃이 붉을 수 있는 시월 하순에 어느 조그마한 남쪽 섬에서 났다는 것이다.

하나는 이른 봄에 하나는 늦은 가을에 그리고 하나는 북쪽에서 하나는 남쪽에서 나서 자랐지만 성명도 다르고 용모도 달랐지만 그들의 운명은 비슷하였다.

그들은 직업이 같았다. 그들은 똑같이 초혼에 실패하였다. 그리고 똑같이 아름다웠다.

단지 성격이 소춘은 활발하고 명랑한데 황매는 차갑고 맺히어 어디까지나 여성적인 것이다.

그러한 황매는 무슨 일이든지 덤비지 않는 것이 그의 특징이다.

침착하고 매서운 것이 황매의 매력이오 동시에 무기였다. 칠팔 삭 먼저 난 때문만은 아니다.

황매의 이러한 인간성이 어디까지나 언니다운 틀 잡힌 성격이 소춘으로 하여금

"언니."

하고 부르게 만든 것이다.

소춘이가 여기다 '화산'을 경영하자고 의논한 곳은 황매였다.

황매는 성공할 것을 짐작하였든지 그는 자본의 절반을 내도 좋다 하였다. 쥐도 새도 모르는 다방 '화산'의 절반 주인이 되어 있는 황매는 낮이면 가끔 이 집으로 놀러 온다.

몹시 피로할 때는 한 바탕 늘어지게 낮잠도 자고 가기도 한다. 오늘도 쉬어 가든지 낮잠을 자고 가야할 황매가 무슨 이유로 주르르 눈물을 흘리는가 소춘은 궁금하여졌다.

그러나 남모르는 설움 남에게 호소할 수 없는 그들만이 아는 슬픔을 서로는 잘 알고 있는 것이다.

비단으로 싸고 보석으로 꾸며도 사람들이 정해 논 사회적 수준은 넘어갈 수 없는 그들이었다.

선녀같이 아름답고 때로는 천사 같은 웃음을 보내되 세상은 그들을 돈과 바꾸어지는 친절이라고 업신여기는 것이다.

그러한 그들은 또 세상을 향해 진정을 보낼 필요도 없는 것이다.

'돈이 있어야 한다. 그럴수록 돈이 있어야 한다.'

는 것이 그들이 생활 철학이 되어버리는 것이다.

그러나 한 번 웃음에 돈이 쏟아지고 하룻밤에 금시계나 금가락지가 한 개씩 생기는 일은 그리 쉬운 일은 아니요 또 그리 흔한 일도 아닌 것이다.

웃음을 팔고 몸을 내주어도 때로는 그들의 등에는 만만치 않은 빚이 억누르고 운수가 막히면 끼고 있던 반지도 아니 입었던 외투도 전당으로 보낸다.

학문이나 기술이 아니요 단순히 웃음과 애교와 또 육체로써 사람들의 주머니를 노리기에는 그만큼 그들에게는 땀나는 투쟁이 있어야 한다. 말하자면 일종의 상업이요 노동이다.

그러나 노동이라기에는 너무도 협잡성이 농후하고 상업이라 하기에는 사람들의 신용이 희박하다.

그들은 이러한 모든 불리한 환경 속에 하루하루를 살아가면서도 그들은 역시 사람이었다. 사람의 딸이었다. 그들은 진정을 쏟아 사랑을 바칠 수도 있고 때로는 목숨을 끊어 버릴 수 있도록 울분과 비분을 느낄 줄도 안다.

황매는 지금 요정 백조에서 돌아오는 길이다. 두 번째 상칠에게서

"못 가겠다."

는 전화를 받고 풀이 탁 죽어서 돌아온 것이다. 양복점에 주문하였던 상칠의 외투가 '가리누이'[54]가 되었다고 가져온 것을 잠깐 입혀 볼 작정으로

54 かりぬい. 가봉.

전화로 불렀던 것이다.

눈짐작으로만 치수를 알려 주었기 때문에 완성되기 전에 꼭 한 번 입혀 보아야 할 것이다.

둘이서 오붓하게 점심을 먹기로 주인에게 특별 요리까지 주문하였던 것은 거품처럼 사라졌지만 아득히…… 가슴을 파고드는 슬픔만은 어쩔 수 없었다.

'그이가 그 깔끔한 사나이가…… 날 같은 년을 거듭 볼 리가 없지 없고 말고.'

황매는 자신의 어리석음을 비웃었다. 그러나 눈물만은 염치도 없이 자꾸만 흘러나오는 것이다.

황매의 무릎에서 한참을 흐느껴 울던 소춘이가 울음을 뚝 그치고

"언니 울지 맙시다. 울면 또 뭐 해요. 우리 술이나 먹읍시다."

하고 그는 아래층으로 내려갔다.

쟁반에다 위스키며 잔이며 능금이며 과자며 수북이 담아가지고 올라왔다.

"소춘이 큰 겁을 가지고 와. 커다란 컵 대포를 한 잔 할래."

하고 배시시 웃는 황매는 여전히 상 위에 실려 놓은 고개를 치켜들지는 않는다.

"아서요. 이 잔으로 해요. 이걸로라도 많이 마시면 되지 않아요?"

하고 소춘이가 자그마한 잔에다 쪼르르 술을 따랐다.

"그럼 난 이렇게 먹을래."

황매는 얼른 병을 들어 입에다 대고 울컥울컥 들이킨다.

소춘은 별로 놀라지도 않고 빤히 황매를 바라보다가

"왜? S씨가 변했수?"

하고 물었다. S씨는 신경문이를 말하는 것이다.

"피, 그까짓 것 백날 돌아 섰댔자 왼편 눈썹도 깜짝 할 내가 아냐."

"그럼?"

소춘은 호기심이 났는지 바싹 다가앉으며

"왜? 마작에 톡 털렸수?"

"미쳤나 내가 마작 하는 사람인가?"

"참 언니 그런 것 싫어하시지. 그럼 왜? 아이 속상해 궁금해 죽겠네."

소춘이는 위스키를 들어 짝 마시고 능금을 깍깍 씹는다.

동그스름한 턱이 복숭아 같이 골이 진 것이며 검고 깊은 눈이 약간 이국적이다. 키가 호리호리하고 목이 상큼한 소춘은 동무들이 흔히

'양여부인洋女婦人'[55]이라고 놀려 댈 만큼 그는 외인에게 인기를 끌고 있는 것이다.

소춘은 두 번째 위스키 병을 들고 가는 황매에게서 홀딱 병을 빼앗으며

"언니 자살 하실려우? 죽고 싶거든 저 바다로 가시구려. 갑갑하게 방안에서 죽진 마세요."

"……."

황매는 수르르 한숨을 쉬면서

"애 그 앨 두고는 죽지도 못 하겠다. 내가 죽으면 그 애 얼굴이 내 눈 속에서 사라지지 않니?"

"언니 웬 아이에요? 언니께 숨어 기르는 애가 있었어요?"

하고 소춘이가 눈이 둥그레졌다.

---

55 서양부인.

"아인 아이라도 스물여섯인가 일곱인가?"

"언니 청제비유?"

하고 소춘은 코를 찡긋하고 웃는다.

"아서 그런 말 하지 말어. 청제비란 내 나이 삼십이 넘었니? 사십이 됐니? 그이가 왜 내게 청제비냐?"

"그래도 언닌 S씨나 K씨가 상비[56]가 아니요?"

"얘 징그럽다. 그건 장사지 누가 사랑하는 거냐?"

"……."

소춘은 고개를 끄덕이고

"그래 그 스물여섯 살짜리 아이가 어딨어? 내 아는 사람이에요?"

"비밀이야 아직은…… 그래도 말이야 그애에겐 나보다 강한 적수가 붙어 있어."

"누구? 이향이에요 월계야요?"

"달라 아주 달라. 여자대학 출신이야 부잣집 맏따님이야."

"언니 아는 사람요?"

"그럼…… 너도 알만 하지."

황매는 입을 삐쭉하고

"여자 모리배[57] 강월라 여사라고 왜 유명하지 않아? 그이 딸이야."

"오, 알아요 알아. 브라운이라든가 하는 미군과 두 번 왔다간 일이 있어요. 총명하게 생겼던데 언니 강적이야 단연 강적이야."

"그러니 말이야…… 인내라 술병."

---

56 필요할 때에 쓸 수 있게 늘 갖추어 둠.

57 온갖 수단과 방법으로 자신의 이익만을 꾀하는 사람 또는 그런 무리.

황매는 소춘이가 감추려는 위스키 병을 홀딱 빼앗아 또 한참을 울컥울컥 마시고

"요새는 아마 그 애와 같이 다닐 거다. 이따라도 올지 아니? 오거든 잘 보아 내가 좋아 하겠나."

소춘은 딱하디 딱한 얼굴로 황매를 바라보고

"언니 눈에 들었다면야 상당하겠지요. 하기야 뭐 반하기만 한다면 언청이도 일색으로 보인다니까……."

"애 그따위 실없는 말은 하지도 말라. 내가 아무리…… 그렇게 쓸개도 간도 없이…… 그래 내가 환장을 했단 말이냐? 아 글쎄 내가 반할만 하니까 반한 거지. 그래 생떡으로 내 눈깔이 어두워서 그랬단 말이냐?"

황매는 어느덧 주정으로 변하고 있는 것을 알아차린 소춘은

'단단히 걸렸는데?'

속으로 근심을 하며 아래로 내려갔다.

황매는 책상 위에다 얼굴을 싣고 가늘게 콧노래를 부르기 시작하더니 갑자기 커다란 소리로

"달도 차면은 기우나니…… 일생이 일장춘몽이라 아니 놀진 못 하리라……. 달아 뚜렷한 달아 임의 동창에 비친 달아 임 홀로 누었더냐…… 어떤……."

황매의 노래가 여기까지 왔을 때다. 장지문이 열리고 소춘이가 들어서며

"언니 나 물건 좀 보고 올게요. 시장하신데 따끈한 우동이나 올려 올까?"

하고 묻는다. 황매는 고개를 흔들고

"술 한 병 더 가져와."

하고 소리를 친다. 소춘의 머리는 층대 아래로 내려가고 다시 올라 오지는

않았다.

황매는 술이 세지 못하다는 것보다 전연 술을 못하는 것이다. 반병이 훨씬 넘는 위스키를 다 마셔 버린 황매는 차츰 노래 부를 기력도 정신도 없이 녹아 떨어지고 말았다.

책상에 몸을 실은 채 얼마를 잤던지 황매가 눈을 떴을 때에는 방안에 전등이 켜지고 자기 어깨에는 차렵이불이 둘러져 있고.

그는 목이 말라 왔다. 쟁반 위에 유리컵과 주전자가 놓여 있는 것을 앞으로 당겨서 찬물을 두 고뿌나 마시고 나니 으스스 추워졌다. 화로 곁으로 와서 불을 헤치고 손을 쪼이고 있는데 소춘이가 올라왔다.

"언니 이제 깨셨군. 시장하시지?"
하고 국이며 밥이며 올려왔다. 황매는 대굿국 국물을 두어 모금 마시고 밥은 거들떠보지도 않았다.

"속이 쓰릴 걸 언니. 술 조금만 하세요. 속 좀 풀어야 되지 않소?"
하고 소춘은 자그마한 잔에 위스키를 반잔 따라왔다. 황매는 위스키를 홀딱 마시고 눈살을 찌푸렸다.

황매가 위스키를 마시고 눈살을 찌푸리는 것과 꼭 같은 시각에 서시관 별실에서 정 사장이며 월라 여사와 마주 앉아 녹차를 마시는 신경문도 눈살을 찌푸리고 있는 것이다.

"황매 언닌 외출하고 없어요."
하고 보고하는 백도의 말이 도시 마음에 들지 않는 때문이었다. 언제나 자기가 오는 것을 기다리고 있는 황매가 이 저녁에 중요한 손님을 모시고 온다는 것을 번연히 알면서도 외출하고 없다는 사실은 곧 신경문 자신에게 배반하는 행동으로 생각하지 않을 수 없는 것이다.

"오늘 저녁 일들은 모두가 갈 지자로만 걸어갈 셈인가?"
하고 정 사장은 마도로스파이프를 손으로 닦으며 제법 짜증 섞인 목소리다. 오늘 밤 초대에 꼭 참석하겠다고 약속하였다는 그 브라운 씨로부터 못 온다는 전갈이 바로 지금 서시관 카운터를 거쳐 이 방으로 전달된 때문이다.

"그래 그랬던 모양이죠? 통역하려는 설려 말입니다. 브라운 씨는 오늘 밤 장교 회의로 간다고 그러면서 저는 저대로 차를 몰고 놀러 간다고 나가던 것이……."

월라 여사는 고개를 끄덕이는 것이었으나 신경문이와 정 사장에게는 치명적 착오가 아닐 수 없는 것이다.

그 거대한 공사에 한 몫 끼우는 폭으로 일억 오천만 원을 대출하려는 송 참서는 오늘 밤 브라운 씨를 만나서 어느 정도 얘기를 듣고 자신이 생긴 뒤에 대출의 화답을 하기로 한 것인데 첫째 브라운이 오지 않는다는 것이 기막힌 일이 아닐 수 없다.

그러나 황매라도 있었더라면 술좌석은 오붓이 어울릴 수도 있는 것이다. 황매의 웃음은 김해 송 참서 마음을 붙잡는 가장 중요한 역할이 될 수 있는 것이다.

"천하에 미인이 많다하되 황매라는 여자 같은 미인은 내 아직 못 봤단 말이요. 내 나이 금년에 쉰다섯이 아니우?"

정 사장은 마도로스파이프를 들고 몇 번이나 송 참서에게 황매의 선전을 해 놓고 그들이 대접하려는 주석의 성가를 울렸던 것이다.

"그래? 그래요? 허! 정 사장이 저만치 칭찬을 하는 걸 보니 어지간한 모양인데…… 어디 한 번 봐야지 히히히."

송 참서 역시 정 사장의 연배 되는 옛날 중학교 동창생이나 그는 정 사장보다 키가 작달막하고 가슴이 평퍼짐한데 구리수염이 알맞게 나고 얼굴은 팽팽하여 아직도 사십대로 밖에 보이지 않는다.

그는 항시 인삼이며 꿀이며 그리고 황구 소주를 내어 장복할 줄도 알고…… 말하자면 무척 몸단속을 하는 까닭도 있으려니와 그에게는 선천으로 타고 난 건강이 있었다.

이러한 송 참서는 돈 있고 건강한 사나이들이 향락할 수 있는 어떤 범주 속에 그도 참여하고 있는 것이다.

송 참서는 정 사장이 그럴 듯하게 선전하는 황매의 소식을 접할 때 그는 자신도 모르는 웃음이 그의 구리수염 속에 들어앉은 붉은 입술로 흘러나왔던 것이다.

그토록이나 송 참서의 만족해하던 몰골을 생각하면 할수록 정 사장은 마음이 무거워 온다.

"여보 신 사장, 송 참서가 와서 황매를 꼭 만나다고 우기거나 하면 어떡하우?"

하고 두 번째 물을 때 신경문은

"글쎄요 낸들 어찌 할 수 있어요?"

하고 심상히 대답을 하면서도 방금 치밀어 오르는 분통이 그의 얼굴에서 완전히 미소를 말살하고 말았다.

분부를 들으려고 선화며 백도가 들어올 때마다 신경문은 행여나 황매가 아닌가 하고 눈을 크게 떴다.

유리창 너머로 까만 밤이 물들기 시작하는 데도 황매는 나타나지 않았다. 백도가 녹차를 들여왔을 때다.

"김해서 오신 송 참서께서 오셨습니다."

하는 보이의 안내로 회색 세루 두루마기를 입은 배가 불쑥 나온 송 참서의 체구가 방안으로 들어섰다.

틀에 박힌 인사였건만 신경문의 인사는 좀 더 정중하였고 월라 여사의 사교웃음은 훨씬 더 명랑하였다.

준비하였던 안주며 술이 풍성이 들어왔다. 선화와 백도는 오늘 주빈인 송 참서에게 최대의 서비스로 술을 따르고 안주를 권하는 것이었으나 송 참서의 얼굴에서는 별로 기쁜 빛도 찾아 낼 수는 없다.

그는 다만 점잖게 술잔을 받아 마시고는 빈 잔을 가만히 상 위에 내려놓고 그리고 아무것이나 안주를 집는다. 실내는 어딘지 어색하고 쓸쓸한 기분이 찬 공기처럼 스쳐가고 있건만 이런 때 신경문은 배짱을 부리는 것이다.

"송 참서님! 좀 많이 잡수어 주십시오. 바닷가 안주란 원래 이런 것뿐입니다그려 허허허."

하고 전복이며 해삼탕이 담긴 쟁반을 송 참서 앞으로 당겨 놓으며 애써 좌석을 명랑하게 만들려는 것이다.

술이 어느 정도 취하여졌는지 송 참서의 입에서도

"어허허."

하고 너털웃음이 딸려 나왔다.

"그래 정 사장 그 절색이란 아이가 얘란 말요?"

하고 귀를 쫑긋 한다.

"아니 네, 이앤 어떻습니까?"

하고 신경문은 곁에 앉은 선화를 곁눈으로 가리키고 아부하는 웃음을 웃었다.

"취해서 바라보면 미인 아닌 계집 없지요. 절구통에 치마를 걸쳐도 취안으로 볼 때는 그게 건강 미인이고 몽땅 빗자루에다 반호장 저고리쯤 입혀 보시우 그게 양귀비가 아닌가? 허허허 촌사람이라고 업신여기지 마소."

송 참서의 팽팽한 얼굴은 주기를 띠어 갓 익은 대추처럼 붉은데 누르스름한 앞 이빨 사이에 누런 금니가 약간 변색되어 있다.

"이 여자는 어때요?"

신경문은 송 참서의 잔에다 남실남실 술을 따라 놓고 백도를 가리켰다.

"취하여 바라보니 어느 것이 꽃 아닌 것 없구려……. 그 황매라는 아이는 어느 아이요? 나는 절색 황매를 보러 왔으니 황매를 보여 주시오."

일억 오천만 원이 대출되느냐 못 되느냐는 것을 결국 이 귀빈의 마음을 기쁘게 해줄 수 있느냐 없느냐는 문제와 맞서는 것이다.

귀빈이 원하는 일이라면 이 자리에서 용의 수염이라도 베어 와야만 하고 호랑이 눈썹이라도 뽑아 와야만 한다.

아니 그러한 성의만이라도 보여야 한다. 이러한 것을 짐작하는 신경문은 속으로 만사휴의를 부르짖고 앉았는 것이다.

"여보 절색이 있다는 걸 자랑만 실컷 해서 늙은 놈의 가슴에 바람만 잔뜩 집어넣고 그래 황매라는 계집은 황용이란 말요 봉황이란 말요…… 어험."

송 참서는 짓궂은 웃음을 싣고 넙죽이 술잔을 받아 마신다.

"아이 속상해 죽겠네. 그래 우린 뭐 사람이 아냐요?"
하고 백도가 빵 돌아앉으며 성난 양을 해서 일동이 와 하고 웃었다.

"왜 사람이 아닐 수 있느냐 너도 사람이지 여편네지. 하지만 너는 뱁새 눈에 해타고니까……."

"어머나!"

소리를 치고 백도는 정말 성이 났으나 그렇다고 튀어 나갈 수도 없고 백도는 눈물이 글썽해서 옷고름을 입에 물고 앉았다.

"이봐 어른이 너 귀엽다고 그러시는 거야. 자 이리로 돌아앉아 술이나 쳐." 하고 월라 여사가 백도의 손목을 잡아당겼다.

"여보소 정 사장. 그래 황매니 절색이니 좌우간 얼굴이나마 한 번 보고 갑시다. 낸들 이 부산 항구에 황매가 있는지 청매가 있는 줄 알았소? 정 사장이 북을 치고 난리를 치기에 알았지……."

송 참서의 술주정은 황매를 내놓으라는 조건으로 고집을 부리는 데서 시작하는 모양이다.

"송 참서님!"

하고 월라 여사가 해죽이 웃으며 송 참서의 잔에다 술을 따르고

"그러지 않아도 황매를 이 저녁 꼭 불러 오려고 했더랍니다. 그랬던 것이 고만 황매란 애가 감기가 함빡 들었다 봐요. 두통이 나서 머리를 못 들고 알아 누웠다니까 손님 앞에 나올 수가 있습니까?"

취한 눈을 뜨고 월라 여사의 말에 귀를 기울이던 송 참서는 월라 여사가 따라 놓은 술을 훌쩍 마신다.

"내일 저녁이라도 황매가 열이 내리고 몸만 개운해 진다면 송 참서님을 다시 이리로 청하든지 동래 온천으로 모시든지 하지요. 어떻습니까?"

하고 월라 여사는 또 다시 쪼르르 술을 따랐다.

"헉 그 좋은 말씀입니다. 부인께서 그쯤 말씀을 하시니 일구이언이야 하실 리 없지요……."

송 참서는 이번에도 술잔을 비우고 수염을 쓱 문지르고 나서 얼굴을 정색을 한다.

"뭐 황매 사건은 절반이 농담이었습니다. 근데 브라운인가 하는 미군은 또 어째서 보이지 않는가요? 정 사장."
하고 송 참서는 약간 골이 난 듯이 정 사장을 노려본다.
"그 이야기는 천천히 합시다. 그러지 않아도 이렇게 쪽지가 왔어요. 뭐 장교 회의가 있다고 부득이 못 온다는 말이래요."
하고 정 사장은 하얀 사각 봉투에 든 종이를 봉투 채로 송 참서 앞으로 내밀었다.
"……."
송 참서는 생각난 듯이 담배를 한 개 집어 입에 들었다. 선화가 얼른 성냥을 그어 대었다. 담배를 깊숙이 한 모금 빨아 삼키고 남은 연기를 한편 입술을 삐뚜름히 여미면서 푸 하고 뿜어내는 송 참서의 얼굴은 확실히 힘이 탁 풀린 표정이다.
"정 사장이 하도 졸라서 오기는 왔지만…… 대접은 잘 받았습니다."
신경문이가 무슨 말을 하려는데 송 참서는 신경문의 발언을 무시하고 자기 말을 계속한다.
"이번에 호남선으로 좀 가보기로 됐어요. 거기서 상당히 큰 과수원을 누가 양보하겠다고 해서……."
하고 잇따라 서너 모금 담배를 빤다.
"내가 말한 토건 사업 말이요. 브라운 씨와 만나 보기로 우리 다시 한번 날을 받읍시다."
하고 정 사장이 말을 하였으나
"난 또 볼일이 있어서 가봐야겠소."
하고 송 참서는 일어서 복도를 나가버렸다.

도망이나 하듯이 현관 밖으로 사라지는 송 참서의 뒷모양을 멀뚱멀뚱 바라보는 신경문의 입가에는 서글픈 미소가 흘러간다.

'촌바위라는 건 할 수 없어.'

이런 소리가 목구멍까지 치밀었으나 그는 정 사장의 수고를 무시할 수 없어 잠자코 방으로 들어 왔다.

쓴 벌레나 씹은 듯이 찌푸린 얼굴을 하고 앉았는 신경문에게 정 사장이나 월라 여사는 무슨 말로 위로하여야 될지 모르는 것이다.

신경문은 사실상 불쾌하였다. 일억 오천만 원이라는 돈은 자기가 커널 브라운에게 제시하여야 할 보증금 오억 원의 약 삼분의 일에 해당하는 거액이다.

그러한 거액을 대부할 대답을 가지고 왔던 봉이 날아간 것이다.

신경문은 오늘 저녁 일이 좌절되어 버린 것은 그 절반의 책임이 확실히 황매에게 있다는 것으로 생각하였다. 그의 분노는 마침내

'황매와 아주 끊어버리고 말자.'

하는 초점까지 도달하여 버렸다.

'계집이 다른 사나이에게 맘을 쏟고 있는데도 사나이가 그것을 모르고 있는 것처럼 우습고 억울한 꼴은 없는 것이다. 황매는 벌써 내게서 떠난 계집이다.'

신경문은 이렇게 생각이 들자 오히려 그의 마음은 가뿐하여졌다. 신희를 발견한 이래 아니 발견하기 전부터 그는 황매에게서 차츰 포만을 느껴지는 자기 심정을 괘씸하게 생각한 때도 있었다. 신경문은 그만큼 황매에게 미련을 가졌던 까닭이었다. 그러나 오늘밤 그는

'방긋 웃으면 눈까지 감아 버리고 사르르 내리뜨는 눈 속에는 간장을

녹이는 슬픔이 들어 있는 요마'[58]에게서 아주 돌아설 때가 되었다고 신경문은 몇 번이나 자신에게 다짐을 두는 것이다.

정 사장과 나란히 나가는 월라 여사에게로 다가서며 신경문은 나직한 목소리로

"바쁘십니까?"

하고 말을 건넸다.

"아뇨 왜요?"

하고 대답하고 월라 여사는 불빛이 환한 서시관 정문 앞에 섰다.

알맞게 취한 월라 여사의 얼굴은 마흔셋이라는 나이를 완전히 무시한 듯 그는 삼십 안팎의 젊은 미인이라는 착각을 줄 수 있도록 아름다웠다.

"정 사장님 그럼 먼저 들어가시지요. 전 또 강 여사와 잠깐 얘기가 있어요."

하고 멀찍이 파킹 하고 있는 택시를 손으로 불렀다. 시무룩해서 별 인사도 남기지 않고 돌아서는 정 사장을 무시하고 신경문은

"올라타시죠."

하고 월라 여사를 먼저 차속으로 들여보냈다. 자신도 따라 오르며

"얘기가 있어요. 돈 얘기는 아닙니다."

하고 신경문은 푹 한숨을 쉬고 월라 여사 쪽으로 고개를 젖히고 넌지시 눈을 감는다.

"어디로 가시렵니까?"

하는 소리가 운전대에서 들려왔으나 신경문은 팔짱을 낀 채 잠자코 앉아 있다. 약간 민망함을 느끼는 월라 여사가

58 妖魔. 요망하고 간사스러운 마귀.

"서대신동으로."

하고 자기 집 방향을 가리켰다. 차는 움직였다. 빛이 환한 큰길로 나왔건만 할 말이 있다는 신경문은 다만 침통한 표정으로 눈을 감고 앉았을 뿐이다.

"신 사장 하실 말씀이 있다 했죠?"

하고 월라 여사가 나지막이 신경문에게 소곤거렸다.

"네! 있어요. 있어도 아주 중대한 얘기야요…… 꼭 들어 주셔야만 돼요. 저라는 사람에게는 중대하고 절실한 문제라는 것을 기억해 주십시오. 후!"

"……."

월라 여사는 까닭 없이 얼굴이 화끈거리기 시작하였다.

'절실하고 중대한 문제가 무엇일까?'

월라 여사는 벅차오르는 호기심에 부르르 가슴이 떨리기까지 하였다.

희미한 자동차의 거울 속으로 비치는 자신의 얼굴을 들여다보며 월라 여사는 입술을 빨고 소녀와 같이 웃는다.

신경문은 눈을 감은 채 고민에 잠긴 표정으로

"강 여사께서 예스를 하시든지 노를 하시든지 그건 강 여사의 자유입니다. 그러나 말입니다. 강 여사의 대답 하나로써 신경문의 운명에는 커다란 파문이 생긴다는 것만은 잘 기억하셔야 합니다."

"……."

월라 여사의 얼굴에는 겸손하기도 하고 부끄러움 같기도 한 미소가 흘러갔다. 그러나 일순간 뒤에 그의 미소는 어떤 권력자가 권력을 향락하는 듯한 자신에 넘치는 거만으로 변하여졌다.

"말씀하세요."

월라 여사의 말소리에는 권위가 섰다.

"말을 해야 알지 않아요?"
하고 신경문의 귀뿌리에서 소곤거리는 월라 여사의 음성은 늠름하였다.
차가 스르르 속력을 늦춘다.
"서대신동 종점까지 다왔습니다."
하고 차는 섰다.
어둠속에서도 질편한 큰길 너머로 구덕재의 산줄기가 진한 목화처럼 서려 있다.
"다방 '화산'으로 갑시다."
월라 여사는 중대한 얘기를 소유하고 있다는 신경문을 가장 은근하고 또 자유스러운 다방 '화산'으로 안내하여 가는 것이다.
차가 뒷걸음질을 치기 시작하여 십 미터쯤 물러왔다 생각할 때 다시 산 변두리로 뚫린 그리 넓지 않은 골목으로 방향을 돌린다.
'이십 대의 청춘을 눈이 부시는 아침이라면 사십이 넘은 나는 인생의 엷은 황혼이라 하겠다. 아침도 화려하지만 황혼도 찬란하지 않으냐.'
월라 여사가 이런 생각을 하는 동안 편편한 경사를 한참을 나가다가 자그마한 이층 집 '화산' 앞에서 정거하였다.
운전수가 만족할 수 있는 정도로 차삯을 지불하고 월라 여사는 신경문을 앞세우고 다방 '화산'의 아치를 밀고 들어섰다.
티걸이 안내하는 아늑한 박스는 두 사람이 나란히 앉도록 마련이 되어 있고 머리 위로 병풍같이 들린 우윳빛 유리판자가 그 속에서 이야기하는 동안의 모든 비밀을 완전히 지켜주는 보증이 되어 있다.
두 사람 앞에는 뜨거운 차와 위스키가 왔다.
'백화가 피어나는 봄철도 아름답다. 그러나 꽃보다 오히려 승한 단풍을

소유한 가을의 매력도 무시 못 하는 법이야.'

월라 여사는 이렇게 생각을 정하자 그의 입가에는 소녀처럼 신선하고 또 수줍은 미소가 쉴 사이 없이 흘러나온다.

"무슨 말입니까?"

하고 월라 여사는 조심조심 신경문을 흘겨보는 것이다.

"네 이제 곧 말씀하겠어요."

하고 신경문은 위스키를 한 모금 마시고 안주로 티를 입에 댄다. 월라 여사는 티걸을 불러 능금이며 피넛을 주문하였다.

이층에 비스듬히 누워 있는 황매에게 소춘이가 올라왔다.

"언니…… 내려가 보세요. S씨가 왔어."

하고 의미 있게 웃는다.

"혼자 오진 않았겠지?"

황매의 음성은 의외로 시들하다.

"물론이죠. 강월라 씨와 같이 왔어요."

하고 황매를 빤히 들여다본다.

"왔으면 왔지."

하고 황매는 우두커니 화로를 들여다보고

"늙은 여인에게도 봄이 있단다."

황매는 멸시하는 듯 입을 삐쭉하고

"저러다가 딸하고 마주치지나 않을까?"

하고 서글프게 웃는다. 소춘은 놀란 듯이

"언니도 그래 그 S씨가 언닐 두고 아무리 사십이 넘은 늙은이와…… 홋홋홋."

하고 손바닥을 입에 대고 웃어댄다.

황매는 그 말 대답은 하지 않고

"내려가 봐요…… 그이라도 온다면 몰라도 난 다 귀찮어."

하고 그는 피로한 듯 베개에 귀를 대고 누워버린다.

다방 화산에 신경문과 월라 여사가 나타난 사실에 대하여 황매보다도 소춘이가 훨씬 더 분하였다.

그는 신기로운 사태가 연출될 것을 기대하면서 제법 급박하여지는 호흡과 아래층으로 내려왔다.

소춘은 티걸 대신으로 자신이 능금과 피넛이 담긴 쟁반을 들고 월라 여사의 박스로 들어갔다.

한 손으로 이마를 괴고 앉았는 신경문의 곁에 공작처럼 나래를 펼치고 착 붙어 앉은 월라 여사가 은근한 목소리로

"아이스크림 되우?"

하고 자세를 고쳐 앉는다.

"네, 이인분 입지요?"

하고 소춘은 방긋이 웃어 보이고 돌아서 나왔다. 소춘이가 나간 뒤 신경문은 포켓에서 카올을 꺼내 두어 알 씹고 월라 여사의 손바닥에도 카올을 몇 개 떨어뜨리고 나서

"강 여사님, 저 말씀 들어주시겠지요?"

하고 뚫어지도록 월라 여사의 얼굴을 들여다본다.

"호호호 그렇게 보지 말아요. 남부끄러우라고."

월라 여사는 두 손으로 얼굴을 가리어 보고

"말씀하세요. 무슨 말이든지 들어 드릴 테니까요."

월라 여사는 잠깐 입을 다물고

"내 능력의 범위 안에서는 말요."

하는 총명을 첨부하였다.

"강 여사의 능력을 발휘하신다면 백 퍼센트 가능한 일이야요."

"그러니까 말씀을 하라는 거 아냐요?"

하고 신경문의 뺨을 흘겨보고 소춘이가 갖다 놓은 피넛을 손으로 집는다.

"제가요 저 사랑을 하고 있어요. 저 자신 가슴이 타는 듯한 정열을 쏟고 있어요."

"……."

월라 여사는 떨려나올 것만 같은 자신의 목소리가 근심이 되어 아무 말도 할 수가 없었다.

"만약에 성취되지 못한다면 저는 파멸하고 말 것 같아요. 서른여덟 살이나 되도록 살아오면서 진정으로 처음 느끼는 저의 사랑입니다……."

"……."

월라 여사의 피넛을 집는 손가락이 가늘게 떨린다.

'나는 남편이 있다. 두 아이의 어머니다. 설려의 어머니다.'

염불하듯이 외이는 월라 여사의 입술은 흐릿한 불빛 아래 제법 파랗게 질리는 듯하였다. 그러나 그 다음 순간 월라 여사의 머리는 뇌수를 뽑아낸 것처럼 완전히 공허하여졌다.

"제일무역회사 여자 사무원 김신희를 저는 사랑하고 있습니다."

신경문의 바리톤 음성이 신음하듯이 이렇게 중얼거린 때문이다. 월라 여사의 달콤한 꿈과 흥분과 그리고 자존심은 참담하게 깨어져 버렸다.

"저의 심중을 그 김신희에게 전달할 수 있도록 강 여사께서 좀 진력하여 주셨으면…….”

“…….”

우윳빛 유리 판자만을 응시하고 있는 월라 여사는 돌로 새긴 조각처럼 침묵할 뿐이다.

“왜 잠자코만 계세요?”

신경문의 목소리는 근심스러웠다.

“신 사장! 나는 남편이 있는 사람이야요. 두 아이의 어머니에요.”

“그건 잘 압니다.”

“아신다면…… 오해하지 말아야지요. 나는 뚜쟁이가 아니야요.”

하고 나지막이 부르짖는 월라 여사의 표정은 찬 서리를 받은 가을 화초같이 초라하여졌다. 황혼은 결단코 눈이 부신 아침은 아니었다.

그는 짙어가는 어둠속에서 몸부림치듯 부르짖었다.

“제일무역회사 김 타이피스트는 신경문 씨의 첩 감으로 너무 총명하구요……. 교만하리만큼 냉철한 성격을 가진 그 애가 상공 장관의 조카딸이라는 사실을 아신다면…….”

월라 여사는 여기까지 말을 하고 입을 다물어버렸다.

“상공 장관의 조카딸?”

신경문은 자기의 귀를 의심하는 것이다.

신경문은 맘속에 일어난 충동을 되도록 표면에 나타내지는 않았다. 그는 잠깐 동안 말을 끊고 능금을 한 쪽 집어 입에 넣고 설겅설겅 소리를 내어 씹어 먹고

“그러니까 말씀입니다. 저는 정식으로 결혼을 하려는 겁니다.”

“아니 부인은 어떡하구요? 중혼죄에 걸려도 좋아요?”

"온 천만에…… 생활비를 주어 이혼 수속을 하면 되잖아요?"

"신 사장 그런 것은 변호사와 의논하시구려. 난 그런 잔인한 이야기의 상대역으로 불합격인가 봐요."

하고 월라 여사는 흥미 없는 얼굴로 커다랗게 하품을 하였다.

전연 나오지 않는 하품을 억지로 하기도 하고 또 방금 나오는 하품이나 기지개를 용하게 참아 버릴 줄도 아는 월라 여사의 이번 하품은 제스처였다.

그는 티걸을 불렀다. 계산서를 가지고 온 티걸에게서 월라 여사는 눈을 돌렸다.

그는 두루마기 깃고대에서 하얀 세루 머플러를 벗었다가 새로 끼우고 그리고 조용히 자리에서 일어섰다. 일체의 지불은 신경문이가 마친 것이다.

소춘은 실망하였다. 신경문과 월라 여사가 너무도 일찍이 돌아간 때문만이 아니다.

황매에게 전달한 좀 더 짜릿짜릿 하고 간지러운 보고거리가 있어야만 할 것인데…… 그들은 너무도 싱겁게 너무도 신사답게 또 숙녀답게 자리를 떠난 것이었다. 소춘의 기대가 완전히 무시되어 버렸다.

시계가 아홉 시를 쳤다. 여기저기 박스는 그득그득 만원이 되어 가는데 박스마다 피어오르는 연기가 자욱이 안개처럼 불빛을 가린다.

스토브에 석탄을 집어넣고 돌아서는 소춘은 주춤하고 서버렸다. 그의 눈앞에는 진실로 뜻하지 못한 신기로운 광경이 벌어진 때문이다.

티걸의 안내로 지금 막 신경문과 월라 여사가 앉았던 빈 박스로 들어가는 설려를 본 때문이다. 설려의 뒤에 키가 호리호리하고 얼굴이 깨끗하고 단정한 청년이 정기 있는 눈으로 소춘을 힐긋 돌아본다.

'저 청년이로구나.'

소춘은 후르르 가슴이 떨리는 흥분을 느끼며 층층대를 올라갔다.

"언니!"

미처 장지문을 열지도 못하고 소춘은

"언니 그 애가 왔어요. 언니의 그 애가 왔어요."

"응, 그 애가?"

"월라 여사의 딸과 지금 왔어요."

"……."

황매의 대답 소리가 없는 것이 궁금하여 소춘은 펄쩍 장지문을 열었다. 순간 혼이 나간 사람처럼 우두커니 방바닥을 굽어보고 앉았는 황매가 비쳤다.

"언니."

하고 소춘은 약간 불안을 느끼며 방안으로 들어섰다.

여전히 방바닥만 굽어보고 앉았는 황매는 한참 만에 천천히 고개를 든다.

황매의 눈과 마주친 소춘은 등골에 선뜩 지나가는 소름을 느끼며

"언니…… 맘을 눌러 잡서요……. 그까짓 사내 녀석들…… 거리에 수두룩하니 밟힐 듯이 많지 않아요?"

"……."

잠자코 소춘을 쳐다보는 황매의 두 눈에서는 푸른 비수와 같기도 하고 흰 무지개와도 같은 광선이 뿜어 나간다.

황매는 거울을 향하여 퍼프로 얼굴을 다지고 입술에 연지도 칠하고 눈썹도 새로 긋고…….

"나 오늘밤 서비스 할게."

황매는 치마를 털어 새로 입고 버선목을 당겨 신고 가만히 층계로 내려

서며

“어디 박스야?”

하고 소춘을 돌아본다.

실내는 전등이 가고 램프등으로 대신한 까닭인지 안개 속 같은 엷은 어둠에 포근히 싸여 있다. 오륙 미터 밖에 있는 사람의 얼굴이 선명치 못하도록 일부러 광선을 조절하는 것이 다방 화산의 특색인지도 모르는 것이다.

오늘밤 다방 화산에는 소춘 같이 아니 그보다도 더 아름다운 서비스 걸이 나타났다. 손님들의 눈은 둥그레졌다.

“단연코 미인이다.”

하는 소리가 나는가 하면

“마담과 좋은 콘트라스트[59]다.”

하는 음성도 들린다.

황매는 여기저기 손님들의 박스로 차며 술이며 그리고 과일을 나르면서도 설려와 상칠이가 들어앉은 박스로는 가지 않았다.

위스키와 자그마한 컵이 두 개 놓인 쟁반은 소춘이에게 돌려주고 황매는 태연히 다른 박스의 주문을 기다리며 카운터로 왔으나 그의 귀와 눈과 머릿속 일체의 신경은 상칠의 박스로만 집중되어 갔다.

한참 만에 차를 주문하는 손님이 있었다. 황매는 차반에다 더운 레몬을 얹어 가지고 손님 앞으로 갈 때에 그는 슬쩍 상칠의 박스를 지났다.

사람의 시력은 항시 일백팔십 도의 시야를 가지는 것이다. 정면으로서 보지 않았건만 설려가 방금 상칠의 잔에다 술을 따르는 장면이 황매의 시

59 contrast. 대조, 대비, 대립.

야를 스쳐갔다.

황매는 바르르 떨리는 허벅지의 전율을 느끼며 그는 애써 웃음을 싣고 차를 기다리는 손님 앞에다 찻잔을 내려놓았다. 차를 내려놓고 쟁반을 들고 다시 카운터로 가는 황매의 눈이 부지중 다시 설려의 박스를 흘겨보는 순간 황매의 입가에는 쓰디쓴 미소가 흘러갔다.

상칠이가 설려의 손을 꽉 쥐고 있는 것이 보인 때문이다. 황매는 되도록 속히 지나쳐 버렸다. 그러나 일순간 그의 발은 자석에 끌리는 쇳조각 모양으로 한 발자국 한 발자국 설려의 박스로만 갔다.

황매는 되도록 자신의 얼굴이 그들의 눈에 보이지 않을 만한 지점에 몸을 세웠다. 황매의 귀가 틀림이 없다면

"누구야요? 가르쳐 주세요 네?"

머리도 없고 꼬리도 없는 이 세리프는 분명 설려의 입에서 굴러 나온 것이리라.

그러나 거기에 대답이 있어야 할 상칠의 음성은 들리지 않는다. 좀 더 초조하여진 황매는 박스가 보일 수 있는 각도로 자신의 몸을 돌이켰다. 동시에 그의 시선은 기민한 척후병 모양으로 상칠의 박스에 깊숙이 들어갔다.

순간 황매는

"아."

하고 가느다란 비명이 그의 목구멍에서 새어 나왔다. 상칠의 한 팔이 설려의 어깨 위에 걸쳐지고 그와 똑같은 시각에 설려의 고개가 상칠의 가슴에 꼭 들어 안긴 때문이다.

황매는 전신이 어둠속에 파묻히는 듯한 오한을 느끼며 후들후들 떨리는 다리로 카운터로 왔다.

소춘이가 위스키의 병마개를 따며

"언니 그 애 박스에서 또 주문이 왔어요. 상당히들 술이 센 모양이지?"
하고 소곤거린다.

"인내라 이번엔 내가 가져가마."

"그래요? 아이 재미있다."
하고 소춘은 이제 곧 큰 구경을 기대하는 소년 같은 웃음을 싣고 술병을 쟁반에 담아 황매의 손에 들려준다.

위스키 한 병을 거의 혼자서 다 비워버린 상칠은 차츰 호흡이 거칠어지기 시작하였다. 그리고 가슴팍이며 등허리로 배어가는 뜨거운 기운을 감각하는 것이다. 설려가 넣어주는 대로 혀끝으로 초콜릿도 녹여보고 능금 쪽도 씹어보는 것이나 가슴 속이 설레어 오고 후들후들 동체가 떨려오는 것만은 어찌할 수 없었다.

설려가 귀에 대놓고 무슨 말인지 소곤거렸으나 상칠은 알아들을 수 없었다.

"와."

상칠은 소리를 쳤다.

"난 몰라요."

설려는 나지막이 부르짖고 빼 돌아앉는다. 순간 상칠은 자기도 모르는 사이에 가슴 속에 아니 중추신경을 후려갈기는 충동이 지나갔다.

그는 고릴라처럼 팔을 뻗었다. 반항하는 설려의 상반신을 끌어안자 춘나무 꽃 봉우리 같은 설려의 입술에 자기의 입술을 대었다.

희미한 램프등 아래 뽀얗게 떠올라 있는 설려의 모습은 함북 취해버린 상칠의 눈에는 그대로 한 송이의 꽃이다. 꽃과 같기도 하고 과일과 같기도 한 향기가 설려의 얼굴이며 머리며 온 몸에서 풍기고 있는 것이 그 증거일지도 모른다.

오늘밤 상칠은 시간의 관념에서 완전히 해방되어 있다. 그에게는 어제도 없고 또 내일도 없다. 오직 이 밤, 이 순간만이 있는 것이다. 그는 지금 신희를 생각할 마음의 여유는 물론 없는 것이다.

한 시간 전에 부산진 역전에서 육군 소위며 헌병에게서 꾸지람을 받던 기억도 사라졌다. 오직 불같은 정열이 상칠의 가슴 속에 끓는 가마와 같이 끓어오르고 있을 뿐이다.

사람에게서 이성이나 양심을 제거한 뒤에 남는 것은 동물적 본능 그것뿐이라는 것을 상칠은 평소에 너무도 똑똑히 알고 있는 것이다. 그러한 동물적 존재를 언제나 멸시하는 상칠인 것이다.

'적어도 나만은…… 내 자신만은…….'

하고 스스로를 믿고 뽐내던 상칠이다.

그러나 강렬한 알코올이 그의 고급 신경을 잠재워 놓고 그리고 꽃송이 같은 설려가 눈앞에서 교태를 부릴 때 상칠도 모르는 사이 그의 이성은 참따랗게 눈을 감아 버린 것이다.

이미 한 번 설려의 입술을 소유하여 버린 상칠은 두 번 세 번 설려의 화변 같은 입술에 자신의 뜨거운 입김을 불어넣었다.

상칠은 상쾌하였다. 사나이로서의 승리감과 만족감이 그의 폐부를 고무풍선 같이 가볍게 만들었다. 그의 양편 콧날이 준마[60]의 콧구멍 같이 벌룽거리고 그의 두 눈의 광채가 우주를 투시할 듯 번쩍였다.

---

60 駿馬. 빠르게 잘 달리는 말.

"상칠 씬 절 사랑하시지요?"

설려가 상칠의 귓가에 속삭인다. 상칠은

"물론이죠. 물론 사랑합니다."

하고 커다랗게 고개를 끄덕이고 설려의 부드러운 손가락을 모아 쥐는 것이다.

"영원히 변치 마세요."

"설려 씨도?"

설려는 상칠의 귀에 다시 소곤거렸다.

"얼마나 사랑하세요? 저를."

상칠은 잠자코 설려의 목을 끌어안았다. 그리고

"난 이렇게 설려 씰 사랑합니다."

하고 상칠은 방금 봄풀 같이 향기를 발하는 설려의 입술에 입을 맞춘다.

설려는 지그시 눈을 감았다. 공주나 된 것처럼 아니 여왕이나 된 것 같이 그는 행복하였다.

그러나 상칠이가 설려에게 베풀어 준 행동을 사랑이라고 믿는 설려나 또 사랑한다고 외치는 상칠이나 그들은 꼭 같이 스스로를 속이고 있는 것이다.

그것은 사랑은 아닌 때문이다. 다만 한 개의 정열의 몸부림밖에 아무것도 아니라는 것을 오랜 시간이 지난 뒤에 그들은 비로소 깨닫게 될 것이다.

감정의 유희가 사랑이 아니라는 것을 알게 될 때까지 허다한 청춘남녀가 짊어지고 갈 인생의 십자가를 이 저녁 상칠도 설려도 짊어지게 되었다.

단지 설려는 기쁜 마음으로 상칠은 취한 기분으로 그들은 대담히도 사랑이란 가면을 씌운 감정 유희의 첫 막을 열게 되었다.

술병을 쟁반에 받쳐 들고 박스로 들어 선 황매는 눈도 깜짝이지 않고 빤히 상칠과 설려의 포옹한 모습을 내려다보고 섰다.

황매는 짜릿짜릿 전신을 훑고 있는 잔인한 쾌감 속에 온 신경을 잠근 채 그는 얼음으로 다진 우상과 같이 한 자리에 머물러 섰는 것이다.

씨근씨근 설려의 가쁜 숨소리와 고민에 가깝도록 정열에 넘치는 상칠의 이마를 탐하듯이 황매는 언제까지나 그 자리에서 움직이지 않았다.

황매는 이 순간에 지진이라도 나서 이 집이 홀랑 빠져 버렸으면 싶었다. 사람들이 말하는 그 원자폭탄이라도 쏟아졌으면 좋을 상도 싶었다.

그는 일체의 사물이 종국을 고한다면 진정 행복스러울 것도 같았다. 그러나 현실은 황매를 비웃듯이 흔들리지 않는 땅 덩이 위에서 예정된 코스로 착착 운행되고 있는 것이다.

상칠의 가슴에 상반신을 내맡기고 있는 설려와 설려를 안고 부르르 떨며 입 맞추는 상칠의 몰골이 어느 영화나 연극에서 연출되고 있는 러브신 같이 보이기도 하였다.

그러나 차츰 황매는 자기 자신이 그 연극 속에 가장 비참한 역할로 등장하고 있다는 사실을 감각하자 그의 입가에는 자조의 웃음이 실뱀처럼 기어갔다.

심장이 바짝바짝 소리를 내며 타들어가는 질투와 온몸이 그대로 사라져 버릴 듯한 절망을 느끼며 황매는 테이블 위에 술병을 내려놓고 돌아서지 않을 수 없었다.

상칠과 설려의 키스가 어지간히 끝이 난 때문이다. 상칠의 억센 포옹에서 풀려 나온 설려는 테이블 위에 새로 갖다 놓은 술병이 있는 것을 보고

"어떡해요? 웨이트리스가 보았겠네. 난 몰라요."

하고 설려는 진정 부끄러워 두 손바닥으로 얼굴을 쌌다.

"보면 어때요?"

상칠은 예사롭게 이런 소리를 하고 술병을 들어 컵 두 개에 철철 넘도록 술을 따른다.

"마십시다."

하고 술잔을 들어 설려의 입에 대었으나 설려는 고개를 살랑살랑 흔들고

"더는 못 하겠어요. 이봐요 이렇게 얼굴이 붉잖아요."

하고 상칠의 손바닥을 모아 자신의 빰에 대이며

"사뭇 불이 나지 싶어요?"

하고 취하였다는 듯이 상칠의 어깨 위에 얼굴을 싣는다.

시계가 열한 시를 조금 지났을 때 상칠과 설려는 다방 '화산'에서 나왔다.

설려는 차를 몰면서도 그는 연방 빙긋빙긋 웃었다. 너무도 자기의 계획이 들어맞은 것이 싱거운 때문이다.

'위스키 한 병을 마시우자 상칠은 용감하여 지리라. 그는 다시 나를 포옹한다.'

그렇게 생각했던 설려는 상칠을 태우고 동래까지 드라이브를 하여 가는 도중 위스키를 마실 만한 적당한 장소를 맘속으로 물색하여 보았던 것이다.

언젠가 커널 브라운과 함께 갔던 다방 화산이 문득 머리에 떠올랐을 때 설려의 얼굴은 완전히 명랑하여졌던 것이다. 설려의 계획은 참따랗게 적중하여 상칠은 사로잡힌 왕자처럼 설려의 사랑에 포박되어 버렸다.

설려는 만취한 상칠을 자기 집으로 데리고 갔다. 외출에서 돌아온 어머니가 혼자서 잡지를 들고 딸을 기다리고 있다가 상칠을 데려온 것을 진심

으로 반갑게 맞이한다.

맨 처음 이 집에 왔을 때처럼 상칠은 뜰아래 방으로 안내되었다. 방에는 스토브 속에 아직도 불이 남아 있어 훈훈한 기운이 봄날 때 같다.

성희며 순난이며 혜연이며 하는 경여의 동무들이 크리스마스에 공연할 댄스며 춤이며 그리고 노래를 연습하고 조금 전에 돌아간 때문이다.

깨끗한 이부자리가 깔려 있는 침대는 가끔 기분이 나면 설려가 와서 자는 곳이건만 설려는 물론 즐겁게 이 침대에 상칠을 뉘었다.

어머니가 처음 데려온 때처럼 이해 문제가 아니다. 설려는 순전히 사랑을 위하여 상칠에게 오늘밤 침대를 제공하는 것이다.

침대만이 아니다. 장차는 자신의 몸까지 제공할 각오가 서 있는 설려는 스토브 속에 석탄을 퍼넣고 그리고 주전자로 물을 떠서 스토브 위에 올려놓았다.

설려는 침대 가까이 교의를 끌어다놓고 오늘 배달된 신문을 펼쳐 들었다.

침대에 누워 있는 상칠은 어느덧 잠이 드는지 제법 코고는 소리가 높아간다. 설려는 신문을 내려놓고 빙그레 웃으며 상칠의 자는 얼굴을 말끄러미 들여다보았다.

한참을 들여다보던 설려는 가만히 일어서서 상칠의 이마에 입술을 대어본다.

설려는 자기 손으로 상칠의 머리맡 테이블 위에 자리끼를 떠다 놓고 전등을 돌려놓은 후에 발소리를 죽여 가며 밖으로 나왔다.

밤은 깊어 간다.

상칠은 와당탕 하고 대문인지 유리장인지 무엇에 부딪히는 소리에 어렴풋이 잠이 깨었다. 그와 동시에 그는 잠시 갈증을 느꼈다.

손을 뻗어 숭늉을 벌컥벌컥 마시는데 우 바람 소리가 요란하고 있다. 탕탕 처마 끝에서 양철 소리도 난다. 시계가 정각 두 시다.

상칠은 오스스 추워 이부자락으로 어깨를 쌌다. 곧 다시 와야 할 잠은 달아난 듯이 눈시울이 또렷하여 진다.

어딘지 얻어맞은 듯이 얼얼 하는 상처가 있는 듯하나 그것은 꼭 집어내어 어디라고 지적할 수도 없다. 상칠은 아무에게서도 맞은 일도 또 다친 곳도 없다.

어떻게 생각하면 음식을 체한 것도 같다. 가슴 속이 꽉 막힌 듯 거북하고 불쾌하고.

그러나 상칠은 그의 이러한 불쾌한 기분은 생리적으로 오는 것이 아니고 정신에서 오는 것이라는 것을 똑똑히 깨달았다.

그것은 마음 한 구석에 서리고 있는 잠재의식이었다. 무거운 돌멩이처럼 마음을 누르는 불안이었다.

술기운이 완전히 가시어 진 상칠의 머릿속에는 어제 저녁 일들의 한 가지 한 가지가 또렷한 기억으로 눈앞에 전개되어 오는 것이다.

'설려를 안고 그 입에 키스하고!'

상칠은 눈살을 찌푸렸다. 이것은 확실히 설려에게 대하여 잘못이다. 설려에게 대하여 '확고한 애정' 책임을 질만한 각오를 가지지 못하고 그에게 키스했다는 것은 설려를 희롱한 것밖에 아무것도 아닌 것이다.

'나는 매소부가 아니야요.'

하고 송도 가는 차속에서 싹 돌아지던 설려의 모습과 음성이 눈에 선하여지자 상칠은 커다랗게 한숨을 쉬고 손바닥으로 눈을 덮었다.

그러나 상칠은 방금 손바닥으로 가린 자신의 눈까풀 속에 또 한 개의 무서운 얼굴이 노리고 있는 것을 보는 것이다.

'배신자!'

하고 눈을 흘기는 신희의 얼굴은 그대로 한 개의 재판장의 얼굴 같기도 하고 외과의의 손에 들려 있는 메스와 같이 그의 시선은 날카롭기도 하다.

신희의 눈을 피하여 신희 아닌 다른 여성인 설려와 감정의 유희 속에 도취하여 버린 일은 확실히 신희에게 대한 기만이요 사기가 아닐 수 없다.

상칠은 두 손으로 머리를 쌌다. 그는 알코올의 마력에 새삼스럽게 놀라지 않을 수 없다.

술이 시킨 모험은 너무나 지나친 과오를 가져왔다.

'순전히 위스키의 힘이었다.'

상칠은 어젯밤 다방 '화산'에서 자기 앞에서 술을 따르는 여성이 설려가 아니고 황매였더라도 그는 황매를 끌어안고 입을 맞추었을 것 같다. 아니 황매도 아닌 백도나 선화라도 그는 넉넉히 여인을 향락하였을 자신이 었다는 것을 그는 지금 자기 맘속으로 고백하는 것이다.

적막하고 외로운 기분에 휩싸여 있을 때 마침 나타난 것이 설려였고 설려는 상칠의 요구대로 술을 먹였고 그리고 모든 호의와 애정을 보여준 때문에 상칠은 가장 자연스럽게 가장 편리하게 설려를 포옹한 것이다.

다만 그뿐이다. 그러나 설려는 매소부는 아니다. 상칠은 엄청난 사건을 지질러 놓은 사람 같이 그는 망연하여지는 기분으로 멀뚱멀뚱 천장을 쏘아 보고 그리고 냉각하여진 공기 속으로 후 하고 한숨을 뿜었다.

두시 삼십분. 두시 오십분. 드디어 세시가 되었다. 상칠은 어서 날이 새었으면 싶었다. 날만 새면 신희에게 가서 일체를 얘기해 버리고 싶었다.

신희가 이 무서운 사실을 듣고 자기를 용서할지 아니할지 그런 것은 지금 생각하기가 싫다. 상칠은 다만 자신의 가슴속에서 피어오르는 이 불안을 호소할 곳은 오직 신희밖에 다른 대상이 없다고 생각하는 것이다.

바람은 쉬지 않고 거세게 불어 댄다.

'이러한 밤에 어머니는?'

엷은 이불 속에서 자기를 기다리며 못 주무시고 계실 어머니의 모습이 마음속에 떠오르자 상칠은 가슴이 빠근하여졌다.

'어머니 이놈은 이놈은.'

상칠은 말을 맺을 수가 없었다. 수치와 회오와 자책에서 그리고 골수를 스며들 듯한 추움에서 몸을 떨 뿐이다.

바람은 점점 거세게 불어오고 방안의 공기는 얼어드는 듯 상칠은 전신에서 오한이 시작되었다.

이불을 싸고 빈틈없이 구석마다 이불을 눌렀건만 찬 기운은 사정없이 상칠의 목덜미와 다리 사이로 스며든다.

그는 몸을 웅숭거리고 눈을 감은 채 입속으로 중얼거렸다.

'어서 날만 새어라. 나는 신희에게로 간다.'

신희만이 자기의 고난에 가장 적절한 해결을 지을 수 있는 완전한 고문顧問으로 생각도 되고…… 파도와 싸우다 지치어 돌아가는 범선과 같은 자신의 정신을 아늑히 쉬게 할 항구도 같다.

상칠은 엷은 감상에 스스로 취하는 자신을 인식하자 그는 피식 조롱스런 웃음을 뿜었다.

'신희가 너를 돈황[61]으로 몰아버린다면? 추잡한 사나이라고 멸시하지

61 ドンファン. 돈 후안, 엽색꾼, 난봉꾼, 탕아.

않으리라고 단언할 수 있느냐?'

상칠은 흠칫 고개를 오므려뜨렸다. 그러한 말이 만약에 김병화 씨의 귀에라도 들어간다면?

자기 대학의 총장이요 교수요 또 자기의 장래 장인이 된다는 여러 가지 조건을 빼놓고서라도 김병화 씨는 상칠에게 있어 가장 존경하는 선배 아니 그에게 있어서는 절실한 지도자로 생각하는 상칠이다.

그러한 그의 귀에 만의 하나로 이러한 소문이 들어간다면 김병화 씨는 자신을 어떻게 생각할 것인가 그의 눈에 경박한 불량자로 보인다는 것은.

'진실로 무서운 일이다. 기막힌 일이다.'

상칠은 좀 더 추워지는 몸뚱이를 새우처럼 웅크리고 목구멍으로 치밀어 나오는 신음소리를 이빨로 눌렀다.

좀처럼 잠은 올 상 싶지 않다. 시계는 이제 네 시가 조금 지났다. 지루하고 괴로운 겨울밤을 상칠은 저주하고 싶었다.

'회한의 지옥을 빙설로 표현한 단테는 과연 천재다.'

상칠은 몸도 떨리고 맘도 괴로운 이 밤이 지옥처럼 느껴졌다.

'잠이라도 왔으면…… 제발 날이 샐 때까지 한숨에 잘 수 있으면.'

그는 지그시 눈을 감았다. 눈을 감고 염불하듯 하나 둘 셋 넷 다섯 열 백 이백 오백 칠백까지 헤이고 나서 고즈넉한 피로가 눈시울에 내려앉는 것을 느끼었다.

아련한 넓은 졸음이 상칠의 동공을 쐈다. 그리고 수분이 지나 갔다. 그러나 고민이 조각 되어 있는 상칠의 눈언저리가 환히 열려 버렸다.

분명코 사르르 문이 열리는 소리가 난 때문이다.

문이 열리는 것과 같은 시각에 씽 하고 찬바람이 실내로 돌아쳤으나 문은 즉시 닫혀졌다.

흐릿한 불빛에 보이는 설려의 머리칼에는 빗방울이 이슬처럼 매달리고 흰 줄이 간 남색 파자마를 입은 어깨 위에도 빗방울이 구슬같이 반짝인다.

설려는 한아름 장작을 안은 채로 살며시 스토브 앞에 꿇어앉는다.

가만히 스토브 문을 열고 장작을 한 개피씩 한 개피 씩 소리 나지 않게 집어넣는다. 신문지를 꾸쳐 성냥을 그어 댔으나 불은 꺼진 모양이다.

두 번 세 번 성냥을 그은 후에야 스토브 속이 환하여졌다. 아궁지 문을 조용히 닫고 설려는 가만히 앉았다.

처마 끝 양철 위로 우박 떨어지는 소리가 따다당 따다당 요란스러운 가운데 화독 속에서도 불붙는 소리가 후르르 후르르 힘차게 들린다.

설려는 일어서서 한편에 서 있는 단스 문을 열고 개어진 이불을 꺼낸다. 초록빛 비단 이불이다. 설려는 조심조심 상칠의 몸에 덮어 놓고 그리고 가만히 상칠의 머리맡에 섰다.

상칠은 자는 척하고 눈을 감았다.

상칠은 깨어 있었기 때문에 그는 설려가 이방에 들어와서 지금까지 무슨 일을 하였는지 하나도 빼지 않고 똑똑히 보고 있었다.

진심에서 우러나는 친절이 있다면 지금의 설려의 행동이라 할 것이다.

'도대체 여인이란 어찌하여 이렇게도 선량하기만 하고…….'

자기 어머니부터 신희며 신희 어머니며 그리고 황매며 설려며 월라 여사까지 그의 눈에 비친 여인 치고 친절하고 선량하지 않은 사람은 하나도 없다고 생각하는 것이다.

'여인을 사나이의 갈빗대로 만들었다는 신화를 지어낸 사람은 가장 애교 있는 천재가 아닐 수 없다.'

그는 이렇게 생각하고 훈훈하여지는 방안의 공기를 느끼며 몸을 고쳐 누웠다.

이불 속에서 움츠렸던 몸을 펴는 것과 함께 그는 자신으로는 해석할 수 없는 어떤 욕구가 머리를 치켜드는 것을 느끼었다. 그는 자기 머리맡에 서 있는 설려의 향기가 마치 무슨 강렬한 화초와 같이 자신의 취각을 통하여 관능을 자극하고 있는 사실을 옳지 못한 일이라고 단정할지 어쩔지 결단이 나지 않는 것이다.

'꽃에서 향기가 풍겨 나온다면 그 꽃의 향취를 맡고 즐기는 것도 죄악이라 할 수 있을까?'

문득 상칠은 이러한 반문이 자신의 머리를 스쳐갔다.

'그렇다면 나도 화초처럼 즐기면 된다.'

상칠은 말초를 뻗어 나가는 전신의 뜨거움을 느끼면서 그는 이불 속에서 몸을 뒤쳤다. 지금 설려가 자기 입에 대어줄 그의 입술을 기다리는 것이다.

곤하게 잠이 들어 있는 것으로만 알고 말끄러미 상칠을 내려다보고 서 있는 설려는 행복스러웠다. 완전히 자기의 사랑의 사슬에 걸려 여기까지 와서 이렇게 편안히 누워 잠이 들어있는

'상칠 씬 내 것이다. 영원히 내 것이다.'

설려는 입술에서 이런 말이 방금 쏟아질 것을 염려한 것인지 그는 가만히 돌아섰다. 돌아서서 문 있는 데까지 걸어왔다.

설려는 잠깐 걸음을 멈추고 문설주에 걸려 있는 한난계[62]를 들여다보았다.

---

62 寒暖計. '온도계'의 북한어.

상칠은 설려의 입술이 자기 얼굴에 입술에 스치기만 하면 으스러질 듯이 안아주려고 마음을 정하고 있는데도 설려는 상칠의 기대와는 반대로 그는 방금 문으로 나가 버리려 한다.

상칠은 눈을 커다랗게 떠서 설려의 뒷모양을 바라보았다. 설려가 한난계에서 눈을 돌리고 방금 문손잡이를 잡는다.

"영하 몇 도지요?"

상칠은 점잖게 한 마디 물었다.

"아이고머니나 깜짝야. 난 또 주무시는 줄로만 알았더니."

하고 설려는 한 손으로 머리를 쓸어 넘기고 파자마 앞깃을 여미며 상칠의 앞으로 왔다. 그는 방긋이 웃으며

"추우셨죠?"

하고 상칠의 침댓가에 걸터앉았다. 상칠은 손을 내밀어 설려의 싸늘해진 손을 잡으며

"주무시다 말고…… 일부러 이렇게 불을 지피러 내려오시고…… 미안합니다."

설려는 그 말대답은 하지 않고

"영하 팔 도야요. 그러니까 이렇게 추워지나 봐요. 우박도 쏟아지고."

하고 이불귀로 상칠의 턱을 싸며

"추우셨죠?"

하고 설려는 이불 덮인 상칠의 가슴에 가만히 머리를 대었다. 상칠은 한 팔로 이불을 걷어 부치면서 한 팔로 설려의 가느스름한 허리를 안아다 이불 속으로 끌어 들였다.

별로 반항도 하지 않고 설려는 상칠의 품에 어린아이처럼 꼭 안기었다.

“설려 씨! 나를 사랑하세요?”

상칠은 왜 자기가 이런 말을 하는지 자기도 모른다 생각하면서 그는 자기 가슴에 파묻고 있는 설려의 턱으로 입술을 가져갔다.

뜨거운 포옹의 수분이 지나갔다. 설려는 살며시 몸을 빼어 상칠의 침대에서 나왔다. 상칠의 그 다음 욕망을 경계하는 듯이 고개를 가로 저으며

“당신은 신사, 그리고 난 숙녀야요.”

설려는 상칠의 귀에 대고 소곤거려 놓고 문을 열고 나가버렸다.

방황

설려가 나간 뒤에도 상칠은 전신에서 달아 가는 뜨거운 피를 감각하였다. 그는 이불을 끌어다 얼굴까지 덮어 버리고 혼자서 혀를 찼다.

'오 분 전까지의 회오는 어디로 갔느냐? 할 수 없는 인간이다.'

키스보다 훨씬 더 큰 과오를 범하려던 자신을 발견하자 그는 암담하여졌다.

어제 밤에는 술을 마신 때문이라 하지만 지금은 술에서 완전히 깨어난 뒤가 아닌가.

'이것이 인간이라면 확실히 인간은 추악하다.'

상칠은 자기가 취하거나 취하지 않거나 자기 몸을 휘감고 있는 어떤 동물적인 본능을 똑똑히 보았다. 그는 자기의 냉철한 이성을 무시하고 기회만 있는 대로 내닫는 동물적이요 악마적인 정욕의 활동이 지긋지긋 싫어졌다.

상칠은 몇 번이고 한숨을 뿜었다. 이윽고 심장의 고동도 멎고 뜨거웠던 몸도 어느 정도 정상으로 식어진 뒤에 상칠은 한 가지 생각을 붙들었다.

'이것이 사람이다. 이것이 생식하고 번성하기 위하여 주어진 자연의 본성이 아닐까?'

이 본성을 무시하고 이 본성을 완전히 잊어버리려는 것은 어리석은 일인 동시에 도저히 불가능한 일이 아닐까. 상칠은 이렇게 생각하는 것이다.

단지 사람이 지니고 있는 이성으로써 적당히 조절하고 때로는 억압하는데서 인간다운 경지가 있는 것이다.

신희에게 고백할 것도 없고 설려에게 죄를 저지른 것도 아니다.

'나는 신부도 아니고 거세된 사나이는 더욱 아니다. 그렇다면 오늘 새벽 나는 마땅히 칭찬을 받아야 되지 않나? 나는 튀어나가는 설려를 달려가서 얼마든지 안아 올 수도 있었지만 나는 나를 극복하지 않았는가?'

상칠은 이리저리 생각하는 동안 그는 완전히 피로하여졌다.

그가 흡족한 잠에서 눈을 떴을 때는 어여쁜 설려가 곱게 화장을 하고 자기 옆에서 방긋이 웃고 앉아 있다.

처마 끝에서는 주룩주룩 낙숫물이 떨어지고.

"비가 오시나요?"

하고 상칠은 상반신을 일으키며 물었다.

"네. 우박이 비로 변했어요."

"아니 벌써 아홉 시라니?"

상칠은 시계를 바라보고 소리를 치며 침대에서 일어났다. 그는 커다랗게 하품을 하고 팔을 뻗어 기지개를 켰다.

기지개를 키던 두 팔이 가장 자연스럽게 설려의 어깨 위에 놓여졌다. 유리창 너머로 하얀 가루눈이 바람에 섞여 맴을 도는 것이 보인다.

설려는 상칠의 윗옷을 스토브에 쪼여 가지고 상칠의 등 뒤로 왔다.

"땡큐."

상칠은 진정 고마워 이렇게 인사를 하고 양복저고리에 팔을 끼었다.

× ×

신희는 우르르 떨리는 몸으로 제일무역회사 사무실로 들어섰다. 어제부터 화로를 치우고 스토브를 들여다 석탄을 지핀 까닭으로 실내의 공기는 후끈하고 덥다.

스토브 위에는 벤또가 서너 개 올라 앉아 있다. 신희는 너무 일찍이 벤또를 올려놓으면 탈 것 같아서 그는 우선 자기 책상 위에다 벤또를 내려놓고 화둑 앞으로 왔으나 그의 귀는 길들인 망아지 모양으로 전화 소리 나는 곳으로 간다. 신희의 검정 명주 두루마기 앞자락에 젖은 자리가 가늘게 김을 올리며 말라간다. 일기 때문인지 사원들의 자리는 아직도 다 차지 않았다.

신희와 미순이에게 일거리를 만들어 주는 송 과장도 열 시가 넘어서야 들어왔다. 둘째 아기가 바로 한 시간 전에 세상에 나왔다는 얘기를 하며 바쁘게 서류를 만진다.

"아들 애기야요?"

하고 황미순이가 묻는 것을

"미안 쏘리. 딸이외다."

"치 딸이면 왜 미안 쏘리야요?"

"아 참 그렇군 취소, 취소합시데이 하하하."

"혼자 하실 취소를 왜 날더러 같이 하자능기요?"

사람들은 모두 소리를 내어 웃었다. 열한 시가 넘어 가는 것을 보고 신희는 더 기다릴 수 없다는 듯이 수화기를 움켜쥐었다. 곧 들려와야할 상칠의 대답 대신

"이상칠 씨는 오늘 들어오지 않았어요."

열한 시 삼십 분쯤 되어 신희는 두 번째 수화기를 들었다. 다시 상공 장관 비서실로 전화를 하는 것이다.

"이상칠 씨 계셔요?"

하고 꼭 같은 말을 되풀이 하였다.

"여보세요 이상칠 씬 아침부터 들어오지 않았어요."

하고 전화는 찰칵 끊어졌다. 신희는 후르르 떨리는 가슴속의 흥분을 수화기와 함께 꾹 눌러놓고

'그러면?'

하고 되도록 냉정히 마음속으로 고개를 기울였다.

'어제 저녁에 설려와 함께 동래로 가서 여태껏 오지 않은 것이 아닐까?'

딱딱 분질러 보는 신희의 손가락이 바르르 떨렸다. 남자 사원은 한 두엇 남고 거의가 다 밖으로 나갔다. 점심때가 된 것이다.

황미순은 손수건으로 벤또를 싸서 들고 신희의 책상으로 왔다. 뚜껑이 열리는 그의 밥은 밑바닥이 타서 노란 김이 올라가고 계란을 뒤집어 쓴 볶은 소고기에서도 무럭무럭 김이 서린다.

신희는 스토브 위에 벤또 올릴 것도 잊어버렸던 까닭에 그는 찬밥에다 뜨거운 물을 부어 젓가락으로 긁어 놓고 짭짤한 멸치를 씹었다.

미순은 밥을 한입 가득 넣고 씹다가

"오늘 저녁에도 갈래요? 범일동에."

"가야죠."

"충성인데?"

"난 그 집 며느리가 가여워서 그래. 어딘지 고달픈 살림살이를 하면서도 인정미가 있어. 첫째 그 망령 난 할머니에게 효성이 끔찍해요."

미순이는 그렇다는 듯이 커다랗게 고개를 끄덕이고

"정말야. 그인 전형적 효부라 할 수 있어요."

"나 그 집에 몇 번 가 보아도 사내란 건 못 보았는데 과부 살림인가?"

"그럼 과부지. 바느질품을 팔아서 다섯 식구 살아간다누. 그런 걸 그이 동생이 한 달에 쌀 한 가마니씩 도와주지. 겨울이면 장작도 걱정해주구."

"그래요? 그런 어려운 집에서 하룻밤에 만 원씩이나 내고 찬송가를 부르라는 건 또 뭐요?"

"그 돈 말이지? 그 돈은 대주는 이가 따로 있어요."

하고 미순은 싱그레 웃고 벤또에 붙어 있는 밥알을 젓가락으로 모으며

"그이 친정 동생이 자기 언니가 밤마다 망령 난 할머니에게 졸리는 것이 가여워서 따로 찬송가 부를 사람을 얻어 준거라우. 하룻밤 만 원씩 내고."

"오 그렇군. 그래 어쩐지 어울리지 않더라니."

신희는 그러한 집에서 매밤 만 원씩 받아 낸다는 것이 어째 마음이 편안치가 않았는지 양미간을 찌푸리며

"그래 동생이라는 이는 넉넉한 살림인가?"

하고 물었다.

"그 동생? 왜 신희 씨도 잘 아는 사람이지."

미순은 시치미를 떼고 입맛을 다신다.

"대관절 여자요 남자요?"

신희는 갑갑해진다.

"가르쳐준다? 와이로[63]를 내야 할 걸."

---

63 わいろ. 뇌물.

미순은 쓱 턱을 문지르고 나서

"여자야. 같이 차도 마시고 물건도 흥정하러 다니고 같이 점심까지 먹은 사람이야…… 돈도 꾸고."

"오 그이 황매 씨라는 이?"

하고 신희는 눈을 커다랗게 떴다. 미순은 옳다는 듯이 고개를 끄덕이고

"자세한 얘길 해줄까?"

하고 빙긋이 웃는다.

"해주어 갑갑해."

"저어 황매라는 이가 우리 오촌 아저씨에게 시집을 왔어……. 첫날밤에 소박을 맞았다는 거야……."

"아니 그 미인이?"

신희의 눈은 둥그레졌다.

"그게 일색 소박이라는 게지. 그 집 딸이 삼형제가 다 불행해요. 첫째 딸은 과부 둘째 딸은 소박데기지 셋째 딸은 자살해 버렸지. 처녀 몸으로."

"아니 그건 또?"

신희의 눈은 좀 더 둥그레졌다.

"그 앤 참 미인이었다우. 황매보다도 잘생겼었어. 미인박명이란 옳은 말인가 봐. 약혼한 사나이가 다른 계집과 연애 하는 걸 보고서 양잿물을 마셨대."

"바보 같으니라고 죽긴 왜 죽어."

신희는 커다랗게 부르짖었다. 그는 아픈 데나 얻어맞은 듯이 부르르 몸을 떨며 부르짖는 것이다.

"바보."

하고 깜짝 놀랄 만큼 신희가 소리를 지르는 것을 보고

"오죽하면 생목숨을 끊었겠수. 죽은 사람을 가지고 바보라고 할 순 없을 거야."

미순은 못마땅한 표정이다.

"글쎄 그야 그렇겠지. 하지만 또 죽어버리면 뭐 시원할 게 있어?"

"죽는 것도 팔자겠지. 아 실연했다고 다 양잿물 마셔 봐요. 빨래할 잿물 남아나는가?"

미순은 농담을 하고 자기 자리로 갔으나 신희는 황매의 동생의 운명이 자기에게 도전이나 해오는 듯해서 그는 으쓱 등골로 지나가는 소름을 느꼈다.

'상칠 씨를 만나서 잘 일러야 하겠어. 그동안 내가 너무 등한시 했어.'

신희는 어젯밤 부산진 역전에서 헌병에게 취체를 당하던 상칠을 그 즉석에서 데리고 못 온 것이 여간 후회되지 않았다.

'지금쯤 설려와 어디로 돌아다니는지.'

신희의 가슴은 아득하여진다.

신희는 방금 커다란 불행이 상칠과 자기 사이에 빚어지고 있는 것 같은 어떤 불길한 예감을 애써 잊어버리려고 그는 서류를 뒤적거리기 시작하였다.

그러나 그의 맘속에서 일어나는 초조한 생각은 그의 눈과 손을 일에서 몰아내었다. 그는 우두커니 앉아 맞은편 바람벽을 쏘아 보았다. 마치 그 벽 위에 그리어 있는 자기의 운명을 투시할 듯이

'운명?'

신희의 입술에 엷다란 거부의 미소가 흘러갔다.

'운명은 성격을 창조한다.'

는 격언이 문득 그의 머리를 스쳐가자 그는 소스라치듯 몸을 도사렸다.

'상칠 씨가 ××여자 중학교에 설려와 함께 나타난 후…… 그리고 설려의 생일 파티에 초대되어 갔더라는 간접 보고를 성희에게서 듣고…… 나의 정신면은 확실히 상칠 씨에게 대하여 지나치게 거만하여지지 않았던가?'

신희는 자기반성으로 들어가는 것이다.

상칠이가 먼저 자기에게 전화를 걸기까지 언제까지나 버티고 있었던 것은 일종의 냉전이었다. 그리고 이것은 신희 자신이 의식적으로 선포한 냉전이기도 하다.

자기는 냉전보다 차라리 상칠을 찾아가야 할 것이 아니었던가. 찾아가서 좀 더 따뜻하게 혹은 따갑게 상칠과 따져야만 할 것이 아니었던가?

신희는 이런 생각을 하고 자기 자신이 운명 앞에 너무 당돌하였던 것을 후회하기 시작하는 것이다.

'운명 앞에는 항상 경건하고 조심성 있게 몸과 마음을 가져야 한다.'

신희는 엄지손가락을 앞 이빨로 깍깍 씹으며

'상칠 씬 작은 고양이는 아니다. 설려는 또 생쥐는 아니다. 더구나 나는 쥐와 고양이를 놀려 먹는 장난꾸러기 아이는 될 수 없지 않느냐?'

짜릿짜릿한 질투와 아슬아슬한 모험은 이제 막을 내릴 때가 되었다 생각하고 신희는 퇴근 시간을 기다리기로 하였다.

상칠과 만나서 단호한 태도로 그에게 주의시켜야 할 말들을 입속으로 몇 번이나 외어 보았다.

오후가 되면서 일기는 거짓말 같이 맑아졌다. 눈포래도 그치고 길바닥은 물기 없이 말라 있고 가끔 바다로부터 싸늘한 바람이 불어오고.

"부산 일기는 꼭 히스테리 환자 같애."

퇴근 시간이 되어 신희와 나란히 걸어 나오며 미순이가 짜증을 냈다. 비신이며 우산이며 모두 주체하기가 거북하여진 때문이다.

신희는 버스에 올라탔다. 초량 역전에서 내려 삼막으로 치달았다. 혹시 상칠이가 몸치[64]나 나서 누웠나 하는 일말의 근심도 가져보는 그는 상칠이가 유하는 집 마당으로 들어섰다.

그러나 상칠의 방에는 사람의 기척이 없고 문에는 자그마한 자물쇠까지 걸려 있다.

"어머님 어디로 가셨는지요?"

하고 안방 사람에게 물어보니 바로 조금 전에 아드님이 들어와서 같이 모시고 나갔다는 것이다.

신희는 고개를 기울이고 기울여도 상칠의 모자 분이 어디로 갔을 것인지 조금도 지향이 서지 않았다.

'설려가 와서 상칠 씨 어머니까지 싣고 간 것이 아닐까?'

그는 중얼거리며 대문 밖으로 나왔다. 사실 신희의 머리를 스쳐 입속으로 나온 이 말은 적중되어 있었다.

신희가 들어가기 반시간 전에 상칠은 집으로 돌아왔던 것이다.

"어머니 간밤엔 많이 기다리셨죠? 몹시 추우셨죠?"

하고 어머니의 두둑한 손등을 만져보고

"어머니 제 친구가 저기 차를 가지고 왔어요. 나가십시다, 오래간만에 소풍 겸 나가세요."

---

64 '몸살(몸이 몹시 피로하여 일어나는 병)'의 방언(경상, 전남).

"얘 저녁 지을 시간이다."

어머니는 소풍할 시간이 아니라는 것을 표시하는 것이다.

"네 괜찮아요. 나가셔서 저녁진지 잡수시면 되지 않아요?"

하고 옷걸이에 걸린 어머니의 세루 치마며 회색 명주 두루마기를 떼낸다. 어머니는 잠자코 옷을 입고 아들의 뒤를 따라섰다.

올해 육순이라 하지만 언덕바지 길을 아들의 손도 잡지 않고 곧 잘 아들의 뒤를 쫓아 내려갈 수 있도록 상칠의 어머니는 정정하시다.

큰길에는 으리으리한 고급차가 등대하고 있다가 안으로 문이 열린다. 상칠은 어머니를 모셔 올리고 자기도 탔다.

설려는 뒤를 흘깃 돌아보고 핸들을 돌렸다. 상칠 어머니는 오는지 가는지 모르도록 편안한 이러한 고급차를 별로 감탄하는 표정도 없이 그저 우두커니 앉아 바깥 경치를 바라보는 것이다.

이윽고 차가 대인 곳은 어느 중국 요릿집이다. 이층으로 안내되어 올라갈 때도 상칠 어머니는 붙들어 드리려는 상칠의 팔이나 설려의 손을 다 물리치고 혼자서 예사롭게 올라가신다.

만두며 잡채며 덴푸라며 탕수육이며 양장피 같은 한국 사람들이 좋아하는 요리가 상이 비좁도록 벌어졌다.

"어머니 이 분이 인사드립니다. 강설려 씨라고 내친구야요."

설려가 일어서 사뿐 고개를 숙였다.

"앉아요. 초면이오만 아들의 친구라니 장히 반갑구려."

상칠의 어머니는 방그레 웃는다. 누런 앞 이빨을 덮은 윗입술이 두텁고 길다.

"많이 잡수세요 어머니."

하고 상칠은 초간장 접시를 어머니 앞으로 당겨놓고 빼갈[65]을 작은 술잔에 따라 어머니에게 한 잔 드렸다. 어머니는 잠자코 잔을 비우시고 젓가락을 잡는다. 설려는 상칠 어머니의 식성이 좋으신데 우선 속으로 놀랐거니와 어딘지 꾹 누르는 듯한 압력에 그는 두 어깨가 눌리는 듯한 무거움을 느끼는 것이다.

설려는 상칠의 모자를 태우고 광복동 일대를 돌아 커다란 백화점으로 들어갔다. 설려는 크림 한 통을 산 뒤에 털이 제일 부드럽고 숫한 잿빛 '잘 목도리'를 하나 고른다. 값을 지불하고 돌아서서 명주 수건을 감고 있는 상칠의 어머니의 어깨 위에다 걸쳐 놓고

"초라합니다만 우선 이걸로 쓰십시오."

상칠의 어머니는 별로 놀라지도 않고 또 사양도 하지 않고 한 손으로 목도리를 벗겨서 손에 들고 밖으로 나오며

"얘."

하고 아들을 불렀다.

"이거 내가 받아도 괜찮은 거냐? 네가 괜찮다면 받지만."

"네 괜찮아요 어머니. 맘에 맞지 않으신다면 몰라도."

"뜨뜻한 게 괜찮다."

상칠 어머니는 목도리를 다시 목에 걸치고 설려를 향하여

"고맙소."

한 마디 할 뿐 별다른 인사는 없었다. 상칠이는 어머니가 좋아하실 만한 연극까지 구경시켜 드리고 설려의 차에 실려 다시 자기 집으로 돌아왔다.

---

65 고량주.

“어머니 목도리 좋으세요? 그게 삼십만 원이나 된데요.”

상칠 어머니는 그 대답은 하지 않고

“그 사람이 처녀냐 남의 아내냐?”

하고 묻는다.

“처녀에요.”

“넌 약혼한 신분으로 남의 처녀와 지나치게 친한 게 아니냐?”

“뭐…… 별로 괜찮아요, 어머니.”

하고 상칠의 목소리가 어리광으로 변하는데

“저 좀 들어가겠어요.”

하고 신희가 빼꼼히 문을 연다.

“들어와 어여 이 아랫목으로.”

하고 상칠의 어머니는 신희를 아랫목으로 앉히고

“왜 요샌 잘 볼 수가 없니? 바빠서 그렇지?”

하고 상칠 어머니는 대견스럽게 신희 얼굴을 들여다본다.

“아까 왔더니 문에 자물쇠가 채워 있길래 어디로들 가셨나 했지요.”

“오래간만에 소풍 겸 나가자고 이 애가 조르고 해서 나갔댔지.”

신희는 상칠 어머니 곁에 놓은 값진 목도리가 눈에 띄자 그는 얼른 한 손으로 목도리를 집으며

“이거 참 좋습니다.”

하고 손으로 쓸어 본다.

“그거? 선사 받은 거야. 이 사람의 친구라고 아 초면에 너무 미안해서.”

상칠 어머니는 없는 처지에 늙은이가 이런 것을 샀다는 오해 받지 않기 위하여 그는 선사 받은 것이라고 분명히 말하는 것이다.

"네! 좋은 걸 선사 받으셨습니다……. 설려 씨가 사드린 게죠?"
하고 신희는 상칠을 쳐다보고 방그레 웃었다.
"네! 용하게 알아맞추는군요."
상칠은 되도록 태연스럽게 이런 말을 하고
"출판 건에 대해서 아버님께 여쭐 말씀도 있고…… 댁으로 갑시다."
하고 상칠이가 일어서 외투를 걸쳤다.
그들은 어둠 속에서 잠자코 한참을 걸었다. 몇 날 사이 서로 떠나 있은 것이 마치 여러 달 동안 떠나 있은 듯한 그리움이 있는가 하면 또 어딘지 약간 어색한 기분도 있고.
"오늘 두 번 전활 걸었더니 안 들어오셨다구요?"
신희가 먼저 입을 열었다.
"네 못 들어갔어요."
"어디 편치 않으셨어요?"
"네 몸도 피곤하고…… 하루 쉬고 싶었어요."
두 사람은 또 침묵하여졌다.
캄캄한 골목으로 들어서자 취한 사나이가 비틀거리고 신희 쪽으로 으쓱 기대려한다. 신희는 반사적으로 상칠에게로 다가섰다. 상칠은 한 손으로 신희의 어깨를 붙들려 하였으나 신희는 살짝 자세를 피하면서
"저 내가 할 말이 있는데요, 들어 주시겠어요?"
"……."
상칠은 가슴이 뜨끔하여졌다.
"이때가 어느 때이라는 것을 물론 아시고 계실 줄 압니다. 우리가 죽느냐 사느냐의 막다른 골목에 들어서 있지 않아요. 국가로도 그렇고 개인으

로도 그렇고…….”

“신희 씨! 감사합니다. 잘 알아요.”

“빈정대시지는 말구려. 내 말을 좀 잘 들어주세요. 어제 저녁 일은 확실히 추태라고 생각합니다. 어떠세요?”

“어제 저녁 일이라니?”

상칠은 후들후들 떨리는 가슴을 깊은 호흡으로 진정하면서 바쁘게 머릿속을 더듬었다.

‘송도 차중의 일인지 다방 화산의 일인지 혹은 설려네 집 뜰아래 방에서 하룻밤을 묵었다는 일인지.’

상칠은 어떻게 대답해야 좋을지 그는 망설이지 않을 수 없었다.

“내가 분명히 보았어요.”

“보다니요? 무엇을 보았단 말야요.”

상칠을 가빠오는 숨소리를 죽이고 주춤 한 자리에 섰다.

“성내지 마세요. 위협하는 건 비겁한 일이야요……. 당신 설려 씨와 같이 고급차를 타고 다니는 것은 좋아요. 그렇지만 헌병에게 취조 당하는 모양은 꼴불견의 일종이었어요.”

“…….”

상칠은 후 하고 가슴을 쓸어내렸다.

“미안합니다.”

하고 대답하는 상칠의 목소리는 그대로

‘살아났다.’

하는 말소리이기도 하였다.

“미안하지요. 정말 미안한 일이야요. 당신은 나와 결혼할 것을 공개한 이상 내가 입회하지 않는 곳에서 단독으로 다른 여자와 만난다는 일에 난 동의할 수 없어요."

"물론이죠. 나도 그런 줄 잘 압니다."

"상칠 씨! 지금 그 말이 참말이라면 설려 씨 앞에서 나와 약혼하였다는 것을 선언하실 용기가 계서요? 대답해 주세요."

"약혼한 것을 선언하라구요?"

하고 상칠은 신희의 말을 되묻는다.

"네 그렇게 해주세요. 그래야만 내 마음이 편안하겠어요."

좁은 골목길을 벗어난 두 사람은 환한 큰길로 나왔다. 불빛에 나타난 상칠의 눈 사이에는 분명 곤란한 표정이 아로 새겨지고 그리고 그의 약간 나온 듯한 입이 조금 더 나와 있다.

"그렇게는 못 하겠단 말씀이죠?"

"아뇨 할 수 있지요 얼마든지. 하지만 갑자기 우리가 약혼을 했다고 내 닫는다면 저쪽에서 외려 이상스럽게 생각지 않을까요?"

"왜 이상하게 생각해요? 저쪽에서는 분명 당신이 아직 아무데도 정한 곳이 없는 걸로만 보고 있어요. 그래서 말입니다. 윌라 여사는 당신을 사윗감으로 생각하고 설려 씨는 당신을 장래 남편으로 연모하는 거야요."

"……."

상칠은 이 말에 별반 흥미가 없는 듯이

"하, 나도 그렇다면 상당한데요?"

하고 피식 웃는다. 신희는 바짝 성이 나려는 자신의 성미를 되도록 눌러 놓고 훨씬 목소리를 부드럽게

"미안하지만 그게 미남자라고 자부하는 남자들에게 따르는 여난女難이

라는 거야요."

"여난이라면 남난男難도 있을 상 싶은데."

상칠은 신경문이가 보낸 쌀가마니며 김장거리에 대한 말이 입술까지 나왔으나 그의 교양이 이런 종류의 말을 참따랗게 뱃속까지 밀어 넣어 버렸다.

"남난도 있지요."

신희는 방글방글 웃으며

"설려 씨에게는 상칠 씨가 남난이 되는 게지요……. 사실 설려 씨가 가엾지 않아요? 괜히 결혼도 하지 않을 것을 그이와 돌아다니고…… 어머니 목도리까지 선물을 받고."

"……."

상칠은 거침없이 말을 쏟는 신희가 괘씸하여 그는 대번에 신경문의 쌀가마 이야기를 쏟아버릴까 생각하였으나 그는 차마 신희의 자존심을 깨뜨려줄 마음은 없었다. 사실 상칠은 신희를 그만큼 아끼고 사랑하기 때문이다.

그들은 신희 집 좁은 골목으로 들어섰다. 상칠은 두 팔로 신희의 어깨를 안았다. 신희는 가는 목소리로

"싫어요. 약속하셔야지…… 설려 씨 앞에 선언하시기 전에는…… 싫어요."

"약혼 했다는 선언이 난 정말 쑥으로 생각이 되는데? 신희 씨 우리 자존심을 가집시다."

하고 상칠은 앙탈하는 신희의 얼굴을 두 손으로 싸고 그의 입술에 입을 맞추었다.

"상칠 씨 우리들은 자존심보다도 행복을 지켜야 합니다. 설려 씨나 또

누구나 우리의 행복을 깨치려는 사람 앞에 우리는 좀 더 용감해도 좋을 것 같아요.”

“나는 영원히 신희 씨를 사랑합니다. 그리고 믿습니다. 신희 씨도 날 믿어 주세요.”

“나는 당신을 믿지 않는 것은 아니지만…… 그럼 우리 이렇게 합시다. 우리들이 퍽 친하다는 걸 저쪽에 보이도록 그렇게 노력하는 건 어때요.”

“그게 됐어요. 그렇게 하는 게 훨씬 더 효과적이지요.”

상칠은 신희의 말에 커다랗게 동의를 했다. 신희는 상칠과 나란히 대문으로 들어서며

“그럼 플랜을 정합시다.”

“제일회로 상칠 씨와 내가 나란히 설려 씨 집을 한 번 방문 합시다.”

“…….”

상칠은 한참 생각한 끝에

“그것도 좋지만…….”

하고 약간 주저하는 것이다.

“그럼 어떡해요? 우리 둘이서 그이들과 만날 기회가 없으니까. 우리가 그 집으로 가야되지 않아요? 내게는 여간 큰 양보가 아니란 것을 아셔야 해요.”

상칠은 그 이상 더 버틸 수는 없었다.

신희 집 방문으로 들어서며

“그럼 그렇게 합시다. 오는 일요일 오후 그 집으로 방문을 하기로.”

“상칠 씨가 미리 전화로 연락해 놓으세요, 네?”

“오케이.”

신희는 여전히 선량하고 미더운 상칠에게 그는 한없는 사랑을 느끼는 것이다.

신희는 오래간만에 마음에 평화가 돌아왔다. 그는 거뜬하여진 마음으로 상칠과 마주앉아 요즘 새로 생긴 부업 이야기며 그리고 그 집이 별로 넉넉지 못하단 말과 황미순이라는 동무를 통해서 들은 그 집 동생 이야기도 하였다.

"약혼한 사나이가 배신하였다고 자살하여 버린 여자 어떻게 생각하세요?"
하고 신희는 심상이 물었다.

"글쎄요 배신한 사나이에게 죽음으로써 항의한다는 것은 너무나 프레셔스[66] 않을까요?"

상칠은 되도록 태연스럽게 이런 말을 하였으나 쓸개를 삼키는 듯이 쓰디쓴 침이 괴어온다.

"나도 동감이 되어요. 죽는 것은 어리석다고…… 오죽해야 죽겠어요만 나 같으면 죽지 않아요. 죽지 않고 살아서 언제까지나 보겠어요."

"그 사람에게는 지루한 얘기가 될 걸 하하하."

상칠은 소리를 내어 웃는데 신희는 뱅긋이 표정만을 부드럽게 하고

"오늘은 두 번이나 전화를 걸었는데 비서실에는 전연 들어오시지 않았다고 어디 계셨댔나요?"
하고 신희는 다소곳이 얼굴을 숙였다. 차마 정면으로 상칠을 바라보기가 거북하였기 때문이다.

"오늘 오전은요?"

---

66 precious. 값비싼.

상칠은 흐트러지지도 않은 머리카락을 뒤로 쓸어 넘기며
“오전에는 집에 누워 있었댔지요.”
그는 입으로 이렇게 대답은 하지만 그의 대뇌의 기억 신경 속에는 설려의 집 안방에서 설려와 함께 놀고 있는 장면이 또렷하다.
상칠은 눈포래가 후려갈기는 찬 거리로 나가기에는 설려의 미소가 너무나 따뜻하였다.
그 위에 월라 여사가 부르는 바람에 상칠은 어쩔 수 없이 주저앉아 버렸던 것이다.
늙지도 젊지도 않은 월라 여사는 꽃 같은 설려의 그늘을 지어주는 무성한 잎사귀가 아닐 수 없다.
더구나 값진 요리와 향기 높은 술이며 수백 수천만 원의 현금이 들락날락 하는 주머니를 가진 월라 여사가 상칠에게는 확실히 ‘아라비안나이트’ 같이 황홀한 대상이기도 하였다.
문 한 겹 바깥에는 눈이 내리거나 비가 내리거나 바람이 불거나 방안에는 뜨거운 고기와 따뜻한 술이 있고 그리고 설려의 꿀 같은 윙크와 월라 여사의 부드러운 금화가 있었던 것이다.
“누워계셨군요. 어디가 편치 않았어요?”
하고 신희가 눈을 들고
“그래서 오후에도 못 들어가셨군요.”
하고 신희는 별로 그릇되지도 않은 상칠의 얼굴을 들여다보았다.
“네 아픈 곳은 없었지만 피곤도 하고 해서 그냥 누워 있었죠.”
상칠은 이날 오후에는 햇빛이 환히 비치는 설려의 집 방이며 마루에서 설려와 월라 여사와 함께 ‘카메라’를 가지고 사진을 박고 놀던 장면이 마음속에 떠올랐다.

신희는 이 이상 더 설려에게 대해서 캐고 파고 묻는 일은 상칠에게 불쾌한 감정을 일으키는 것이 될까 싶어 그는 화제를 돌렸다.

"설려 씨 집으로 갈 땐 빈손으로 갈 순 없지 않아요?"

"빈손으로 가면 어때요? 무슨 감투 운동도 아닌데!"

"그래도 남의 집에 가면서 어떻게 그냥 가요. 능금이나 한 광주리 가져갈까요?"

"가져갈 능금이 있거든 성희나 먹여요."

상칠은 통행금지 시간이 십 분이 지나버린 밤거리로 나갔다.

상칠은 이제 앞으로 차츰 설려와의 교제가 끊어지게 될 것을 생각할 때 그는 가슴의 따가운 아픔을 느끼었다.

'푸른 꽃잎 안 따먹고 사는 파랑새 같은 설려가 자기와 신희와의 관계를 알아채는 순간 멀리 멀리 아주 멀리 날아가 버리지 않을까.'

상칠은 비로소 어둠이 피부 속으로 스며드는 것 같은 아득함을 느끼는 것이다. 상칠은 어둠속에서 휘파람을 날렸다.

'사랑의 노래 들려온다. 옛날을 말하는 그 기쁜 우리 젊은 날.'

'토셀리'의 세레나데다.

상칠은 이렇게 설려에게 애틋함을 느끼면서도 그는 또 신희를 저버리고 설려에게만 집착할 수도 없는 것이다.

첫째 신희와의 교제는 두 집 부모님들이 승인하시고 약혼이 공개 되어 있는 것이다. 그보다도 그는 신희를 아주 떠날 수는 없다. 설려를 떠나기가 애틋하다면 신희는 더욱더 그러한 것이다.

그러나 이것은 어디까지나 상칠의 이성이었다. 그의 파도치는 감정의 전당의 문을 열고 보면 설려가 나붓이 앉아 있다.

어제 저녁 때 설려의 청하는 데로 고급차에 어머니를 싣고 나간 것은 물론 번화가로 어머니를 소풍시켜 드리려는 것이 목적이었다.

그러나 우연히도 그것은 또 어머니로 하여금 설려의 선을 보시게 한 것이 되었던 것이다. 그는 차속에 앉아 생각하였던 것이다.

'설려가 어머니의 눈에 들고 어머니가 신희보다 설려를 주장 하신다면? 나는 마땅히 어머니에게 효자가 되어야 할 것이 아닌가?'

진실로 짤막한 순간을 스쳐간 맘의 귓속질이었다. 그러나 이 잠깐 되는 감정의 선풍은 상칠의 지금까지의 이성의 성곽을 완전히 허물어뜨릴 만한 기세로 상칠의 맘을 흔들었던 것이다.

상칠의 감정의 세계에서 바라보는 신희나 설려는 꼭 같은 존재였다. 어느 편이 더 좋고 어느 편이 더 아름답거나 이 여자가 더 고귀하고 저 처녀가 더 총명하다는 판단을 내릴 수는 없었다. 상칠의 맘의 저울추가 아무데로도 기울려지지 않는다. 다만 한 가지

'어머니의 호감이 설려의 저울 위에 놓여 진다면.'

상칠은 아주 쉽게 아주 편하게 설려의 품으로 달려갈 수 있는 것 같다. 그러나

'약혼한 신분으로써 남의 처녀와 너무 친하면 못 쓴다.'

하는 어머니의 한 말씀으로 순간적이나마 상칠의 맘에 쌓아 올라가던 바벨탑은 완전히 허물어지고 만 것이다.

달디 단 시련이었다.

상칠은 이제 설려를 떠나지 않으면 안 될 때가 왔다.

객관적 모든 정세가 그러한 것이다.

'설려를 떠나야 될까? 떠날 수가 있을까?'

상칠은 자기 자신이 어느 사이 이렇게 설려와 깊은 애정을 갖게 되었는지 자신도 모르는 것이다.

상칠은 어두운 언덕길을 올라가면서 마음속으로 외쳤다.

'나는 두 여자를 꼭 같이 사랑할 수 있다. 신희나 설려나 진정 꼭 같이.'

한 사나이가 두 여자를 사랑할 수 있다는 것은 이 밤에 채득한 진리처럼 상칠은 맘속으로 몇 번이고 뇌었다.

'나는 이 둘을 다 같이 사랑할 수 있어. 언제까지나…….'

집에 들어왔다. 어머니는 주무시지 않고 상칠을 기다리고 계시었다.

"그 댁에선 다들 안녕하시지?"

어머니는 신희 집 안부를 물으신다.

"네."

하고 대답하였으나 어머니의 말씀은 한 번 더 설려에게 돌아설 것을 강요하는 화살이라는 것을 느꼈다.

이튿날 온종일 상칠의 마음은 우울하여졌다. 내일이 일요일인 때문이다.

신희와 함께 설려의 집을 방문하기로 약속한 날이다. 퇴근 시간이 가까워 오는 데도 상칠의 맘은 무거워졌다.

창밖에는 윙 하고 바람이 전선에 울린다. 상칠은 전화로 설려를 불렀다.

"김신희 씨가 내일 오후 댁으로 갈 겁니다."

"김신희 씨가 누구지요?"

"왜 저때 번 ××여자중학교 전람회 때 같이 차를 마셨지요. 제일무역회사."

"오 알겠어요. 타이피스트 말이죠?"

"네 그이가 미스 강의 집으로 인사 겸 방문하겠다는 겁니다."

“무슨 인사지요?”

설려의 대답은 지극히 사무적이다.

“당신 생일 파티에 오라는 초대를 받고도 못 갔다는 사과며 좌우간 그인 미스 강에게 호의를 가지고 있어요.”

“네.”

“그분이 내일 댁으로 가서 뵙겠다는데 괜찮지요?”

“…….”

상칠은 수화기를 짤깍짤깍 흔들었으나 아무런 대답이 없다.

상칠은 다시 짤깍짤깍 수화기를 흔들었다.

“내 말소리 들려요?”

“네 똑똑히 들립니다.”

“그럼 대답을 하셔야지요?”

“말씀하세요.”

“김신희 씨가 미스 강을 방문 한다는 거 어떻게 생각하세요?”

“내일은 시간이 없을 것 같에요.”

상칠은 설려와 교제한 후 그에게서 처음 듣는 거부였다. 그는 그 이상 더 오래 수화기를 들고 있을 수는 없었다. 찰칵 하고 전화를 끊어버리고 교의에 앉았다.

담배를 꺼내 불을 붙였다. 그 사이가 이분이나 되었을까 다시 전화가 왔다. 설려의 목소리다.

“상칠 씨 용서하세요 네? 나 말요 상칠 씨가 다른 여자와 교제하고 있는 것 불쾌해서 그랬어요. 그래도요 그건 내가 잘못이라는 걸 알아요. 질투 했나 봐요 내가…… 용서 하세요 네? 내일 몇 시에 오실지요? 그 김신희 씨 말입니다."

"몇 시에 가면 좋을까요?"

"오전에는 어머님의 심부름이 있구요, 오후에는 두시부터 정훈 음악대 오케스트라 들으러 가실 약속 기억하고 계시죠?"

"네, 알고 있어요."

"그러니까 한시로부터 한시 삼십분 그 사이가 괜찮겠군요. 같이 오시겠지요?"

"괜찮다면."

"질투를 느끼도록만 하지 않는다면 같이 오셔도 물론 좋지요."

일요일 아침은 얼음이 두껍게 얼어 있는 추운 날씨다.

상칠은 느지막이 아침을 먹고 신희의 집으로 왔다. 신희는 두루마기 동정을 갈아 달고 어머니는 신희의 검정 유똥치마를 다리시고.

나들이 준비가 한창이다. 상칠은 신희의 아버지 방으로 들어갔다. 술 두꺼운 영문으로 된 책을 읽고 계시다가 상칠을 반갑게 맞이하신다. 이일 저일 특히 최근에 새로 나온 서적에 관하여 이야기를 하고 반시간이나 앉아 있다가 나왔다.

오정 사이렌이 불자 신희는 새로 김치를 꺼내 쏠고 김을 구어 점심상을 차렸다. 설려네 집 식탁과 신희네 집 식탁은 비교도 못할 차이가 있는 것이다. 그러나 상칠은 신희의 집 밥을 먹으면 배도 부르고 마음도 편했다.

설려의 집 술과 고기는 언제나 자극과 흥분을 가져오는 것인 것을 상칠은 지금 속으로 생각하고 있다. 그들은 거리로 나왔다. 신희가 기어이 능금을 한 바구니 샀다. 전차를 시립병원 앞에서 내려가지고 한 십분 걸어가서 설려의 집이 나타났다. 시계가 꼭 한시 오분 전이다. 신희는 두루마기 깃고대를 여미고 상칠의 뒤를 따라 커다란 대문으로 들어섰다.

상칠이가 앞을 서서 안으로 들어서며

"미스 강 손님 오십니다."

하고 뜨락으로 가까이 갔다.

"네."

하는 가냘픈 여자의 목소리가 방에서 들린다. 신희는 설려의 목소리라 짐작하고 마른 침을 두어 번 삼키고 마당 한가운데 섰다. 방싯 영창문이 열리며

"들어오십시오. 추우신데 이리로 들어오세요 미스 김."

하고 설려는 하얀 손을 까닥까닥 하며 방그레 웃는다. 설려의 이빨이 햇빛에 반짝반짝 광채가 난다고 신희가 생각하고 있는데

"들어갑시다."

상칠이가 신희를 돌아보고 마루 끝에서 구두를 벗는다. 신희도 살그머니 한편에 구두를 벗어놓고 마루로 올라섰다.

"추우신데 예까지 오시느라고 수고하셨지요? 오 온 이런 걸 다 가져 오셨네."

하고 설려는 신희의 손에서 능금 광주리를 받는다.

신희는 장갑을 벗으며

"바쁘실 텐데 이렇게 와서 실례되지 않을까요? 어머니께서도 안녕하시지요?"

"네 어머니는 밤낮 바쁘셔서 또 외출하셨답니다."

하고 설려는 신희를 아랫목으로 앉힌다.

"그러지 않아도 이 어른에게서 전화가 왔습디다. 미스 김이 오신다고."

"네. 오늘 와서 뵙자고 몇 날 전에 의논 됐어요."

"네, 그러셨어요?"

설려는 상칠을 빤히 쳐다본다.

신희는 벽에 걸린 동양화로 눈을 돌리며

"피난 살림 같지는 않습니다. 저런 훌륭한 그림을 구해 놓으시고."
하고 감탄하였다. 설려는 빙긋이 웃으며

"저건 어머니의 친구가 지난 여름 어머니 생신에 선사로 보내 온 거야요. 화가들이 모두 이리로 몰려오신 덕분인가 보지요."

계집애 하인이 커피와 과자를 쟁반에 놓아 가지고 들어왔다. 설려가 차를 따르며

"미스 김의 하는 대로 손수 설탕을 넣으세요. 난 식성을 잘 모르니까요."
하고 잔에다 차만 따라놓고 크림과 설탕을 신희 앞으로 밀어 놓는다. 상칠의 잔에다 차를 따르며

"이분은 비교적 달게 잡숫는 식성이니까 이렇게 설탕을 많이 넣어 드려야 돼요 오호호."
하고 설려는 수북이 두 숟갈을 떠넣고 크림을 떨어뜨린 후 몇 번이나 저어 가지고 상칠의 앞으로 내민다.

"과자 좀 드세요."
하고 초콜릿 껍질을 벗기며 신희와 상칠의 접시에 놓고

"참 당신 드리려고 어머님이 사오신 것이 있어요."
하고 벽장문을 열더니 자줏빛 종이에 싸인 동글동글한 과자를 내놓는다.

"미스 김 이것 잡수세요. 이건 상칠 씨가 좋아하는 거라고 우리 집에선 어머님이 늘 사다두시는 거야요."

하고 설려는 한 개를 집어 바작바작 깨물어 먹는다.

"이상칠 씨는 이런 과자를 좋아 하세요?"

하고 신희는 유에스에이제의 비스킷 한 개를 집었다.

상칠은 과자를 두어 개 먹고 찻잔을 비운 뒤에 일어선다. 변소를 가는 것이나 실상인즉 설려와 신희가 버티고 앉았는 자리에 오래 앉아 배겨낼 수가 없어 그는 잠깐 기분을 돌리고 싶었다.

뜰 아래서 사람이 들어오는 기척이 나고 잇따라 방싯 문이 열렸다.

"경여냐? 손님께 인사 드려라."

신희가 돌아보니 언젠가 자기 집에 월라 여사의 편지 설려의 생일에 오라는 초대장을 가지고 왔던 소녀라는 것을 즉시로 알아냈다. 나붓이 고개를 숙이는 경여를 향하여

"그동안 잘 있었지?"

신희는 방그레 웃고

"추울 텐데 이리로 와요."

하고 경여의 손을 잡았다. 경여는 한 손에 커다란 봉투를 가지고

"언니 찾아 왔어요. 사진들 잘 됐어."

하고 설려 앞에다 봉투를 내려놓는다.

"어디 어디?"

설려는 봉투를 받아 속에서 몇 장 꺼내서 들여다보더니 우스워서 못 견딘다는 듯이 손으로 입을 가리고 웃어댄다.

"사진이세요? 좀 보여 주세요."

신희가 손을 벌렸다.

"서투른 솜씨야요. 저도 박고 상칠 씨도 박고 어머니도 박고."

하며 설려는 사진이 들어있는 봉투를 신희 앞으로 내밀었다.

처음 나온 것이 월라 여사와 상칠이가 밥상을 앞에 놓고 앉아 빙긋이 웃으며 박은 것이다.

"그건 제 솜씨야요 호호."

하고 설려가 웃는데 그 다음으로 나온 것은 설려가 월라 여사를 한 팔로 안은 듯이 하고 앉아 있는 사진이다.

"그건 상칠 씨가 박은 거야요."

셋째 번으로 신희의 손끝에 들려진 사진을 볼 때 신희는 얼굴빛이 해쓱하여졌다.

"울 어머니가 찍으신 건데 그대로 괜찮게 됐지요?"

하고 설려가 말하는 사진은 상칠의 어깨 위에 고개를 실은 설려의 얼굴이 어린애처럼 웃고 있는 것이다.

넷째 번에 나온 사진에는 상칠이가 한 팔로 설려의 어깨를 안고 빙긋이 웃으며 신희를 쳐다보고 있다. 마치

'기분 어떱쇼?'

하는 듯이. 신희는 빙그레 웃으려 하였으나 그것은 헛된 노력이었다. 새파래진 신희의 입술이 미소하는 대신 파르르 떨렸다.

변소에서 돌아온 상칠이가 무심코 신희가 들고 있는 사진을 들여다보았다. 순간 상칠의 얼굴이 화끈 붉어졌다.

"어때요? 그대로 괜찮게 되지 않았어요?"

하고 설려가 상칠을 쳐다보고 웃는다. 신희의 손에서 또 한 장 사진이 나왔다. 설려가 상칠의 뒤에서 손바닥으로 상칠의 두 귀를 막고 빼꼼히 상칠의 이마 위에 얼굴을 싣고 내려다보는 포즈다.

신희는 잠자코 사진을 설려의 손바닥에 놓아 주고 흥미 없다는 듯이 사진이 아직도 수북이 들어 있는 봉투를 방바닥에 내려놓았다.

상칠은 신희의 시선을 정면으로 받기가 너무도 따가웠다. 진정 숨을 곳이 있다면 구멍에라도 들어가고 싶은 기분이다.

상칠은 헛기침을 하고 가래침을 뱉으려는 듯이 두 번째 영창문 밖으로 나갔다.

허옇게 입김이 얼어드는 청마루에서 서성거리고 있는데 설려와 신희의 얘기 소리가 도란도란 창밖으로 흘러나온다. 웃음을 먹은 설려의 목소리가

"이건 우리들의 기념 사진이야요. 외려 이렇게 가다(型)를 깨뜨리고 박은 게 더 풍미가 있지요 오호호."

하고 깨드득 웃는다.

"기념이라니요?"

하고 싸늘해진 신희의 목소리가 상칠의 덜미를 잡는다.

"컨페스(고백)[67]한 기념이야요."

"컨페스?"

신희의 입술이 기계적으로 되받았다.

"네 우린 서로 사랑을 컨페스 했어요 상칠 씨와……. 이담에 정식으로 청하겠어요. 약혼 피로연에."

"……."

여기까지 듣고 난 상칠은 그대로 신발을 신고 달아나고 싶었다. 그러나 그렇게는 할 수 없었다. 미친놈이 될 수는 없기 때문에.

---

67 confess. 고백하다.

"그땐 들러리 해드릴 영광을 베품 받을 수 있겠습니까?"

신희는 방으로 들어서는 상칠을 보고 방그레 웃었다. 으쓱 소름이 끼치는 웃음이다.

"이상칠 씨! 강설려 씨는 그러지 않아도 약혼 피로연에 절 초대한다고. 이왕이면 결혼식 때 들러리를 서 드릴 맘이 있는데요…… 어떠세요?"
하고 또 다시 웃었으나 신희의 입은 웃는 것이 아니라 다만 웃으려는 노력을 하고 있는 것이었다.

"그…… 그러세요. 가 감사한데요."

시계가 한시 삼십분에서 오분이 지났다.

"오늘은 여러 가지로 재미 있게 놀다 갑니다."

"왜요 벌써 가시려구요?"
하는 설려는 더 놀아도 괜찮다는 말이다.

"아냐요. 저분이 그러시더군요. 삼십분 동안만 허락을 받으셨다고……."

"호호호 그땐 그랬지만 두시 십분 전까진 괜찮아요. 우리 같이 정훈 음악회로 갑시다. 상칠 씨도 동행하신다고 약속하셨으니까……. 우리 셋이 같이 가요 네?"
하고 설려가 신희의 팔을 붙들었다. 그러나 신희는 부드럽게 사양하고 설려의 집을 나왔다.

한참을 걸어 와서 뒤를 돌아보았으나 상칠이가 쫓아오는 기척은 없었다. 설려가 상칠의 팔에 매달려 나가지 못하게 한 탓도 있지만 사실상 상칠은 신희를 쫓아갈 면목도 없어졌다.

그는 설려 집 안방 아랫목에 주저앉았다. 그리고 설려를 향하여

"상당히 추운데…… 위스키 한 잔 주세요."

하고 스르르 눈을 감았다.

"지금 외출을 하셔야 할 테니 꼭 한 잔만 하세요."

하고 설려는 밑바닥에 손잡이가 달린 둥그런 술잔에 한 잔을 철철 넘도록 따라 상칠의 손에 놓아 주었다.

상칠은 술에 적셔진 입술을 설려의 입술에 대었으나 신희가 지금쯤 어디까지나 갔을까 생각하고 가슴이 찢어지는 듯한 슬픔을 느끼는 것이다.

"신희 씬 예쁜 얼굴을 가졌지만 기분이 너무 차서 난 싫어요. 꼭 무슨 얼음 나라에 살고 있는 사람 같지 않아요?"

하고 설려는 어깨를 흠칫 한다.

"그래도 내가 본 여자 중에는 그만한 인격자는 드물어요."

상칠은 신희를 찬미하였다.

"인격자? 굵게 때리시는데요? 호호호."

웃고 설려는 입을 삐쭉하였다.

정훈 음악대의 연주회는 근래에 드문 성황이다. 상칠은 설려와 함께 초대석으로 안내되었다. 앞뒤로 둘러앉은 귀빈들 가운데는 몇몇 장관의 얼굴도 보이고 동부인하여 온 차관이며 국장의 면모도 나타나 있었다.

유엔군의 정장을 한 외국 장교가 우리나라 장교들과 나란히 앉아 무엇인지 소곤거리며 웃고 있는 모양도 보였다.

그러나 상칠은 이러한 귀빈들은 물론 자기 옆에 착 들어앉아 있는 설려의 존재까지도 완전히 잊어버리고 있는 것이다.

착착 들어맞는 군복에 목 단속을 하고 일사분란으로 항오를 정제한 단원 일행은 긴장과 박력이 그대로 전투의 모습이다. 가지가지의 순서가 혹은 장엄하고 혹은 연련하여 장내는 갈채 소리가 떠나갈 듯 굉장하다.

예술의 빚어내는 고귀한 정서가 사람들의 마음에 이슬처럼 젖어들었다. 음악은 초조하고 우울한 불행한 마음들을 쓰다듬어 주는 고마운 손길이었다.

그러나 상칠만은 이러한 음악의 은전에도 참예하지 못하였다. 기악이나 성악이나 그의 귀에는 의미 없는 소음밖에 아무것도 아니었다.

파랑새 같이 날아가 버릴 줄 알았던 설려는 이렇게 옆에 앉아 있지만 영원히 자기 사람으로 믿고 있던 신희는 지금쯤 어디로 갔을까. 이런 생각밖에 상칠의 머릿속에서 아무것도 없는 것이다.

음악회가 끝났다. 상칠은 설려의 끄는 대로 가까운 다방에도 가고 그 길로 다시 설려의 집으로 와서 저녁상을 받았다.

집에서 어머니가 기다리실 것 같은 것은 벌써 상칠의 근심 속에서 제외되어 있는 문제다.

그는 월라 여사도 돌아오지 않은 안방에서 설려와 함께 젊은 부부처럼 밥상에 마주앉았다. 상칠은 언제부터 술을 배웠는지 그는 제법 한 사람분의 술을 마실 줄 안다.

반주로 위스키를 두 잔이나 마시고 능금꽃 같이 붉어지는 입술로 기름이 절벅절벅 하는 갈비들을 뜯었다.

신희는 설려의 집을 방문한 것을 맘속으로 수없이 후회하였다. 그러면서도 그는 또 무척 다행하게 생각하였다.

그는 분노와 쾌감과 그리고 굴욕이 한데 엉클어진 감정을 안고 집으로 돌아왔다.

'나는 황매 씨의 여동생은 아니야. 배신당하였다고 죽어버리지는 않을 테야.'

신희의 어여쁜 입은 야무지게 다물어졌다.

'상칠 씨가 행복 되게 잘 살아가나 볼 테야 흥.'

신희는 고개를 흔들었다.

'가난한 사나이가 부잣집 딸에게 팔려가서 잘 산다는 소문 못 들었어.'

저녁 짓기에는 아직 훨씬 이른 시각이건만 신희는 부엌으로 내려섰다.

그는 솥에 물을 끓여서 몇 가지 빨래도 주무르고 더운 물을 대야에 담아 아버지 방으로 들이밀어 아버지의 발도 씻으시게 하였다.

신희는 일을 해서 맘속의 괴롬을 잊어버리고 싶었다. 무서운 짐승처럼 전신을 짓씹어 먹으려는 고민을 쫓는 데는 일밖에 없었다.

저녁 식사 후에는 신희는 인두 불을 장만해서 오래간만에 솜저고리를 시작하였다. 이날 밤 신희는 이상하게도 잘 잘 수 있었다. 별로 무서운 꿈도 보지 않고 어린아이처럼 편안히 자고 깨어났다. 어렴풋이 의심만 하고 있던 때보다는 상칠과 설려의 진상을 알고 나니 신희의 맘은 완전히 가벼워진 것이다.

'상칠이 같은 사나이에게서 배반당했다고 허둥거리는 건 상칠이처럼 천해지는 거야.'

신희는 스스로 이런 말로 자신에게 타이르고 그는 전과 같이 벤또를 싸서 들고 제일무역회사로 갔다.

커다란 상자를 안은 황미순이와 회사 문 앞에서 마주쳤다.

"무얼 또 그런 걸 안고 오는 거요?"

하고 신희가 웃으니까

"이거 말야 큰일 났어. 나 혼잔 죽어도 못 가겠어 같이 가요. 정말 좀 살려주는 셈치고 같이 가요 상공부로."

하고 미순이가 눈살을 찌푸린다.

"거기는 왜 또?"

"상공부 장관 비서 이상칠 씨에게 전하라는 거야. 그이에게 가져갈 외투래. 황매 아주머니 심부름이야."

신희는 자신의 눈앞에 벌어지는 사태가 꿈이 아닐까 하였다.

'이 사나이가 돈판이었던가?'

신희는 으쓱 하고 등골로 스쳐가는 소름을 느끼며

"어머나 징그럽게 내가 왜 그런 곳엘 간단 말요?"

하고 신희는 정색을 하고 문으로 들어섰다. 황미순은 무참한 듯 일순 잠자코 섰다가 자기의 책상 위에 상자를 내려놓고 난로 앞에서 불을 쪼이는 신희 곁으로 온다.

"실상을 알고 보면 여간 재미가 있지 않아요."

"......"

신희는 시들한 듯이 그 말대답은 하지 않고

"황매 씨에게 갚을 한 달친 이번 살라리로 돌려드리면 되지 않아요? 심부름만은 익스큐즈 해요."

"이런 바보 누가 빚 때문에 심부름 하라는 거야? 바보."

"그래요 난 바보야."

신희는 싹 토라져 자기 책상으로 갔다.

"이건 농담도 못하겠네. 오늘 아침은 왜 이지경이야? 얼굴 고운 사람은 이쯤은 교만해도 괜찮단 말이지? 피."

하고 황미순은 기다란 손가락으로 신희의 목을 간지럽힌다. 신희는 한 손으로 미순의 손을 꼭 잡고

"얘기해 보아요. 실상이 어떻단 말야요."
하고 미순의 얼굴을 들여다보았다.

미순은 신희의 뺨에 대놓고

"우리 아주머니가 시련을 당했어, 이상칠이라는 청년에게서."

신희는 진정 재미있는 연극을 보는 것 같은 호기심이 생겨났다.

"그래 그 청년은 다른 여자에게로 맘이 쏠렸나?"

"그럼 이만 저만한 여자가 아니래. 왜 우리 정 사장님 하고 한 집안처럼 사귀고 있는 월라 여사 알지?"

신희는 안다는 뜻으로 고개를 끄덕였다.

"그이 딸이래. 영어를 똑 떨어지게 잘 한대. 자동차 운전도 곧잘 하고. 아주 하이칼라 현대여성이래."

"흥 돈만 있으면 누구나 다 하이칼라가 될 수 있지."

"돈만도 아니래. 까불 줄을 알아야 된데. 우리 아주머니 말이 그러던데 그 처녀는 꽁당새 같이 까분다고 호호호."

신희는 웃지 않았다.

'꽁당새에게 뺏기는 황매 씨는 부엉샌가? 눈이 어두워서 못 보았나 뭐.'
하고 신희는 속으로 자신은 부엉새보다도 못한 맹꽁이라고 생각하였다.

"외툰 말야 그 청년에게 입도록 만든 것이고 또 비록 사랑은 빼앗겼으나 우리 아주머니는 아직도 그 청년을 사랑하고 있대 그래서……."

"그래서 외투를 전할 생각이란 말이지?"

"응."

신희는 무슨 생각이 났던지

"우리 갖다 줄까?"

하고 미순을 바라보고 눈으로 웃었다.

"좀 그렇게 해요. 것도 다 인연일거야. 첨에 이 외투감 고를 때도 신희와 내가 같이 따라 가지 않았어? 지금 이 외투를 갖다 주는 데도 아마 우리 둘이서 조력을 해야 될까봐."

"……."

신희는 잠자코 한참 있다가

"황매 씨가 보낸다는 무슨 표식이 있나요? 편지라도."

"있어 여기."

황미순은 자기 외투 안 포켓에서 사각봉투를 끄집어내었다.

'이상칠 선생.'

이라고 쓰여 있고 뒤에는 또 발신인의 이름이 황매라고 기록된 기름한 봉투를 신희에게 보였다.

"퇴근하기 전…… 아니 점심시간이 좋겠지? 그리로 간다고 전화를 할까?"

미순은 약간 당황해 한다.

"글쎄 만나지 않더라도 그이의 책상 위에 갖다 놓고 오면 되잖아."

"것도 좋아. 그럼 점심시간에 가요 응?"

미순은 한시름 놓은 듯이 커다란 숨을 내쉰다. 그들은 맡은 부문에서 글도 쓰고 타이프도 찍는 동안 오정 사이렌이 불었다.

"갑시다 상공부로."

신희가 먼저 미순을 독촉하였다. 그는 외투를 받는 상칠의 얼굴이 보고 싶었다.

미순은 황매에게 돈 같은 것을 꾸는 의리뿐만 아니다. 그 얌전하고 참한 여인 황매가 자기 집 가문으로 들어와서 첫날밤에 소박을 맞았다는 것은 자기 집 전체가 책임을 져야만 될 커다란 불행이 아닐 수 없다.

그보다도 황미순은 자기와 비슷한 운명을 걸머진 황매에게 마음속으로 동정을 보내고 있는 것이다.

황미순도 삼 년 전에 시집을 갔지만 그는 남편보다도 시어머니며 시누이에게서 배격을 당하고 결국 시집에서 쫓겨 오고 만 것이다.

이 모든 조건보다도 미순은 황매가 좋았다. 황매의 차분하고 조용한 성격은 황미순 자신이 지니지 못한 장점이다. 미순은 항시 이 아주머니를 배우려고 노력을 하지만 뜻대로 되지 않는 것이 한스러울 만큼 그는 황매를 따르는 것이다.

미순은 황매가 마음속으로부터 사랑하고 있는 남자가 누군지 보고 싶었다.

'이상칠이 같은 남자는 세상에 없다.'

하는 그 이상칠이가 어떠한 모습을 하고 있는지 오늘 꼭 보아야만 직성이 풀릴 것 같다.

"이왕이면 그일 만나서 전하고 올까?"

하고 미순은 신희의 동의를 구했다.

"있으면 만나보고 없으면 상자만 두어 두고……."

"정말 그래야겠군."

그들이 상공부 앞에 왔을 때는 정문으로 젊은 남자들이며 중년 신사들이 둘씩 셋씩 밖으로 나가는 것과 마주쳤다.

"저 사람 중에 섞여 나가는 게 아닐까?"

하고 미순이가 초조해서 중얼거렸으나 신희는 구태여

"아니다."

하는 판정을 내리기도 싫어서

"들어가 봅시다."

하고 상공부 비서실로 향하였다.

"이상칠 씨요? 지금 막 부인 손님과 같이 나갔는데요."

하고 급사인 듯한 소년이 픽 웃는다. 이상칠에게는 왜 여자 손님이 그렇게 많이 오느냐는 뜻인 모양이다.

신희는 일순 어떤 모욕감을 느꼈으나 그는 목소리를 가다듬어

"이걸 전하려고 왔는데…… 들어오시거든 꼭 좀 드려 주어요."

하고 미순이가 안고 있는 상자를 내려 소년에게 안기어 주었다. 소년은 상칠의 사용하는 책상으로 갖다 놓으며

"이따 들어오시거든 여쭙겠어요. 성함이 누구시지요?"

"열어 보시면 아실 걸. 그 속에 편지를 넣어 두었으니까."

미순이가 첨부해서 대답을 하고 두 여자는 밖으로 나왔다. 밖에는 바람이 티끌을 날리며 불어댄다. 크리스마스도 얼마 남지 않은 세모의 거리에는 커다란 꾸러미를 안은 잘 입은 부인들이며 신사들이 지나가고 지나온다.

오정 때 상칠을 데리고 나간 것은 월라 여사였다.

"점심 잡수어야지."

하고 가볍게 데리고 들어간 곳은 요정 파도장이었다. 뱀장어의 요리가 특별한 이 집이지만 그밖에는 전복이며 해삼이며 그리고 짭짤한 대구알젓도 놓여 있었다.

막 수저를 들려는데 정 사장과 신경문이가 낯선 손님을 데리고 들어 왔다. 상칠에게는 첨 보는 사람이나 월라 여사는 반갑게 손님을 맞이한다.

"송 참서님 어서 오십시오. 그러지 않아도 세분의 요리를 준비해 두었

답니다."
하고 사나이들의 앉기를 기다려 보이를 부른다. 따끈한 정종과 뱀장어를 고추장을 발라 구운 것이 올라왔다.

"이 선생 이 어른 첨 뵙지요? 우리 동업자의 한 사람 송환우 송 참서. 그리고 이 젊은 분은 상공 장관 비서실에서 가장 명망 있는 청년 비서 이상칠 씨라고."

정 사장의 소개가 끝나기를 기다려

"네 그렇소이까? 이 사람은 송환우올시다. 이 비서의 조력을 바랍니다. 어험, 많이 조력해 줍시오 어험."

상칠은 송 참서의 뚱뚱한 배를 향하여 공손히 고개를 숙였다.

"이제 오는구먼."

월라 여사가 손짓을 하는 곳으로 상칠이가 돌아보니 황매가 초록 양단 두루마기에서 은호 목도리를 끄른다.

오래간만에 보는 황매는 그동안 어디 앓고 났는지 몹시 야위고 턱 아래가 상큼하여 한층 더 가련하게 보였다. 상칠은 반가워

"오래간만이외다."
하고 손을 내밀었다. 황매는 잠깐 머뭇거리다가 살며시 손을 내민다. 얼음과 같이 찬 손이다.

그 얼음과 같이 찬 손이 상칠의 억센 주먹 속에 파르르 떠는 것 같이 상칠은 느껴졌다. 그와 함께 연지를 칠한 황매의 두 볼이 해쓱하여 완전히 혈색이 물러갔다.

'이 여자가 병이 났다더니 진정…… 나를 사모했다면…… 미안한데.'

상칠은 마음속으로 생각하고 물끄러미 황매를 바라보았다.

황매는 첨보는 송 참서에게 나붓이 한국식 절을 하고 상에 붙어 앉아 술병을 들었다.

남실남실 잔에다 술을 따르는 황매를 건너다보고 앉았는 송 참서의 입이 연신 벙글벙글 웃고 있다.

'과연 절색이다.'

그는 마음속으로 감탄을 하고 넌지시 정 사장을 돌아본다. 정 사장 역시

'내 말이 어때?'

하는 듯이 빙그레 웃고 술잔을 든다. 상칠은 잠자코 안주도 먹고 술도 마셨으나 그는 건드리기만 하면 눈물이 쏟아질 듯한 황매의 두 눈을 차마 바라보지는 못하였다.

보는 사람만 없으면 상칠은 황매의 말랑말랑한 주먹을 꽉 쥐어 주고도 싶었으나 그럴 수도 없어 그는 단지 딱하디 딱한 눈으로 황매의 시선을 받을 뿐이다.

"그렇다면 말씀입니다. 송 참서님 우선 본래 계획하신 코스로 진행해 보시지요. 어떻습니까?"

신경문은 어지간히 술이 들어간 듯한 송 참서에게 이런 말을 넌지시 그의 심경을 타진하여 보는 것이다.

"어허허 신 사장 좋은 말이요. 그래 나도 남자로 이 세상에 태어나서 칼을 갈았다가 그대로 칼집에다 꽂을 수야 있겠소. 승패 간에 한 번 해봅시다그려."

송 참서는 신이 나면 의례히 그는 경조京調를 쓰는 것이 그의 특징이다.

"아무렴 그 다 이를 말이요? 송 참서. 송 참서, 영남에 영웅이 누군고 하니 참서 송환우라 하하하."

정 사장은 커다랗게 소리를 내어 웃었다. 신경문은 좀 더 경건한 표정으로

"그러면 지금 여기에 장을 눌러 주시겠어요?"

"아무렴…… 내 담膽을 한 번 보시오. 내가 담 큰가 적은가?"

송 참서는 신경문이가 두 손으로 내미는 약속 수형에다 네모난 흑각 도장을 꾹 눌렀다. 그리고 도장 찍힌 자리를 들여다보는 눈으로 황매를 흘겨본다.

황매는 방긋이 웃고 송 참서의 잔에다 정종을 가득 부었다.

"권주가 듣던 시절 그립다 어험."

송 참서는 기침을 하고 술잔을 죽 들이켰다.

정 사장은 송 참서의 귀에 무슨 말을 하였는지

"어허허 어허허 어허허."

하고 송 참서는 자지러지게 웃어 놓고

"여보 전날처럼 날 속여선 안 되우. 늙은 놈이라고 업신여겨 속여만 보우. 나도 내 배짱이 있으니."

송 참서는 황매를 슬글슬금 돌아다보며 이런 소리를 하고 수없이 수염을 쓰다듬는다.

먹고 마시고 일동은 자리에서 일어섰다. 맨 먼저 정 사장이 그 다음에 송 참서 그 뒤에 신경문이가 층대로 내려가고 월라 여사의 뒤에 황매가 따라 내려간다.

맨 마지막에 상칠이가 층층대를 내려갔다. 층계를 몇 개 밟고 내려가던 상칠은 살그머니 팔을 뻗어 황매의 손을 쥐었다.

황매는 흠칫 뒤를 돌아보더니 쌜쭉한 눈을 흘긴다. 그리고 상칠의 손가

락을 부러지라고 비틀었다. 상칠은

"아앗."

하는 소리를 이빨로 겨우 막아 놓고 그는 다시 한 번 황매의 손을 힘있게 쥐었다. 실로 수초 사이에 된 일이다.

신경문의 포드에 송 참서와 정 사장이 올라타고 신경문의 뒤를 따라 차 속으로 들어가던 황매는 고개를 돌려 상칠을 돌아본다.

상칠은 손을 끄덕끄덕 들어 보이고 월라 여사의 올즈모빌로 올라탔다.

"이번에 신경문 씨가 크나큰 공사를 시작하는 모양인데 나도 한 목 끼었어요, 이 선생! 남의 일로 생각지 말고 적극적으로 조력해야 합니다."

하고 월라 여사는 상칠의 등을 툭 친다.

"제가 어떻게 도우면 됩니까?"

상칠은 진정 곤란해서 이렇게 반문할 수밖에 없었다.

"이렇게 와서 우리와 함께 점심을 먹는 것도 다 도와 주는 일이고 앞으로도 동래 온천이며 해운대며 송 참서 같은 부호를 초대할 때 꼭 좀 참석해 주세요."

"그런 곳에 참석만 하면 무슨 소용이 있어요?"

하고 상철은 눈을 커다랗게 떴다.

"참여만 하면 되는 거라니까."

월라 여사는 한숨을 쉬며

"세상에선 날더러 부인 실업가니 여자 모리배니 하고 칭찬도 하고 욕도 하지만 사실 세상이 말 하는 것만큼 아직 나는 아무런 모리도 사업도 못해 보고 있는 몸이라오. 이 선생이 날 친 아주머니로 생각하고 내게 손을 좀 빌려 주시우. 난 또 공을 모르는 사람은 아니니까."

월라 여사가 여기까지 말을 할 때 자동차는 상공부 정문 앞에 섰다.

상칠은 월라 여사에게 인사를 하고 비서실로 들어왔다. 자기 책상 위에 놓인 차빛 비단보에 쌓인 커다란 꾸러미가 눈에 띄었다.

상칠은 빨리 책보를 폈다. 세로판 종이 속에서 빼꼼히 내다보는 편지를 집어 봉을 열었다.

'다방 화산에서 잠깐 곁눈으로 뵈었습니다. 옆에 동행이 있기에 인사도 못 드리고…… 죄송합니다. 이 외투를 한 번도 입혀드려 보지도 못하고 이렇게 지어서 보내 드리는 것을 용서하십시오. 저로서는 어쩔 도리가 없었습니다. 마음에 드실지 몰라도 그대로 받아 주십시오. 물건에는 아무런 죄가 없는 것입니다. 황매.'

상칠은 헌 외투를 벗고 상자에 담긴 새 것에다 팔을 끼어 보았다. 매끈매끈한 소매와 등허리의 촉감이며 폭싹 하고 가볍고 그리고 따뜻한 기분은 황매의 체온처럼 느껴졌다.

황매는 이날 오후 송 참서를 주빈으로 동래 온천 산해관 ×호실에서 술을 따랐다. 저녁 밥상이 나가고 조용한 틈을 타서 신경문은 황매에게 소곤거렸다.

"송 참서와 오늘 저녁 한방에 자야해."

황매는 잠자코 신경문을 한참 동안 뚫어지라 쏘아보고

"얼굴 가죽이 장히 두껍기는 하오마는."

하고 황매가 발끈 성을 내었다. 신경문은 별로 당황하지도 않고

"그럼 어떡해…… 송 참서가 꼭 황매라야만 맘에 든다는 걸. 송 참서는 내 사업에 큰 힘을 쓰는 사람인데 그이를 푸대접 할 수는 없잖아?"

하고 신경문은 턱을 만지며 천장을 쳐다본다.

"그럼 오늘부터 난 신경문 씨의 첩도 애인도 아무것도 아닙니다. 좋아요?"
하고 황매가 서릿발 같은 눈초리로 신경문을 쏘아보았다.

"그렇게 따질 건 없잖나? 황매도 애인이 있다면서?"
하고 짐작의 말로 한 마디 던졌다. 황매는 아픈 곳을 얻어맞은 때처럼

"애인이 있다면 어쩌실 테야요? 그런 소리 하신다면 난 돌아 가겠어요."

황매는 정말 성이 나서 문 밖으로 튀어나왔다. 신경문은 따라 나오며

"그럼 취소하지, 지금 한말 취소하지 취소해.
하고 사정을 하였으나 황매는 못 들은 척 하고 복도에서 몇 걸음 걸어갔다. 그러나 서너 걸음 걸어가던 황매는 주춤하고 서버렸다. 월라 여사와 나란히 층계를 올라오는 상칠의 얼굴이 나타난 때문이다.

황매는 고개를 까닥 숙여 보이고 층층대로 내려갔다. 뛰어 가듯이 바쁜 걸음으로 내려가는 황매는 혀를 찼다. 그의 눈 속에 박힌 상칠의 모습을 생각하고.

상칠의 몸뚱이에 걸친 외투는 자기가 만들어 보낸 흑색 낙타가 아니요 예전에 입던 허름한 외투 그대로인 때문이다.

'어딜 가는 걸까?'

심상치 않은 낯빛으로 찬바람을 일으키며 지나가 버리는 황매를 월라 여사는 눈으로 신경문에게 물었다.

"……."

신경문은 잠자코 있다가 황매의 발소리가 아주 들리지 않게 되자

"아하 미안합니다. 어렵지만 황매를 좀 데리고 오시우. 이 형이 가시면 데려 올 수 있을 거야……. 무엇 때문인지 토라졌나 봐요."

신경문은 월라 여사를 쳐다보고 열없이 웃는다. 상칠은 황매를 따라 달

음질을 치고 싶은 마음을 누르고 되도록 점잖게 돌아서서 층층대를 내려섰다. 방금 신을 찰찰 끌며 산해관 정문으로 나가는 황매의 뒷모양이 보인다.

어슴푸레한 밤빛 속에 걸어가는 황매의 뒤를 따라 걸음을 빨리하는 상칠은 앞뒤에 사람이 없는 것을 짐작하고

"어디로 가십니까?"

하고 황매와 나란히 섰다. 흠칫 놀란 듯 황매는 걸음을 멈춘다.

"부산 가겠어요."

하고 상칠을 쳐다보는 황매의 눈에는 하얀 이슬이 맺힌다.

"그러지 말고 들어갑시다. 신 사장이며 모두들 기다리고 있잖아요?"

하고 상칠은 황매의 푹신푹신한 팔을 잡았다. 팔을 잡힌 채 황매는 한참을 걸어오다가

"우리 이리로 잠깐 들어가세요, 네?"

하고 빼꼼히 들여다보이는 골목 안에 버스만큼 작은 우동 집을 가리킨다. 아이를 업은 아낙네가 우동을 삶아 낸다.

두 사람은 주인의 뒤로 가서 불빛을 피해 앉았다.

"외투 입어 보셨어요?"

황매는 쓸쓸히 웃는다.

"그런 것은 왜 보냈나요?"

상칠은 미안한 대답이다.

"제가 보냈지만 물건만은 아주 새 것이에요."

황매는 손수건을 눈에 대며

"이 선생님은 학문 높은 여자와 교제를 하시니까 저 같은 사람은 버러지로 보실지 모르나 너무 천대하진 마세요."

황매의 둥그스름한 어깨가 가늘게 떨린다. 상칠은 당황하여 방금 그릇에 국수를 담는 여인을 힐긋힐긋 돌아보며

"황매 씨!"

상칠은 황매의 귀 가까이 입을 대고

"내가 왜 황매 씰 천대할 까닭이 있겠소."

하고 상칠은 황매의 한손을 꼭 쥐었다.

"천댈 안 하신다는 증거를 보여 주세요 증거를…… 이 자리에서."

하고 황매는 눈물어린 눈으로 상칠을 쳐다본다.

"증거를 어떻게 보여 드려요?"

상칠은 곤란하여지는 표정으로 빙그레 웃었다.

"증거를 보이라는 건 별게 아냐요. 제가 보내드린 외투를 입어 주세요. 그 외투만 입어 주신다면 전 더 바랄 것이 없어요. 정말입니다."

"……."

상칠은 여인이 갖다 놓은 우동 그릇을 내려다보며

"입지요 차차 입지요."

"그러지 마시라니까."

황매는 눈을 흘기면서

"외투라는 건 추울 때 입는 거에요."

"고맙습니다. 그럼 염치 없이…… 입기로 하겠어요."

"언제 입으실래요?"

"크리스마스에 입지요."

"두 말씀 없을 줄 믿습니다."

황매는 상칠의 손등을 힘대로 꼬집어 놓고 일어섰다.

먹지도 않은 우동 두 그릇 값을 치러 주고

"그럼 가십시다. 데리러 온 이 선생의 얼굴을 세워 드려야지요."

황매는 상칠의 손목을 잡고 골목을 나왔다.

신경문은 이맛살을 찌푸리며

"제까짓 것이 뭐야. 몸과 웃음을 파는 주제에…… 달아나다니…… 휴."

이렇게 중얼거리며 황매를 기다리는데 흥겨운 듯이 커다랗게 웃어대는 송 참서의 웃음소리가 들린다.

'황매가 아주 토라졌다면? 흥, 내가 결심한 것을 제까짓 것이?'

신경문은 혀를 찼다. 자기에게 있어 일생에 한 번밖에 되지 않을 큰 사업에 협조하는 송 참서의 침실에 황매를 밀어 넣어 주는 것쯤은 목구멍으로 숨을 쉬는 것보다 더 당연한 일로 생각하는 것이다.

그는 그의 독특한 여인관이 또 다시 머릿속에서 가슴속에서 소리를 치고 내닫는다.

'여인은 사나이를 위하여 있는 것이다. 더욱이 미모의 여인은 사업하는 사나이를 위하여 존재하는 것이다.

그는 혼자서 고개를 끄덕이며

'예쁜 계집과 연애를 하게 되면 평소에 비하여 확실히 오십 배의 용기가 생기는 것이 그 증거라.'

그는 드르릉 하고 현관문이 열리는 소리에 귀를 기울이며

'그러니까 송 참서 같은 오십이 넘은 늙은이는 황매 같은 예쁜 계집을 포옹하여야 한다. 이빨이 빠진 늙은 호랑이라도 살찐 암캐를 보면 으르렁거리고 발톱을 내놓거든…… 이것도 내가 어지간히 실증이 난 계집이라면 일은 가장 자연스럽게 발전 되는 거야.'

이렇게 중얼거리고 서 있는 신경문의 눈에 상칠의 얼굴이 비쳤다. 상칠은 빙긋 웃으며 뒤를 돌아본다. 확실히 황매를 데리고 온 것이다. 그는 우선 안심의 웃음을 띠고

"이 형! 미안합니다. 심부름을 시켜서."

하고 신경문은 층계 위로 올라서는 황매를 향하여 콧구멍을 벌룽거리고 웃었다. 요사이 눈에 띄게 불만이 세어진 황매에게 새로 애인이 생긴 듯도 싶으나 황매가 뼈가 녹아지는 안타까움으로 사모하고 있는 사나이가 이상칠이라는 것은 신경문은 꿈에도 모르고 있다.

황매가 매력을 느낄 수 있는 남자는 첫째로 신경문 자신보다 십 배나 돈이 있고 지위가 있고 그리고 자기처럼 남자다운 풍채를 소유한 사나이가 아니면 안 될 것이라 생각하고 있는 것이다.

어찌 보면 여인 같이 수줍어하고 또 어찌 보면 소년 같이 명랑하고 돈도 사업도 가지지 않은 이상칠이라는 청년을 황매가 거들떠보지도 않을 것으로 신경문은 단정하고 있기 때문이다.

"저 좀 보세요."

황매가 신경문을 눈짓하였다. 신경문은 황매를 따라 세면소로 들어갔다.

"얼마 주실래요? 송 참서께 수청 드는 몸 값 말입니다."

황매는 단도직입적이다.

"허 얼만 또 얼마야? 뭐 그런 걸 따지려고…… 내가 다 어련히 알아 할까?"

"오늘 하룻밤 백만 원 주시겠어요? 백만 원 주신다면 참따랗게 수청을 서 드리지만 백만 원으로 못 한다면 난 내려가겠어요 부산으로."

황매의 파란 얼굴에는 방금 눈이 쏟아질 듯이 찬바람이 돈다. 잠깐 무엇을 생각하던 신경문은

"그래 그래 백만 원 주지 주어."

하고 돌아서려니까

"선금을 주세요 지금."

하고 황매가 손을 내민다.

"현금이 없는데……."

"외상은 안 됩니다. 수표라도 떼 주세요. 난 장사를 좀 똑똑하게 할래요."

황매는 세면소로 사람이 들어오는 것을 보고

"수표로 못 떼시겠지요?"

하고 복도로 살랑살랑 나간다.

"떼지! 지금 떼지."

신경문은 입맛을 다시고 포켓을 뒤적거리더니

"자 이게 바로 오늘 찍은 수표야. 이 집 산해관에 지불하려던 건데 황매가 먼저 받아가는 거야."

"네 감사합니다."

황매는 신경문에게 팔린 몸이 오늘 밤부터 송 참서에게 팔리는 것을 생각하고 피식 웃었다.

방으로 들어서자 황매는 송 참서의 무릎 곁으로 착 들어앉으며

"참서님! 부족한 황매를 많이 사랑해 주세요 네?"

하고 빙긋 웃고 신경문을 향하여

"흥정이 성립되었으니까요 호호호."

하고 웃었으나 송 참서는 무슨 뜻인지 알 리가 없다.

이날 밤 온천장 산해관 손님으로 송 참서와 황매가 남게 되고 신경문, 정 사장, 월라 여사는 이상칠을 데리고 부산으로 내려왔다.

차가 구관 언덕바지에 이르렀을 때

"난 여기서 내립니다."

하고 상칠은 차를 정거시켰다. 월라 여사가 자기 집으로 가자는 것을 그는 굳이 사양하고 집으로 왔다.

집으로 돌아오니 어머니가 영창문을 열고 내다보시며

"방금 신희가 나갔는데 못 봤니?"

하고 물으신다.

"신희가요?"

하고 껑충 뛸 듯이 당황스럽게 묻는 아들의 표정이 이상한지

"왜 그러니? 들어 와서 떡이나 먹어라. 신희가 갖다놓고 간 떡."

상칠은 잠자코 방으로 들어왔다.

"그리고 이것도 두고 가면서 네가 들어오거든 전하라고 하더라."

하면서 하얀 수건에 싼 동그스름한 것을 내민다.

상칠은 설레는 가슴으로 바늘로 꿰매진 수건을 풀었다. 속에서 나온 것은 자줏빛 적은 상자…… 반지곽이다. 파란 비취반지가 빼꼼히 내다본다.

"……."

이미 이런 일이 있을 것을 알았지만 상칠은 직접 당하고 나니 그의 가슴은 찢어지는 듯 아파왔다. 앉아 있는 자리가 쑥 들어가는 듯도 하고 천장이 빙글빙글 도는 것도 같다. 잠깐 동안 눈앞이 캄캄하여졌다.

한참 만에 그는 잠자코 돌아 앉아 책상에서 무슨 책인지 펼쳤으나 물론 글자들이 한 개도 눈으로 들어가는 것은 없다.

"떡 먹으라니까."

어머니가 권하시는 대도

"배불러서 못 먹겠어요."

하고 쫓겨 온 약혼반지를 곽에 담은 채 손에 꼭 쥐었다. 그것은 마치 신희의 맘속에서 살고 있던 자기라는 존재가 완전히 죽어서 관에 들어 돌아온 것 같은 그런 슬프고도 적막한 느낌이다. 그는 언제까지나 반지곽을 쥐고 앉았다.

상칠은 일기장을 펴고 붓을 들었다.

'신희 씨! 나는 당신을 잃어 버려야 옳습니까? 태양을 잃어버리고 생물이 존재할 수 있을까요?'

밤바람이 대문짝을 때리고 영창문을 건드리고 그리고 방으로 솔솔 기어들어온다. 주무시는 어머니의 어깨에 이불을 눌러 드리고 상칠은 우두커니 벽을 향하여 앉았다.

'김병화 씨가 아셨을까? 아셨다면 날 무엇으로 보실까? 천박하고 경솔한 불량자라 하시겠지…….'

상칠은 바람소리를 들으며 일기장에 글을 쓰기도 하고 바람벽도 쏘아보고 언제까지나 책상에 들어앉았다.

길로 기나가는 사람들의 발소리에 어느덧 새벽 기운이 떠돈다. 시계가 새벽 다섯 시가 된 것이다.

상칠은 이날 상공부 비서실로 들어갔으나 어젯밤 산해관에서 신경문이며 정 사장이며 또한 월라 여사가 그렇게도 신신당부하던 상공 장관의 도장을 찍어야 할 서류는 염두에도 없었다.

'첫째 내 말을 듣고 장관께서 도장을 눌러 주시지는 않을 게다.'

상칠은 이렇게 단정하였기 때문이다. 그는 전화를 집어 들었다. 신희를 불렀다.

"저 김신희야요."
하는 반가운 음성을 듣는 상칠의 눈시울은 뜨거워졌다.

"잠깐 좀 만납시다."
하고 상칠은 전화기를 든 채 열적게 웃었다.

"그럴 시간 없어요."

신희의 목소리는 찬물에 씻은 듯 카랑카랑하다.

"잠깐만 오분 동안만."
하고 상칠은 신희의 대답을 기다렸으나 수화기에서는 아무런 소리도 들리지 않는다.

"여보세요 여보세요."
하고 수화기를 몇 번이나 흔들었으나 수화기에는 다만 죽음과 같은 정적이 있을 뿐이다. 신희가 저쪽에서 수화기를 걸어 버린 것이다.

상칠은 견딜 수가 없었다. 그는 상공부 정문을 나왔다. 마라톤 연습 선수처럼 그는 주먹을 쥐고 큰길을 뛰기 시작하였다. 사람들이 보는 것도 부끄럽지 않았다. 가쁜 숨을 늦추며 제일무역회사로 들어가니 타이프를 치고 앉았는 신희의 뒷모양이 보였다.

단정하게 앉아 타이프를 치고 있는 신희의 모습은 그대로 성화의 한 폭처럼 상칠의 눈에 비치었다. 상칠은 신희에게로 다가섰다.

"신희 씨!"
하고 가만히 신희의 교의에 한 손을 얹었다. 힐긋 돌아다보는 신희의 눈이 상칠을 보는 순간 신희는 벌떡 자리에서 일어섰다. 그는 마치 꽁지벌레나 밀어 버리듯 눈살을 찌푸리고 저만치 물러선다.

"잠깐만 나가세요, 신희 씨!"

하고 상칠은 소곤거렸다.

“이게 다 일거리야요. 일을 두고 나갈 수가 있어요?”

신희는 눈썹을 펴고 다시 교의에 걸터앉아 타이프 찍던 종이를 들여다본다. 아무 일도 없었던 것 같이 태연스러운 신희의 표정이 상칠로 하여금 좀 더 초조하게 만든다.

“그럼 열두 시쯤 해서 나오시죠? 그땐 점심시간이니 괜찮지요?”

“……글쎄요. 그때 봐야 알겠어요.”

하고 신희는 바쁘게 타이프를 친다.

“밀크홀 ‘초생달’에서 한 시까지 기다릴 테니 나오세요.”

명령에 가까운 어조를 남기고 상칠은 밖으로 나왔다.

시간이 이른 탓인지 정 사장은 눈에 띄지 않았다. 상공부로 돌아온 상칠은 후줄근히 풀이 죽어 교의에 앉아 시계만 바라본다. 열시, 열한시, 기다리는 시간이 지루한 것을 상칠은 절실히 깨달았다.

열두시 십분 전에 상칠은 발등에 불이 붙은 사람처럼 큰길로 나왔다. 밀크홀 ‘초생달’로 가는 것이다.

제일무역회사 스토브 위에서 솔솔 김을 내고 있는 벤또들 가운데는 미순이와 신희의 것도 있었다. 신희는 손수건으로 벤또를 싸서 들고 책상으로 왔다. 미순이도 벤또를 들고 신희의 책상으로 오며

“단연 귀공자였어. 누구야? 바로 말해.”

하고 빙글빙글 웃는다.

“누구? 아까 왔던 사람?”

“그런 좋은 사람이 다 있으면서 감쪽같이 속이고 흥 어디 보자.”

하고 얼러댄다.

"아무도 아니야. 내게는 아무도 아닌 사람야."

신희는 웃지도 않고 예사롭게 밥만 떠넣는다. 미순은 눈을 깜박깜박 하더니

"알았어 그때 보여주던 반지! 그 사람 아냐? 약혼한 사람이. 요 깍쟁이."

"약혼은 무슨 약혼?"

"그럼 반지는 왜 끼고 있어? 그 비취반지 말야."

하고 미순이가 눈을 흘기는데

"어딨어? 반지."

하고 신희는 맨맨한 왼손 무명지를 보였다.

"아니……."

미순은 이상한 듯이 고개를 기울이는데

"정 사장님 여태 들어오시지 않았나요?"

하고 신경문이가 이쪽으로 온다.

"네 아직 안 들어오시는군요."

하고 미순이가 대답을 하였다. 벤또를 다 먹고 난 신희가 뚜껑을 덮으며

"미순 씨! 우리 오늘 신 사장님께 케이크 좀 사달라고 합시다."

하고 신경문을 돌아보며 해죽이 웃었다.

"케이크 사시겠어요?"

미순이도 벤또 뚜껑을 덮으며 신 사장을 쳐다보고 웃었다.

"케이크 사지요. 갑시다, 지금 갑시다."

하고 신경문은 신희와 미순의 팔을 잡아 일으킬 듯이 서둘러 댄다.

"괜히 벤또를 먹었지?"

하고 미순이가 일어서는데 따르릉 전화가 울렸다. 미순에게 온 전화다.

미순은 전화를 받다가 심상치 않은 얼굴로 신희를 돌아보고

"한 걸음 먼저들 가세요. 내 곧 따라 갈게."

하고 손을 흔든다. 신희는 신경문과 나란히 사무실 문을 나오며

"밀크홀 '초생달' 케이크가 유명하다는데 그리고 가실까요?"

하고 신경문의 의견을 물었다.

"좋지요. '초생달' 케이크는 나도 좋아합니다."

신경문은 마음에서 솟구쳐 오르는 기쁨 때문인지 산호빛으로 얼굴을 붉히며 신희를 앞세우고 '초생달'로 들어섰다.

'초생달'의 홀에는 언제나 그렇지만 오늘은 더욱 사람이 많다. 입구와 정면하여 앉아서 들어오는 사람의 얼굴을 하나씩 하나씩 지키고 있는 상칠의 눈이 어지간히 피로하여 지고 빙 현기증도 느끼어진다. 벌써 삼십분을 기다리면서 두 번이나 급사 아이가 와서 주문을 받는 것을

"조금 기다려서!"

하는 대답으로 버티어 가는 것은 쑥이 아닐 수 없다.

만원으로 자리가 모자라는 홀에서 상칠은 교의를 또 한 개 점령하고 새로 들어오는 손님이 앉으려면

"사람 있어요."

하고 쫓아버리고 문 있는 곳으로 눈을 돌리곤 하였다.

마침내 신희가 나타났다. 상칠은 반사적으로 높다랗게 손을 치켜들었다. 그와 꼭 같은 시각에 신희의 등 뒤에서 신경문의 얼굴이 쑥 나왔다. 신경문은 마주 손을 끄덕 치켜들면서

"이 형이 오셨군요."

하고 상칠의 곁으로 와서 빈자리에 앉으려다가

"신희 씨 앉으십시오."
하고 교의를 들어 신희의 엉덩이 아래로 받쳐주고 자기는 멀찍이 가서 교의 한 개를 집어 와서 신희 곁으로 다가앉는다.
밀크가 석 잔 세 사람 앞에 놓여지고 케이크는 커다란 쟁반에 수북이 담겨왔다. 신희는 동그스름하고 보풀보풀한 케이크 한 개를 집더니
"신 사장님 이것 잡수어 보세요. 이건 제가 제일 좋아하는 케이크입니다."
하고 신경문의 손바닥에 놓아준다.
신경문은 지극히 만족한 얼굴로
"고맙습니다."
하고 신희가 쥐어주는 케이크를 받는다. 그는 지극히 만족한 표정으로
"이 형 이분 아시죠? 김신희 씨라고 정 사장 회사 사원!"
하고 소개를 한다. 상칠이가 무슨 말을 하려는데
"전 이상칠 씨를 알아요."
하고 신희가 먼저 입을 떼었다.
"××여자중학교 전람회 때 정 사장님의 소개로 인사했어요."
"……."
이상칠은 케이크를 한 개 집어 움푹 베어 먹고 우유를 한 모금 마신다.
"그땐 강설려 씨와 같이 들어오셨죠? 월라 여사와 정 사장님과 앉아서 모두들 차를 마시고 있는데 두 분이 나란히 들어오시더군요."
"아 그랬던가요?"
신경문은 자못 흥미 있는 듯이 신희의 말을 받는다. 신희는 새로 케이크를 집더니
"신 사장님 이것은 어떠세요? 우리 성희는 제 동생 말입니다. 이 케이크

만 주면 일 년 열두 달 밥 먹지 않고도 배기겠데요 호호호."

"호 그래요. 그럼 이따 한 상자 넣어 달라하여 가지고 가시죠. 동생이 먹고 좋다면 날마다 한 상자씩 드려보내지요."

"신 사장님 너무 감사합니다."

신희는 케이크를 먹고 우유를 마시고 그리고 손을 탈탈 털고 나서

"이상칠 씨 아까 전화로 말씀 하신다던 건 뭐야요? 지금 말씀 하세요."

하고 신희는 웃지 않고 상칠을 빤히 바라보았다.

"신 사장을 뵈었으니 할 말도 없습니다. 그럼 신 사장님 잠깐 이야기 하실까요?"

상칠은 어색스런 장면을 이렇게 바꿀 수밖에 없다. 그러나 신경문은 벙글벙글 웃으며

"지금 제일무역회사로 잠깐 가보고 올 일이 있으니 이 형은 한 십분만 여기 좀 더 앉아 계시지요. 장관 인감은 다 됐지요?"

하고 신경문은 초콜릿을 뒤집어쓰고 있는 케이크 삼십 개를 상자에 넣게 하고 돈을 지불한 다음 상자를 들고 신희와 함께 밖으로 나왔다.

"신희 씨에게 한 가지 할 말이 있는데 들어 주시겠어요?"

신경문은 아주 상쾌한 표정이다.

"무슨 말씀이지요?"

하고 신희도 웃는 얼굴로 물었다.

"저어 신희 씨 어머님과 신희 씰 동래 온천으로 한 번 청하고 싶은데요."

"감사합니다. 울 어머니께 선물을 사주신다면 가도 좋지요만 호호호."

"선물은 무엇이든지 신희 씨가 지적 하시는 거라면! 정말입니다."

"네! 고맙습니다. 농담이었어요."

신희는 눈을 깜박거리며 웃는다.

신경문은 신희의 좋아하는 얼굴을 보고 속으로 고개를 끄덕였다.

'별 수 있나? 너도 결국은 이브의 후예인 걸.'

이런 생각을 하면서

"어머님의 얘기 상대로 이모님이 같이 오실 수 없을까요?"

하고 신경문은 힐긋 신희의 눈치를 살폈다.

"우리 이모님이라면 상공 장관 부인 말씀이죠?"

"네."

"좋지요. 우리 이모님은 밤낮 손님들에게만 쪼들려 언제 한 번 온천물에 목욕할 시간도 없나 봐요."

"그러니까 이모님을 한 번 모시고 나오시면 두루 소풍 겸 좋지 않을까요?"

신희는 한참 무엇을 생각하다가

"신 사장님은 어쩌면 그렇게 친절하세요? 먼저 번에도 제 집에 쌀과 김장감을 보내주시고…… 참 어머님께서 여간 기뻐하시지 않으셨답니다."

신경문은 손을 휘휘 내저으며

"온 별말씀을, 부끄러워요. 그런 것을 가지고 인사를 하신다면 정 그렇다면 이번 크리스마스에는 어머님이 기뻐하실 만한 프레젠트를 하나 골라야만 신희 씨의 인사 보람이 있겠는데…… 어머님은 무엇을 원하시죠?"

신희는 눈을 깜박깜박 하더니

"지금 한 말은 농담이에요. 어머님은 늘 들어앉아만 계시니까 별로 필요하신 것도 없으세요."

"그래도 난 꼭 프레젠트를 드려야겠는데요."

하고 신경문은 정색하고 말을 한다.

"고맙습니다만 아까 드린 말씀 정말 농담이었어요."

제일무역회사 앞까지 왔다.

"좀 들어와 놀다 가시죠?"

하고 신희가 고개를 숙였다. 신경문은 들고 있던 과자상자를 신희의 팔에 안겨주며

"초생달에서 이상칠 군이 기다리고 있으니까 또 좀 가보아야겠어요. 그럼 내일 다시 뵙지요."

신경문은 몇 번이나 돌아보고 돌아보고 큰길로 나갔다. 반달음질로 밀크홀 초생달로 갔다. 그러나 거기서 기다려야 할 이상칠은 보이지 않았다.

신경문은 그 길로 터벅터벅 걸어서 상공부 비서실로 갔다. 그러나 상칠은 들어오지 않았다 한다.

상칠은 밀크홀에서 나와 상공부로 들어가지는 않았다. 그는 후들후들 떨리는 다리로 큰길로 나온 것이다. 나와서 그는 자꾸만 걸어갔다. 어디론지 그의 발이 가는 데로 그는 걸었다. 김유신의 말과 같이 길들인 그의 발이 자기 집 초라한 마루 앞까지 그의 몸을 참따랗게 운전하여 왔다.

상칠은 이불을 쓰고 누워버렸다. 좀처럼 동하지 않는 상칠 어머니도 눈이 동그레졌다.

"어디가 아프냐?"

하고 어머니는 눈에서 돋보기를 떼어 아들의 머리를 짚어 보신다.

"아무 데도 아픈 곳은 없어요. 어머니 저만치 물러나세요."

하고 아들이 돌아눕는 것을 보고 아들의 마음에 무슨 고민이 생긴 것을 짐작하였다. 지난 날 고급차에 실어 나갔다 들어온 이래 어슴푸레 마음 한구석에 깃들어 있는 걱정이 이제 현실로 나타난 것으로 생각하고 어머니

는 가만히 한숨을 삼켰다.

'신희가 토라졌거나 설려라는 여자가 비어졌거나…….'

짐작하는 상칠 어머니는 나직한 목소리로

"얘 계집애들 문제로 마음 썩일 것 없다. 만사가 다 억지로 되는 건 아니니까! 연분이면 되는 게고 인연이 없으면 다 안 되는 거다…… 너무 상심할 건 없어."

상칠 어머니는 깁던 보선 짝을 마분지 상자 위에 담으며

"남자란 좀 더 큰일에 마음을 써야 한다……. 하기야 네 나이가 한창 계집애를 두고 생각할 나이가 됐다만…… 너는 아버지의 아들이다. 이창국 씨의 아들이야. 이창국 씨는 너의 아버지인 동시에 너의 선열先烈[68]이시란 걸 안다면 못난이 짓은 그만 두어야지."

여기까지 말을 하시고 어머니는 입을 다물어 버렸다. 한참 만에 물동이를 들고 밖으로 나가신다.

상칠은 이불을 잡고 느껴 울었다. 생각하면 할수록 신희의 거조[69]가 괘씸하고 분하였다.

'반지를 들여보낸 것은 신희로서 할 수 있는 일이다. 또 나로서도 그만한 푸념은 받아야 한다. 그러나 밀크홀에서 신경문이와…… 케이크를 손에 놓아주고…….'

상칠은 두 손으로 머리를 부여잡았다.

'그렇게 졸렬한 수법으로 복수를 한다? 음!'

상칠은 이쪽으로 돌아누우며

---

68 나라를 위하여 싸우다가 죽은 열사(烈士).

69 擧措. 말이나 행동 따위를 하는 태도.

"신희가 그런다면 난 영영 설려에게로 가버릴 테야…… 두고 보아."

상칠은 이렇게 중얼거려 보았으나 조금도 시원하지가 않다.

'신희를 다시 예전의 신희로 돌이키게 하여야만 한다. 참따란 나의 신희 나만의 신희로…….'

상칠은 충혈한 눈으로 천장을 쏘아보며

'설려는 아무것도 아니야. 길바닥에 지나가는 사람이었어……. 지나가는 사람과 잠깐 얘기 한 것 같은 그런 사람이야…….'

어머니가 들어오시는 기척이 들린다. 상칠은 이불을 젖히고 일어나 앉았다.

타월로 얼굴을 문지르고 돌아앉아서 일기장을 폈다.

'신희 씨 나의 신희 씨! 나의 심장이여 나의 맥박이여! 나는 설려를 사랑한다는 말을 한 일이 있습니다. 사랑 비슷한 정열이었습니다.'

어머니가 시장으로 내려가셨다가 오시는 바구니 속에는 손바닥 둘레의 전복이 두 개 들어 있다. 어머니가 아들을 위하여 국을 끓이기 시작하시고 싱싱한 민어도 한 토막 회를 장만하신다.

어머니는 전복 국이며 민어 회도 자기 분으로 따로 밀어 놓고 냄비 째 아들의 앞에 놓아준다. 상칠은 후르르 후르르 소리를 내며 다 마시어 버렸다.

상칠은 손바닥으로 이맛전을 쓸며

"어머니 극장 구경 시켜 드려요?"

하고 빙그레 웃었다.

"이담에 가지 오늘은 좀 쉬어라. 간밤에 꼬박 앉아 새우더구나. 머리도 아플라."

상칠은 자지 않고 밤을 새운 것을 아시면서 잠자코 아무 말도 하지 않으신 어머님을 존경하고 싶은 생각이 났다.

감정의 지배를 받지 않고 항시 이성 그대로 언행을 하시는 어머니의 말씀에 상칠은 오늘도 천근 무게를 느끼었다. 그는 오늘 반일을 집에서 쉬기로 하였다. 겨울 황혼은 거짓말 같이 쉽게 사라지고 어둠이 솔개미[70]같이 빨리 온다.

상칠은 양철을 들고 산 밑에 있는 샘터로 갔다. 어머니는 아들을 말리지는 않았다. 단지

"조심해라 어둠에 미끄러질라."

하는 당부만 하실 뿐이다. 상칠이가 나가고 한 오 분이 되었을까

"미스터 리 계세요?"

가냘픈 여자의 목소리가 마루 끝에서 들린다. 상칠 어머니가 내다보니 일전에 목도리를 선사하던 설려라는 처녀다.

"어두운데 어찌 오셨수. 이제 곧 올 테니 잠깐만 들어오시우."

하고 상칠 어머니는 설려를 방으로 들어오게 하였다. 설려는 구두를 벗고 윗목에 쪼그리고 앉으며

"피난 살림에 얼마나 고생 하세요?"

하고 방그레 웃었다.

"피난지에서 고생은 매 한가지지요. 댁에선 다들 안녕하신가요?"

"네."

설려는 눈을 돌려 벽에 걸린 상칠의 외투도 보고 상칠 어머니의 두루마기도 보고

---

70 '솔개(수릿과의 새)'의 방언.

"그때 그 목도리 맘에 맞으셨어요?"
하고 설려는 뱅긋이 웃었다.

"맞고 말고 여부가 있겠수. 온 초면에 그런 중대한 물건을 선사로 받고 무어라고 인사도 못하고……."

"온 천만에 말씀을. 상칠 씨 어머님께 드리는 것은 제 어머님께 드리는 거와 마찬가지에요 호호호."

웃고 설려는 책상 앞으로 몸을 돌이켜 앉았다. 책상 위에 펼쳐진 책이 있고 무엇인지 써내려가던 내용이 그대로 설려의 눈으로 들어온다.

'나의 신희! 나의 심장…….'

읽어 내려가다 설려의 눈이 차츰 동그레졌다.

일기장을 읽어가는 설려는 자기 마음을 타일렀다.

'이것은 상칠의 필적이 아니다. 다른 어느 상칠의 친구 가운데서 신희를 사모하는 청년이 스스로의 고민을 글자로 표시하고 있는 것이라.'
하고 설려의 파르르 떠는 손가락이 일기책을 덮어 버렸다. 한 이십 초 동안의 시간이 흘러갔으나 상칠은 돌아오지 않았다. 호기심과 질투와 의혹이 한 데 섞인 흥분이 차츰 설려의 이성을 어지럽게 하였다. 그는 도적질하는 범죄와 똑같은 자기 행동이라는 것을 인식하면서 그의 파들파들 떨리는 손가락들이 또 다시 일기책을 움켜쥐었다.

그리고 아무 데고 책을 펼쳤다. 페이지 위에 나타난 글자 하나하나에서 방울 소리가 나는 듯하였다. 그 소리는 또 마이크와 같이 커다랗게 설려의 청각에 울리는 듯도 하였다.

'내가 신희를 의심하는 것은 쌕크 릴리주어스(神聖冒瀆)이다.'

설려의 눈이 다음 페이지로 갔다.

'생활은 신경을 노끈으로 만든다. 신경문 씨가 신희 씨 집에 쌀과 김장감을 보내왔다? 나의 가슴은 다만 메슥메슥.'

그 다음 페이지

'오늘 저녁 나는 설려와 위스키를 마셨다. 나는 그를 안고 키스하였다.'

설려의 가슴에서 똑딱거리는 심장의 고동이 설려의 귀에 똑똑히 들려온다.

'나의 잘못이다. 위스키가 저지른 가장 큰 과오다.'

팔딱팔딱 어깨로 숨을 쉬는 설려의 두 눈에서 파란 불똥이 튀긴다. 설려의 눈동자는 두 개의 작은 횃불처럼 다음 페이지 다음 페이지를 태우고 있다.

'오늘은 지옥의 날이다. 온 천지가 흑암으로 변하였다. 신희와 함께 설려의 집을 방문하였다. 설려는 그와 내가 함께 박은 사진을 신희에게 보이더라. 그리고 사랑의 고백을 하였다고…… 나는 설려에게 사랑 한다고 말한 일은 있다. 그러나 이것은 사랑과 비슷한 정열의 일순간이었다. 참 사랑은 아니었다. 나는 오늘 신희가 참혹한 얼굴로 설려의 집에서 돌아나가는 것을 볼 때 할 수만 있었다면 또 신희가 원하였다면 나는 즐거이 신희와 같이 죽을 수도 있었다.'

여기까지 읽어갈 때 대문이 삐걱 하며 상칠이가 물통을 내려놓는 소리가 난다. 설려는 얼른 일기책을 덮어 버렸다.

어머니가 문을 열고

"애 어여 들어오너라. 손님 오셨다."

하고 내다보신다. 상칠은 제법 당황하여 방으로 들어서며

"추우신데…… 미안합니다."

뛰어 들어오듯이 들어선 데 비하여 상칠의 인사는 힘이 빠진 소리다. 설려는

"신희 씨가 아니어서 실망했지요?"

하고 따귀를 한 대 철썩 때려주고 밖으로 뛰어 나가버리고 싶은 충동을 겨우 참고 방금 타월에다 손을 닦고 섰는 상칠을 빤히 쳐다보고

"오호호."

하고 웃었다. 정말 설려는 우스워졌다.

자기의 마음 일곱 번째 베일이 홀딱 까뒤집힌 줄도 모르고 여전히 수인사를 하는 상칠이가 로봇 같이도 보이고 짚단 같이도 생각이 된 때문이다.

방글방글 웃는 얼굴로 설려는

"어머니 심부름으로 왔어요. 상공 장관 인감 어떻게 됐나 알아보고 오라는 거야요."

상칠이가 무어라고 대답을 하는데 설려는 그런 말을 귀담아 들으려고는 하지 않고

"오호호."

하고 웃는다. 본래 웃기를 잘 하는 설려인 것을 아는 상칠은 별로 이상스럽게도 생각지 않고

"장관께서 일선으로 시찰을 떠나셨는데 한 일주일 지나서 돌아오신다는 거에요."

"네."

설려는 대답을 하였으나 상칠의 말하는 소리가 몽고말 같기도 하고 끄리샤 말 같기도 하여 도무지 알아들을 수가 없다. 설려의 심경은 완전히 혼란하여진 때문이다.

설려는 일어서서 상칠 어머니에게 인사도 하고 대문까지 따라 나온 상칠과도 악수를 하고 돌아섰다. 언덕바지로 내려오며

"오호호 오호호."

하고 웃어대는 설려의 눈에서 갑자기 뜨거운 눈물이 쏟아지기 시작하였다. 길 아래 세워둔 올즈모빌로 들어와 핸들을 잡은 후에도 그는 눈물이 가려 헤드라이트가 휘 비추는 길바닥이 잘 보이지 않는 순간도 있었다.

설려는 이날 저녁 상칠을 데리고 동래 온천으로 가려던 플랜을 완전히 포기하고 자기 집으로 돌아갔다. 뜰아래 방에서 아이들이 춤과 댄스를 연습하는 까닭도 있지만 설려는 의식적으로 뜰아래 방에서 눈을 돌이켰다.

그는 청마루로 올라와 안방으로 들어갔다. 외투를 벗고 드레스도 벗었다. 파자마로 바꾸어 입고 아랫목에 깔리어 있는 이부자리 속으로 몸을 던졌다.

말똥말똥 천장을 쳐다보는 설려의 눈시울은 찢어질 듯이 팽팽하여졌다. 골똘히 생각이 지나갈 적마다 그의 목구멍에서는 히스테리컬한 웃음소리가 흘러나오고…….

설려는 가만히 가슴 위에다 손을 얹었다. 다방 화산에서 상칠이와 키스하던 장면을 속으로 되풀이하여 보는 것이다.

'그것이 거짓일 수가 있을까? 상칠의 포옹이 거짓이었다면 지금 내가 호흡하고 있는 나의 생명도 거짓이 아닌가?'

설려는 상칠의 억세디 억센 팔뚝을 감각하는 듯 그는 사르르 눈을 치뜨며 뱅긋이 웃었다.

'확실히 도적이다. 사기한이다.'

설려는 이불을 뒤집어쓰고 몸을 떨었다. 어슴푸레 잠이 드는데 어머니

가 돌아오셨다. 상공 장관 인감에 대해서 무슨 말인지 묻는 것을
"몰라요 난 다 몰라요."
하고 설려는 벽을 안고 돌아누워 버렸다. 새벽이 되자 설려는 괴로운 꿈에서 깨는 때처럼 깜짝 놀라며 눈을 떴다.
"아, 아."
설려는 하품처럼 탄식을 하고 마음속에 동그라니 버섯처럼 돋아난 생각을 들여다본다. 빨간 혀끝을 날름거리는 불꽃 같기도 하고 독사 같기도 한 감정이 방금 설려의 말초신경을 핥고 있다.
'복수다. 상칠이가 내게 행한 대로 나도 그대로 갚으면 된다.'
설려는 슬프고 괴로운 이 한 가지 생각을 닻줄처럼 잡고 절망의 나락에서 일어서려 하였다.
날이 새었다. 아침을 치르고 난 설려는 미장원 '와이키키'로 갔다. 거기서 최고급의 화장품으로 얼굴과 머리를 다스리는 미용사에게
"스페셜로 해주세요."
몇 번이나 부탁을 하였다. 그는 신희보다 더 아름다워야 한다.
'상칠이를 그렇게도 사로잡아 버린 신희는 어디가 어떻게 예뻐서 그럴까? 나도 모양만 내면 신희보다야 못 할까?'
설려는 커다란 거울 속에 비치는 자기의 얼굴을 바라본다.
'신희는 타이피스트 나도 타이피스트, 신희의 아버지는 학자라 한다. 정 사장이 그런 말을 했다. 울 어머니는 여류실업가, 우리 아버지는 해외무역업자고. 신희가 여동생이 하나 나도 여동생이 하나. 신희의 집은 가난한 학자의 집, 우리집은 무역하는 푼푼한 살림. 나는 자다 깨어도 영어를 가지고 얘기할 수 있다. 신희가 그렇게 영어를 할 줄 아나? 피.'

"다 됐습니다."
하는 미용사의 말을 듣고 높다란 교의에서 내려온 설려는 미용원 전용 전화실로 들어갔다.
"이상칠 씨 계서요? 저야요 호호호 설려야요. 뵙고 싶어서 그래요. 점심 때까지? 어디서? 네 네 알겠어요. 아이 좋아 오호호."
하고 웃는 설려는 찰칵 수화기를 걸어버리자 그는 무서운 눈으로 전화기를 흘겨보며
"거짓말쟁이, 어릿광대, 협잡군!"
설려는 이렇게 지껄여 놓고 죄 없는 전화기를 향하여 패패 침을 뱉었다.
그는 손수건으로 입을 닦고 본래의 얼굴로 뱅그레 웃으며 전화실을 나왔다.

사랑의 차원

신희는 신경문에게서 받은 케이크 상자를 안고 사무실로 들어가니 미순이가 보이지 않는다. 밀크홀 초생달까지 기다려서 같이 가지 못한 것을 미안하게 생각하며 자리로 가서 앉으려니까 소사가 착착 접은 종이를 내준다. 펴보니

'일선 나가서 싸우던 남편이 부상하여 후방으로 왔다 하여 제○병원으로 갑니다. 미순.'

신희는 고개를 기울였다.

'혼인한 사람이었구먼.'

그는 비로소 미순의 정체를 알아낸 듯

"제○병원이라도 어느 병실인지?"

중얼거렸다. 초생달에서 마음에도 없이 신경문의 손바닥에 케이크를 놓아주던 일이며 그 순간 상칠의 얼굴빛이 눈에 띄게 변하던 것이며…… 신희는 따가워오는 가슴을 안고 돌아앉아 타이프에 손가락을 실었다. 퇴근 시간이 되어 신희는 오늘은 택시를 탔다. 집에 들려 케이크 상자를 드려놓고 범일동으로 가니 할머니 집 뜨락에는 뽀얀 고무신이 놓여 있다. 방 안에서 도란도란 이야기 소리가 나더니 신희의 온 기척을 알았는지 영창이 활짝 열리며

"어서 오시우. 그러지 않아도 색시 이야길 하고 있답니다."

계순이 어머니(주인 여자)가 반가워 맞이한다. 신희가 신을 벗고 마루로 올라서니

"이리로 좀 들어오세요. 꼭 한 번 만나보고 가려고 이렇게 기다리고 있답니다."

하고 방에서 손을 치는 이는 뜻밖에도 황매다. 그는 얼근히 취기를 띠고 있다.

"아니 웬일이세요?"

하고 신희가 반갑게 인사를 하면서도 황미순에게서 들은 대로 한다면 황매가 이 집 안주인의 친 동생인 까닭에 이 집에 올 수도 있는 것을 짐작하였다.

"울 언니 대신으로 할머니께 노래를 들려 드리는 이가 누군고 했더니 아니 김 선생이 아니세요? 이런 반가울 때가 없습니다. 나 술 좀 먹었으니 용서하세요."

하는 황매는 첨에 만날 때보다 훨씬 여위고 어딘지 울화가 치밀어 있는 표정이다.

"온 천만에…… 목소리도 좋지 못하면서 노래라고 부릅니다만…… 불만하실 줄 압니다. 이 댁에서……."

"천만에 천만에 덕택으로 할머니 기분이 훨씬 나아졌대요."

황매는 목소리를 낮추어 가지고

"망령이 훨씬 줄었다니 김 선생 은덕이 아닙니까? 요새 학문 있는 여자들이 다 김 선생만 같으면야 무슨 걱정이 있어요?"

황매는 호르르 한숨을 쉬고

"언니 난 이 세상에서 숫처녀라고는 우리 옥매밖에 없는 줄 알아요. 여기 계신 김 선생 빼놓고 말요."

"아까운 게 후유!"

계순 어머니는 한숨을 쉬고

"그 애 얘긴 덮어두어라 가슴 미어진다."

"참 김 선생 일 보시는 회사에 사장과 퍽 친하게 지내는 사람으로 월라 여사라는 이가 있지요?"

"네, 잘 압니다."

신희는 황매가 설려의 흉을 끄집어 낼 것을 짐작하고 그는 뱅긋이 웃으며

"왜요 월라 여사가 어쨌어요?"

하고 슬슬 부채질을 하였다.

"그 늙은이도 딸의 덕 보기는 글렀습디다. 컴컴한 다방 구석에서 젊은 사내와 입이나 맞추고……."

"얘 그런 소리 하면 못 쓴다. 남의 처녀를 가지고."

계순이 엄마는 눈살을 찌푸리며 못마땅한 표정이다.

"피 그까짓 것이 처녀가 무슨 처녀야요? 아 내 눈으로 보았어요. 다방 화산에서 누구라 이름은 꼭 집어내지는 않겠어요. 상공부 장관 비서라는 것만 알아주세요."

신희는 목구멍으로 마른 침을 삼키며 황매의 다음 말을 기다린다.

"아 글쎄 서로들 부둥켜안고 부르르 떨면서 입 맞추는 것 내 눈으로 보았다니까."

신희는 두 귓속에서 둥둥 하는 북소리가 나는 듯하였다. 계순이 엄마가 놀라서

"아이고 망측해라."

"망측하면 이만저만 이에요? 아 술잔을 입에다 대주지 않겠나 능금 쪽이며 초콜릿도 서로 받아먹지 않겠나. 우린 오늘꺼정 갖은 풍상에 시달려 왔지만 그렇게 대담히 놀아보진 못 했어요."

신희는 그 이상 더 들을 수가 없었다. 그는 일어나서 할머니 방으로 갔다.

오늘 저녁 할머니는 전과 달리 참따랗게 요에 누워 있다. 신희가 들어오는 것을 보고

"처녀야 고맙다."

이런 인사까지 할 수 있도록 할머니의 망령 증세는 훨씬 좋아진 것이다.

"할머니 오늘 저녁은 무슨 찬밀 할까요?"

하고 신희가 찬송가를 펼쳤다.

"아무거나 하지. 천당 가는 찬송이면 다 좋아."

노인은 전보다 몹시 괴로운 목소리다. 그러나 이것이 그이 참 소리요 전에는 망령 기운이 뻗쳐 고함을 쳤을 뿐이다. 신희는 이 노인이 세상에 있을 날도 멀지 않다는 육감을 느끼며 찬송가를 불렀다.

"하늘엔 곤치 않고 장생불로 영원히 쾌하여 장생불로."

신희는 오늘 저녁 찬미가 어쩨 장례식에 참여하여 노래 부르는 듯한 기분이 생겨 마음이 창연하여졌다. 그 노래가 끝나자

"이 세상에 근심된 일이 많고 평안을 몰랐구나 내 주 예수 날 사랑하셨으니 곧 평안히 쉬리로다."

신희가 노래를 하면서 할머니를 바라보니 할머니는 뼈만 앙상한 손을 얇다란 가슴 위에 포개고 무엇인지 입속으로 중얼거리고 있다.

죽음의 세계와 점점 가까워지는 할머니의 얼굴에는 경건하고 평화스러

운 기분이 떠돌고 있다.

'사람은 다 죽는다……. 그리고 변한다.'

신희는 죽는 문제를 평소에 별로 생각하여 보지 못하였다. 그의 청춘이 죽음을 생각하기에는 너무도 생생한 생명력으로 충만하여 있기 때문이다.

그러나 하늘과 땅이 그대로 있는 동안 변함이 없을 줄로만 알았던 상칠이가 거짓말 같이 변하고 말았다. 마치 건강하던 사람이 불과 몇 날 동안 앓다가 죽어버리 듯이

'차라리 죽었더라면…….'

신희는 상칠이가 생리적으로 죽어버렸더라면 그는 깨끗하게 한 평생 상칠의 사랑 앞에 일생을 바칠 수도 있을 것도 같다. 나쁘게 변한다는 것은 썩었다는 말과 통한다. 썩는 것은 죽는 것보다 훨씬 못하다고 신희는 생각하는 것이다.

깨끗하게 죽는 사람들은 천년이고 만년이고 아름다운 기억으로 사람들의 가슴 속에서 또 역사 속에서 살 수 있다. 그러나 썩는다는 것이 죽음보다 참혹한 것은 추악하기 때문이다.

호흡이 붙어 있으면서도 문둥이는 썩고 있다. 죽음보다 처참한 일이다.

신희는 손을 가슴에 머문 채 잠이 드는 할머니의 모습이 마치 이 세상을 떠난 송장 같기도 하고 그는 노래를 그치고 할머니의 코 아래로 가만히 손을 대어 보았다. 호흡이 있다.

우두커니 앉아 있는 신희의 눈에서 눈물이 줄줄 흘러내렸다. 약혼반지를 갖다 주고 돌아설 때도 그는 울지 않았다. 그러나 신희는 썩어져 버린 듯 변하여진 상칠의 사랑이 새삼스럽게 슬퍼진 것이다.

'황매의 말이 참말이라면 상칠은 분명 썩어진 것이다. 다방에서 남이

보는 데서 설려를 안고 키스를 하고…….'

신희는 고개를 끄덕이고

'사진 박은 모양들을 보니 넉넉히 그랬을 거야.'

약혼반지를 갖다 준 것은 일종의 몸부림이었다. 잃어버린 상칠의 사랑에 대한 하소연이요 넋두리였던 것이다.

반지를 보낸 뒤에도 신희의 가슴 속에는 상칠에게 대한 사랑만은 다 돌려보내지 못하고 있었던 것이다.

늠름하게 버티어 보려던 것도 어딘지 상칠을 믿고 싶은 마음이 남아 있기 때문이었는지도 모른다.

비록 가지와 순은 잘라냈지만 그 깊은 뿌리는 살아 있는 것을 믿고 싶었다. 그러나 상칠은 아주 썩어버렸다 생각할 때 신희의 눈에서 눈물이 쏟아지는 것이다. 뜰에서 남자의 기침 소리가 나고

"언제꺼정 기다려야 하는 거야?"

신희의 귀에 익은 목소리다. 영창문이 열리고 빙긋이 웃고 섰는 신경문에게

"난 안 갑니다. 좋은 친구와 놀겠어요."

황매의 목소리는 새침하다.

"친구라니? 남자야?"

"참견도 팔잔가봐…… 똑 떨어진 여자라면 어쩌실 테야요?"

신희는 방안에서 눈살을 찌푸렸다. 황매가 만약에 신경문에게 자기를 소개라도 한다면 귀찮은 일이다. 그는 지금 아무와도 만나기도 싫고 말도 하기가 싫은 때문이다.

"그러지 말고 어서 나와요. 저기서 송 참서가 기다리고 있지 않어? 대접

으로라도 나가서 인사를 해야지."

하고 신경문은 초조하여진다. 동래 가는 자동차에서 잠깐만 내린다고 들어와 버린 황매였다.

"난 다 몰라요. 난 그런 쌍놈들은 귀찮아요."

한 시간 동안에 표변하여 버린 황매의 태도는 결국 돈을 내라는 떼이므로 생각이 되어 신경문은 속으로 혀를 차고

"자 그러지 말고 어서 일어서요. 수표 한 장 더 떼지. 지금 곧 뗄 테니."

하고 포켓으로 손을 넣는다.

"만나지 않는다니까요 쌍놈들과는 다신 안 만날 테야요."

황매는 제법 목소리를 높이어

"비록 이렇게 됐을망정 나도 도저[71]하다면 도저해요."

"그럼 엊저녁에는 왜 참따랗게 송 참서와 교제를 했느냐 말이야 변덕도."

신경문은 여전히 타협하려는 표정이다.

"그건요? 엊저녁엔 말입니다 홧김에 한 노릇이에요. 신경문 씨의 속심을 따져보려고 일부러 그래 본 게야요. 그래봤더니 신통히도 신 씨가 날 업신여긴다는 것을 알아냈어요. 난 이래도 사람이야요."

황매가 틱 하고 문을 닫는 소리에 할머니의 엷은 잠은 깨었다. 할머니는 눈을 뜨자

"찬미해라 처녀야 천당 가는 찬미."

하고 가슴 위에 얹었는 손을 풀어 한 손을 휘휘 내젓는다. 신희는 찬송가를 펴서 불렀다.

71 행동이나 몸가짐이 빗나가지 않고 곧아서 훌륭함.

"날빛보다 더 밝은 천당 믿는 것으로 멀리 뵈네 있을 곳 예비하신 구주 우리들을 기다리시네!"

할머니는 신희를 쳐다보고 껄껄 혀를 차며

"그렇지 그렇구 말구. 우리들을 기다리시지 아이고 감사해라."

"며칠 후 며칠 후 요단강 건너가 만나리."

할머니는 한 손을 내밀어 신희의 손을 쥐려고 한다. 신희는 할머니의 손에 자기의 한 손을 놓았다.

"요단강 건너가서 만나자 처녀야 부디부디 만나보자."

할머니는 먼 길을 떠나가는 사람 모양으로 이렇게 신희와 작별을 하고 또 스르르 눈을 감는다. 그리고 또 다른 찬미 두 장을 하는 사이에 할머니는 깊은 잠에 빠졌는지 코고는 소리가 높아졌다. 신경문은 돌아간 듯 바깥은 조용하다.

신희는 살그머니 문을 열고 마루로 나왔다.

"김 선생 이리로 좀 들어오세요. 난 지금 김 선생 만나고 가려고 이러고 있답니다."

하고 황매가 영창문을 연다. 신희는 안방을 향하여 고개를 숙여 보이고

"가보아야겠어요. 일찍 집으로 가기로 어머니와 약속이 있어요."

하고 신희는 뜰로 내려 신발을 신었다. 계순이 엄마가 마루 끝으로 나왔다.

"그럼 같이 갑시다. 나도 시내로 들어가는 길이니까."

황매는 부리나케 두루마기를 입고 목도리를 걸치고 신희를 쫓아 나온다. 그는 큰길로 나오며 맘속에 피어오르는 생각들을 술잔처럼 길바닥에 쏟아버리기로 하였다.

그러나 가슴 속에 태풍처럼 떨고 있는 분노는 여간해서 사라질 것 같지는

않다. 자기가 저지른 어제저녁 신경질을 생각하면 할수록 후회가 되었다.

'내가 경솔했어. 백만 원을 받는 대신 신경문의 따귀를 갈겨주고 침이라도 탁 뱉어주는 것인데…….'

황매는 눈앞을 스쳐가는 상칠의 얼굴을 향하여 마음속으로 소리를 쳤다.

'당신 때문이었어요. 당신의 사랑을 독점할 수 없는 나는 어제저녁 확실히 미쳤던 것이에요. 나는 내 운명에게 발악해 본 것이에요. 그런데 신경문은 날 거리의 창녀로 송 참서에게 넘겨주고도 오늘 저녁 또 데리러 왔어요.'

황매는 쏟아 버려도 쏟아 버려도 자꾸만 괴어 오르는 생각의 술잔을 머리에 담고 신희와 나란히 어둠속으로 걸어간다.

황매는 걸어가면서 오늘 달리 후줄근히 맥이 풀린 듯한 신희를 바라보고 한숨을 삼켰다.

어찌 보면 삼 년 전에 자살하여 버린 자기 여동생 옥매 같기도 하고 또 어찌 보면 더러워지기 전의 자기 모습 같기도 한 이 처녀가 온 저녁 노래를 불러주고 단돈 만 원을 받아 가다니! 황매는 맨 처음 신희를 만났을 때 가졌던 의문을 또 한 번 되풀이하여 본다.

'이렇게 아름다우면서 왜 가난할까?'

황매는 지나가는 빈 택시를 세웠다. 두 사람은 차속으로 들어갔다. 황매는 백미러 속에 비치는 자기 얼굴을 손바닥으로 쓸어보고 핸드백에서 콤팩트를 꺼내들고 퍼프로 얼굴을 두들긴다.

흐릿한 광선 아래로 황매의 얼굴은 매화의 화변같이 아름답다고 신희는 생각하였다.

"김 선생!"

콤팩트를 닫으며 황매는 신희의 귓가에 나지막이 소곤거린다.

"내가 말이에요 이래 봐도 제법 눈이 매워요. 그래서 웬만한 사람이면 당초에 거들떠보지도 않는 성미에요, 고약하게스리……. 그런데 말입니다 난 웬일인지 김 선생이 내 마음에 들었어요. 들었다고 어쩌자는 건 아니지만 호호호."

신희는 약간 얼굴을 붉히며

"고맙습니다."

하고 고개를 숙였다.

"그래서 말이에요."

황매는 핸드백에서 하얀 종이를 한 장 꺼내들고

"내가 번 돈 얼마를 김 선생에게 드리고 싶어요. 주제넘은 말이지만 보너스라고 할까 크리스마스 선물이라 할까 그쯤 아시고 받아 두세요 네?"

그 사이 완전히 술이 깨어난 황매의 얼굴에는 요조하고 아담한 여인만이 지닐 수 있는 미소가 머물고 있다.

"온 천만의 말씀을."

신희는 황매가 내미는 손을 가늘게 물리치며

"목소리도 변변치 못하면서 매 밤 만 원씩 받아가는 게 얼마나 미안한지 모르는데…… 선물이 무슨 선물야요?"

신희의 태도는 깔끔하다.

"받아주세요. 내 성의를 물리치신다면 난 또 부끄럽지 않아요?"

황매가 내미는 하얀 종이는 분명 수표다. 신희는 그 액수가 얼마인지는 몰라도 이것을 받아야 할 이유가 없다고 생각하고

"그렇게 생각해 주시는 호의만은 감사히 받겠습니다. 돈은 도루 넣어두

세요."

황매의 어여쁜 이맛살이 약간 찌푸려졌다.

"학문 있는 이는 교만하답디다만 난 또 김 선생만은 그렇지 않다고 생각했는데…… 내가 잘못 보았나?"

황매는 혼잣말같이 하고 심심한 듯이 수표를 들고 착착 접는다.

요리 접고 조리 접고 한참 만에 자그마한 배가 만들어졌다. 황매는 뱅긋이 웃으며

"예쁘지요? 가지고 노세요 네?"

하고 신희의 한 손을 끌어다 종이배를 쥐어준다. 신희는 그 이상 더 사양할 수는 없다.

"감사합니다."

하고 작은 배를 받아 손바닥에 올려놓았다.

"김 선생 보고 싶은 땐 언니네 집으로 갈게요. 계순이 엄마가 울 언니에요."

"네 그러시다구요."

신희는 초량 입구 근처에서 내렸다. 황매가 이쪽을 돌아보고 손을 드는 사이 차는 큰길로 사라졌다. 신희는 고개를 기울였다.

'저렇게 얌전하고 아름다운 이가 왜 불행할까? 왜 행복스러운 가정의 주부가 못 되었을까?'

신희는 입속으로 중얼거리며 자기 집 골목으로 들어섰다. 안방에서는 어머니며 성희며 모두 기쁜 얼굴들이다. 성희가 흥분한 목소리로

"언니 오늘 우리집에 굉장한 프레젠트가 왔어요."

신희의 머릿속에 상칠의 모습이 일순간 스쳐갔다. 그러나

"언니 어머니는 금가락지 선물 받으셨어요. 신경문 씨에게서 이 명함

보세요."

성희가 내미는 명함에는

'김신희 씨 어머님께 크리스마스 선물로 드립니다. 신경문.'

"누가 가져 왔죠? 어머니."

반지곽을 내놓으며 신희가 물었다.

"먼저 번 쌀가마 가져왔던 청년인가 봐."

"끼세요 어머니."

하고 신희가 가락지를 꺼내 들고 어머니 앞으로 내밀었다.

"어떻게 무시로 끼겠니? 두었다 나들이 갈 때나 끼는 게지."

신희는 쓰디쓰게 웃고

"어머니 나들이 가시겠어요? 동래 온천으로 이모님이랑 같이 가셔서 온천물에 목욕도 하시고."

"……."

잠자코 딸의 얼굴을 들여다보는 어머니의 입술에는 어린아이 같이 순진한 기쁨이 깃들인다. 어머니가 좋아 하시는 모양을 보고

"가시려면 가십시다. 모처럼 부산꺼정 오셔서 동래 온천쯤은 가보셔야 되지 않아요?"

"네 이모가 틈이 있을까?"

"글쎄요 이모님이 못 가신다면 어머니 혼자라도 아니 아버지와 같이 가시죠."

"글세……."

어머니가 외출할 의복이 걱정 되는 것을 신희는 짐작하고

"내일 치마저고리를 끊어 오겠어요. 혹시 어딜 나가셔도 한 벌 있어야

되지 않겠어요?"

"아무것이나 입으면 어때."

하시면서도 어머니는 무척 만족하신 표정이다. 신희는 돌아앉아 황매에게서 받은 종이배를 지갑에서 끄집어냈다. 신희의 손가락 끝에서 펴지는 수표는 '일금 백만 원.'

신희는 눈이 동그래졌다. 생각하지 못하였던 커다란 액수였기 때문이다. 그와 동시에 발행인의 이름을 들여다보는 신희는 일순 망연하여지지 않을 수 없다.

분명코 신경문의 이름이 쓰여 있기 때문이다. 어젯밤 황매가 송 참서의 수청을 들어주는 화대로서 신경문에게서 받은 백만 원 수표라는 것을 신희가 알 까닭이 없는 것이다.

'이 사람들이 날 놀리는 것일까?'

신희의 입가에는 차디찬 미소가 흘렀다.

'청구하지도 않은 돈이었고 분명히 황매는 내게 호희를 가지고 주는 돈이라 했다.'

우연히도 세 번째 신경문의 발행한 수표를 받아 쥐는 신희는 비로소 이 돈으로 어머니의 외출복을 장만할 것을 결심하였다.

"언니! 나도 온천 한 번 가게해 주어요."

하고 성희가 응석조로 나온다.

"그래라 너도 가자구나. 크리스마스 지나면 방학일 테니……."

"아이고 좋아."

성희는 벌떡 일어나면서 두 팔을 벌리고 겅중겅중 다리를 들면서 목청을 땐다.

"춘향아 내가 가면은 아주 가고 아주 간들 잊을 소냐."

빙글빙글 맴을 돌다가 신희에게로 달려들어 어깨를 안고 뺨에다 입을 맞춘다.

"얘 징그럽다 이거 놔라."

하고 신희가 소리를 쳤으나 성희는 그대로 놓지 않고

"아버님 분부가……."

하고 성희는 신희의 목을 좀 더 바짝 끌어안는다. 신희는 억지로 성희의 팔을 풀어 놓고 저만치 물러나 앉으며

"넌 이 도령이랬지? 무슨 놈의 이 도령이 그렇게 난폭하냐? 자칫하면 춘향이 숨 막혀 죽지 않겠니? 그렇게 목을 졸라대면……."

"경여는 괜찮다던데? 선생님도 그렇게 꼭 껴안아야만 된다고 하시던데?"

"경여가 춘향이냐?"

성희는 고개를 끄덕이고

"언니 경여는 참 예쁜 장갑을 끼었어. 경여가 그러는데 그 장갑은 상칠 씨가 고른 거래. 값은 저네 언니가 치르고."

"너도 장갑 사주랴?"

"정말?"

"그래 사준다. 장갑 말고 또 뭘 사지?"

"언니 나 구두 한 켤레."

"그래 구두도 사주마."

성희는 얼굴에서 웃음을 거두고 신희의 귀 곁에 입을 댄다.

"나 오늘 저녁 경여에게 들었어요. 크리스마스 밤에 브라운이라는 미군 장교 집에 파티가 있데요. 그 파티엔 저네 언니 하고 상칠 씨 하고 간다고

그래요. 상칠 씨 미워."

신희의 아름다운 속눈썹이 바르르 떠는 것을 볼 때 성희는 오초 전에 자기가 쏟은 말을 마음으로 후회하였다.

중등학교 일학년인 성희는 상칠과 신희의 사이를 대강 짐작하고 있다.

"언니 이 케이크 잡숴 봐요. 아버지 방에 다섯 개 들어가고 어머니 한 개 맛보시고 내가 세 개 먹었어요."

초생달에서 신경문이가 사준 케이크 상자를 꺼낸다.

"난 낮에 많이 먹었다. 넌 먹고 싶거든 실컷 먹어. 내일 또 사줄게."

성희는 요사이 언니가 어쩐지 무척 관대하여진 것은 좋았으나 어떻게 보면 마음의 태엽이 풀린 것 같기도 생각이 되어 속으로 걱정이 되었다.

성희는 눈을 떨어뜨리고 케이크 상자를 덮어 한쪽으로 밀쳐놓고 고타츠 옆에다 이부자리를 편다. 어머니와 성희의 코고는 소리를 들으면서도 신희는 깨어있었다.

상칠, 설려, 고급차, 돈, 파티 이런 명사들이 참새 떼 같이 신희의 머릿속으로 날아와 지저귀고 지저귀다가는 후르르 날아가는가 하면 설려와 상칠이가 찍은 사진이며 황매가 말하던 화산이란 다방에서 설려와 키스하는 상칠의 모습…… 설려를 안고 부르르 떨더란 환상이 지금 곧 눈에 보이는 듯하여 신희의 등허리에 가느다란 오한이 지나간다.

'브라운 씨의 칵테일 파티에 두 사람이 간다?'

신희의 하얀 이빨이 그의 도톰한 아랫입술을 몇 번이나 깨무는 동안 안집에서 시계가 열두 시를 친다.

'황매에게서 받은 백만 원으로 몸에 맞는 양장을 하고 그리고 이모님을 졸라 크리스마스 파티를 열게 해볼까?'

신희는 지금까지 향락에 대하여 자기가 너무 등한했던 것이 이상스러워졌다. 하려면 자기도 할 수 있는 기회가 얼마든지 있었다.

이모님이 지난 여름에도

"아이들이나 데리고 드라이브나 할 겸 송도나 해운대로 가서 놀다 오렴."

하는 것을

"전재민들에게서 욕먹어요."

하고 거절한 일도 있고

"애 집에서 상공부 직원들을 모아 놓고 하루 저녁 티 파티를 연다. 너도 그때 와서 좀 재미있게 놀아라. 젊은 사람들이면 왈츠도 추고 미군 장교도 두어 분 오실 게다. 넌 댄스 할 줄 아니?"

하고 웃으시는 이모님을 보고

"그까짓 왈츠 누가 못 해요? 가볍게 발을 띠면서 스탭쯤 밟는 거…… 하지만 호호호."

하고 신희는 웃어버렸다. 상칠과 약혼하기 몇 달 전 일이다. 동급생들과 인천으로 캠핑을 갔던 여름 거기서 또 캠핑을 온 대학생들과 하루 저녁 레코드 콘서트를 열고 그리고 서로들 어깨를 걸고 댄스를 한 일이 있었다. 가을 학기가 되어 친구에게서 이런 얘기를 들은 상칠이가 새파래서 자기에게로 달려와서 담판한 일이 생각난다.

"댄스가 사교화 되기까지는 아직도 한참 동안 시간이 흘러가야 될 줄 알아요. 신희 씬 한 개의 유쾌한 율동 운동으로만 아시겠지만 댄스 하는 사나이들의 심리란 그렇게 간단하지가 않아요."

신희가 무어라고 답변을 하려는 것을

"총명하시니까 내 말을 잘 이해하실 줄 압니다."

하고 싹 돌아서서 가버린 상칠이었다. 그때부터 햇수가 이태가 넘는 오늘까지 신희는 댄스 할 기회를 피해왔던 것이다. 신희의 입가에는 조롱의 웃음이 흘러갔다.

'그와 약속한 것이면 나는 무엇이든지 다 지켜왔다. 그가 싫어하면 나도 싫어하고 그가 좋아하면 나도 좋아하고.'

문득 신희의 가슴 속에 커다란 불덩이 같은 것이 지나갔다. 그것은 뜨거운 바람 같기도 하고 또 파도 같기도 한 굵다란 감정의 굴곡인지도 모른다. 신희는 어깨를 덮고 있는 이불을 손으로 젖혔다. 차디찬 공기가 가슴으로 들어오고 목덜미가 오소소 추워왔다. 그러나 그의 가슴 속의 불덩이만은 여전히 뜨거운 바람을 일으키며 심장에서 폐부로 폐부에서 혈관으로 모세관까지 굴러다니는 것이다. 신희는 이불을 차버리고 일어났다.

신희는 이불 밖으로 나와서 동그라니 팔짱을 끼고 앉았다. 그는 방금 터지려는 자기의 감정의 세계를 들여다보고 앉았는 것이다. 바깥은 흐렸는지 바람기도 없고 오늘 달리 거리에서는 트럭의 엔진 소리도 들리지 않는다.

자지러질 듯한 정적이 신희의 불붙는 가슴에는 먼 지난 날의 기억들을 태우고 있다. 상칠은 유난히 질투가 심한 성격이었다. 그는 이모님의 시동생 지금은 영국 '에든버러' 대학에서 정치학을 연구하고 있는 정현우 씨와 간혹 만나서 이야기라도 한다면 상칠은 이틀이고 사흘이고 말도 하지 않고 길에서 마주치는 일이 있더라도 눈을 내리감고 얼굴을 돌이켜 버리고…….

몇 날 후에 배달되는 편지에는 의심과 위협과 탄원으로 가득한 문구들이 숨이 막힐 지경이다. 한번은 서울대학 문리과 수재인 K씨와 혼담이 있는 것을 알게 되자 상칠은 빨간 잉크로 열 장이나 되는 편지를 써 보내어

왔다.

'만약에 다른 데로 결혼이 작정된다면 나는 곧 죽어버린다.'
하는 그 편지는 나중에 알고 보니 붉은 잉크가 아니라 자기 손가락을 깨물어 피를 발라 쓴 글이었다. 신희는 그 손가락이 나을 동안 몇 번이나 상칠의 가슴에 안기어 울었던고. 상칠이도 울면서

"신희 씨를 위하여는 손가락쯤은 문제가 아니에요."

상칠은 자기의 머리를 가리키며

"내 생명 전부는 신희 씨 당신의 것입니다."

그러한 상칠이는 어머니에게 또 아버지에게 성의를 다하였던 것이다. 겨울이면 아버지 방에 불을 지키고 밤에 극장 같은 데로 구경 갈 때는 상칠은 언제나 외투를 벗어 어머니 등허리에 덮어 드리고.

성희가 폐렴으로 중태에 빠졌을 때에는 꼬박 열흘 밤을 새우며 찜질도 하고 약도 먹이고 마침내 허다한 경쟁자들을 물리치고 아버지 어머니 입에서

"이상칠이가 제일이야."
하는 말이 나오기까지 상칠은 진실로 최선을 다하였던 것이다.

생각하면 아름다운 추억이다. 그러나 상칠은 변하였다. 옛날의 성실과 순진은 터무니도 없이 사라졌다. 그는 너무도 허무하게 진정 거짓말 같이 설려에게로 가버린 것이다.

고급차를 소유하고 돈 많은 어머니를 가진 설려에게로 가버린 상칠이라면 그는 마음껏 멸시하여도 좋을 상 싶다. 오늘 저녁 신희는 비로소 상칠에게 대한 감정이 콱 바로 그 노선을 나타낸 것을 깨달았다.

지금까지 그를 사랑한 것만큼 그가 미워지는 것이다.

'밉다. 한없이 밉다.'

주문처럼 입속에서 외이는 동안 신희의 마음속에 휘돌아 치던 감정의 불덩이는 차츰 식어졌다.

'상칠에게 대한 미련이 남아 있다면 먼지처럼 털어 버리자.'

신희는 자신에게 똑똑히 일러 드리고 눈을 꼭 감았다. 안집 시계가 세 시를 친다. 신희는 돌과 같이 냉각하여 버린 몸과 마음을 이불 속으로 밀어 넣었으나 날이 샐 때까지 그는 한잠도 이루지는 못 하였다.

이튿날 아침 회사로 출근하는 신희의 책보 속에는 벤또는 없었다. 그는 될 수 있으면 우동이나 만두를 먹을 작정이다. 신경문이가 자기 어머니와 이모님을 초대한다는 말에 암시를 받은 것만은 사실이다. 그러나 신희는 크리스마스를 지나기만 하면 어떤 일이 있어도 어머니를 모시고 동래 온천으로 갈 것을 생각했다. 일부러 서울서 오는 사람도 있는데 온천을 지척에 두고 못 간다는 것은 말이 아니다.

자기 모녀가 온천에 가지 않는다고 허다한 전재민이 갑자기 행복해지는 것도 아니다. 될 수만 있으면 상칠 어머니가 설려에게서 선물로 받은 목도리도 한 개 사드리고 싶었다.

어머니의 나들이 옷감은 물론 성희의 장갑과 구두도 사야한다. 아니 아니 백만 원을 홀딱 들여 야외복을 한 벌 장만하여도 좋다.

상공 장관 저택에도 크리스마스 파티는 있을 것이다. 상칠과 설려에게도 초대장을 보내고 설백의 야회복을 입은 내가 접대원으로 손님들을 안내해도 좋다.

신희는 맘속에 돋아나는 생각들을 값진 패물처럼 간직하고 제일무역회사 사무실로 들어갔다. 그는 열두 시까지 맡은 일을 예정대로 진행하였다.

점심때가 되어도 황미순의 자리는 비어 있었다. 점심도 먹어야겠고 수표도 찾아야겠고 신희는 거리로 나왔다. 그는 오늘 달리 어깨를 펴고 식당으로 들어가 혼자서 만두를 사먹고 백만 원이란 거액의 현금도 찾아 보에 싸서 들고 회사로 와서 회계에게 부탁해서 금고에 넣어 두고.

신희는 '혼자 섰다'라는 의식이 자기로 하여금 어느 정도 억세게 버티는 힘을 주는 것이라 깨달았다. 퇴근시간이 되자 신희는 상공 장관 저택으로 갔다. 오래간만에 보시는 이모님은

"얘 내일은 해가 서쪽에서 뜨겠구나. 신희가 이렇게 오는 날이 있으니."

이런 말로 웃으시면서 반갑게 맞이한다. 신희는 오늘도 수수하게 별로 몸차림도 하지 않고 있는 이모님의 자태에 황홀하도록 매력을 느끼었다.

그는 고스란히 한국 절을 한 번 하고 일어나면서 곁에서 놀고 있는 세 살짜리 이종사촌 사내아이를 덥석 안았다.

"그러지 않아도 형님도 오랫동안 못가 뵈고 하도 궁금해서 일간 한 번 가려고 하던 때였다. 잘 왔다. 다들 안녕 하시냐?"

"네 덕분으로."

이모님은 하인을 시켜 신희에게 다과도 내고 열두 살짜리 맏아들과 마주앉아 놀라고 서양 윷도 꺼내주고.

"저녁은 밖에서 먹고 들어간다."

하는 장관의 전화가 왔다.

"보통 때는 늘 집에서 식사를 하시는데 오늘은 경무대에서 특별 회의가 있다더니 거기서 잡수실 모양이지? 우리끼리 오붓하게 외려 잘 됐다."

이모님은 장관 상에 놓아 드릴 반찬이라 하면서 생선 구은 것과 소고기 국을 신희 앞에 놓아준다. 아이들이며 이모님은 동태 지진 것과 김치를 들

고 앉는다.

"이모님 반찬이 너무 겸손하신데요?"

하고 신희가 웃으니까

"얘 그럼 어떡하니? 장관의 월급이 얼마인지 아니?"

"몰라요. 그래도 세상에서들은 장관 댁 가족이라면 모두들 굉장히 잘 먹고 잘 입고 사는 줄 아는데요?"

"혹시 그런 데도 있을지 모르지…… 하지만 얘 너희 이모부님 성격 알지? 찬물에 씻고 씻고 오백 번도 더 씻는 성미시니까 누가 갖다 주려고 하니? 흥."

루주를 칠하지 않건만 장관 부인의 입술은 봉선화 같이 곱다.

"그래도 신희야 난 이게 좋다. 맘 편한 게 잘 먹는 것보다 좋다."

"이모님 제가 소청이 있어 왔는데요, 틀렸구먼요."

하고 신희는 이모님의 기품 높은 턱을 힐긋 바라보고 한 눈을 찡긋 하였다.

"소청이 무어냐? 어디 말해 보아. 내 힘으로 될 것이면 해주마."

이모님은 신희의 국그릇에 고기를 골라 넣으며 신희의 대답을 기다린다.

"이모님 저어."

신희는 약간 곤란한 듯이 웃고

"크리스마스 파티 열지 않으시겠어요? 상공부 사람들 모아 가지고."

"파티 갑자기?"

하면서도 이모님은 결단코 불쾌한 안색은 아니다.

"다른 사람들은 제 동무들 말야요. 모두들 파티에 잘들 가는데 저도 한번 파티 같은 델 가보고 싶어졌어요."

"왜 이상칠이가 그렇게 부탁하더냐?"

"뭐 그런 것도 아니에요. 하도 파티 파티 하니까 저도 그런 맘이 생겨났어요……. 돈이 많이 들겠지요?"
하고 신희가 고개를 갸웃하였다.

"각각 회비를 가져오라면 별로 돈 들 것은 없어…… 신희가 원한다면 파티 한 번 열어주지."

올해 서른다섯 살 된 상공 장관 부인은 젊은 사람들의 맘을 넉넉히 이해할 수 있는 청춘과 정열을 소유하고 있는 것이다. 벽장문을 열더니 장관 부인은 종이에 싼 꾸러미를 꺼내어 들고

"집에 가서 펴 보아라. 너에게 보내려던 크리스마스 선물이다."

신희는 크리스마스 이튿날은 파티를 열어 주겠다는 이모님의 약속과 함께 두툼한 선물 꾸러미를 안고 돌아 나왔다.

오늘은 일요일이다. 신희는 느지막이 회사로 들어갔다. 스토브 가에는 정 사장과 신경문이가 마주 앉아 긴장한 얼굴로 무슨 이야기인지 주고받고 앉았다가 신희를 보고

"이리로 앉으시지요. 밖은 상당히 춥지요?"
하고 신경문이가 교의를 비켜 앉는다. 신희는 두 사람을 향하여 고개를 숙여 인사를 하고 신경문 쪽으로 얼굴을 돌이키어

"일전에는 여러 가지로 너무 미안합니다."
하고 깍듯이 인사를 하였다. 신경문은 정 사장도 있고 그는 신희의 말에 짐짓 대답을 피하고 저쪽으로 가서 교의를 한 개 집어온다. 신희는 자기 책상 앞으로 가서 하얀 봉투에 파티 초대장을 넣어 가지고 이름들을 썼다.

"정 사장님과 신 사장님께 드리는 겁니다. 상공 장관 부인께서."

"상공 장관 부인?"

두 사람은 거의 꼭 같은 시간에 꼭 같은 감탄의 음성을 폭발시킨다. 그들은 방금도 상공 장관 부인을 동래 온천이나 해운대로 초청할 것을 의논하고 있었기 때문이다.

"네. 이십육 일 저녁에 꼭 오시길 바란다구요."

신희는 한 마디 더 첨부하였다. 신경문과 정 사장은 얼굴을 쳐다보고 그리고 감격한 음성으로

"너무…… 감사합니다."

정 사장이 마도로스파이프를 떼어 손에 들고

"그땐 꼭 가서 참여하겠다고 그렇게 여쭈어 주시우."

"네. 신 사장님도 오시겠지요? 어렵지만 이분들께 좀 전해 주시겠어요?"
하고 봉투 두 장을 신경문의 손바닥에 놓아 주었다.

"아 또 이상칠이구 이건 강설려구…… 배달부 노릇을 착실히 한다?"

혼잣말같이 하고 신경문은 가방을 열더니 크림 빛 사각 봉투를 꺼내들고

"커널 브라운 씨의 칵테일 파티가 이십오일 밤에 있답니다. 오후 일곱 시부터라는데 꼭 오시라고 설려 씨가 신신당부를 합디다."

봉투를 신희에게로 내밀며

"가시겠지요?"
하고 신희의 얼굴을 들여다보았다.

"그때 봐야 알겠어요."

신희는 눈을 떨어뜨렸다. 봉투에 쓰인 달필의 영어 글씨가 설려의 친필이라는 것을 생각할 때 신희는 글자 하나하나에서 가시가 돋아 손바닥을 찌르는 것 같이 가슴이 따가웠다.

"내게도 이런 통지가 왔는데 난 동행이 없어서 곤란해요. 우리 같이 갑

시다 네? 김신희 씨."
하고 신경문은 정 사장을 돌아본다.

"같이 가고말고 여부가 있나?"

정 사장은 마도로스파이프에 라이터로 불을 붙이며

"커널 브라운 씨로 말한다면 우리 회사의 절대한 원조를 베푸는 분인데 그분이 초대장을 보낸 것을 거절한다면 그런 실례가 어디 있단 말요. 그날 밤에는 월라 여사도 가시고 설려도 있고 이상칠 군도 올게고 두루 우리 아는 사람 아뇨?"
하고 정 사장은 파이프를 입에 대고 푹푹 빨아 연기를 뿜는다.

"김신희 씨가 가신다면 나도 가고 못 가신다면 나도 그만둘 수밖엔 없어요. 아시다시피 그런데는 동행이 없으면 쑥이니까요."

신경문은 어떤 일이 있어도 신희와 같이 가고 싶었다. 그 위에 또 한 가지 신희를 꼭 데리고 가야만 할 이유가 있다.

"김신희 씨와 같이 오시지 않으면 브라운 씨의 통역은 몰라요."
하고 딱 잘라 말하던 설려의 부탁을 거부할 수는 없는 것이다. 신경문에게 복의 신이 되어 있는 브라운 씨의 통역을 등한히 한다는 것은 거대한 사업에 지장을 주는 것이다.

설려는 어머니의 말리는 것도 듣지 않고 일백 수십만 원을 들여서 이브닝드레스를 장만하였다. 평소에 좋아하는 연분홍빛으로 봉황의 깃처럼 신비하도록 요염한 야회복이 되었다.

'신희와 한 자리에서 비교해 보아야 한다. 누가 잘 차렸는지, 누가 더 예쁜지, 신희가 영어를 잘 하나, 내가 영어를 잘 하나 상칠 씨 앞에 똑똑히 보여주어야 한다.'

설려가 기어이 신희를 청하는 목적이다.

생각하면 괘씸한 것은 상칠이보다도 신희다. 마녀와 같이 요정과 같이 상칠의 정신을 결박하고 있는 신희의 존재가 치가 떨리도록 울분을 자아내는 것이다.

'어째서 신희는 태양이 될 수 있고 나는 거리의 여인처럼 농락을 받아야 하느냐 말이다.'

외국 사람들이 섞인 화려한 좌석에서 내가 신희보다 십 배나 나은 것을 목격하게 된다면 상칠은 후회할 것이다.

'위스키가 시킨 과오다 운운…….'

오물처럼 배설해 놓은 일기장의 문구들을 그는 마땅히 내 앞에서 무릎을 꿇고 도로 거두어야 한다.

설려는 이틀밖에 남지 않은 크리스마스가 삼추[72]와 같이 기다려졌다.

범일동 할머니가 혼수상태에 빠진 관계도 있고 신희는 회사에서 돌아오면 집에서 커널 브라운의 칵테일 파티에 참여할 준비를 시작하였다.

정 사장이나 신경문의 권하는 때문만은 아니다. 신희는 어떤 일이 있어도 이 파티에 참여하고 싶었다. 이상칠이가 설려와 함께 나타나서 외국인과 어떻게 교제하는 가를 구경하고 싶었다. 생각만 하여도 진실로 짜릿짜릿한 자극이 아닐 수 없다.

설려나 신희나 꼭 같이 만만치 않은 투지와 흥분을 가지고 기다리는 크리스마스는 기어이 찾아 왔다. 멀리 가까이 들리는 새벽종이 크리스마스의 축복을 거리마다 뿌리고 사라지면 그 다음 또 그 다음으로 오는 새벽종

72 三秋. 긴 세월을 비유적으로 이르는 말.

의 그룹들이 복된 소식을 문마다 외치고 지나간다.

새벽은 신의 시간, 한낮은 인간의 시간, 밤은 악마의 시간이란 말이 참이라면 향기 높은 술과 달디 단 과일과 기름진 고기를 즐비하게 차린 밤 식탁에 서로들 마주보고 앉은 신희와 설려는 어여쁜 마귀의 한 쌍이 아닐 수 없다.

상공 장관 부인에게서 선물 받은 걸로 만든 치마와 저고리가 평소에 기품 있는 신희의 맵시를 좀 더 고상하게 만들었다. 그러나 설려는 속으로 웃었다.

'흔해빠진 벨벳 치마, 노인 같은 흰 저고리…… 파티에 나오면서 반지도 시계도 없이…….'

설려는 자기의 목에 드리운 진주 목걸이며, 진주 귀고리며, 가슴에 꽂은 루비 브로치를 생각하였다. 왼편 손목에 뿔로바 시계며 더구나 오늘의 선물로 동경서 아버지가 보내준 원 캐럿 반이나 되는 다이아 반지를 생각하였다.

이 모든 패물을 완전히 어울리게 하는 연분홍 야회복이 단연코 사람들의 눈을 끌었다. 가슴 위에 동그랗게 파인 망사에는 물망초의 화변들이 수놓여 있고 잘록한 허리 아래로 넓고 긴 치마폭이 발아래서 한 자나 끌린다.

한 손으로 치마폭을 걷어 쥘 때마다 은빛 구두가 그 옛날 신데렐라의 발같이 어여쁘다. 설려는 자신이 어느 나라 공주 같이 아름답다고 생각하였다. 설려뿐만 아니다. 여기 모인 모든 신사와 숙녀들도 설려가 이 자리의 여왕인 것처럼 느껴졌다.

설려는 고개를 갸우뚱하고 신희를 건너다본다.

'초라하게 차린 몸맵시로 보든지 차디찬 웃음이라든가 과일로 치면 견

과堅果야. 호도나 잣이나 밤이나…….'

설려는 속으로 이렇게 생각하고

"오호호호."

웃었다.

'저러한 신희를 가지고 심장이니 태양이니 하는 찬사를 받치며 무릎을 꿇는 상칠이…….'

설려는 상칠이가 우습기도 하고 딱하기도 하였다.

커널 브라운이 손님들에게 식사를 권하자 설려가 칵테일 잔을 집으며

"메리 크리스마스."

하고 잔을 높이 들었다. 모두들 설려를 따라 메리 크리스마스를 외치며 잔을 치켰다. 그러나 신희만은 술잔을 거들떠보지도 않고 옆에 앉은 신경문에게 무어라고 소곤거린다.

막 입에다 술잔을 대려든 신경문이가 주춤 술잔을 들고

"무어라셨죠?"

하고 신희 쪽으로 얼굴을 돌리며 웃었다.

"저쪽에 말야요 이상칠 씨 앞에 놓여 있는 비스킷 좀……."

하고 생긋이 웃었다. 설려의 나비 눈썹이 꼿꼿이 일어선 채 바라본다.

신희는 설려의 시선을 감각하면서 비스킷을 한 개 집어 아작 깨물었다. 사람들은 술잔을 비우고 냅킨을 집는다. 신희도 냅킨을 무릎 위에 올려놓으며

"내일 저녁에는 꼭 나오셔야만 합니다. 상공 장관 댁 파티에 말이에요."

하고 신경문을 흘겨보고 웃었다.

"네네네."

신경문은 감격한 듯이 대답을 하고 고개를 끄덕인다. 스프 그릇들이 비워지고 빈 그릇들이 나갔다.

"미스터 리 집으세요."

하고 설려가 상칠에게 주의를 하고야 상칠은 비로소 신희에게로 쏠렸던 시선을 돌이켰다. 칠면조 요리가 담긴 쟁반이 어깨 너머에서 기다리고 있다. 상칠은 당황히 한 쪽을 집어 접시에 담아 놓고 멍 하니 테이블 위로 눈을 떨어뜨렸다. 설려는 입을 삐쭉하고 옆에 앉은 커널 브라운에게 무슨 이야기인지 한 마디 건네고

"오호호호."

하고 웃었다. 브라운 씨와 마주 앉았는 미군 장교가 설려와 이야기를 시작하고 브라운 씨도 한 데 얼려 커다랗게 웃어 댄다.

설려는 유창한 영어로 일일이 답변을 하고 깔깔거리고 웃고 가끔 신희와 상칠을 번갈아 바라다본다. 꾸어다 놓은 보릿자루 같이 잠자코 포크만 놀리는 정 사장을 향하여 월라 여사가 무슨 말인지 소곤거리고 신경문이도 빙그레 웃는 얼굴로 고기를 썰 뿐 장내는 잠깐 조용하여졌다.

신희의 왼편쪽에 앉았는 신사복을 입은 미국인 남자, 머리가 희끗희끗세인 점잖은 풍모다.

"당신의 의복은 매우 고상합니다."

하고 영어로 말하고 신희를 쳐다보고 웃는다.

"그렇습니까? 감사합니다. 칭찬해 주셔서……."

신희는 가장 자연스럽게 영어로 대답을 하고

"이런 종류의 옷 아니고도 부인복으로 여러 가지가 있습니다. 결혼 때 입는 옷이며 또 명절 때 입는 아이들 옷을 보시면 재미있을 겁니다."

신희는 가늘게 한숨을 쉬고

“어떻습니까? 싸우고 있는 코리아에 오셔서 불편하신 점이 많으시겠지요? 늘 미안하게 생각합니다.”

커널 브라운이며 그밖에 여러 미군 손님은 신희의 영어 실력에 놀랐다. 그러나 누구보다도 놀란 것은 설려였다.

영어에 있어 단연코 자기가 우수하리라고 믿었던 설려는 화제의 내용부터가 벌써 신희에게 압도 되었다는 느낌이 생겨 그의 얼굴빛은 약간 파래졌다.

“오 예스, 오 노우.”

를 연발하던 미국인 신사는 감탄하듯이 고개를 끄덕이고

“당신은 미국엘 다녀왔소?”

하고 묻는다.

“아직 못 가봤습니다.”

신희가 고개를 흔들고 빙그레 웃었다.

“당신의 모교는?”

하고 또 묻는데

“××여자대학이에요.”

“오 그 유명한 ××여자대학? 그 학교 부인 총장 내 잘 아는 사람이요.”

“네 그렇습니까? 반갑습니다.”

방안의 회화는 완전히 신희가 리드하고 있다는 사실에 설려는 차츰 불안하여졌다. 설려보다도 좀 더 심각한 불안과 절망의 맨 밑바닥으로 굴러들어가는 사람은 상칠이다.

신희와 설려를 한 자리 놓고 보는 이 밤. 상칠은 비로소 신희의 참 가치가 나타나고 있는 것을 똑똑하게 깨달았다. 설려를 화려하게 꾸민 단순한 처녀라면 신희는 오랫동안 쌓아 놓은 교양이 좌석의 공기를 완전히 좌우할 수 있는 존경받는 여성으로 보여졌다.

아름답거나 어여쁘다는 말이 용납되지 않는 인격과 인격의 저울대가 확실히 신희의 쪽으로 기울어진 것을 상칠은 알아냈다. 갑자기

"캑캑 캑캑캑."

하고 월라 여사가 급격한 기침을 시작한다. 음식물을 가로 삼킨 모양이다. 월라 여사는 참으려고 노력하면 할수록 기침은 옆에 사람이 불안하도록 좀 더 심하여졌다. 기절할 듯 격렬히 기침하는 모양을 얼굴이 빨개져서 바라보고 있는 설려가

"어머니!"

하고 성난 소리로 불렀다.

설려는 얼굴이 좀 더 빨개져서 어머니의 등 뒤로 왔다. 한손으로 어머니의 등을 쓸며

"일어나세요 어머니."

하고 월라 여사의 어깨를 잡았다.

"사래가…… 사래가 들렸어."

월라 여사는 말을 하려면 더욱 기침이 자지러진다.

"일어서세요."

설려가 어머니의 팔을 잡아 일으켰다.

"캑 캥 캥."

월라 여사는 기침을 하고 한 손으로 입을 가리며 일어섰다. 크림 빛 수박단 치마를 움켜쥐는 월라 여사의 팔고뱅이가 냉수가 담긴 유리 고뿌를

밀어버렸다.

유리 고뿌가 넘어지면서 냉수는 신희의 곁에 앉은 미군 신사 윌리엄 씨의 칠면조 요리가 담긴 접시 밑으로 쏟아졌다.

설백의 밥상보를 적시고 남은 물이 미국 신사 윌리엄 씨의 무릎 위로 흘러내렸다.

윌리엄 씨는 얼른 냅킨을 대었으나 연회색 세루바지 위로 배어든 자리가 손바닥 넓이로 퍼렇게 얼룩이 졌다. 설려의 붉어졌던 얼굴이 일순 파래졌다.

"아임 쏘리."

설려가 윌리엄 씨에게 사과를 하고 여전히 기절할 듯이 기침을 하는 어머니를 데리고 응접실로 나갔다. 식탁에는 잠깐 동안 이야기 소리도 그치고 확실히 흥이 깨어졌다. 응접실에서 한참 동안 월라 여사의 기침 소리가 들려온다. 정 사장은 고기가 아직도 절반이 더 남았는데도 나이프와 포크를 놓고 일어서 응접실로 나간다.

이윽고 설려만이 다시 들어왔다. 정 사장이 월라 여사를 데리고 먼저 돌아간 것이다. 눈을 떨어뜨리고 기운 없이 포크를 놀리는 설려에게 커널 브라운의 이쪽 옆에 앉아 있는 미군 부인 간호 장교가

"아까 그 손님은?"

하고 걱정스럽게 묻는다.

"한 걸음 먼저 갔어요……. 감기 기운이 있는데도 커널이 청하니까 억지로 나왔던 것이에요."

설려가 이렇게 설명을 하고 힐긋 신경문 쪽으로 눈을 돌렸다. 무슨 이야기인지 신희와 함께 주고받던 신경문은 갑자기

"하하하."

하고 소리를 내어 웃고 신희도

"호호호."

하고 웃는다. 설려의 나비 눈썹이 침끝같이 일어섰으나 신희는 연방 방글 방글 웃으며 영어로

"상공 장관 비서님 어머님께서는 그새 늘 안녕하시지요?"

하고 말을 건네었다.

"고맙습니다."

상칠은 한국말로 대답을 하고 고개를 까닥한다. 신희는 곁에 앉은 윌리엄 씨를 돌아보고 상칠을 눈으로 가리키며

"저 이상칠 씨의 부친은 영웅이었습니다."

뭇사람의 시선은 일제히 상칠에게로 쏠리었다.

"저분의 아버지는 독립운동으로 팔 년간이나 감옥에서 고난을 당하다가 돌아가셨어요."

"오 그래요? 오 오!"

윌리엄 씨는 감탄하면서 이상칠을 건너다보고 동정하는 웃음을 웃는다.

"우리 아버지보다 더 고난도 당하고 큰일을 하신 영웅들이 얼마나 많다구요."

유창한 영어로 겸손하는 상칠을 마음속으로 놀라는 사람은 신경문이었다.

'젊은 애가 재간이 있단 말이야.'

신경문은 크리스마스 선물로 백만 원 수표를 상칠의 포켓에 불쑥 넣어준 것이 실례가 되었다고 후회하기 시작한다.

"아버지 얘기가 났으니 말입니다만 호호호호."

설려가 웃으며 좌중을 돌아보고

"여기 계신 미스 김의 아버지께선 늘 독서만 하고 계신 까닭에 가정 경제의 십자가는 미스 김의 손가락 열 개가 붙들고 있다는 일은 경탄할 사실이에요."

하고 설려는 눈을 들어 신희를 바라보고 빙긋이 웃는다. 차디찬 조롱의 웃음이다.

"손가락 열 개라니요?"

부인 장교 탄간 양이 물었다.

"내가 타이피스트란 말입니다."

신희는 탄간 양에게 대답하고 포크를 든 채 앞으로 약간 상체를 내어밀며

"미스 강의 부친이 일본인과 합자해서 만들었다는 냄비는 수입 허가가 나오질 못하게 되었으니 밀수입의 길밖에는 없지 않아요? 걱정이시겠군요."

하고 신희는 유창한 영어로 말을 마치고 빤히 설려를 쏘아본다.

설려의 오뚝한 코끝이 좀 더 오뚝하여지는 것과 함께 그의 얇스레한 입술이 파르르 떨리는 것을 보고 탄간 양은 눈을 떨어뜨리고 브라운은 고개를 돌렸다.

스미드 씨만이 커다란 입으로 방글방글 웃으며 두 사람의 이야기의 귀추를 흥미 있게 듣고 있다. 설려는 말라 들어가는 입술을 빨고

"천만에 만만에. 밀수입 같은 것은 생각지도 않아요. 첫째 위험하니까요 오호호."

웃고 무릎 위에 놓인 냅킨을 돌려놓는다.

"그래도 일본과 무역하는 사람들은 당분간 그길밖에는 없지 않아요?"

신희는 윌리엄 씨를 돌아보고

"중세기 영국 상인들이 인도나 애급[73]으로 가서 모험하는 것과 비슷하다 할까요? 몇 번 실패하다가도 한 번 들어맞으면 손해는 보충이 되니까요."

윌리엄 씨는 설려를 향하여

"부친께서 동경 계십니까?"

하고 묻는다. 고개를 까딱여 보이고 나서

"미스터 리!"

하고 상칠을 부른다.

"상공 장관의 정식 인가가 이제 곧 나온다고 했지요? 그렇죠? 미스터 리. 아버지의 상품 수입 허가 말야요."

고개를 삐딱하게 하고 상칠을 바라보는 설려의 표정은 건드리면 울음이 터져 나오려는 어린아이 얼굴처럼 슬프고 외롭다. 상칠은 잠깐 무엇을 생각하다가

"아마 일주일 이내로는 될 겁니다."

하고 고뿌를 들어 냉수를 한 모금 마신다.

"일주일요?"

신희는 탄간 양을 돌아보고

"일주일만 지나면 내 아버지의 번역하신 아담 스미스의 경제원리가 출판되어 나옵니다."

"아담 스미스?"

"네! 케케묵은 책이라 하겠지만 우선 자본주의가 무엇인가부터를 학생들에게 똑똑히 가르쳐주어야 한다는 거에요."

---

73 이집트.

"물론입니다. 물론입니다."

윌리엄이 소리를 치고

"아버지는 학자시군요?"

하고 점잖은 표정으로 묻는다.

"네. 경제학자에요. 미국 영국으로 가셔서 한 칠 년 경제학만을 연구하고 돌아오셨어요."

윌리엄 씨는 눈을 커다랗게 뜨고

"아버지의 성함은 누구시지요?"

"△△대학 총장 김병화 씨……."

"오 네. 그 유명한 김병화 씨 알겠어요 알겠어요. 나는 운크라 고문단에서 일을 보고 있습니다. 해방 직후 군정 때 몇 번 뵌 일이 있는데 날 기억하실지?"

윌리엄 씨는 혼잣말같이 하고 감격해한다. 새로 음식이 들어왔다. 보이가 집어가는 설려의 접시에는 칠면조 요리가 거의 그대로 남아 있었다.

"일본에서 해방된 후 코리아는 행복된다고 생각하십니까? 미스터 리!"
하고 윌리엄 씨는 화제를 돌린다. 이러한 질문에 방안의 사람들 특히 미국인은 흥미 있는 얼굴로 대답을 기다린다. 상칠은 부드러우나 엄숙한 얼굴로

"코리아는 지금 세계 어느 나라보다 비참합니다. 그러나 희망을 가진 고난입니다. 우리는 낙심하지 않아요."
하고 상칠은 칼끝으로 버터를 발라 고기에 바른다. 커널 브라운 옆에 앉은 미군 장교 스미드 씨가 신경문을 향하여

"휴전 회담에 있어 코리아 사람들은 어떻게 생각하십니까?"
하고 물었다.

'무어라지?'

신경문은 얼굴이 확 하고 붉어져서

"설려 씨 통역 좀 해주시유."

하고 협력을 요청하였으나 그 사이 머릿속이 혼란하여진 좌석에서 진행되고 있는 이야기의 꼬투리[74]를 잃어버리고 있는 모양이다.

"무어라셨죠?"

하고 설려는 눈살을 찌푸린다. 신희가 웃으며 스미드 씨의 말을 통역하였다. 신경문은 알아들었다는 듯이 빙그레 웃고

"그렇습니다. 휴전에 대해서 우리가 바라는 것은 이 즉시로 전쟁이 그치고 삼팔선 장벽이 없어지고…… 이렇게 된다면 더 바랄 게 없지요."

"오호호호 나도 동감이에요."

소리를 내어 웃고 설려가 이번에는 통역을 하였다. 신희는 타는 듯한 상칠의 시선과 마주치자 빙긋이 웃으며 한국말로

"약혼 피로연은 언제시죠?"

묻고 설려의 나비 눈썹을 찬찬히 바라본다.

설려는 자리에서 발딱 일어나서 신희의 목덜미를 잡아 흔들어 주고도 싶고 될 수만 있으면 손바닥으로 신희의 뽀얀 뺨을 찰싹 때려주고도 싶었다.

그토록 설려는 오늘 저녁 신희의 일언일구에 참을 수 없는 모욕을 느끼는 것이었다. 선미를 다하여 만들어진 값진 요리들이 솜을 씹는 듯 맛을 잃었다.

그는 한시바삐 식탁에서 일어나고 싶었다. 화려한 야회복과 고귀한 장

74 (어떤 일의 빌미를 삼기 위한) 실마리 또는 까닭.

식품을 자랑시키려면 왈츠를 추어야 한다. 설려는 우두커니 신희의 아무런 장식도 없는 옷차림을 다시 한 번 바라보고

'기회는 아직도 있다.'

생각하고 깊숙이 숨을 들이쉬었다. 설려에게 그렇게 지루하던 식사 시간은 끝이 났다. 여럿은 응접실로 나오고 보이들이 쟁반에 받쳐 들고 있는 칵테일 잔을 집는다.

설려는 금강석이 반짝이는 날씬한 손가락으로 칵테일 잔을 집어 들고 쿠션으로 가서 다리를 포개고 앉아 한 손으로 팔고뱅이를 받치고 술잔을 가만히 입술에 댄다.

브라운 씨와 스미드 씨가 잔을 들고 설려의 곁으로 왔다.

"오늘 저녁 당신은 헬렌 공주 같이 아름답습니다그려."

스미드 씨가 설려를 예찬하니

"한국전쟁을 '도로아'[75] 싸움에 비한다면?"

하고 브라운 씨가 스미드 씨의 말을 지지하였다. 저쪽 창 아래는 신희와 탄간 양이 나란히 앉았는데 윌리엄 씨가 한국 고전문학에 관한 얘기를 시작하여 춘향전과 심청전의 얘기의 꽃이 필 동안 칵테일이 서너 차례 돌았다.

설려가 발딱 일어나서 전축을 열고 레코드를 걸자 '요한 스트라우스'의 왈츠 곡이 흘러나왔다. 커널 브라운 씨가 먼저 설려의 어깨를 안았다. 스미드 씨가 탄간 양의 허리를 에두르고 곡조에 맞춰 스텝을 밟고 나간다.

브라운의 가슴에 안긴 채 빙그르르 맴을 도는 설려의 치맛자락이 공작의 나래같이 활짝 피었다. 설려의 목에 걸린 진주 패물이며 루비 브로치며

75 트로이.

다이아 반지며…… 백촉 전등아래서 찬란한 광채가 사람들의 눈을 부시게 한다.

다다미 서른 장 넓이의 방안에는 두 쌍의 왈츠는 너무도 면적이 넓다. 아직도 한 쌍 내지 두 쌍은 더 추어도 그대로 괜찮을 상 싶다.

윌리엄 씨가 신희에게

"내가 같이 춤추기를 원한다면 미스 김은 허락하시겠어요?"

하고 묻는다.

"물론이지요."

신희는 대답하고 윌리엄의 내미는 팔에 상체를 댈 듯 말 듯 스텝을 밟기 시작하였다. 어디까지나 가볍게 어디까지나 예절답게 윌리엄 씨와 신희의 춤은 춤이라기보다도 친절과 존경이 등분으로 되어 있는 아름다운 율동이다.

황홀한 듯이 바라보고 있는 상칠의 입가에 미소가 무르녹을 동안 곡조는 똑 그쳤다. 두 번째의 곡이 다시 울리고 신희의 앞으로 나온 사람은 커널 브라운이다.

스미드 씨가 설려와 팔을 끼고 윌리엄 씨는 탄간 양과 어울려 왈츠가 시작되었다. 교의에 앉아 칵테일을 마시고 있는 신경문은

'이번에는 내가 추어야지.'

하고 마음속으로 용기를 내었다. 두 번째 춤을 마치고 서늘한 음료를 마시는 신희의 귀에 세 번째의 곡조가 들려왔다. 신희는 부지중 자기의 눈이 상칠에게로 가는 것을 스스로 비웃고 있노라니 앞으로 다가서는 사람은 신경문이다.

십오만 원이나 내고 몇 주일간 배워둔 댄스가 오늘 밤에 만금의 생색을

낸다 생각하고 그는 넌지시 신희의 상체를 안았다. 곡조가 돌아가는 대로 신경문의 얼근히 취한 다리는 스텝이 차츰 위태로워진다.

확실히 두 번째 발을 헛디딘 신경문은 속으로 혀를 차고 팔에 힘을 주어 신희의 가슴을 꾹 눌러 안았다.

자리에 앉아 있는 상칠의 눈살이 찌푸려졌다. 신경문의 손바닥이 누르고 있는 신희의 등 뒤에는 그의 치맛자락이 약간 위로 끌어올려져 있기 때문이다. 신경문의 이마에서 후줄근히 땀이 배는 동안 음악은 그쳤다. 윌리엄 씨와 춤을 마친 설려가 양손으로 치마를 걷어쥐고 토끼처럼 뛰어가다가 앗 하고 서버렸다.

야회복 한 끝이 누구의 발길엔지 밟히어 꽉 하고 찢어지는 소리가 났기 때문에 돌아보니 신경문의 발이 치마를 놓고 어슬렁어슬렁 저쪽으로 걸어간다.

'오늘 저녁 처음부터 신희의 곁에서 신희와만 소곤거리던 신경문이가 무슨 원심이 있어서 내 치마를 밟았을까?'

설려는 야회복의 허리언저리로 손가락 길이만치 가로 찢어나간 자리를 만져보고 화장실로 가서 핀으로 꽂았다.

'얼간망둥이 같으니라고. 시골때기 개똥 쌍놈이라니까.'

이렇게 욕을 해보아도 설려의 마음은 조금도 편치가 않다.

설려의 야회복을 밟은 줄도 모르거니와 찢어진 것은 더욱 모르고 칵테일만 넙죽넙죽 비우고 앉았는 신경문을 설려는 팔려가는 소처럼 업신여겼다.

"이 형도 한 번 추어보시구려. 강설려 씨와 함께. 난 김신희 씨와 한 번 더 추어야겠어."

하고 신경문은 히죽이 웃었으나 상칠은 고개를 흔들고 외면을 하였다. 방금 눈물이 쏟아질 것만 같아서 상칠은 신경문을 똑바로 쳐다보기가 싫었다.

설려는 커널 브라운에게 무어라고 소곤거리자 브라운 씨는 커다랗게 고개를 끄덕이고 빙긋이 웃는다.

"여러분께 말씀을 드릴 것이 있습니다."

설려가 설명을 하기 시작한다.

"지금 크리스마스의 선물을 드리겠는데요 각기 제비를 뽑게 되었습니다. 여기에 모두 열두 분이 계신데 하나에서부터 열둘까지 숫자를 쓴 종이를 드릴 테니 그중에서 하나만 택하면 됩니다. 일곱 칠칠을 가진 사람은 럭키 세븐으로 제일 행복된 사람이야요."

설려는 뱅글뱅글 웃으며

"남자가 이 숫자를 가지시면 행운의 왕이니까 제일 어여쁜 여성이 절을 하게 되고 여자가 가지게 되면 행운의 여왕이니까 제일 아름다운 남자에게서 절을 받아야 합니다. 그리고 두 분은 춤이든지 두 분만이 추어야 합니다."

웃음소리와 이야기 소리가 높아지고 제비가 사람들 앞에 왔다. 각기 한 장씩 집어 들자

"럭키 세븐은 럭키 세븐은 누구요?"

하고 브라운이 소리를 쳤다. 설려의 성난 눈이 신희를 쏘아보고 신희의 눈도 지지 않고 설려를 흘겨볼 동안 사람들의 손에서 제비는 열리었다. 결과는 의외에도 처음부터 별로 말도 하지 않고 조용히 앉아 있던 오십이 훨씬 넘어 보이는 미국인 부인에게 럭키 세븐이 갔다. 일선에서 전사한 아들의 뼈를 가지러 온 일리노이 주에서 왔다는 미세스 그레이라는 뚱뚱한 부인

은 쓸쓸히 웃고

"내가 행운의 여왕이라구요? 고맙소. 그러면 나와 같이 댄스 할 사람은 누구지요?"

"제일 아름다운 남자!"

하고 키가 덜컥 큰 스미드 씨가 소리를 치고

"물론 나는 아닐 게고 저기 있는 미스터 리가 아닐까요? 코리아의 미남자와 춤을 추었다는 것은 좋은 기억이 되실 테니…… 그레이 부인 축하합니다."

모두들 흥미 있는 얼굴로 이상칠을 바라본다. 상칠은 당황한 낯빛으로

"미안합니다. 나는 댄스를 못하는데……."

중얼거리고 붉어진 얼굴로 웃는다.

"노 노."

윌리엄 씨가 일어나서 상칠을 끌어내고 미세스 그레이 곁으로 밀고 갔다.

"내 아들과 비슷하게 젊소그려."

하고 그레이 부인은 상칠의 손을 잡는다. 상칠은 어리둥절하여 진정 곤란한 표정이 그의 얼굴을 약간 어둡게 하였다.

"댄스 해볼 기회를 갖지 못했기 때문에…… 미안합니다. 그 대신 노래를 하라면 하겠습니다."

"노래는 우울해."

취기를 띤 스미드 씨가 손을 흔들고

"우리 다 같이 댄스 합시다."

하고 레코드를 새로 올려놓는다. 음악소리가 들리자 설려는 상칠을 멸시하는 웃음을 띠고 브라운의 가슴으로 가서 안기었다. 스텝을 밟으면 눈으

로 신희를 찾던 그는 픽하고 웃었다.

신희는 신경문에게 붙들린 사람같이 빙빙 돌아가며 맴을 돌고 있으나 취하여 버린 신경문은 댄스하는 것이 아니라 바로 무슨 씨름이나 하는 사람같이 보여져 신희의 당하고 있는 몰골이 고약스럽기도 하고 고소하기도 하였다.

열시가 넘었다. 모두들 돌아갈 시각이 되었다. 설려의 차에 실려 나오는 상칠의 눈에 신경문의 차속으로 들어가는 신희가 비치었다. 곁에서 설려가 무어라고 말을 건넸건만 상칠은 알아듣지 못하였다.

차가 영도 선창 큰 거리를 횡단하여 철교 위를 통과한다. 차창 밖에 언듯언듯 지나가는 억센 창살 너머로 바다는 사막같이 고요하고 불빛은 멀리 가까이 밤빛 속에 얼어붙을 듯 차갑다.

상칠도 잠잠하였으나 설려도 입을 다물고 교통 시간이 넘은 밤거리에 속력을 놓는다. 영주동을 지나고 초량 소방서가 보이자

"나는 여기서 내리겠어요."

하고 상칠은 설려의 어깨위에 손을 얹었다.

"그러세요."

설려는 새침하여 한 마디하고 차를 세운다. 상칠은 전과 달리 싸늘해지는 설려의 태도가 이상해서

"피로하시지요?"

하고 일어서면서 한 마디 하였다.

"네 피로해요. 내일 저녁 상공 장관 댁 파티에는 가시겠지요?"

설려의 목소리는 사무적이다.

"글쎄요 보아야 알겠어요."

"……."

설려는 밖에서 상칠이가 바쁘게 무슨 말을 하는 데도 그는 못 들은 척 하고 핸들을 돌려버린다. 쏜살같이 차를 몰아가는 설려의 뒷모양에서 눈을 떼고 상칠은 뚜벅뚜벅 어둠속에서 걸음을 옮겼다.

한참 걸어가던 그는 우두커니 서서 무엇을 생각하다가 몸을 돌이켜 신희의 집 골목으로 들어섰다.

그 사이 신희의 집에 오지 못한 것이 불과 반삭[76]밖에 되지 않았는데 상칠은 십 년의 세월이 흘러간 듯 그는 이집으로 들어가는 자신이 어색하였다.

"아이고 그러지 않아도 지금 성희와 같이 얘기를 하는 중이었어…… 이리로 이리로."

신희의 어머니는 고타츠를 가리키며 자리를 비킨다.

"언니 안 오세요?"

하고 방금 고타츠 속으로 발을 넣는 상칠을 쳐다보고 성희가 묻는다.

"이제 곧 올 거야. 자동차 타는 걸 보았어."

상칠은 이렇게 대답을 하고서도 신경문이와 같이 차속으로 들어가던 신희의 행방이 갑자기 궁금하여졌다.

우두커니 돌아서 바람벽도 바라보고 천장도 쳐다보고 있는 상칠의 무료한 마음을 덜어줄 생각인지

"저어."

하고 성희가 얘기를 꺼낸다.

"어머닌 굉장한 프레젠트를 받으셨어요."

76 반달.

하고

"어머니 가락지 이리 좀 내놓으세요. 구경 좀 시켜 드려야죠."

어른처럼 어머니를 권한다.

"가락지라니 금 가락지?"

하고 상칠이가 성희를 보고 눈을 끔쩍하였다.

"네. 순금가락지야요."

하고 성희는 어머니가 방금 트렁크에서 꺼내는 반지곽을 받아 상칠 앞으로 내민다. 신희 어머니는 흐뭇한 표정으로

"그때 쌀가마며 김장거릴 보내준 신 무어라는 사람이 보낸 건데…… 닷 돈쯤은 되나봐."

하고 상칠을 바라본다.

가락지를 손바닥에 올려놓고 들여다보는 상칠의 귓구멍으로 쇠꼬챙이가 들어오는 듯 그는 일순 눈앞이 캄캄하여졌다.

"좋은 가락지올시다."

상칠은 가락지를 반지곽에 담아 신희 어머니에게로 내밀어 주고 일어섰다. 상칠은 포켓에서 스위스제 크롬 손목시계를 성희의 손에 놓아주었다.

"아이고 좋아 시계가 가지고 싶어 죽겠더니…… 언니는 내게 이런 걸 프레젠트했어요."

하고 성희는 책보를 풀고

"이건 장갑 이건 구두."

상칠은 눈을 커다랗게 뜨고

"성횐 땡 뗐네."

하고 빙긋이 웃어 보이고 문 밖으로 나왔다.

"언니께 드릴 선물은 없어요?"

성희가 문을 빼꼼히 연 상칠의 등 뒤에서 소리를 쳤으나 상칠은 잠자코 대문으로 나가버렸다.

한참 걸어 나오던 상칠은 포켓 속으로 깊숙이 손을 넣었다. 신희가 받아서 쓰든지 버리든지 오늘 저녁 폐물로 꼭 신희에게 전하려던 코티 가루분 곽을 주먹으로 꼭 쥐었다. 신희의 집 골목 하수도 속으로 상칠은 쥐고 있던 코티 분 곽을 힘대로 동댕이를 쳐버리고 달음질로 골목길을 나왔다.

상칠은 지갑 속에 들어 있는 백만 원 수표가 생각났다. 언제나 자신이 넘쳐흐르고 태산이 무너져도 눈도 깜짝하지 않을 만큼 태연 자약하는 신경문에게서

"이 형 크리스마스 예물로 맘에 드는 거 하나 사시우."

하고 불쑥 내밀어 주던 수표를 끄집어내어 박박 찢어버리고 싶은 충동을 느끼었다. 그러나 그는 일초 후에 어둠을 향하여

"하하하."

하고 커다랗게 웃었다.

"돈이니까 백만 원이니까."

상칠은 자신의 비겁한 몰골을 스스로 비웃고 인적 없는 뒷골목으로 산막길을 더듬어 올라갔다. 책상 위에 크리스마스 예물이 두 개 가지런히 경쟁하는 것처럼 놓였다.

"애 한 개는 설려 동생이 가져온 게고 한 개는 신희 동생이 갖다 두고 간 거다."

"둘이 같이 왔었댔어요?"

"아니 신희 동생은 낮에 가져왔다. 그리고 설려 동생은 저녁 먹을 때던가?"

상칠은 백로지로 싸인 분홍빛 리본으로 매어 둔 꾸러미를 풀었다. 속에서 나오는 자그마한 종이에

'어머님께 드립니다. '잘 목도리' 아래 받쳐 쓰시옵소서. 신희 올림.'

상칠은 눈시울이 뜨거워지는 것을 느끼며

"어머님께 신희가 보내드린 거야요."

하고 양 끝을 올을 뽑아 만든 두 자가웃이나 되어 보이는 노방주[77] 수건을 펼쳤다.

"얌전도 하지."

상칠 어머니는 목도리를 받아 목에 걸어보고 좋아하신다. 다음으로 자줏빛 리본을 감고 있는 제법 커다란 상자를 열었다. 속에서 나온 것은 머리에서 발끝까지 까만 옷을 입고 은빛 십자가를 안고 하늘을 쳐다보고 있는 미녀의 인형이다.

상칠은 인형을 담은 상자 속에서 적은 종이를 집어냈다. 달필로 쓴 영어다.

'나는 흑의를 입고 고난의 길을 걸어가는 순례자의 하나로소이다.'

상칠의 입가에 쓰디쓴 웃음이 흘러간다. 상칠은 불을 끄고 어머니 곁에 누웠다. 신희의 정성이 아니 사랑이 아직도 남아 있는 것을 감각하는 상칠의 가슴에는 봄날 같이 따뜻하고 부드러운 입김이 불어오는 듯하다.

신경문의 자동차에 실려 나오는 신희는 피로하여진 몸을 쿠션에 기대고 눈을 감았다.

"김신희 씨 오늘 저녁은 참 유쾌했습니다."

---

77 정련하지 않은 견사를 사용하여 평조직으로 소략하게 제직한 생견직물.

신경문의 호흡에는 알코올 냄새가 강렬하게 풍긴다.

"네."

간단히 대답을 하고 신희는 고개를 돌이켜 창밖을 내다보았다. 바로 자기가 타고 있는 차에서 한 대나 앞서 가는 설려의 차가 보이고 운전하는 설려 옆에 나란히 앉아가는 상칠의 모습도 똑똑히 보였다. 신희는 얼른 고개를 숙여버렸다.

"이건 김신희 씨께 드리는 오늘의 선물이랍니다."

신경문은 네모난 상자의 뚜껑을 열고 론진 팔뚝시계를 집어들고

"내가 직접 드리려고 지금까지 가지고 있었지요."

"……."

신희는 무어라고 인사를 하여야겠는데 그다음 빙그르르 눈앞이 돌아가는 현기증을 느끼고 두 손으로 머리를 받쳤다. 오늘 저녁 설려와 상칠 앞에서 긴장할 대로 긴장한 때문일 것이다.

신경문은 뽀얀 신희의 팔뚝을 잡고 시계를 걸기 시작한다. 뜨끈뜨끈 하고 푹석한 신경문의 손바닥이 신희의 손목을 이리 쥐고 저리 쥐고 신희는 고개를 들었다.

"고맙습니다. 이리 주세요 제가 차겠습니다."

신희는 신경문의 손에서 시계를 받아 참따랗게 왼편 팔뚝에 끼었다. 반짝거리는 적은 시계가 선뜩한 촉감과 함께 신희의 팔뚝을 사치스럽게 꾸며놓았다.

신희는 마땅히 기뻐야할 자신이 조금도 기쁘지 않은 것이 이상스러웠다. 그는 마음속으로

'이 시계를 걸고 있는 내 팔뚝을 이상칠에게 보여야 한다.'

이런 생각을 하며 신희는

“고맙습니다. 내 마음에 꼭 드는 시계를 용하게 찾으셨군요.”

신희는 빙그레 웃으며

“신 사장님 너무 지나친 호의를 베풀어주셔서 무어라고 말씀을 드려야 옳을지…….”

신희가 말을 끝맺기도 전에 신경문은 커다랗게 손을 내저으며

“그렇게 인사를 받으면 곤란하다니까.”

“어머님께서도 여간 기뻐하지 않으세요. 손가락에 꼭 맞으신다고…….”

“그까짓 걸…… 설에는 어머님께 옷감을 끊어 보내드리지요. 정말입니다 하.”

“감사합니다.”

신희는 한 마디 하고 새어나오는 한숨을 가만히 삼킨다. 지금쯤 설려와 어울려 먹고 마시고 갖은 추태를 다할 상칠의 환상을 눈앞에 그리면서

“우리 어머니는 의복은 다 있어요.”

신희는 손으로 목을 가리키며

“목도리만이 없어요. 그래서 제가 ‘잘 목도리’ 한 개를 사드리기로 했어요.”

하고 신희는 팔짱을 끼고 어둠속을 내다본다.

“신희 씨 ‘잘 목도리’는 내가 사지요. 내가 사드린다고 언명했으니까 어떤 일이 있어도 내가 삽니다.”

신경문은 붉은 눈을 약간 부릅뜨고 신희를 노려본다.

“고맙습니다.”

신희는 초량이 가까워는 것을 짐작하고 내일 생각을 하는데 신경문은 생각난 듯이

"난 또 이 길로 범일동 초상집엘 잠깐 들여다보아야겠고."

혼잣말같이 하고 담배를 꺼내 불을 붙인다. 신희는 요 몇 날 동안 혼수 상태에 빠져 있는 범일동 할머니 생각이 나서

"초상이 났다면 뉘 댁이지요?"

하고 물었다.

"뉘 집이라 해도 신희 씬 모를 겁니다. 금년 여든 한 살에 별세한 노인이 아까워서가 아니라 좀 들어가 봐야 할 일도 있고."

신희는 잠자코 앉았으니

'천당 가서 만나자.'

하던 할머니의 목소리가 들리는 듯해서 가슴이 뻐근하여 왔다.

"저도 범일동 상사 댁으로 잠깐 가보겠어요. 그 댁 아이 이름이 계순이지요?"

"용하게 아시는구먼요."

신경문은 황매와 마주칠까 생각하는지

"내 먼저 들어갔다 나올 테니 잠깐만 기다려요."

하고 혼자서 들어간다. 일분도 못 되어 다시 나온 신경문은 포켓에서 지전 뭉텅이를 쥐어주며

"빈손으로야 갈 수 없지 않아요?."

하고 신희를 본다.

안방에는 병풍이 둘러졌고 방문 앞에는 계순이 엄마가 머리를 풀고 상주 노릇을 하고 건넌방에는 예배당에서 온 부인들인 듯 오륙 인이 모여 앉아 찬송을 하고 신희는 계순이 엄마 앞으로 가서

"얼마나 애통하십니까? 분명 천당엘 가셨을 테니 너무 서러워 마십시오."

신희는 향로에 향을 집어넣고 이분 간 묵도를 마치고 향로 아래다 신경문이가 준 돈을 살그머니 놓고 돌아 나왔다.

황매는 다녀갔는지 보이지 않고 대문간에는 홍사청사 초롱불이 얼어붙은 듯 조는 듯 으쓱 무서움이 지나간다. 자동차로 돌아오니 신경문은 빙그레 웃으며

"우리 이 길로 동래 온천으로 가서 목욕이나 하고 옵시다."

하고 힐긋 신희의 눈치를 살핀다. 그 어머니에게 금가락지를 보냈겠다, 본인에게 십사금 론진 시계를 사주었겠다, 지금쯤 신희는 신경문이가 안내하는 동래 온천을 가도 괜찮을 때가 되었다고 신경문은 생각한 것이다.

그러나 신희의 목소리는 의외에도 깔끔하였다.

"온천이 무슨 온천이에요? 이 밤중에 집에서 어머니가 얼마나 기다리시는데요."

신희는 새침하여 동그라니 팔짱을 끼고 똑바로 운전대를 향하여 앉는다.

"박 군 초량으로."

신경문은 점잖게 운전수에게 이렇게 명령을 하고 자신도 얼굴에서 표정을 정리하는 것이다.

이튿날 저녁 상공 장관 저 넓은 홀에서 손님들이 둘씩 둘씩 짝을 지어 모여들었다. 그러나 신희만은 이모님이 보낸 자동차에 실려 혼자 왔다.

약속이나 한 것처럼 신희의 등 뒤에서 상칠과 설려가 내렸다. 문에는 상공 장관 부인이 친히 손님들을 안내하고 있다가

"오 이상칠 씨."

하고 상칠에게 손을 내민다.

상칠은 두 손으로 상공 장관 부인의 손을 잡고 공손히 허리를 굽혔다.

"그 사이 한 번 놀러오지도 않고…… 저리로 들어갑시다. 스토브가 한참 달았나 봐요."

곁에서 생글생글 웃으며 인사 기회를 기다리고 섰던 설려를 바라보고

"초면인 듯한데 누구시지?"

하고 장관 부인은 웃으며 설려에게 손을 내민다.

"강설려 씨라고 제 친구에요."

하고 신희가 소개를 하였다.

"오 그래? 강설려 씨 반갑습니다."

급사인 듯한 십육 세 되어 보이는 소년이 상칠이며 설려가 벗은 외투를 받아서 다음 방으로 가져갔다. 설려는 한 손으로 야회복 자락을 걷어쥐고 신희와 나란히 홀로 들어왔다.

"어제 저녁엔 피곤하셨죠?"

하고 설려는 뱅긋이 웃는다.

"참 재미있었어요. 덕분으로…… 커널은 오시지 않으세요?"

"오늘 밤 특별 모임이 자기네끼리만 있다나 봐요……. 그래서 여기는 아마 한참 있어야 올 겁니다."

신희와 설려는 쿠션으로 가서 앉는다.

"어머니께선?"

"감기로 누워 계세요."

"네 그러세요. 걱정되시겠는데요."

○○부 차관도 동부인하여 오고 ××국장의 부처도 눈에 띈다. 신희는 안으로 들어가서 두루마기를 벗고 나와 일일이 인사를 하고 자기 자리로 가서 앉는데 급사 아이의 안내로 신경문이가 들어선다.

스토브 앞에서 불을 쪼이고 있던 상칠이가 일어나서 신경문과 악수를 하고 자리를 권한다. 신경문은 준비하여 가지고 온 여송연을 꺼내 불을 붙이며 신희와 설려를 돌아보고 빙긋이 웃는다.

그 사이 안으로 들어온 장관 부인은 주방으로 가서 준비되어 있는 다과를 다시 한 번 돌아보고 장관의 서재로 들어갔다. 책상에 한 팔을 고이고 무슨 책인지 들여다보고 있던 젊은 신사를 향하여

"도련님 기다리시던 분이 나타났어요. 그래도 그 사람의 '인게이지먼트'[78]도 같이 왔으니 그쯤 아세요."

"누구? 이상칠이란 사람 말이지요?"

하고 신사는 책을 덮고 기지개를 켠다. 제법 벗어진 듯이 넓게 트인 노르스름한 이마를 곱실곱실한 머리칼이 오그라진 철사 같이 한 귀퉁이를 덮고 약간 들어간 듯한 미간에는 주름살이 두 개 바늘허리만큼 서서 있다.

위로 치켜진 귀가 구멍이 유난히 좁고 드높은 코와 굳게 다물어진 입과 조화를 이루어 기품을 갖춘다. 얼굴은 둥근 편이나 전체적으로 깨끗하고 지적인 인상을 주는 것은 그의 맑은 눈빛이다.

조용히 사람을 응시하는 밤빛 눈동자는 언제나 깊은 인상을 투시하려는 영혼의 정열이 담겨 있다.

"피곤하지 않거든 잠깐 나가보셔도 좋고 도련님 맘대로 하세요."

장관 부인은 보랏빛 양단저고리 앞섶을 여미며 서재문을 닫고 돌아선다.

오늘 새벽 수영 비행장에 내린 정현우는 사 년 만에 보는 이 땅의 현실이 너무도 비참한 것뿐이었다.

---

78 engagement. 약혼.

자동차 창밖에 지나가는 사람들의 초라하고 헐벗은 모습이며 울퉁불퉁한 길바닥 위에는 쓸리어 나가야할 쓰레기들이 여기저기 쌓이기도 하고 흐트러지기도 하여 현우는 눈살을 찌푸리지 않을 수 없었다.

추하고 게으르고 그리고 배고픈 이 땅 사람들이 자기의 동포라 생각할 때 정현우의 가슴에는 즐거움보다도 우울만이 조수처럼 밀려들었다.

아침을 먹은 뒤 형님 되는 상공 장관은 상공부로 나가고 아이들도 학교로 가고 호젓이 혼자 장관의 서재로 들어온 정현우는 생각난 듯이 안방으로 뛰어갔다. 형수의 입에서 김신희의 약혼이 확정되었다는 말을 듣는 순간 그는 비로소 조국에 돌아온 것을 후회하기 시작하였다.

정현우는 지금도 탁하디 탁한 자기의 성격을 생각하고 혼자서 웃었다. 그는 자기가 사랑을 느끼는 여자와 마주 대하기만 하면 언제나 그의 눈동자는 강직하여 지고 입은 얼어붙은 듯 발음이 되지 않는 것이다. 신희를 향하여

"나는 당신을 사랑합니다."

하고 고백할 기회가 몇 번이나 있었건만 그는 이런 말을 하기가 황소의 목을 휘는 것보다 더 어려웠던 것이다.

타는 듯한 정열을 마음에 간직한 채 말로나 표정으로 자기의 사랑을 알리지 못하고 있는 정현우의 눈앞에 강적이 나타났던 것이다. 그는 미모에 있어 변설에 있어…… 확실히 여자를 사귀는 수단에 있어 자기보다 백배나 우월한 이상칠과 신희의 사랑을 경쟁하기는 단념하여 버렸다.

그는 차라리 멀리 에든버러의 학위를 얻어 와서 신희의 부친 김병화 씨와 단판하고 싶었던 것이었다. 그는 때때로 김병화 씨에게 문안 편지를 보냈으나 한 번도 구혼에 대하여 말을 비친 일은 없었다.

이러한 자신은 어리석다면 어리석으나 처녀보다도 오히려 수줍은 자기의 사랑이 그지없이 애처롭기도 하고 또 고귀하기도 생각이 되었다.

그는 우두커니 팔짱을 끼고 어느덧 창턱 하나 가득 피어난 별 떨기를 바라보고 앉았다.

"고단하시면 일찍 주무시든지 도련님 맘대로 하세요. 웬만하면 한 번 나가보셔도 괜찮을 상 싶은데."

장관 부인은 방그레 웃으며 목소리를 낮추어

"어여쁜 처녀도 왔는데? 신희 말고."

하고 한 눈을 찡긋 하고 돌아나갔다. 연보라빛 양단저고리를 같은 빛 치마 위에 받쳐 입은 형수 씨의 뒷모양을 바라보며 정현우는 속으로 생각했다.

정현우는 갑자기 신희가 그리워졌다.

오늘 새벽까지도 구름 만리 물 만리 산도 가리우고 바람도 막아 있는 외국 땅에 떠나 있었지만 지금은 바로 벽 한 겹 건너 그가 있다.

그의 목소리가 있고 그의 웃음이 있을 것이다. 정현우는 화장실로 갔다. 수염을 밀고 얼굴에 크림을 바르고 그리고 곱다랗게 빗질을 하고 넥타이를 갈아맸다. 외국에서 터득한 몸단속이다.

신희는 자기 집이나 다름없는 이모님 집으로 찾아온 설려와 되도록 어색한 기운을 깨뜨리려고 어린 애기처럼 얘기를 주고받고 있었는데

"여러분께 멀리서 오신 손님 한 분을 소개해 드립니다.

장관 부인이 방글방글 웃으며 서 있는 옆에는 크도 적도 아니한 키와 몸매와 그리고 높은 교양을 쌓은 표정을 가진 젊은 남자가 수줍은 미소를 담고 서 있다.

"영국 에든버러 대학 문과를 마치고 오늘 새벽 귀국하신 정현우 씨는

바로 우리 장관의 끝의 아우님입니다. 많이 사랑해주세요."

"여러분 그새 안녕하셨습니까? 덕택으로 오늘 아침 무사히 돌아왔습니다." 하고 원래[79]의 객이 고개를 까딱하였다. 사람들의 입에서 경탄의 소리가 나고 제가끔 일어서 악수를 청하고 자신의 성명들을 외운다.

인사가 한 차례 거의 끝날 무렵에 신희는 설려와 나란히 정현우의 앞으로 왔다. 오래간만에 보는 한국식 외출복을 갖춘 신희의 모습이 정현우의 시야를 평안하게 하였다.

언제 보아도 든든히 믿어지는 김신희였다. 그러나 이 김신희는 벌써 자기의 관심의 영역에서 완전히 잊어져 버렸다 생각할 때 정현우는 자신이 서 있는 자리가 불모의 사막 지대 같이 쓸쓸하여졌다.

"먼 길을 오시느라고 얼마나 고생하셨어요?"

신희의 빨개진 얼굴을 지극히 무관심한 듯이 바라보며

"춘부장께서는 안녕하시겠지요?"

정현우의 얼굴에는 미소가 사라졌다. 옆에서 신희의 팔고뱅이를 건드리며 설려가

"미스 김 나도 인사드리겠어요."

하고 방그레 웃는다.

"이 분은 미스 강 나의 친구에요."

신희가 소개를 하자

"처음 뵙습니다. 나는 정현우 올시다."

"제 이름은 미스 김이 가르쳐 드렸으니! 영국 얘기나 좀 들려주세요, 오

79 遠來. 먼 곳에서 옴.

호호.”

설려는 고개를 약간 삐딱하게 눈을 치켜뜨고 정현우를 흘겨보며 웃는다.

‘어린아이 같이 귀여운 얼굴이다.’

정현우는 맘속으로 생각하고

“앉으십시오. 영국 얘기는 아라비안나이트처럼 무궁하게 지니고 왔으니까 하하하.”

현우는 비로소 그의 입에서 웃음이 굴러 나왔다.

그동안 세면소를 갔다 돌아오는 이상칠은 신희와 설려를 좌우에 앉혀 놓고 커다랗게 소리를 내어 웃는 젊은 사나이를 힘껏 바라보자 그의 시선이 일순 강직하여졌다.

상칠은 방금 자기 등 뒤로 들어서는 귀빈들에게 길을 비키어 망연히 한 자리에 서버렸다. 신경문이가 일어서서 상칠에게로 와서

“저분이 상공 장관 제씨[80]래요. 가서 인사하구려.”

하고 귀띔을 하여주는 듯 생색을 낸다.

“나도 알아요.”

하고 상칠은 뚜벅뚜벅 정현우의 앞으로 갔다.

“정 형 얼마만이시오?”

하고 손을 내밀었다.

“아 이상칠 군 오래간만이오그려.”

정현우도 마주 손을 내밀며 일어섰다. 두 사람이 서로 바라보는 눈과 눈에는 일순 복잡한 광채가 지나간다.

---

80 아우.

"앉으시지요."

신희가 상칠에게 자리를 권하고

"우린 지금 영국 얘기 들으려는 참이에요."

하고 설려가 어깨를 으쓱 치키고 나서

"영국에는 안개가 잘 낀다는 얘기며 나이팅게일이란 처녀가 전 세계적 십자대의 조상이 되는 것쯤은 전부터 알고 있어요, 오호호."

설려는 금강석 반지를 끼고 있는 손가락을 앞 이빨로 두어 번 깨물어 보고

"내 나이 분명 일곱 살이었던가 봐요. 그때 한창 어른들이 모여 앉기만 하면 신문지를 치켜들고 떠들고 법석을 하던 심프슨 부인은 어떻게 됐지요?"

"윈저 공과 참따랗게 잘 살고 있지요."

"어째 이혼 소문도 날 듯 한데 기특하게도 조용히들 살지 않아요 오호호."

설려가 소리를 내어 웃을 때다. 급사의 안내로 키가 훌쩍 큰 스미드가 그레이 부인과 나란히 앞을 서고 그 뒤에 어깨가 꽉 벌어진 브라운이 탄간 양과 함께 들어선다.

설려가 일어서 반갑게 그들을 맞이하고 신희며 상칠이며 신경문이 모두 아는 채 하고 인사를 하였다.

"소개해 드리겠습니다. 이분은 커널 브라운, 또 이분은 커널 스미드 그리고 탄간 양과 그레이 부인."

설려는 생글생글 웃으며

"여러분 앞에 고귀한 손님 한 분을 소개하는 영광을 차지하게 해주세요. 이분은."

설려는 가장 자연스럽게 정현우의 한 팔을 끼면서

"오늘 아침 비행기에서 내린 상공 장관의 동생입니다. 에든버러에서요 호호호."

군센 악수와 악수가 몇 번이나 지나가고 그들은 자리에 앉았다. 설려는 사실 어제 하루 저녁 신희와 만난 것이 뼈에 사무치게 불쾌하였으나 오늘 신희의 이모님 댁인 이집으로 기를 쓰고 온 것은 까닭이 있다.

그는 브라운이며 그밖에 몇몇 외국 친구들에게 자기는 장관 댁 파티에 초청을 받은 만큼 한국 사교계에 중요한 지위를 점령하고 있다는 것을 인식시키려는 것이다.

미스 강의 존재가 외부적으로 화려하여지기 위하여는 그는 신희에게 대한 내면적 불쾌함은 어금니로 꼭 눌러 참을 수도 있었다.

홀 중앙에 순백색 클로스를 쓰고 있는 테이블 위에는 비스킷과 과자를 섞어 담은 커다란 접시들이 진열 되고 계란 삶은 것을 절반씩 쪼개고 마요네즈에 무친 새우등살과 한국식 전유어들이 풍성히 운반 되었다.

위스키를 떨어뜨린 뜨거운 홍차가 부인 손님들 앞으로 오고 남자들 앞에는 위스키가 나왔다.

"당신의 건강을 위하여."

설려가 자기 잔을 정현우의 잔에 찰칵 대었다가 입으로 가져간다. 신희는 발딱 일어서서 비스킷 쟁반을 집어 들고 사람들에게 서비스를 시작하였다.

신희가 내미는 비스킷 쟁반을 상칠이가 받으려는 것을

"괜찮아요 제가 돌리겠어요."

하고 신희는 싹 돌아섰다. 빤히 상칠을 흘겨보던 설려가

"난 그 심프슨 부인의 얘기가 더 듣고 싶어요. 그이들은 시종일관 변치

않는 것을 보면 그들의 사랑은 위스키를 마시고 약속한 사랑은 아닌 모양이지요?"

하고 설려는 눈썹을 펴고 사나이들의 얼굴을 번갈아 돌아다본다.

"위스키를 마시고 사랑을 약속한다? 하하하."

브라운이 설려의 말을 그대로 받고 웃어댄다.

"술과 사랑…… 거리가 먼 것도 같고 가까운 것도 같고 난 모르겠는데?"

하고 현우가 고개를 기울인다.

"아니 내말은 취하기만 하면 사랑을 지껄이는 사람이 있다는 거에요. 그런데 술만 깨고 나면 사랑도 아무것도 아니란 거에요. 일종의 주사를 연애극으로 데뷔하는 사람이 있다는 거에요."

하고 설려가 깔깔거리고 웃어댄다. 두 잔째 위스키를 비우는 상칠의 얼굴은 화끈화끈 붉어졌다. 두 잔 술에 취할 상칠은 아니건만 바늘로 찌르는 듯한 설려의 농담이 그에게 칠분의 부끄러움과 삼분의 분노를 가져왔다.

'설려는 과연 그만치 총명한 여잘까? 그나마…….'

상칠의 얼굴은 어두워졌다.

'만의 하나로 내 일기장을 보았다면? 행여나 그런 일은 없을 텐데.'

상칠은 혼자서 부정하였으나 따가운 매를 맞은 듯 그의 중추신경은 얼얼하여졌다. 스미드 씨가 세 번째 붓는 술잔을 들고 상칠은 자리에서 일어서 신경문 곁으로 갔다.

설려도 일어서서 소금에 볶은 비날이 담긴 접시를 사나이들 앞으로 가져왔다. 안으로 통한 홀의 문이 열리고 상공 장관의 준수한 몸이 들어섰다. 사람들은 모두 자리에서 일어서서 경의를 표하였다. 무테안경을 벗어 한 손에 든 채로 장관은 부드럽게 웃으며

“여러분 이렇게 와주셔서 고맙습니다. 앉으십시오. 앉아서 천천히들 담화하십시오.”
하고 손님들 앞으로 와서 일일이 손을 내민다. 장관과 악수를 마치고 난 신경문은 속으로 뜨거운 김이 화끈 지나가는 것을 느끼었다.

‘좋다. 사나이 세상에 나서 장관 한 번 되어보는 게라 음.’

신경문은 찰찰 넘게 따른 위스키를 넙죽 한 입에 삼키고 신희가 돌리는 비스킷을 기다리는데

“안주 드셔야지요, 오호호.”

설려가 비날 접시를 들이민다. 먹고 마시고 사람들은 어지간히 흥분하여 여기저기서 이야기 소리가 늘어진다.

전기 레코드에서 음악이 울린다. ‘이태리의 정월’의 담담한 애수가 사람들의 가슴에 스며들었다.

갑자기 방 한편 구석 드높은 크리스마스 트리에 오색 전등이 켜졌다. 촛불이며 실과 알맹이 모양으로 된 작은 전구들이 은사 금사에 매달려 있는 금빛 종과 은빛 별을 그리고 산타클로스 할아버지의 모습을 찬란하게 비춘다.

사람들은 크리스마스 트리의 윙크를 받은 듯이 손에 손을 잡고 일어선다.

“영국식 댄스는 좀 더 고상하겠지요?”

설려가 정현우의 귓가에 소곤거렸다.

“뭐 그렇지도 않겠지만 같이 출까요?”

현우는 이렇게 명랑한 처녀는 세상에서 처음 발견하는 것이다. 그는 꿀벌의 허리 같이 가늘디가는 설려의 허리를 한 팔로 안았다.

커널 브라운이 신희와 ××국장은 탄간 양과 그리고 ○○차관은 미세

스 그레이와 함께 일어섰다.

설려는 현우의 가슴에 안겨 빙글빙글 맴을 돌면서 무엇인지 소곤거리고 현우의 턱 밑에서 방그레 웃는다.

상칠은 춤추는 군상에서 눈을 돌려 신경문의 귓속말에 귀를 기울였다.

"요 다음번에는 이 형도 추시구려 설려 씨와 함께…… 난 김신희 씨와 추겠어."

하고 신경문은 술잔을 비우고 테이블로 가서 계란 삶은 것을 한 토막 집는다.

정현우는 오늘 저녁 단연코 행복하였다. 음악이 그치고 자리로 돌아온 뒤에는 그는 꽃송이 같기는 하고 이름 모를 산새 같기는 한 설려에게 차츰 도취되어가는 자신을 인식하면서 설려가 따라주는 위스키를 사랑을 마시듯 마시었다. 두 번째 음악이 울리었다.

"이 형! 자 어서 설려를 붙들어요."

신경문은 나지막이 소리를 치고 자신은 신희 앞으로 달려갔으나 신희는 이미 자기보다 한 걸음 먼저 간 스미드 씨와 스텝을 밟기 시작한다.

상칠은 춤도 추지 못하면서 설려에게 끌려 두 번째나 이런 회합에 나온 자신이 지긋지긋 괘씸하여졌다. 정현우에게 안기어 자기의 앞을 경쾌한 스텝을 밟으며 흘깃 돌아보는 설려의 입에는 확실히 조롱의 웃음이 흘러 있다.

시계가 아홉 시를 쳤다. 통행금지 시간이 박두하여진다.

"저를 데려다 주시겠어요?"

하고 설려가 정현우의 귀에 소곤거렸다.

"오 혼자 오셨어요?"

"아뇨. 미스터 리와 같이 왔지만 그인 중간에서 내려버려요."

"오 내 같이 갈 수 있지요. 미스 강 염려마세요 하하하."

정현우는 까닭 없이 웃음이 자꾸 나온다. 그는 취하였다고 생각하였다. 위스키에 취했다. 그리고 설려에게 취했다고 그는 스스로 생각하는 것이다.

'지금까지 단 한 사람의 여성이라도 이렇게 내게 마음 문을 열어준 이가 있었더냐? 모두 점잔을 빼고 새침을 부리고 딴청을 하고…… 그러한 그들과 말 한 마디 건네기가 사닥다리 없이 지붕에 올라가기보다 힘이 들었어 진정 힘이 들었어. 하지만 미스 강은 달라 확실히 달라.'

그는 설려 같이 몸과 마음이 어여쁜 여자가 이 코리아에 있다는 것은 확실히 광야에서 꽃 떨기를 발견한 것이다. 아니 꽃과 꿀과 샘물이 함께 있는 오아시스가 아닐 수 없다.

'바라다 주다 뿐인가?'

현우는 이 처녀의 명령이라면 무엇이든지 즐거이 순종할 상 싶다.

사람들은 모두 제각기 자기 차에 올라탔다.

"미스터 리!"

하고 설려는 방금 검은 빛 낙타 외투를 걸치는 상칠을 돌아보며

"미스터 정도 같이 타신댔어요."

하고 자기는 운전대로 가서 앉는다. 상칠과 현우는 객석으로 가서 나란히 앉았다. 상칠은 오늘 밤 돌변하여 버리는 설려의 태도를 바라보며 그는 팔짱을 끼고 상체를 쿠션에 기대었다.

차가 큰길로 나온 뒤

"이상칠 군! 김신희 씬 어떡하고?"

하고 현우가 이상한 듯이 한 마디 묻는다.

"이모님과 무슨 얘기가 있는 모양이야."

"기다려서 같이 오질 않고?"

"괜찮아."

설려가 힐긋 뒤를 돌아보고 생각난 듯이 속력을 내어 차를 몰기 시작한다. 설려의 하얀 이빨이 그의 아랫입술을 몇 번이나 깨무는 동안 차는 초량역까지 왔다.

"미스터 리는 여기서 내리셔야 돼죠?"
하고 설려는 웃지도 않고 돌아보지도 않고 스르르 속력을 늦춘다.

"네. 내리기 알맞은 지점이군요."
하고 상칠은 현우에게 악수를 하고 설려에게도 고맙다는 인사를 하고 길바닥으로 내려섰다. 차가운 바람이 뺨을 에이는 듯 따갑다. 상칠은 외투깃을 세우고 시내 쪽을 향하여 돌아섰다. 뚜벅뚜벅 발소리를 내며 여남은 걸음이나 왔을 때다. 그 사이 완전히 뒤로 돌린 설려의 차가 시내를 향하여 몰기 시작한다.

불빛이 환한 운전대에는 설려와 나란히 앉은 정현우가 보이고 핸들을 잡은 채 현우를 향하여 무슨 이야긴지 지껄이고 웃어대는 설려의 얼굴도 보인다. 상칠은 쓰디쓰게 웃고 좁은 골목으로 들어갔다.

상칠은 골목에서 잠깐 동안 망설이었으나 그의 갈 곳은 역시 신희의 집이었다. 누가 무어라든 신희는 상칠의 마음의 항구가 아닐 수 없다.

몸과 마음이 피로할 대로 피로하여진 상칠은 풍랑에 상한 배가 항구를 찾아가듯 신희의 집 안방으로 들어섰다. 신희의 어머니는 감기가 들었는지 고타츠 옆에서 가늘게 코를 골고 성희는 잡지책을 들고 앉았다가 깜짝 놀란 듯이 반가워한다.

상칠은 성희의 곁에 앉아서 방안을 살폈다. 더러워진 다다미, 끄슬려 있는 천장, 그리고 두어 군데 구멍이 발려진 장지문, 모두가 이전대로의 모습이다.

초라하고 가난한 이 집 딸이 상칠이가 영원히 마음 놓고 쉴 수 있는 곳이라는 것을 새삼스럽게 느끼자 상칠의 눈시울은 뜨끈하여졌다.

신희가 돌아왔다. 신희는 상칠의 존재를 모르는 듯이 그는 성희를 향하여 어머니 약을 드렸나 묻고 상칠에게서 멀찍이 떨어져 앉는다.

그 옛날 베들레헴 말구유에는 하늘의 왕자가 내려 오셨다. 오늘 이 밤이 초라한 방에 신희가 들어선 것은 말구유 위에 누운 애기에게 비할까 그보다도 가난한 마구간을 찾아온 동방 박사에다 비할까.

신희의 기품 있는 모습은 초라한 전재민의 방을 일순간 억만장자의 응접실로 만들어 버린 듯하다.

상칠은 마음속에 끓어오르는 감정을 표현할 적당한 말도 갑자기 생각나지 않았다. 단지 자기의 내면생활에 절실하다면 절실한 한 가지 사건을 보고하고 싶었다.

"어젯밤 신희 씨께 드리려고 선물을 가져왔다가 도로 가져갔어요."

하고 상칠은 신희의 얼굴빛을 살폈다.

"네."

신희는 지극히 태연한 표정으로 간단히 대답할 뿐 무슨 선물이며 왜 도로 가져갔느냐고 묻지 않는다.

"가지고 가다가 버렸어요 하수도에."

상칠이가 이런 말을 하여도 신희는 왜 버렸느냐고도 묻지 않는다.

상칠은 머쓱하여

"나도 프레젠트를 받았어. 성희 이 외투 어때?"

"좋아요."

성희가 생그레 웃는다.

"신희 씨 내 외투는 새것이에요."

"……."

신희는 여전히 잠잠한 채 상칠을 빤히 바라본다.

"그래도 설려에게서 받은 것은 아니에요. 황매에게서 받은 거에요."

상칠의 얼굴에서는 자포의 웃음이 흘러간다.

"나도 잘 알아요."

신희는 심상히 한 마디 하고 성희가 들고 있는 잡지로 눈을 옮긴다.

"알리가 있나요?"

"왜 내가 몰라요? 황미순이와 함께 상공부 테이블 위에 갖다 놓고 왔는데요."

"미순이가 누구지요?"

"황매 씨의 조카라는 것은 나보다 당신이 더 잘 알걸요."

"황매가 내게 외투를 보낸 것은 신희 씨가 알고 있다니 나도 하나 아는 데로 말을 할까요? 신희 씨 팔목에 찬 시계는 신경문 씨께서 보내신 거지요?"

신희는 커다랗게 고개를 끄덕여 보이고

"어쩌면 그렇게 용하게 알아맞히세요? 성희야 어머니께 선물 온 그 목도리 이리 좀 내놓아라."

신희는 트렁크에서 나오는 '잘 목도리'를 받아들고

"어때요? 설려 씨가 당신 어머님께 선사 드린 그 목도리를 훔쳐온 것 같지요?"

"비슷하군요."

"신경문 씨가 어머님께 바로 오늘 낮에 보내드린 거에요. 저때 번에는 가락지도 한 쌍 왔는데 가락지도 보셨다지요?"

"……."

상칠은 잠자코 앉았다가

"이런 걸 받아도 괜찮을까요?"

상칠의 얼굴은 완전히 어두워졌다.

"상칠 씨가 설려 씨에게서 받을 수 있다면 나도 받을 수 있지요."

신희는 씹어 뱉듯이 이렇게 말을 하고 상칠을 노려본다. 상칠은 손을 들고

"그건 달라요. 첫째로 남자와 여자가 달라요……. 나는 여자에게서 선물을 받을 수 있지만 신희 씬 그러면 못써요. 신희 씨의 위신에 상처가 나니까요."

신희는 조롱스럽게 웃으며

"본래 내게는 위신도 없지만 상칠 씨가 날 끌어다가 설려 씨 앞에서 그만큼 위신을 높여 주었으니까 난 탄탄대로에요."

신희가 쏘아보는 눈에는 칼날과 같은 원한이 서려있다.

"신희 씨 우리 잠깐 밖으로 나갈까요?"

"통행금지 시간이에요."

"잠깐만 골목으로."

"노 땡큐. 첫째 난 추워서 싫어요."

"나가신다면 내가 할 말이 있어요. 신희 씨와 설려 씨에 대한 나의 사랑의 차원을 얘기하겠어요."

"노 땡큐. 성희야 이불 펴라."

신희는 커다랗게 하품하는 입을 손바닥으로 가리며

"미안하지만 다시는 찾아오지 말아 주세요. 난 시간도 없지만 당신과 만날 흥미는 완전히 사라졌어요."

신희는 말을 맺고 눕는다.

옆에 앉아 있는 성희는 차마 상칠의 얼굴을 바로 쳐다볼 수는 없었다. 일직이 단 한번이라도 자기 언니가 이상칠에게 대하여 이러한 폭언을 하는 것을 들은 일도 없고 본 일도 없다.

아니 신희는 언제나 상칠을 천사같이 높이고 제왕과 같이 존경하였던 것이다.

'그러나.'

성희는 마음속으로 언니의 오늘의 처사는 옳다고 단정하여버렸다. 성희는 그동안의 신희의 고통을 어느 정도 짐작하고 있기 때문이다.

'인격까지 변해버리려는 언니.'

를 생각할 때 성희는 겁도 나고 가슴도 아팠던 것이다. 신희가 싫어하고 배척하는 청년이라면 성희도 싫어하여야 될 것을 생각하였는지 그는

"언니."

하고 나지막한 소리로 신희를 불렀다.

"나 말요 이 시계 풀어서 상칠 씨에게 도루 드릴까봐."

"몰라 난 그런 거."

신희가 탁 쏘아 붙이는 것을 보고 성희는 상칠에게서 시계 받은 것을 속으로 후회하였다. 어제저녁부터 몇 번이나 자랑을 하여도 언니는 대답도 하지 않고 눈도 거들떠보지 않는 이 시계다.

성희는 손목에서 살그머니 시계를 뽑았다.

"옜어요 경여네 집으로 가져가세요."

아직도 체온이 따뜻하게 남은 크롬 시계는 상칠의 무릎 위에 올려놓아졌다. 팔짱을 끼고 입을 다물고 앉았던 상칠은 벌떡 일어섰다. 그리고 제법 소리 나게 장지문을 열어젖히고 밖으로 뛰어나갔다.

때 묻은 다다미 위에 크롬 시계는 파르스름한 광택을 안고 아무렇게나 엎드려졌다.

상칠이가 거칠게 문을 여는 소리에 잠이 들었던 어머니가 깨어나서

"왜 그러니?"

하고 놀라서 물으셨다.

"아무 일도 아니에요. 주무세요."

신희는 어머니의 등허리를 탁탁 두드렸다.

밖으로 나온 상칠의 머리 위에는 금방이라도 떨어질 듯 별 떨기가 하르르 떨고 있다. 그가 골목길로 서너 걸음 걸어 나올 때 상칠의 눈 속에 깃들이고 있는 별들은 화르르 한꺼번에 발등 위로 쏟아졌다.

'사나이답지 않게.'

상칠은 참으려면 참으려 할수록 눈물은 쉴 새 없이 싸늘한 두 뺨으로 흘러내린다.

상칠은 계집애 같이 울면서 밤길을 걸었다. 울면서 그는 입속으로 중얼거렸다.

'신희 씨가 아 그 신희가 이렇게까지 되었다?'

설려와 감정 유희가 기어이 무서운 파멸을 가져온 것을 깨달았다. 그러나 그는 후회하여도 어쩔 수 없다는 사실이 미치도록 슬프게 만들었다.

밤길을 걸으며 느껴우는 상칠의 폐부 속으로 찬바람이 얼음을 불어 넣는다.

상칠을 쫓아 보낸 후 신희는 아무 일도 없는 듯 태연히 잡지를 들여다보고 앉았다가 갑자기 손목에서 론진 시계를 풀었다.

그는 시계를 트렁크 속으로 아무렇게나 던져버리고 성희가 펴놓은 이불 속으로 들어갔다. 다리를 펴고 가슴을 끌어놓아도 신희는 조금도 편안치가 않다.

풀이 탁 죽어서 죄인처럼 고개를 떨어뜨리고 돌아나간 상칠의 모습이 환등처럼 신희의 눈앞에 머물러 있는 때문이다. 그는 자칫하면 뛰어나가서 상칠을 불러들이려는 또 한 개의 신희를 억눌러 놓고 지그시 눈을 감았으나 눈물이 수은 알처럼 굴러 떨어져 흥건히 베개가 젖어든다.

'사랑의 차원? 차원이 어떻단 말이야.'

이불을 이마까지 끌어다 덮는 신희의 어깨는 가늘게 떨렸다. 성희는 잠이 든 모양으로 언니의 우는 소리에 반응이 없다.

요 이삼 일간 상칠은 자리에 누워 있었다. 여기저기서 앓아눕는 사람이 많은 요즈음 상칠도 소위 '유엔 감기'에 걸린 줄로 알았는지 어머니는 방에 불을 지피고 취한제[81]를 다리고.

그러나 상칠은 아무 데도 아픈 곳은 없었다. 아프다면 찢어진 그의 마음이다.

그는 자기 심장에 깃들어 있던 신희의 심장이 떨어져나간 자리를 무엇으로도 메꿀 수는 없는 것이다.

'일시에 억만금의 재물을 소유한다면? 청년 독재자로 백관을 호령할 수 있다면? 전공후절[82]의 대천재가 되어 우주의 신비를 발견한다면?'

---

81 取汗劑. 발한제(땀이 잘 나게 하는 약).

82 前空後絶. 앞에도 없었고 뒤에도 끊어짐.

상칠은 고개를 흔들었다. 어느 것 하나라도 지옥과 방불한 상칠의 공허감을 채울 수는 없는 것이다.

어떤 미인이 어떤 허영이 상칠의 마음을 달래기에는 그의 패망이 너무도 컸다. 그는 그토록 신희를 사랑하고 있었다는 자신이 이상하기도 하였다.

한때는 설려나 신희가 꼭 같은 걸로 생각한 때도 있었다. 아니 어떤 순간은 설려가 오히려 신희보다 더 총명하고 더 사랑스럽기도 하였다.

그러나 지금 설려는 상칠의 눈앞에서 정현우와 접근되어 가고 있건만 상칠은 여기에 별 고통이나 질투를 느끼지 않는다.

단지 신희의 주위로 신경문이가 정욕에 찬 눈으로 기웃거리는 것을 볼 때 그리고 불순한 동기로 고가의 물건들을 선사하는 것을 볼 때 상칠은 공포에 근사한 불쾌를 느끼는 것이다.

"다시는 찾아오지 마시오. 당신과 만날 흥미가 사라졌어요."

이러한 신희의 말은 상칠에게 있어 그대로 사형선고가 아닐 수 없다. 확실히 요 이삼 일은 상칠에게는 살고 싶은 희망이 희미하여졌다.

상칠은 이러한 절망적 기분으로 전락하여 가는 자신이 지극히 천박한 줄도 안다. 전형적 저능아인 것도 안다. 그러나 알 수 없는 일이다.

이 처참한 상칠의 현실을 극복할 만한 아무런 개념도 그의 머릿속이나 심장에서 돋아나지 않았다.

상칠은 선혈이 뚝뚝 떨어지는 듯 하는 마음의 상처를 잠깐이라도 달래보고자 신희에게서 쫓겨 온 약혼반지를 만져보기로 한다. 반지가 쫓겨 온 이래 그는 어머니에게 들키지 않기 위하여 몇 번이나 반지곽을 숨겨둔 곳을 변하였던 것이다. 책갈피에서 트렁크 속으로 버들상자 속으로 그러나 오늘 아침 그는 이것을 자기의 새끼손가락에 끼었다.

파란 비취들을 안으로 돌리고 노르스름한 고리만을 밖으로 내놓았다. 그는 사내가 금반지 끼는 것을 비웃던 시절도 있었으나 신희의 몸에 간직되었던 이 반지를 될 수만 있으면 자신의 몸에 부착하고 싶었다.

상칠은 반지를 낀 손가락을 입술에도 대어보고 뺨에도 대어보고 그러나 반지에는 생명이 없다. 피도 통하지 않고 감각도 없는 이 반지는 역시 의미 없는 한 개의 물체 밖에 아무 것도 아니다.

상칠은 반지를 도로 뽑아 반지곽에 넣어 버들상자 속으로 감추었다.

'어머니만 아니면 츳츳.'

혀를 차는 상칠은 비로소 어머니의 존재가 지루하게 생각되었다.

'어머니만 아니면 편하게 진실로 편하게 청산할 길도 있는데.'

상칠은 방금 허리를 꾸부리고 노천 부엌에서 불을 지피고 있는 어머니의 허옇게 센 머리칼을 바라보고 속으로 부르짖었다.

'돌아가 주십시오. 제발 요만큼이라도 조용한 이때 주무시는 듯이 돌아가 주십시오.'

상칠은 뒤통수를 안고 책상에 엎드렸으나 눈물은 나지 않았다. 어머니의 죽음을 기원하리 만큼 절박해진 상칠에게는 눈물은 벌써 한 개의 넋두리다.

다만 바지락바지락 타들어 가는 고민이 독주같이 그의 이성을 혼란케 하는 것이다.

"얘 손님 오신다."

하는 어머니의 목소리가 들린다고 생각하는데 상칠은 벌써 마루 앞에 다 가선 두 개의 그림자를 인식하였다.

"미스터 리 오호호호."

장지문 밖에서 설려의 웃음소리가 났다. 상칠이가 문을 여니

"굿 데이(좋은 날이요) 이상칠 군."

정현우가 빙그레 웃는다.

상칠은 불끈 성이 났다.

평소에 좀처럼 성을 내지 않는 상칠이건만 오늘은 자제할 힘을 잃었는지 그는 노한 기운을 얼굴에 나타내고 말았다.

'초라한 내 전재민 생활을 웃어 주려고들 왔나?'

하는 생각이 상칠을 성나게 한 것이다. 이러한 기색을 알아차린 정현우가 어색한 표정으로

"미스 강이 잠깐만 들리자고 해서 왔댔는데, 익스큐스 해요."

하고 한 걸음 마당으로 들어선다.

"뭐 그런 것도 없지만."

그 사이 겨우 기분을 정리한 상칠이가

"들어 오랬으면 좋겠지만 보시는 바와 같네."

하고 상칠은 똑바로 설려의 두 눈을 응시하였다.

"그렇게 보시기만 하면 어떡해요?"

설려의 목소리는 평소보다 훨씬 높아지고 또 빨라졌다.

"난 우리 어머님 심부름 왔어요. 지금 동래 온천에서 신 사장이며 송 참서며 모두들 기다리신다구요. 미스터 리가 곧 좀 올라오셔야만 되겠다구요."

"나는 지금 몸이 아파서 상공부에도 못 나가고 있으니 아무 데도 갈 순 없지 않아요?"

"그러면 꼭 됐지 뭐야요. 감기 기운이 있으면 온천물에다 몸을 푹 담궈 보시는 게 낫지 않을까요?"

"……."

"상공 장관 영부인과 김신희 양 및 그의 어머님께서도 함께 기다리고 있다는 것을 첨부하여 보고 드립니다…… 이상."

설려는 상칠을 향하여 거수경례를 하고 싹 돌아선다. 마당에 정현우의 그림자가 없어진 것을 보고

"미스터 정 같이 가세요."

설려는 대문 밖으로 뛰어나가며 소리를 친다.

'미친 거.'

상칠은 탁 하고 영창문을 닫아버렸다. 설려는 지금쯤 독이 바짝 올라 있을 상칠을 생각하고 그는 하얀 마귀와 같이 웃으며 경사진 언덕에서 내미는 정현우의 한 팔에 상체를 기대었다.

상칠은 한편으로 젖혀놓은 이불 위로 가서 몸을 기대버렸다. 천장을 노려보는 상칠의 눈에는 공주와 같이 고귀한 신희의 얼굴이 나타나는가 하면 신경문의 주린 곰과 같은 얼굴도 보인다.

상칠은 주먹을 불끈 쥐고 허공을 때려놓고

'신희, 신희'

상칠은 두 팔로 신희의 환상을 안는다. 상칠의 팔 안에 안길 듯 사라지는 신희의 그림자 아닌 실체는 지금 온천장 욕조 속에 들어있다.

파란 타일이 깔린 욕조의 물은 옥색 물을 풀어 놓은 것 같이 연연하게 푸르다. 푸른 이끼가 낀 연못 속에 사는 인어처럼 아름다운 신희의 몸이다.

연분홍빛 피부가 파르스름한 물속에서는 차라리 연보랏빛으로 활짝 핀 화변 같기도 하다. 물에서 올라오는 신희의 몸은 크림 빛으로 윤택하고 신선하여 탄력 있는 전부(엉덩이)와 알맞게 졸려든 허리와 배 소복이 부풀어

오른 두 개의 유방 위에선 홍색 젖꼭지가 순결과 건강을 소유하고 있는 처녀임을 보증한다.

장관 부인은 눈을 가늘게 뜨고

"우리 신희만한 미인도 없나 봐요 형님!"

하고 그는 비누칠을 한 수건으로 가슴을 문지르며

"나도 저런 때가 있었건만."

하고 축 늘어진 자기 유방을 들여다보고 쓸쓸히 웃는다. 신희는 타월로 몸을 싸고 한편 무릎을 꿇고 수건에 비누를 흠씬 발랐다.

물에서 올라와서는 어머니의 팔을 잡아 앞에 앉히고 앞뒤 가슴이며 사지를 골고루 문질러 드리고 대야로 물을 떠서 헹구어 드리고 어머니의 머리도 훑어서 고이 빗겨드렸다.

구름 속으로

어머니의 몸을 수건으로 닦아 드리고 성희의 등도 밀어주고 조카아이들의 머리도 감기고.

신희는 후줄근히 기운이 빠져 거울 앞에 섰다. 얼굴이며 머리를 매만지고 옷을 입는 때는 중노동을 치른 사람처럼 피곤하여졌다.

어머니의 한 팔을 끼고 이층 ××호실 방으로 들어오니 식탁이 준비되어 있다. 이 집 산해관 쿡들의 모든 솜씨를 다한 요리들 중에서도 전복쌈과 고동장아찌, 생굴, 회와 그리고 소라 전골이 항구의 미각의 특색이라면 특색일 것이다. 청동화로에 숯들은 한창 피었다.

월라 여사는 장관 부인의 애기들을 식탁 가까이 앉혀 놓고

"아무 준비도 없습니다. 식기 전에 좀 드십시오."

하고 장관 부인을 바라보고 겸손하게 웃는다.

"여러 식구가 한꺼번에 와서 폐를 끼칩니다."

장관 부인은 점잖게 인사를 닦고

"형님 이리로 앉으세요."

하고 신희 어머니를 화로 곁에 앉히고 수저를 들어 형님의 손에 쥐어 드린다. 월라 여사가 추종하는 웃음을 웃고

"김신희 씨 어머님께서는 좋으시겠어요. 이런 어여쁜 따님이 계시니……."

"안 그래요? 신 사장님."

하고 방금 쇼지 문을 열고 들어서는 신경문을 향하여 이런 말을 하고

"설려가 왜 여태 안 올까?"

월라 여사는 젓가락을 들고 구운 비웃[83]의 배를 열고 뽀얀 알을 끄집어 내어 장관네 애기들 밥 수저에 놓아준다.

신경문은 월라 여사 옆으로 와서 일본식으로 꿇어앉았다. 월라 여사와 나란히 앉은 장관 부인이 이쪽을 돌아보기만 하면 인사를 드리려고 벼르고 있지마는 장관 부인은 아이들의 밥 먹는 것을 살피는데 바쁠 뿐 아니라 부인의 성격이 원래 시끄러운 것이 싫어 그는 필요 이상의 담화가 달갑지 않은 지도 모른다.

신경문은 한 오 분 동안 그냥 앉아 견디다가 그의 통통한 엉덩이가 내리누르는 압력을 발 뒤축으로만 지탱하기가 확실히 곤란하여져 그는 자세를 고쳐 앉든지 일어서든지 어느 쪽이고 한 가지를 취해야만 한다. 그러나 여태껏 앉았다가 그냥 잠자코 있을 수도 없어

"햄."

기침을 하고

"장관 부인님께는 너무 황송합니다."

신경문은 손을 두어 번 부비고 다음 말을 계속하려는데

"뽀옹."

신경문은 깜짝 놀라서 상체를 움칫 하였으나 때는 이미 늦었다. 단지 그의 두 귀가 윙 하고 울리는 것만 느낄 뿐 그의 입은 완전히 붙어버렸다.

83 청어의 방언.

신희 곁에서 밥을 떠먹던 장관의 둘째 아들 여섯 살짜리가 입을 삐죽이 내밀고

"뽀옹."

하고 흉내를 내어 기특하게도 웃음을 참고 있던 아홉 살짜리와 열두 살짜리가

"하하하 호호호."

한꺼번에 커다랗게 웃어버렸다. 아이들 곁에 앉아서 국들을 떠 넣던 성희가

"쿡."

하고 국물을 뿜어버렸다. 신희도 성희를 나무랄 수는 없었다. 그는 다만 웃는 소리를 내지 않을 뿐 그의 허리도 끊어질 지경이다.

"방귀가 그렇게 우스워?"

신희 어머니는 웃지 않고 훌훌 국을 마시고

"신 사장님 오늘 운수 대통하셨수."

하고 월라 여사가 딱한 표정으로 한 마디 하였으나 장관 부인만은 얼굴의 근육 하나 움직이지 않았다. 고의는 아니라 하겠지마는 부인들이 앉은 자리에서 더욱이 밥상머리에서 또 더욱이

"장관 부인께는 황송합니다."

는 서론까지 발표한 후에 방귀를 뀌었다는 사실은 암만 생각해도 신사로서 할 일은 못 되는 것이요 그 동시에 어떻게 생각하면 일종의 봉변이 분명하다고 생각하는 것이다.

얼굴빛이 붉다 못해 까맣게 된 신경문은 참담한 미소를 띠고 그 방을 나가버렸다. 장관 부인 일행이 돌아간 뒤에도 브라운을 대동하고 나타날

설려나 상칠은 종 무소식이다.

"아니 얘들이 왜 이 모양이야."

하고 월라 여사가 짜증을 내었으나 신경문은 조금도 우울하지 않았다.

"괜찮아요. 그들이 오든 말든 우리가 지향하는 코스는 만세반석이 됐어요. 장관 부인이 오신 까닭에 송 참서 일행이 어떻게 안심을 하는지 아세요?"

신경문의 얼굴에는 의미 있는 웃음이 흘러갔다.

월라 여사는 신경문을 따라 송 참서 일행이 있는 방으로 건너왔다. 술이 얼근히 취한 송 참서가

"나는 상공 장관 부인이 그렇게 젊으신 분인 줄은 몰랐어. 아직 삼십도 못 되신 모양이지?"

신경문을 보며 이렇게 감탄하는 것을

"먼빛으로 보아서 아나요?"

월라 여사가 생긋 웃고

"그 분이 그래 보여도 사십이 다 된 걸요."

하고 보일 듯 말 듯 입을 삐죽인다.

"그렇다면 더욱 놀랄 일이여."

송 참서는 고개를 끄덕이고

"황매란 년도 고왔어. 하지만 저런 분에게는 어딘지 고상한 빛이 있단 말야. 안 그렇소? 신 사장. 귀인들의 얼굴은 확실히 달라 내 말이 어때."

송 참서는 신경문을 보고 팔뚝을 내밀고 눈을 부라리다가

"히히히 내 말이 어때?"

앞에 앉은 유 참봉의 어깨를 꾹 찔러놓고 계향이가 따라 놓은 술잔을 비운다.

"암 여부가 있나. 천민과 귀인이란 건 날 때부터 생긴 것부터가 다른 거야 하하하."
하고 유 참봉은 맞장구를 친다. 월라 여사의 눈썹 사이가 차츰 평탄치 못하여졌다. 자기의 시부가 민족 운동자였고 자기 남편이 해외 무역업자라면 좋은 바람이 한 번만 불면 상공 장관이나 재무 장관 부인쯤은 될 수 있는 것이다. 이 사람들이 지금 상공 장관 부인에게 하던 찬사를 자신에게로 보낼 것이라 단정하여 버렸다.

'모든 것은 돈의 힘이면 된다. 돈, 돈, 장관의 의지도 돈이면 살 수 있겠지.'

월라 여사는 취한 사나이들이 취한 얼굴로 계월이니 난추니 성자니 하는 접대부들을 상대로 시시덕거리기만 하고 자기라는 존재를 완전히 잊어버리고 있는 것이 괘씸하였다.

이 자리에 마땅히 참여하여야 할 정 사장이 지금까지 나타나지 않는 것을 보면 확실히 정 사장은 자기의 말과 같이 이번 일에서 손을 떼는 것이다.

정 사장이 자기에게 설명한 대로 한다면 상공 장관의 부인과 몇 그 가족을 친하는 것으로써

'상공 장관이 신경문의 사업에 한 몫 끼운다.'
라는 인상을 주는 것까지는 괜찮다 하더라도 찍지도 않은 장관의 인감을 찍은 것처럼 서류를 꾸미자는 대는 도저히 찬성할 수 없다는 것이다.

물론 정 사장의 말이 옳고 바른 것은 월라 여사도 잘 안다. 그러나 큰 사업을 하려면 모험이 있어야 한다고 월라 여사는 생각하였다.

은행 돈을 그냥 얻어 올 수는 없다. 송 참서까지 도합 세 사람과 대지주가 제공하는 토지로서 은행에 저당하고 얻어낼 돈이다.

이 돈을 내어놓는 그들이 요구조건이 있다. 즉 상공 장관이나 재무 장

관이 이 일에 한 몫 지워야 한다. 그리고 끼이는 장관은 은행에 추천서를 보내어 되도록 헐한 이자로 가능하면 무이자로 빌리게만 된다면 자기들은 반석 같이 든든하게 믿고 이 일을 시작하겠다는 것이다.

신경문에게 있어 실로 하늘에서 떨어지는 복이 아닐 수 없다는 일이다. 신경문의 말대로 한다면

'상공 장관의 재산을 침범하는 것도 아니요 국고금을 도용하는 것도 아니요 돈 액수보다 배나 넘는 정당금을 제공하고 정정당당하게 돈을 꾸는 것이다. 단지 돈을 내는 사람의 마음을 안심시키기 위하여 상공 장관이 은행에다 추천서쯤 써주는 것은 국가의 견지로 생각하더라도 결단코 손해가 아니다. 왜냐하면 초라한 부실 항구가 화려하고 장엄한 국제도시로 변모하게 된다면 그만큼 대한민국의 체면도 서는 것이다.'

이러한 신경문의 설명을 월라 여사는 십이분으로 지지하고 싶었다. 그는 정 사장이 마도로스파이프를 두들겨 가며 신경문과 손을 끊으라 강권하는 말을 비웃었다.

제 일착 신경문의 플랜은 들어맞았다. 상공 장관 부인이 가족을 데리고 와서 신경문의 초대를 받고 갔다는 사실이 이 세 사람의 여흥을 돋을 대로 돋우고 있다.

김해 일각에서 족제비라는 별명을 가진 송 참서나 너구리라는 칭호를 가진 유 참봉도 현대인으로서의 모략과 배심을 가진 신경문 앞에서는 허잘 것 없는 초동들이었다.

좌우간 이 사람들이 이렇게 기뻐하는 것을 보아 일은 벌써 팔 할이나 진척된 것으로 생각하고 신경문은 신이 나서 난주가 두 손으로 받치는 술잔을 주먹으로 쥐고 목구멍으로 탁 털어 넣었다.

오늘 밤 술 맛은 감홍로[84]가 아닐 수 없다. 플랜의 제일착이 들어맞았다. 플랜의 제이착으로 이상칠이가 나타나면 된다. 상칠이가 얼굴만 한 번 보이고 나면 그는 준비하였던 서류를 내놓고

"방금 상공 장관이 보내준 것이다."

하고 세 사람의 지주 앞에 내놓을 것인데 안 오니까 할 수 없거든.

신경문은 속으로 생각하였다.

'부득이 하루를 지나서 서류는 내일 내놓아도 된다. 단지 설려가 커널 브라운을 데리고 와 주었으면 일은 금상에 첨화 격인데.'

시계가 여덟 시가 넘어가는 것을 보고 약간 우울하여지는 신경문의 귀에 가까이 오는 발소리가 들린다. 기적은 일어난 것이다. 그러나 문을 열고 들이미는 얼굴은 죠바의 최 군이다. 설려나 브라운은 종시 무소식인가?

"신경문 씨에게 오는 전화 받으십시오. 저쪽에서는 영어로 지껄여대니 알 수가 있어야죠."

최 군을 콩콩거리며 내려갔다.

신경문은 커다란 얼굴에는 거만스러운 미소가 흘러갔다.

"그러면 그렇지 잠깐들만 기다리세요."

하고 신경문은 전화실로 가서 수화기를 들었다. 뒤에서 송 참서가 긴장한 얼굴로 서서 듣는다.

"신 사장님이세요?"

기대한 바와 같이 분명 설려의 목소리다.

"네. 내가 신경문이요."

---

84 甘紅露. 소주에 약재를 넣어 약재의 성분이 우러나게 하여 마시는 술.

신경문은 공연히 가슴이 두근거리다.

"지금 전화를 바꿀 테니까요 잘 들으세요, 통역은 제가 할게요."

수화기 속에서

"헬로 미스터 신!"

굵다란 사나이의 목소리는 커널 브라운인 모양이다. 그는 계속해서 한참을 지껄이고 끝에 가서

"굿나잇."

하는 소리가 들리고 이어서

"지금 말씀 한 걸 통역할 테니 잘 들으세요."

설려는 다짐을 해 놓고

"그간 안녕하십니까. 상공 장관 가족은 내려갔습니까?"

"삼십 분 전에 내려들 갔습니다."

신경문은 감격해서 대답을 하는데

"매우 섭섭합니다. 나도 꼭 가고 싶었어요. 시간의 상치[85]가 되어서 못 간 것뿐입니다. 지금은 너무 늦겠고 내가 가나 아니 가나 여러분들 즐겁게 잘 노시길 바랍니다. 저의 말씀을 신 사장께서 여러분에게 전달해 주십시오. 통역은 끝났어요, 오호호."

설려의 간드러진 웃음소리와 함께 전화는 끊어졌다. 신경문보다 송 참서의 얼굴이 더욱 환해졌다.

해운대 벽파관 전화실에서 나오는 정현우는 근심스럽게

"한국말로 하지 말고 일부러 영어로 지껄여 놓고 설려 씨를 통역을 시

---

85 두 가지 일이 공교롭게 마주침.

켰다고 그분들이 욕하지 않을까요?"

설려는 고개를 살랑살랑 흔들고

"오랫동안 영국에 계시다가 돌아오신 것은 세상이 다 아는 일 아니에요?"

설려는 현우의 한 팔에 자신의 팔을 끼면서

"난 미스터 정의 통역하는 것 참 재미있어요. 앞으로도 늘 미스터 정의 심부름을 해 드릴 수 있었으면 참 좋겠어요."

현우는 감격하여 설려의 등을 두들기고

"오 기회 있으면 얼마든지 나도 청하고 싶은 일이요."

그들은 일본식으로 정밀히 만든 구리화로를 끼고 앉아 창 너머에서 웅성대는 파도 소리를 들으며 잠깐 동안 서로의 얼굴을 쳐다보고 앉아 있다.

"그래 메리가 어쨌어요? 메리는 어여쁜 여자지요?"

설려가 화젓가락으로 불을 헤치며 묻는다.

"얼굴은 예쁘지는 않아요. 그래도 무척 수줍어하고 인정을 쓰는 처녀에요."

"그래서 어쨌어요?"

정현우를 쳐다보는 설려의 눈에서 웃음이 사라졌다.

정현우는 메리의 이야기를 독촉하는 설려의 얇스레한 입술이 귀엽다고 생각하면서 그는 밖에서 들려오는 바다 소리에 귀를 기울인다.

푸른 물이 깨어져 옥 같은 가루가 사르르 모래 속으로 스며드는 해변을 연상시키기에는 밖에서 들려오는 소리는 너무도 처참하다.

지금 현우의 귀에 울리는 저 소리는 파래가 붙고 고동이 붙은 검푸른 바위에 감돌고 엉겨 붙은 물이 바람에 쫓겨 길길이 솟구치다가 구름 같이 연기 같이 피어나는 상쾌한 파도소리는 아니다.

백마 같이 사장을 달리다가 표범처럼 절벽을 물어 찢는 미친 물소리는 더욱 아니다.

"우웅 우우웅."

괴물의 신음하는 소리도 같고 귀신의 통곡하는 소리와도 같은 저 음산하고 몸서리치는 음향은 밤이 이슥하여지면 속칭 '바다가 운다'는 일종 바다의 진동이라 할까.

시간이 지날수록 바다 소리는 점점 더 확실하여지고 그리고 점점 더 가까이 들려온다. 현우는 말을 뚝 그치고

"저 바다 소리 들리세요?"

하고 이맛살을 찌푸린다.

"들려요 왜요? 불쾌하세요?"

"유쾌하지는 않군요."

"나도 그렇게 생각해요."

하고 설려는 대답하였으나 속으로는 이 남자가 아직도 한 사람 분의 사나이가 되지 않았다고 생각하였다.

첫째 위스키도 단 두 잔에 손을 내젓고 담배는 종시 입에 대지 않는 것은 고사하고라도 이상칠에게 비하면 미모에 있어 훨씬 떨어지거니와 확실히 상칠이보다 이삼 세 연장이면서도 정현우는 어딘지 상칠이처럼 탁 티어 있지 않는 것이 발견되었다.

처음 이 방에 들어올 때로부터 벌써 네 시간이 경과 되었는 데도 현우의 자세는 별로 달라지지 않고 있는 데는 설려는 경의를 표하기 전에 자신이 먼저 피로하여졌다.

까칠까칠하고 환히 열리지 못한 구석을 지닌 정현우의 성격은 설려가 조종하기에는 장단도 맞지 않거니와 우선 흥이 사라지기 시작하는 것이다.

"메리의 취미는 무엇이든가요?"

상공 장관의 동생이요 에든버러 문학사라는 간판이외에는 별 매력도 느낄 수 없는 이 사나이에게 메리의 이야기나 지껄이게 해두자는 설려의 심보도 모르고 현우는 고개를 들고

"메리는 시인이에요. 시를 좋아해요."

"작품도 있나요?"

"더러 있지만 발표는 하지 않고 있지요."

"시 발표도 하지 않고 시인이 될 수 있어요?"

설려는 짐짓 입을 삐쭉하고 비난하는 표정을 해 보였다.

"미스 강! 시를 발표하든지 말든지 또 시를 쓰든지 말든지 시를 좋아하고 시를 감상할 줄 알면 그는 시인이라 할 수 있지요."

"오호호 그건 에든버러 대학 법률인가요? 시나 문학을 애호하는 사람과 창작하는 사람의 구별은 엄연히 있다고 난 생각해요. 그러니까 메리 씨는 시인이 아니라 시 애호가시군요 오호호."

설려의 단정을 굳이 부인하려고도 하지 않고 정현우는 우두커니 바람벽도 보고 유리창 밖도 내다보고 앉았으나 그의 마음속에는 설려에 대한 비판이 한창 바쁘다.

화려한 전등 아래서 요란한 음악 소리에 휩쓸려 왈츠를 추던 그날 밤의 기분은 아니다. 그리 밝지 못한 전등 아래 유리문이 간간히 요란스럽게 울고 문 한 겹 너머 바다가 괴물처럼 포효하는 이 밤 현우에게는 차디찬 이성의 눈으로 설려를 바라보는 것이다. 그는 새로운 대명사로 메리를 설명하는 것이다.

"메리에게는 시인이라는 것보다 레이디라는 이름이 더 적합합니다. 우

리나라 말로 숙녀라고 할까요?"

"네? 오호호 그러세요?"

설려가 눈을 커다랗게 뜨고 웃어대는데 현우는 고개를 끄덕여 보이고

"이 나라에도 숙녀는 아름답습니다."

하고 속으로

'미스 강은 재주 있고 명랑한 여성이다. 그러나…….'

사 년 동안 영국식 신사도를 보고 듣고 거기에 젖은 정현우의 눈에는 설려는 레이디도 아니요 한국식 숙녀는 더욱 아니었다.

정현우가 설려를 처음 대할 때 받은 인상은 한 말로 하면 '명랑'이었다. 즐거운 종달새 그리고 어여쁜 꽃 떨기 오직 그뿐이었다.

무대 위에서 연극하는 배우를 바라보듯 갈채만을 보내고 사는 것이 인생의 전부는 아니라는 것을 생각하는 현우에게는 이러한 강설려로서 만족할 수는 없는 것이다.

몇 시간 데리고 노는데 심심치 않게 하는 화술도 좋다. 좌중을 웃길 수 있는 명랑성도 좋다. 그러나 이것은 돈만 가지면 거리에서 웃음을 파는 여인들에게서 얼마든지 구할 수 있는 상품이기도 하다.

정현우가 이상하는 자기의 아내 될 처녀는 감탄할 수 있도록 총명한 여자가 아니다. 깊은 이해와 존경을 가지고 신뢰할 수 있는 여자라야 한다.

동래 온천장에서 신경문과 설려의 어머니인 월라 여사가 상공 장관 가족 일동을 초청하는 자리에 정현우도 가야만 한다고 우겨대는 설려를 따라 설려의 차에 올라탔을 때까지도 설려는 현우에게 있어 열리지 않는 상자였다.

그는 울렁거리는 가슴을 안고 설려가 지적하는 대로 운전대로 가서 앉

왔던 것이다.

운전대에 앉아 같이 이야기할 동안 설려의 몸에서 풍겨 나오는 고급 화장품의 향기는 기분 좋은 것이었다. 그리고 또 한 가지의 향기 그것은 여인의 체취였다.

오직 동정으로 삼십이 된 현우에게는 확실히 황홀스러운 순간이 아닐 수 없는 것이다.

일찍이 사모하던 김신희에게서도 또한 사 년 간이나 같은 지붕 아래서 한 식구처럼 먹고 마시던 '메리 스파로우'에게서도 이렇게 관능을 자극시킬 만한 향취는 흘러나오지 않았던 것이다.

음악 소리 같은 설려의 말소리와 웃음소리에 정현우의 아련한 꿈이 짙어갈 때 자동차의 가는 방향에는 문득 청남빛 바다가 나타났다. 그는 동래는 바닷가가 아니고 금정산 아래 있다는 말을 들었는데…… 산이 바다로 변하는 순간부터 그의 꿈이 현실로 돌아왔던 것이다.

"바다가 보이는군요."

하고 정현우가 설려에게 물었을 때

"네. 바다 좋지요? 겨울 바다의 풍미가 또 다른 게 있어요. 동래 온천은 갑갑해요."

설려의 차는 기어이 파도소리가 엉성 데는 벽파장 정문으로 미끄러져 들어갔다.

"동래는 보이콧이군요."

현우는 웃으며 이렇게 말을 하였으나 벌써 그는 처음 발언을 무시하여 버리는 설려의 인격에 어렴풋한 의심의 시선을 보내지 않으면 안 되게 되었다.

보이의 안내로 두 사람이 목욕을 마치고 올라온 후 설려가

"위스키와 적당한 안주."

하고 주문 받으러 온 서비스걸에게 명령을 내릴 때 정현우의 눈은 설려의 뒤통수에서 커다랗게 열리었던 것이다.

"미스터 정, 저렇게 보이는 바다는 취중에 바라보는 것이 훨씬 더 효과적이라는 거에요 오호호호."

하고 손수 술을 따라 잔을 내미는 설려의 서비스에 현우는 비로소 실망하기 시작한 것이다.

'양가의 처녀일까?'

현우는 목구멍으로 넘어가는 위스키가 약물처럼 쓰디썼다. 두 잔으로 잔을 물리친 것은 술을 못하는 까닭만은 아니었다. 설려를 향하여 싹 터 나오던 어떤 기대가 하물어지기 시작하는 슬픔이 그에게서 술맛을 잃어버리게 만든 것이다.

"영문학을 하셨다니 의레히 셰익스피어가 주요 교재였겠군요?"

하고 설려가 이번에는 다른 잔에다 절반쯤 술을 부어서 조르르 한 모금 마시는 때는 정현우의 가슴은 내려앉았다. 설려는 반지르르 술에 젖은 입술을 쪽 빨면서

"영국 사람이 인도에 쌓여 있는 모든 보물과도 셰익스피어는 바꿀 수 없다고 한 말을 들어보면 셰익스피어는 영국 사람에게 있어 어지간히 매력을 가진 문인이죠?"

정현우는 커다란 한숨과 함께

"네."

하고 팔짱을 끼었다.

"셰익스피어 중에서도 어느 작품을 제일 좋아하세요?"

설려가 안주로 전복 회를 집어 질정질정 씹으며

"약주 드세요. 서너 고뿌 드시면 황혼 속에 젖어드는 저 하늘이 바다와 함께 녹아집니다. 바다도 하늘 같고 하늘도 바다 같고 호호호."

"네."

고개를 끄덕이고만 앉았는 정현우를 좀 꼬집고 싶어 설려는

"실례올시다만 난 셰익스피어는 평범하다고 생각해요. 전부가 전설을 끌어다가 무대에 올려놓은 것밖에 더 있어요? 하기야 그때 사람들이 그런 걸 좋아했으니까 할 수 없지만."

"설려 씬 어떤 작품을 좋아하세요?"

"난 '슬라브' 문학이 단연코 낫다고 생각해요. '도스토옙스키'의 '죄와 벌'이며 '가난한 사람들'이며…… 그리고 '체호프'의 '노래하는 여인' 같은 것이 훨씬 더 인간의 실감을 준 게 아닐까요?"

하고 설려는 잔을 들어 술을 한 모금 꼴깍 마시고

"'고르키'의 '첼카슈'는 어떠세요?"

"러시아 문학을 전공하셨나요?"

하고 현우가 묻는 것을

"오호호호 전공은 무슨 전공이에요. 손에 잡히는 대로 읽어본 것뿐이에요."

"'오스카 와일드'의 '살로메'는 어때요?"

현우가 젓가락으로 해삼을 집으며 이렇게 물었다.

"'살로메'는 싫어요. 정상적이 아니니까…… 그 어머니와 '세례 요한'의 사이에 어린 딸 살로메가 달려들어 삼각을 연출하는 것처럼 꾸민 '오스카 와일드'의 의도가 어디 있는지는 몰라도 좌우간 발칙하다고 생각해요."

"네. 사상이 건전하신데요."

"물론이죠 호호호. 미스터 정 나는 나쁜 소녀나 나쁜 마담이 제일 싫어요. 내 취미에 맞는 것은 정상적인 질서를 유지하고 그리고 고급적 취미를 엔조이(향락) 하는 것이에요."

"네, 향락파시군요. 물론 데카단은 아니시구."

"오호호 사람은 누구에게나 다소의 데카다니즘[86]은 있다고 생각해요. 그래도 난 의식적으로 데카단은 되기 싫어요."

"네."

현우는 속으로

'설려쯤이면 그만한 상식은 가졌으리라.'

그는 별 감탄도 하지 않았다. 설려가 오늘 밤 세계문학을 강의 한다 치더라도 그가 호젓한 다다미방에서 술을 따라 젊은 사나이에게 권한 허물만은 배상할 수는 없다고 현우는 단정하였다.

현우는 동향 벽에 걸린 왜정 때 유물인 듯한 사해정관이란 액면을 쳐다보면서 변했다 아주 변했다 조국은

'변해도 잘못 변했어.'

현우는 영국 서울서 사 년간이나 살면서 그곳 대학생들과 어울려 놀 기회를 가졌다. 그가 하숙하고 있던 집만 하더라도 중류 이상의 가정이었다.

그는 최근 일 년 동안 대한민국 상공 장관의 동생이라는 지위 때문 만에도 좋은 가정에서 초대를 여러 번 받은 일이 있다.

그러나 단 한번이라도 점잖은 집안에서 처녀가 남자 손님에게 술을 따

86 퇴폐주의.

라주는 것을 본 일은 없다. 모처럼 발견한 설려에게 현우는

"나는 당신을 사랑합니다."

하고 고백할 수는 없을 것 같다. 못하는 것이 아니라 아니 하기로 그는 자신에게 단단히 일러두었다.

괴물이 울부짖는 듯 바다 소리는 음산하고 유리창은 사납게 짖어대는 강아지처럼 신경을 괴롭힌다.

정현우는 팔뚝 시계를 들여다보고

"통행금지 시간 안으로 시내로 들어가야 되지 않겠어요?"

하고 돌아갈 뜻을 보였다.

"네? 돌아가실까요?"

의식적으로 새로운 자극을 기대하고 있었던 만큼 실망은 컸다.

밤 파도 소리를 들으며 화로를 끼고 마주앉아 위스키를 마시는 장면을 마음속에 그려보고

'그가 내게 사랑을 고백한다면? 나는 영국 여왕 엘리자베스처럼 그를 나의 나이트[87]로 삼으리라.'

생각하였던 것은 설려의 독단이었다.

설려는 만만치 않은 흥분으로 동행하여 온 정현우가 예상 밖에 '묵'인데는 놀라지 않을 수가 없었다.

'몰취미하다고 할까? 막혔다 할까?'

설려는 지금까지 자기라는 여인 앞에서 어지간하면 모두 정신을 차리지 못하는 남자들만을 보아왔던 것이다.

87 knight. 기사.

'이상칠, 신경문, 브라운…….'

미소와 위스키만 가지면 맹호 같은 사나이라도 굴복시킬 수 있다고 믿었던 설려는 자신의 시야가 너무 좁았다는 것을 오늘 저녁 뼈아프게 깨달았다.

냉혹하리 만큼 의지적인 정현우 앞에서 설려는 패부의 화살을 거두는 슬픈 사졸 같이 쓸쓸하였다.

'무엇 때문일까…… 상공 장관 댁 파티에는 그렇게 유쾌했던 사람이?'

설려는 자동차 속으로 들어왔어도 그는 고개를 기울였다. 상해나 미주나 동경 등지에서 아무렇게나 배워 익힌 얼치기 양풍으로 명랑하게 웃고 적극적으로 사나이들 앞에 애교만 퍼부으면 사교계의 여왕이 될 수 있다는 설려의 그릇된 인식이 영국에서 올바르게 교양을 쌓은 신사 정현우 씨의 눈앞에 허잘 것 없는 거리의 여인 같은 연상을 주었다는 것을 설려는 알지 못하고 있는 것이다.

딸의 의복이나 패물에만 관심을 가질 뿐 대학을 다닌 딸을 만능의 천재인 줄로 믿고 일체의 행동에 자유를 줄 뿐 아니라 딸에게 감히 한 마디의 주의도 교훈도 염두에 두지 않는 어머니 월라 여사의 그릇된 교육이 이제 그 열매를 거두고 있다는 사실도 설려는 알지 못하고 있는 것이다.

이러한 모든 것을 알지 못하는 설려는 지금 자기 자신과 약속이 바쁘다.

'정현우는 취미를 향락할 줄 모르는 사나이다.'

설려는 우선 이렇게 속으로 지적하고

'어지간히 고집도 세다. 그 대신 이런 남자는 한 번 정하면 변할 줄을 모른다. 남편으로서 오히려 이런 사나이가 믿을 수 있는 것이다.'

'염불 하듯 신희를 부르고 있는 이상칠은 기껏해야 상공 장관의 말석 비서, 장관의 가방이나 들고 장관의 꽁무니나 쫓아다니면 당대의 영광이 넘치는 비서 따위와는 달라. 정현우 씨는 잘 하면 주영대사로 런던으로 가게 될지 몰라…….'

설려는 금시로 자신은 주영대사의 실부인이 될 듯한 환각에 일순 몸을 도사리는 설려의 대답은 기하학적이다.

'그런고로 나의 남편 될 사람은 미모를 소유하고 다정다감하여 동요하기 쉬운 이상칠이보다 심신이 침착온건한 정현우라야만 된다. 첫째 그는 에든버러 문학사요 상공 장관이 그의 형님이다.'

설려는 핸들을 잡은 손을 좀 더 교묘하게 놀리지 않을 수 없다. 차가 어느덧 서면 네거리를 들어선 까닭이다.

우두커니 팔짱을 끼고 앞만 바라보고 앉았는 정현우는 오늘 당한 두 가지 봉변이 쓴 벌레를 두 마리 씹은 것처럼 그의 미간에 바늘 같은 주름살이 좀 더 깊어졌다.

설려의 끄는 대로 이상칠의 집으로 들어갔다가 톡톡한 푸대접을 받은 것은 아무리 생각하여도 창피가 아닐 수 없는 일이다. 그리고 또 한 가지 신경문에게 영어로 전화를 걸고 설려가 통역을 하고 어린애 장난도 분수가 있지…….

그러나 차가 번화가로 들어설 때 이상하게도 그는 설려에게서 떠나기가 싫은 자신을 발견하였다. 언제까지나 이 분방한 인형을 데리고 놀고 싶었다.

자기는 잠자코 있었지만 설려의 지껄이는 소리는 유쾌하였기 때문이다. 자기는 높은 데서 신사로 버티고 앉아 앞에서 춤추는 집시 같은 설려의 거동이 언제까지나 계속 되어 가기를 바라는 자기 모순을 감각하면서

현우는 비로소 한 팔을 설려의 어깨 위에다 실어보고 그리고
"또 언제 만나지요?"
하고 어색스럽게 웃었다.
"언제든지 오케이에요."
설려는 핸들을 잡은 채 현우를 흘겨보고
"전화 주세요. ○○○은 저의 직장이에요."
상공 장관 관저로 돌아온 현우는 자기 침실로 지정된 형님의 서재로 가서 누웠다.
자기 팔에 설려가 안겨 있는 꿈을 보고 어렴풋이 잠이 깬 때는 시계가 다섯 시를 쳤다.
현우는 중추 신경에 후련히 스쳐가는 성욕을 감각하며 따뜻한 자리 속에서 몸을 뒤쳐 누웠다. 눈을 감고 다시 잠을 붙들려 하였으나 현우의 눈까풀 속으로 스며드는 것은 잠은 아니었다.
방글방글 웃는 설려의 짧다란 윗입술에 바듯한 이빨들이 진주같이 반짝거리고 밤빛의 두 눈동자가 뼛속을 녹일 듯 현우의 시선을 놓지 않는다.
근래에 체험하지 못한 맹렬한 고민이 관능을 엄습하여 오는 것을 느끼며 그는 이불 속에서 혀를 찼다.
'어젯밤 벽파장에서 돌아오지 말 걸…….'
그는 제발로 그물 속으로 들어온 사슴을 놓쳐버린 사냥꾼처럼 지금은 어쩔 수도 없는 후회에 사로잡히었다. 그러나 그는 신사였다.
'점잖지 못하게스리.'
이런 말로 현우는 스스로를 꾸짖고 전등의 스위치를 돌렸다. 변소를 다녀와서 옷을 주워 입고 스토브에다 불을 지폈다.

벌겋게 피어나는 불속에서 설려의 웃는 얼굴이 나타나는가 하면 처음 대하던 파티 밤에 가늘디 가늘은 허리를 자기 팔에 맡기고 가볍게 맴을 돌던 설려의 모습이 활활 타오르는 불꽃 위에 가득하여졌다.

영국서 지낸 사 년은 고사하고 영국 가기 전에도 이런 일은 없었다. 여인의 환상 앞에서 이렇게 생리적 욕망을 느껴본 일은 처음이다.

'확실히 미스 강은 매력 있는 여자야.'

남의 앞에서나 자신으로나 한 사람의 교양인으로서의 위신을 갖추었다고 생각하고 있던 현우는 설려와 같은 강적을 대하여 비로소 자기의 둘러쓰고 있는 도의적 갑옷이 얼마나 허잘 것 없는 지푸라기라는 것을 똑똑히 깨달았다.

존경은 하지 않으면서도 몰입하여 들어가는 심리를 어떻게 해석하면 좋을까? 결단코 긍정하지 못하는 설려의 인격 속에 몰약과 같이 그의 이성을 잠재우려는 향취가 흐르고 있는 것을 깨닫고 그는 타오르는 스토브 앞에서 몸을 떨었다.

설려의 방종하리 만큼 행동하는 첨단적 분위기에 그는 의식적으로 무장하였던 어젯밤에 비하여 스스로의 무장을 해제하여 버린 이 새벽 그는 스스로가 한 개의 초라한 포로처럼 관능의 쾌락에 갈급하고 있는 꼴이 부끄럽기도 하였다.

찌그러진 입술 사이로 서글픈 웃음을 흩트리는 현우의 얼굴은 그대로 또 한 개의 사탄의 얼굴이라고 현우는 스스로 생각하고 창문을 활짝 열었다. 순간 바람과 티끌과 그리고 도시의 새벽이 가져오는 모든 소음이 방으로 들이친다.

× ×

신희는 제○육군병원 ○동 ○호실에서 돌아나오며 가만히 한숨을 뿜었다.

"지지리도 어머니가 보기 싫어하던 저 미순이가 페니실린을 사오게 되고 그것으로 내 수술한 자리의 화농이 훨씬 덜하게 되고 운명은 수수께끼야요."

하고 눈물을 삼키던 송 하사는 미순의 남편이다.

"어머니와 누이동생이 어느 하늘 아래에서 살고 있는지 어느 땅 위에 그 뼈가 묻혔는지 굴러다니는지 여하간 조국의 땅이니까요 하."

송 하사의 뾰족한 턱과 깊숙한 두 눈과 그리고 앙상하게 마른 팔뚝을 볼 때 신희는 가져갔던 능금 광주리만 놓고 그대로 돌아섰다. 무슨 말이고 위문의 말을 한다는 것은 도리어 그를 또 그 곁에 누워 있는 여러 상이군인을 조롱해 주는 것만 같아서 그는 잠자코 거리고 나왔던 것이다. 쏟아지는 눈물을 손수건으로 누르며. 회사에는 자기 서랍 속에 커다란 봉투가 들어있는 것을 보고 그 위에 쓰인 글씨가 신경문의 필적이라는 것을 깨달았다.

신희는 기어이 올 편지가 왔다 생각하고 봉을 쭉 찢었다.

크도 적도 아니한 달필로 쓰인 철필 글씨 위로 신희의 날카로운 시선이 예리한 낫과 같이 한자 한자를 베어 넘기고 지나간다.

'신희 씨 당신이 보시면 꼭 마음에 드실 집 한 채를 발견하였기에 나는 곧 계약을 하고 집 값의 일부를 치렀습니다. 동남향의 화양 절충식의 이층입니다. 화단이 있고 감나무 세 주와 복사나무 두 주와 그리고 살구나무도 고목같이 큰 것이 한 그루 서 있는 마당이 칠백 평이고 채원[88]도 삼백 평은 됩니다.

서재에는 그랜드 피아노, 금자들이 박힌 톨스토이, 셰익스피어, 그밖에 세계문학의 유명한 서적이 질서 있게 배열되어 있습니다. 이 집은 본래 어느 일본인 교수의 소유였던 것을 한국 사람이 가졌다가 사업하기 위하여 돈과 바꾸게 된 것입니다.

다다미 방 육조가 둘, 팔조가 한 개 그리고 응접실과 서재는 양실이고 온돌방은 크고 적은 두 개가 있고 이층은 양실 한 개 다다미 팔조 한 개 방마다 적당히 그림과 사진이 장식되었고 글씨와 조각품도 간간히 보입니다.

다행히 이집에서 쓰던 장작이 이천 개비 쪼개지 않은 양 광에 쌓여 있고 지하실에는 쌀 열다섯 가마와 팥 한 섬이 그냥 있습니다. 장독대에도 간장과 된장과 고추장 젓갈들이 다 적당히 또 맛도 괜찮게 담겨 있습니다. 더욱 재미스러운 것은 집을 지키는 셰퍼드가 있어 한결 안심이 되구요 이층에 오르면 오륙도가 눈앞에 있고 서재 앞에는 버드나무와 오동나무가 사이좋게 서 있는 것도 첨부하여 말씀드립니다.

이밖에 남은 것은 신희 씨가 직접 보시면 나의 부족한 설명을 채울 수 있겠지요. 홍백 춘나무가 울타리처럼 대문 들어가는 데서 현관까지 심어져 있는 것도 괜찮은 취미겠구요 채원 저 아래로는 닭장 속에 닭이 아홉 마리 방금 알을 낳고 있어요…….'

신희는 아직도 읽으려면 세 페이지나 더 남은 편지를 와드득 구겨서 쓰레기 바구니로 던졌다.

'신희 씨만 허락 하신다면 내일이라도 도배를 시작하겠어요.'

하는 글발이 빤히 쳐다보고 있어 신희는 편지를 다시 끄집어내어 스토브

88 彩園. 여러 가지 색깔의 고운 꽃들이 활짝 핀 정원.

속으로 던져 버리고 펜을 쥐었다. 새파란 기염이 신희의 붓끝에서 산소 화염 같이 뿜겨 나갔다. 신희는 편지를 접어 봉투에 넣고 우두커니 벽을 바라보고 앉았는데 신경문이가 들어왔다. 신희의 눈치를 살피러 온 것이다.

"신 사장님!"

하고 신희는 편지를 들고 일어서서 신경문 앞에 두 손으로 받쳤다.

장거리 선수가 골인을 앞두고 최후의 힘을 내는 듯한 그러한 인내력으로 신희의 대답을 기다리는 신경문의 입가에는 풍성한 미소가 쏟아져 나왔다.

신희에게서 편지를 받아 쥐는 신경문은 뛰어난 두뇌를 칭찬하지 않을 수 없다. 그는 현대 여성인 신희에게 더욱이 주택난에 빠져 헤매는 피난지 부산에서 아담한 정원까지 소유한 주택을 제공할 것을 약속한 자신은 천재가 아닐 수 없는 때문이다.

신경문은 오늘은 운수가 좋은 날이라 생각하였다. 은행에서는 김해로 출장 갔던 행원이 이쪽에서 청구한 금액보다 확실히 이배의 가치가 있는 땅이라고 보고를 가져왔다 한다.

더욱이 저녁 밥은 ××은행 지배인이 자택에서 초대한다 하고.

신경문은 편지를 외투 안 포켓에 집어넣고 바쁜 걸음으로 자기 사무실로 들어왔다. 그는 연신 벙긋벙긋 웃으며 봉을 떼었다.

'신 사장님! 어쩌면 그렇게도 친절하세요. 집도 시계처럼 또 어머니에게 사드린 금가락지나 잘 목도리처럼 받았으면 작이나 좋겠어요. 우리 집은 밤낮 식구들이 남의 집 내 집의 연기만 먹고 사는데…… 천당도 비슷하고 극락도 방불한 그런 집으로 오늘 밤으로라도 이사를 했으면 참말 좋겠는데요 섭섭한 것은 저의 약혼한 남편 이상칠이라는 청년이 펄펄 뛰고 반대를 하니까 전 또 어찌할 수도 없습니다. 진실로 섭섭하오나 짐은 저에게 엄연히 없는 걸로 단념할 수밖에 없사와 이렇게 지면으로 답장을 보냅니다. 신희.'

신 사장의 입술이 보기 싫게 다물어졌다.

신경문은 평지에서 넘어진 사람 같이 그는 두 손으로 뒤통수를 쌌다. 언제든지 부르면 강아지처럼 자기들 주연에 참여하는가 하면 여자같이 부드러운 머리카락과 수줍은 웃음을 띠우는 그 이상칠이가 김신희의 약혼한 남편이라는 사실이 아무리 생각해도 억울하고 괘씸한 노릇이다.

신경문은 지금쯤 이상칠이가 자기 눈앞에 나타난다면 그는 당장에 이상칠의 멱살을 잡아 낚아채고 두 발로 질건질건 밟아버릴 상도 싶다.

신경문이가 이렇게 절치부심하게 자기를 미워하는 줄도 모르는 상칠은 꼭 일주일 만에 상공부로 출근을 하였다.

상칠은 오래간만에 내린 흰 눈을 밟으며 상공부 정문 안으로 들어서자 앞으로 몇 번 다시 이 문으로 들어올까 생각하고 그는 가만히 한숨을 쉬고 비서실 문을 열었다.

동료들은 상칠의 건강을 진심으로 근심하였던 모양으로 다투어 악수를 하고 스토브 앞으로 상칠을 앉힌다. 그는 서랍을 열고 편지며 노트며 그리고 자기가 맡았던 서류를 일일이 정돈을 하기 시작하였다. 이윽고 장관이 들어왔다. 비서들은 총 기립하여 아침 인사를 드리는데

"이상칠 비서 잠깐 내 방으로."

하고 장관은 상칠을 지적하고 장관실로 들어갔다. 뒤따라 들어간 상칠은 장관 앞으로 가서 경례를 마치고 직립부동의 자세로 분부를 기다린다.

장관은 무테안경을 벗어 손수건으로 닦으며

"자네 그때 언젠가 한 번 내게 소위 부인 실업가 강월라라는 사람 얘기 한 일이 있었지?"

장관의 얼굴은 전과 달리 확실히 어둡다.

"네."

"음 그 부인을 말야. 내가 만나보고 싶은데…… 어떻게 좀 기별할 수 없을까?"

"오늘 안으로 연락하겠습니다."

상칠은 공손히 머리를 숙이고 돌아 나왔다. 시계가 열 시에서 오 분 전이다. 상칠은 외투를 입고 밖으로 나왔다.

서대신동으로 가는 버스에 올라 월라 여사 집 대문으로 들어서는 상칠의 가슴에는 만감이 안개처럼 서리기 시작하였다.

마당으로 들어설 때 뜰아래 눈썹마루도 눈에 띄고 마루 위의 기둥도 눈에 익었으나 기이하게도 이 집에서 보낸 몇 시간 몇 날이 자신의 운명에 배상할 수 없는 커다란 손해를 주었다 생각하고 그는 뜰아래 가지런히 놓여 있는 남자의 구두로 눈을 옮겼다.

두꺼운 바닥 위로 자자한 구멍을 수포처럼 뒤집어쓰고 있는 외국제 초콜릿 빛 구두를 들여다보며 상칠은

"계십니까?"

하고 나지막이 불러보았다. 제법 일 분쯤의 시간이 지나간 후 뜰로 난 영창이 빼꼼히 열리고 설려의 얼굴의 반쪽이 파란 웃음을 띠고 내다본다.

"어머님 계십니까?"

"어머니는 아침 일찍이 나가셨어요."

설려의 반쪽 얼굴은 영창 안으로 사라지고 그와 같은 시각에 영창문도

닫히었다.

"상공 장관께서 곧 좀 오시라는 부탁을 가지고 왔는데요."

하고 상칠은 닫힌 창밖에서 이렇게 말을 하였다.

"어머니 오시면 그렇게 전해드리죠."

방에서는 차디찬 대답소리가 나더니 설려는 외투를 걸치고 대청으로 나온다.

"미스터 리, 주영 대사관 비서로 가시겠다면 한 자리 소개해 드릴 수도 있어요."

"……."

상칠은 알아듣지 못하였다.

"상공 장관 비서보다야 낫지요. 우선 월급이 파운드로 받지 않아요? 미스터 정 어때요? 당신 주영대사로 가실 땐 능히 낼 수 있는 이상칠 씨를 비서로 쓰실 마음은 없으세요? 첫째 영어를 무난히 할 줄 아니까요?"

"하하하."

안에서 사나이의 굵다란 웃음소리가 들린다. 상칠은 대문을 향하여 돌아서며

"설려 씨나 타이피스트 한 자리 운동하시구려."

"하하하 호호호."

상칠의 뒤통수에서 웃음소리가 낭자하다.

대차게 돌팔매를 맞은 송아지처럼 뛰어 나가는 상칠의 뒷모양을 바라보고 설려는 해죽이 웃었다.

'어때? 맛이 어때? 아직도 멀었어. 두고 보아 설려의 복수하는 솜씨를 두고 보란 말야.'

설려는 속으로 이렇게 부르짖고 안방으로 들어갔다.

"추우시죠?"

하고 정현우는 설려의 해쓱하여 핏기를 잃은 얼굴을 쳐다보고 위로하듯이 한 마디 하고 설려를 향하여 찻잔에다 차를 따르고 설탕을 넣는다.

"주영대사로 가시게 될 때는 정말이에요 저도 따라가게 해주세요. 이상칠 씨 말처럼 저는 타이프는 잘 칩니다."

설려는 웃지 않고 할딱할딱 가쁜 숨을 쉬고 현우가 따라놓은 찻잔을 들며

"아까 하던 얘기 중계합시다. 그래 그 메리 스파로우라는 처녀는 얼굴에 주근깨가 있다며요?"

"네. 주근깨도 있고 눈을 치켜 뜰 때는 이마에 굵다란 주름살도 두어 개 잡히고 그런데다가 머리털은 아주 구리 빛이야요."

"호호호 미인과는 거리가 멀군요."

설려는 재미있다는 듯이 고개를 갸우뚱 하고

"그래도 그 처녀를 사랑하셨다며요?"

"네! 사랑했어요…… 그런데 내가 메리를 사랑한 것은 '에로스'의 사랑은 아니에요. '스토로우게'(友情)나 '필노'(智識愛)의 사랑이었다고 나는 언제나 단언할 수 있어요."

"……."

설려는 현우의 애정에 대한 전문 술어는 전혀 알아듣지는 못하였다. 그러나 설려는 어설피 자신의 무식을 폭로하도록 어리석은 여자는 아니다.

"좌우간 메리라는 처녀는 미스터 정이 떠나온 것을 몹시 섭섭해 했지요?"

"그럼은요. 몇 끼니씩 밥을 안 먹고 울고."

"어머나."

설려는 눈을 커다랗게 뜨고 현우를 흘겨본다. 현우는 찌르르 전신에 스쳐가는 전율을 느끼고 히죽이 웃었다.

그의 완전 무장인 신사도가 차츰 낡아빠진 헌옷처럼 초라하여 가는 것을 현우는 지금 똑똑히 인식하고 있다.

정현우는 요사이 확실히 변해가는 자신의 심경을 제삼자의 것을 들여다보는 듯한 그리고 또 한 개의 심경으로 바라보고 있는 것이다.

'영국식 레이디도 아니고 한국식 숙녀도 아니다.'
라는 단언을 내린 설려에게 현우는 꿀벌이 화변을 사모하듯 개아미가 단물을 탐하듯 그렇게 시시각각으로 설려에게로 설려에게로 끌려가는 자신을 딱하게도 생각하고 또 귀엽다고 생각하는 것이다.

'나는 한 사람 몫의 사나이로서의 체험을 쌓을 때가 왔다?'

한들한들 미풍에 나부끼는 버들가지 같은 설려의 제스츄어는 그 한 가지 한 가지가 다 현우의 눈앞에 유쾌한 포즈로 비치는 것이다.

현우는 별로 할 일도 없어 심심한 까닭도 있었지만 그는 설려에게 하루 두 번 내지 세 번은 전화를 걸었다. 설려가 퇴근 시간 때 차를 가지고 장관저로 오면 현우는 달음박질 하듯 뛰어나가 설려의 차에 올라탔다.

뒤에서 이상스럽게 내다보는 형수 씨며 아이들의 시선쯤은 문제가 아니었다. 전에는 결단코 이러한 용기가 없었던 현우였다. 그는 봄을 맞아 동면에서 깨어난 살모사같이 설려를 만난 이후 전신에서 힘이 뻗어 났다. 그러한 그는 쏜살같이 설려의 부르는 곳으로 달려가기 시작하였다. 지그시 빠져버리고 싶도록 설려의 소리는 반가웠다. 아침상을 받는데 전화가 왔다.

"브라운 씨가 동경으로 출장을 갔어요. 앞으로 한 사흘 집에서 놀아도 좋게 됐어요."

현우는 조반상을 그대로 물리고 설려의 집으로 뛰어 온 것이다. 설려는 여전히 물보다 맑다. 현우는 지금 자기 앞에서 파랑새 같이 조잘거리는 설려를 바라보며 스스로 마음속에 물어본다.

'설려를 사랑하느냐?'

'사랑보다 더한 정열이 있다.'

'그를 신임하느냐?'

'그와 함께 있으면 언제나 즐겁다.'

현우는 간밤에도 아니 어제도 그저께도 자기 마음속으로 지나가는 문답을 또 한 번 되풀이 하고 있는 것이다.

설려의 집에서 도망하듯 나와 버린 상칠은 몸을 돌이켜 뒤를 돌아보았다. 설려의 집 기와등 하나하나 위에 마귀들이 꼬리를 사리고 앉아 있는 듯한 요기妖氣를 느끼고 그는 걸음을 빨리하여 전찻길로 나섰다.

상칠은 오늘까지의 악몽을 완전히 청산해 버리기로 몇 번이나 몇 번이나 자신에게 맹세를 하였다. 그리고 이미 마음속에 정하고 있는 코스를 향하여 한시바삐 행진하여 나아갈 것을 생각하는 것이다.

묵은해가 지나고 벌써 새해로서의 몇 날이 흘러간 지금 내게는 묵은해와 함께 설려에게서 받은 모든 기억을 완전히 흘려보내자.

상칠은 웅변대회에 나가는 소학생처럼 마음속으로 이런 소리를 몇 번이나 되놓아보고 상공부 비서실로 들어갔다.

조금 전에 정리하던 서랍을 다시 열고 서류를 간추리는데 오정 고동이 불었다.

"오늘 점심은 최 비서가 사야만 해. 생남한 턱을 내야지."

하고 서 비서가 농을 붙이니까.

"암 그렇지 않아도 최 비서의 초청이 있어 여럿은 지금부터 다 남포동 행이야."

하고 똑똑한 오 비서가 소리를 치고

"새로 난 식당인데 음식 솜씨가 똑 떨어지고 서비스하는 마담이 흔히 볼 수 없는 미인이라는 점은 기억하고 가는 거라."

상칠은 최 비서에게 손을 내밀며

"생남 하셨다니 축하합니다."

하고 웃었다.

"요샌 딸 덕 보는 세상인데 앵이 아들을 낳았어. 이래저래 손해야 음!"

여럿은 오 비서를 선두로 한참 걸었다. 음식 솜씨 똑 떨어지고 마담 인물 잘 낫다는 남포동 음식점 남북관으로 들어갔다.

따뜻한 온돌방이 반들반들 윤이 나고 게다가 뽀얀 잇을 끼운 방석이며 청동화로에 숯불까지 이글이글 한다. 오 비서가 영창 밖으로 고개를 내밀고

"데워 주시우."

"네. 모두 다섯 분이시죠?"

하는 젊은 여인의 목소리가 들린다. 이윽고 양념에 묻힌 고기 쟁반이 들어오고 그 뒤에 석쇠를 가지고 들어서며

"손님들 안녕히 오십쇼."

하고 해죽이 웃는 얼굴이 있다. 상칠은

"아?"

하고 얼굴을 들었다.

"아니 이게 누구세요?"

석쇠를 화로 위에 내던지듯이 올려놓고 상칠의 무릎 곁으로 다가앉는 사람은 황매였다.

"글쎄 이런 사업을 다 시작하였구먼요."

"사업이라니요 그저 한 번 해 보는 게지요…… 여러 분만 믿고……."

황매는 옆의 사람들을 돌아보고 정신이 들었는지

"어디 많이 지도해 주세요, 호호."

황매는 고기를 석쇠 위에 떠놓고 술주전자를 받아 손님들의 잔에 따르기 시작한다. 노란 기름을 똑똑 흘리며 고기는 향을 발하고 익어간다.

제가끔 젓가락을 들고 뜨거운 고기를 먹어가며 따뜻한 술을 마시는데 황매는 상칠의 어깨에서 솜 부스러기를 떼어 내면서

"그래 그 귀신 모녀들도 다 잘 있겠지요?"

황매는 입을 삐쭉하고 웃는다. 모녀라는 말을 듣고 상칠은 월라 여사의 모녀의 안부를 묻는 것을 짐작하고

"네. 요사이는 만나지 않으니까 잘 모르겠어요. 다들 잘들 지내가겠지요."

"흥."

황매는 새로 고기를 석쇠 위에 올려놓으며

"이 선생님 잡수시는 건 내놓고 계산해 드릴 테에요. 많이 잡수세요."

"아 이거 부럽구나. 그래 미남자만 살라는 세상이야?"

하고 오 비서가 소리를 치는데 밖에서

"아주머니."

하는 소리가 난다. 영창문을 열고 보는 황매가

"아니 이게 누구세요?"

방금 두 사람의 부인 손님이 들어오는 것을 보고 질겁을 한다. 뒤에 섰

던 이가

"축하드립니다. 첫째 깨끗해서 좋군요."

하고 방그레 웃는 여자의 목소리를 듣는 상칠의 눈이 둥그레졌다. 틀림없는 김신희의 음성인 까닭이다.

"저 방으로 들어가세요. 내 지금 곧 들어갈 테니."

하고 황매가 두 여자에게 맞은편 방을 가리킨다.

"천천히 손님들 대접하세요. 우린 간단히 먹고 가겠어요."

하고 방으로 들어가는 신희의 뒷모양을 상칠은 빤히 바라보고 창자가 끊어질 듯한 슬픔을 술과 함께 삼켜버렸다.

"샨인데?"

서 비서가 혀를 널름하고

"이 방으로 들어앉히지 않고?"

하고 오 비서가 마담을 보고 한쪽 눈을 찡긋하였다.

"아스세요. 그렇게 함부로 볼 손님이 아니에요."

"히! 벌벌 떨리는군."

김 비서가 한 마디 해서 일동을 웃기었다. 황매는 웃지 않고

"말씀 마세요. 아주 이거에요."

황매는 엄지손가락을 세우고

"내가 본 처녀들 중에는 으뜸이에요. 없어요, 저렇게 얌전하고 점잖은 여자는 숙녀는 없는 줄로만 아세요."

"네. 반장 시키는 대로 거저 벌벌 기겠습니다."

최 비서도 한 마디 하고 또 여럿은 웃었다.

"나 좀 봐요."

황매는 음식 하는 숙수를 불러

“저 방에 말요. 부인 손님 두 분 들어가신 방에 말요. 갈비국에 백반하고 전복 한 개 큰 걸로 썰어서 들여보내우.”

일러놓고

“우리 이 선생님이 아직도 총각이시라면 이러한 처녀에게 중매라도 설 텐데!”

황매는 능란하게 지껄였으나 그는 사실 자기가 상칠에게 못 갈 바에는 신희에게 중매를 들어볼까 하고 진정으로 생각하여 본 일이 한두 번이 아니었다.

그러나 설려와 안고 키스하던 장면을 생각하면 황매의 용기는 좌절되어 버렸던 것이다. 황매는 지금도 신희를 생각할 때 가슴이 빼근하여 왔다.

갓 스무살 나던 봄에 양잿물을 마시고 죽어버린 자기 동생 옥매의 영혼이 담겨 있는 듯 그렇게도 그린 듯이 옥매를 닮은 신희는 황매의 눈에는 자기의 동생으로 보였다.

지금도 저 방에서 점잖고 부드럽게 웃어가며 미순이와 마주 앉아 식사를 하고 있을 신희를 생각할 때 황매는 아련한 슬픔으로 가득하여졌다. 그는 달려가서 신희의 어깨를 꼭 끼고 안고

“내 동생아.”

하고 불러보고도 싶다.

손님들은 먹고 마시고 그리고 얼근히 낮술에 붉어진 얼굴에 미소를 싣고 돌아나간다. 구두를 신는 상칠의 귀에다 대어 놓고

“날마다 오세요. 와서 점심 잡숫고 가세요. 혼자 오시기 거북하시거든 친구들과 오셔도 좋고…….”

황매는 사뿐 상칠의 손등을 꼬집어 주고 유리문으로 가서

"손님들 안녕히 가십시오, 또 오십시오."

하고 납신 허리를 굽혔다.

상칠은 신희 있는 방을 힐끔힐끔 돌아보았으나 방문은 닫힌 채 말소리도 없다. 창자 끝에서 솟아오르는 한숨을 어금니로 다물어 놓고 상칠은 황매에게 손을 끄덕 치켜 보이고 밖으로 나왔다.

상칠은 방금 눈물이 넘쳐흐를 듯한 눈을 멀리 바다로 보냈다. 환히 개인 수평선 위에 오륙도가 아련히 누워 있고 바람을 안은 흰 돛이 가슴을 내밀고 포구로 들어온다.

상칠은 그 길로 일동과 멀어져 국방부로 가는 버스에 올라탔다. 인사부에는 조 대령이 있어 반갑게 맞이한다.

"규환은 잘 싸우고 있다는 편지가 일전에도 왔어."

미처 묻기도 전에 조 대령은 아우의 안부를 그 친구 되는 상칠에게 이렇게 전하였다. 상칠은 고개를 숙여 보이고

"오늘 온 것은 다름이 아닙니다."

상칠은 눈을 환히 열고 조 대령의 길고 숫한 눈썹을 바라보며

"후방에 앉아 소집 영장을 기다리는 대신 저 자신이 먼저 일선으로 나가기로 결심했습니다."

"음, 육군으로?"

"육군도 좋지만 생각하는 바가 있어 공군으로 편입시켜 주시면 감사하겠습니다."

× ×

정현우는 미안하기도 하고 또 약간 불쾌하기도 하여 열없이 웃고

"우리 아주머니는 그렇지 않은데요? 목사님의 따님인 까닭인지 그이는 언제나 철저한 민주주의자인데요."

하고 현우는 월라 여사의 벌겋게 핏대가 오른 눈을 쳐다보고

"정 불편하시다면 제가 대신 말을 전하지요."

월라 여사에게서 들은 말을 상공부 국장 부인에게 상공 장관 부인에게 전하고 장관 부인은 남편인 장관에게 고자질을 하였다 생각하니 그는 그 미모의 장관 부인을 깎아 내리고 싶어 우선 이런 말로 헐뜯기 시작하는 것이다. 그러나 이런 말을 장관 부인에게 전한다면 또 귀찮다 생각이 되어 월라 여사는

"아니 아니 아예 그런 말씀 마세요. 아 지금은 시퍼렇게 세력 좋은 사람들이고 나야 뭐 이애 아버지가 가까이 있수? 우리들 같은 사람이 그런 사람 앞에 비하면 장수 발바닥에 붙은 개미지 뭐 응?"

"어머니 왜 그런 말씀을 하세요? 아들이 있으면 어떻고 없으면 어떻다는 거야요. 그래 또 장관이 어떻다는 말이에요. 난 진정 장관만은 부럽지 않습니다."

"제 좀 봐. 장관 한 자리 얻어 하면 삼대팔족이 다 광체가 나는 건데 왜 장관이 부럽지가 않아? 저런 걸 가리켜 하룻강아지 호랑이 무서운 줄 모른다는 거야. 안 그래요?"

월라 여사는 현우를 보고 한 마디 하고 딸을 보고

"비어 좀 가져와. 목 말라."

하고 설려가 나간 뒤

"정 선생 우리 설려가 저렇게 철 없구려. 좀 잘 지도해 주세요."

"사위로 오겠다는 이가 너무 많으셔서 골치가 아프시지요?"

현우는 자기가 먼저 이런 말을 설렁설렁 할 수가 있었던가 싶어 스스로도 신기로웠다. 설려 앞에 오기만 하면 말도 잘 나오고 웃음도 잘 나오고 그리고 하려면 사랑의 맹세도 아주 가볍게 술술 나올 것만 같다.

지금도 그는 설려와 함께 사랑이니 연애니 결혼이니 산아제한이니 하는 얘기를 기탄없이 주고받고 있던 중이었다.

"정 선생도 비어 좀 잡수세요. 겨울 비어가 실상인즉 더 맛이 있답니다."
하고 월라 여사는 유리잔에다 누런 거품이 스르르 넘쳐나도록 찬 술을 붓는다. 현우는 잔을 들고

"주시는 거니 고맙게 마시겠습니다."

온돌방 아랫목에서 점심으로 탕수육이며 닭 덴뿌라며 중국요리를 배부르게 먹고 목이 마르던 차에 그는 서늘한 비어를 두 컵이나 마시고나니 속이 후련해진 모양으로

"정 선생 좋은 신랑감 있거든 우리 설려 중매 좀 들어 주세요. 설 새었으니 스물네 살이구려. 까닥하면 올드미스 만들겠어."

혼잣말같이 웃는다.

"어머니도."

설려는 눈살을 찌푸리고

"정 선생님더러 데려가라는 말씀에요? 왜 그런 말씀을 노골적으로 하세요?"
하고 짜증을 낸다.

"아 내 딸이 얼굴 예쁘겠다, 학문 있겠다, 영어 잘 하겠다, 운전 못 하나? 대인 교제를 못 하나? 누구든지 난시(生時)에 천복을 타야만 우리 설려를 데려갈 테니 말이다. 정 선생님 내 말이 옳지요?"

"네! 옳습니다."

정현우는 설려를 돌아보고 설려는 정현우를 흘겨보고 두 눈과 눈은 의미 있게 웃는다고 월라 여사는 생각하였다.

한 때는 이상칠이가 설려의 남편감으로 그럴 듯하게 보였지만 얼마 교제하는 동안 상칠은 수완도 능력도 없는 남산골 샌님밖에 아무것도 아니었다.

그러한 상칠에게 비하여 정현우는 눈부신 배경이 있고 앞으로도 그의 뻗어 나아갈 길은 일개 비서 따위와는 비교도 안 되는 것이다.

'수입 허가는 차라리 이 사람을 이용하는 게 낫다.'

월라 여사의 가슴속의 주판알은 바쁘게 구른다.

"정 선생! 찬은 없지만 우리집에서 저녁 진지 준비하겠어요."
하고 월라 여사는 바구니를 들고 밖으로 나갔다.

상공부에서 수입 허가가 난 것처럼 아니 났다고 기뻐하는 월라 여사와 정 사장의 모양을 먼눈으로 앉아서 바라보는 신희는 속으로 아버지의 번역한 서적이 아직도 며칠 더 있어야 책사에서 나온다는 것을 생각하고 눈살을 찌푸렸다.
하루 이틀 하루 이틀 하고 벌써 세 전에 나와야 할 책이 해가 바뀌어도 나오지 않는 것은 이상한 일이 아닐 수 없다.

신희는 설려과 구태여 경쟁하는 것은 아니지만 브라운 씨 집 식탁에서 외국사람 있는 데서 그렇게 노골적으로 신희의 아버지가 경제에 무능한 것을 발칵 뒤집은 설려의 언사를 잊을 수가 없는 것이다.

'아버지가 지금 전시 중이니까 저러고 계시지만 평화만 돌아온다면야 모리배 따위에 비길 수가 있을까? 아버지는 학자요 교육가요 이 나라 지도자신데!'

신희는 이런 생각을 하고 하면서 바람에 흔들리는 두루마기 앞섶을 여미며 버스에 올라탔다. 집으로 들어오는 골목어귀에 전에 없이 고급차가 파킹하고 있다.

집에 들어온 지 이 분도 못되어 그 고급차를 타고 온 손님은 바로 자기 부친을 방문하러 온 상공 장관인 것을 알았다.

"네 이모부님이 한 시간 전에 오셨다. 네 아버지와 무슨 얘긴지 저렇게 들리지도 않게 소곤거리기만 하지 않니?"

"……."

신희는 부엌으로 내려가서 차를 만들고 가게로 가서 능금이며 과자를 사왔다. 깨끗하게 다과를 차려 들고 아버지 방으로 들어갔다.

"이모부님 안녕히 오십시오."

신희는 좁은 방문 앞으로 겨우 들어가서 한국식 절을 나붓이 하고 두 손으로 가만히 차 쟁반을 어른들 앞으로 밀어놓고 나왔다.

상공 장관은 잠깐 얘기를 그치고 신희에게는 그저 눈으로 답례만 하고 신희가 나간 뒤

"그러니까 하는 말씀이 아니에요? 형님께서 저의 후임을 맡아주셔야 제가 자리를 빌 수 있다는 거에요."

"달리 적당한 인물이 있을 테니 좀 더 생각해보시우."

김병화 씨는 동서의 권면을 점잖게 사양하고

"첫째 내가 건강이 그런 중임을 맡을 상 싶지가 않소. 요사인 먹은 것이 잘 내리지도 않고 밤에 깊은 잠도 들지 않고! 이젠 책 읽는 것도 그만두고 몇 달 쉬어야겠소."

"좌우간 내일 다시 한 번 오겠습니다만 이삼일 내로 발령이 있을 것으로만 짐작하고 계십시오. 이때야말로 형님의 높은 학문을 나라를 위해 쓰실 때가 왔어요."

"허 내가 무얼 안다고?"

상공 장관은 갖다놓은 차를 따라 한 잔 마시고 능금도 한 쪽 씹어보고 그리고 천천히 그 큰 몸을 일으키어 문밖으로 나왔다.

"난 멀리 나가지 않소."

하고 김병화 씨는 장관의 손을 잡아보고 장관이 대문으로 나간 뒤 방문을 닫아버렸다.

김병화 씨는 상공 장관이 남기고 간 말을 가족에게는 입 밖에도 내지 않았으나 신희는 제 육감으로 장관이 아버지에게 무슨 중대한 교섭을 하고 돌아간 것만은 짐작하였다.

휘몰아치는 선풍과 같은 감격이 한 동안 신희의 온몸을 떨리게 하였다. 이날 밤 자리에 누운 신희는 새삼스럽게 상칠에게 대한 가지가지의 추억으로 밤이 깊도록 잠을 이루지 못하였다.

월라 여사의 교만 설려의 모멸 그리고 정 사장이며 신경문이며 돈 가진 사람들의 거만과 무례에 대한 실감이 새파란 비수같이 가슴을 찌르는 것이다.

'상칠 씨! 내 아버지가 장관이 되신다면 그때 당신은 후회 하시렵니까?'

신희는 샘처럼 눈물이 솟아나오는 두 눈 위에 팔뚝을 실었다.

‘아버지가 만약에 이모부님의 청을 듣고 장관의 자리로 나가신다면.’

신희는 어금니를 다물었다.

‘이상칠, 강설려, 신경문, 월라 여사, 정 사장, 브라운, 스미드, 윌리엄…….’

신희는 마음속으로 사람들의 이름을 헤이기 시작하였다.

장관 취임 후에 첫 만찬회에 신희가 초청하고 싶은 사람들이다.

신경문은 상공부를 다녀 나왔다는 월라 여사의 보고를 듣고도 별로 표정을 달리 하지도 않았다. 찌뿌듯한 얼굴에 그냥 억지로 웃음을 띠고

“염려 마십쇼. 상공 장관은 밥 먹고 살지 않고 어디 구름만 먹고 안개똥만 싸는 사람이랍디까? 다 수가 있지요 수가 있어요.”

하고 신경문이가 손을 휘휘 내젓는 것이다.

월라 여사는 오늘도 신경문의 태도를 마음으로 탄복하는 것이다. 그는 신경문의 하는 일은 언제보아도 사나이 대장부답게 일의 선이 굵고 뱃심이 두터워 반석과 같이 동하지 않는 것이 무엇보다도 월라 여사로 하여금 안심하고 일을 턱 맡기게 하는 것이다.

“그러면 장관에게도 이것을?”

하고 월라 여사는 손으로 동그라미를 만들어 보였다. 신경문은 커다랗게 고개를 끄덕이고

“큰 것 하나(일천만 원)면 돼요. 모레 아침에 수표를 내놓기로 하는데! 난 또 이것을 달러로 환산하여 예금통장을 만들어 브라운 씨에게 보여야 합니다.”

“아무렴 신 사장 수고가 크십니다. 그런데…….”

월라 여사는 갑자기 목소리를 낮추어

"그 서류는 괜찮을까요?"
하고 물었다.

"물론이죠. 촌 영감들에게만 잠깐 보일 게니까 상관없어요."

사실 신경문은 상공 장관에게서 왔다는 서류를 ××은행 전무나 지배인에게 보일 생각은 아니다. 단지 그런 서류로써 김해 지주 몇몇 사람을 안심시켜 즐거이 토지를 제공시키려던 수단이었던 것이다.

그러나 지주들은 이 일을 김해 천지며 부산 일대 가까운 친구와 친척에게 자랑도 하고 의논도 하였다. 그들은 이구동성으로

"상공 장관이 하는 일이라면 여천지 무중으로 안심할 일이다."
라는 말로써 송 참서며 유 참봉을 기쁘게 하였다. 지주들이 제공하는 숫한 토지의 등기를 내는 동안 이 일은 또 대서소 사람들이 하나 둘씩 알게 되고

"상공 장관도 한 몫 본다."
하는 소문은 날이 갈수록 퍼져나갔다. 어느 날 상공부를 출입하는 기자가 국장을 보고

"장관도 '한 가부' 드셨다는 그 큰 공사는 언제부터 착수하게 됩니까?"
하는 질문에 국장은 장관에게로 갔다. 장관은 빙그레 웃으며

"자네 강월라라는 부인이 다음에 그런 말을 하는 사람이 있으면 대질을 시켜달라고 신신당부를 하데."

국장은 잠자코 물러나왔으나 그는 곧 복심의 형사 몇 사람을 불러 이 일의 조사를 착수시켰다.

강월라 여사는 일본서 들이는 냄비의 수입 허가는 둘째로 우선 오억 원 보증금으로 자기들 앞에 굴러 떨어질 십여 억 원의 이익을 생각할 때 그는 자잘한 이문 같은 것은 눈앞에 없어졌다.

"황매는 그래 송 참서와는 다신 만나지 않는데요?"

"그 계집이 고집이 어떻다고. 항우가 고집으로 망하지 않았어요? 천하에 황매만 계집이야요? 돈만 주면 죽었던 양귀비도 일어나 앉는 세상인걸요 뭐."

여기까지 말을 하던 신경문은 갑자기 입을 다물어 버렸다.

이 세상에는 돈으로도 가질 수 없는 김신희가 있다는 것을 생각난 때문이다.

'돈으로 안 된다면 폭력을 쓴다?'

신경문의 머릿속에 한 가지 생각이 거미처럼 가는 줄을 토한다.

'이 세상에서 없에 버리면 그뿐이야.'

신경문은 파란 거미줄 같은 가는 전율을 등허리에 느끼며

"설려 씨에게 일러두십시오. 금명일간에 오억 원이 다 된다고. 다른 사람에겐 계약하지 말라고 브라운에게 연락하라고."

"그건 안심하세요."

윌라 여사는 한 손으로 허리를 집고

"브라운 씨가 내 얼굴을 보아서라도 다른 데 계약은 하지 않을 겁니다, 호호호."

윌라 여사는 허리를 집었던 손가락으로 턱을 고이며 깔깔 거리고 웃어댄다.

정현우는 혼자서 스토브를 들여다보며 생각을 계속한다. 분명히 자기 자신에게

"나는 당신을 사랑합니다."

라고 설려에게 고백을 아니 하기로 굳게 작정하였던 것이다. 그러나 현우

는 오늘까지 거의 이십여 일 설려와 교제하는 동안 그는 자기의 이성이 똑똑히

'노.'

하고 지적하는 대로 자기는 어느 사이에 설려의 부드럽고 향기로운 말소리와 웃음과 그리고 그의 일거수일투족에 완전히 사로잡히고 말았다.

삼십이 되는 오늘까지 단 한번이라도 여자와 이렇게 가까이 교재 해 본 일은 없었던 것이다. 이렇게 모든 기쁨과 자극을 주는 여성은 한 사람도 없었거니와 있다고 생각조차도 못하였던 것이다.

'숙녀가 무엇이냐?'

현우는 이렇게 스스로 자신에게 물어보았다.

'예절과 교양과 자존심이 있는 여자!'

현우는 곧 자신에게 대답하였다.

'차디찬 것이 교양이고 거만한 것이 자존심이고 입을 다물고 말도 않고 앉았는 것이 예절이라 하면 나는 영원히 예절과 교양과 자존심 있는 여자에게는 접근할 수 없다. 왜냐하면 나에게는 그렇게 어려운 여자들을 설복시킬 만한 재주가 고물만큼도 없는 것이다.'

현우는 커다랗게 한숨을 쉬고

'설려는 제 발로 나를 찾고 제 입으로 내게 말을 시키고 제 힘으로 내 마음에 용기를 주었다.'

정현우는 설려와 결혼하는 것이 어느 의미 자기의 숙명같이 생각이 되었다. 현우는 약혼반지를 사야겠다 생각하였다. 그러나 그는 또 이 사실을 먼저 형님 되는 상공 장관에게도 말씀을 하는 것이 동생의 도리가 되는 것을 생각하였다.

설려와의 사랑을 고백한지 꼭 닷새 되는 저녁때다. 다른 날보다 일찍이 돌아온 장관을 자기 방으로 조용히 불렀다.

손에 들고 있는 신문을 들여다보면서

"왜 무슨 이야기냐?"

장관은 신문에서 눈을 떼지 않고 동생의 대답을 기다린다.

"형님 저 혼인 하겠어요."

하고 현우는 화끈 붉어진 얼굴에 미소를 싣고 부끄러워 방바닥을 굽어보았다.

"응?"

그제야 장관은 신문을 내려놓고 동생의 얼굴을 바라보았다.

"네."

어느덧 동생이 자라서 자기 입으로 결혼하겠다 하리만치 되었나 싶어 장관은 현우의 얼굴을 찬찬히 들여다보는 것이다.

현우의 나이 열한 살에 어머니를 잃고 열다섯 살에 아버지마저 잃고 두 형제만이 자라나는 동안 장관은 현우에게 있어 아버지와 또 어머니로서의 애정과 의무를 다하여 왔던 것이다.

그가 영국 유학을 지원할 때도 형님으로서의 최대의 봉사를 한 것이다. 땅이며 집이며 유산으로 받은 것을 형님은 동생과 꼭 같이 나누었다. 그는 자기의 아들 딸이 수북이 자라고 있고 그들의 장래를 위하여도 생각하여야 될 것이지만 동생이 사 년 동안 영국 서울서 유학할 동안 그는 중류 이상의 생활비며 학비를 보내 주었던 것이다.

장관이 동생을 위하여 가지는 사랑이 범연하지 않은 만큼 그에게 가진 기대도 또한 남과 달랐다.

"그래 신부는?"
하고 장관이 물었을 때
"저 강월라라고 부인 실업가 강월라 여사의 맏따님이에요."
"……."
장관은 두 눈을 한참 동안 허공에서 굴리다가 잠자코 현우 앞으로 신문을 내밀며
"이 기사 읽어봐."
현우는 벌써 불길한 기사인 줄 짐작하고 그는 장관이 지적하는 제목으로 눈을 돌렸다.
'상공 장관을 팔려던 모리배 일망타진. 자그마치 오억 원. 두령은 여자 모리배 강월라와 신경문의 모모 실업가.'
십호 활자로 박아 쓴 어마어마한 제목이 현우의 가슴을 몽둥이처럼 후려갈겼다.
정현우는 시야 속에서 글자들이 파충류처럼 아물거리는 것을 느끼며 다음 줄을 계속하여 읽어본다.
'××은행으로 오억 원을 대부하라는 상공 장관의 추천서를 작성하고 대담하게도 상공 장관의 인감까지 찍힌 허위 문서로 대지주들을 속이어 오억 원을 횡령하려던 악랄한 죄악이 백일하에 폭로되었다…….'
현우는 신문의 기사가 아직도 몇 줄 더 남았는데도 그는 신문을 치워버렸다.
"어떻니? 강월라의 딸과 혼인하겠니?"
"……."
정현우는 형님의 얼굴을 차마 바로 쳐다보지는 못하였으나 그리고 커

다랗게 대답은 못하였으나 그의 마음속의 대답은

'네.'

하고 정하고 있다.

"잠자코만 있지 말고 내일 아침까지 네 태도를 내게 분명히 알게 해다오. 네가 장성하였으니 너의 자유는 꺾지 않겠다. 그러나 나는 또 내 자유가 있는 것이니 네가 강설려와 결혼하는 것을 절대 반대한다. 신문 사건뿐 아니라."

잠자코 자리에서 일어서며

"내가 보니까 강설려라는 처녀가 남의 아내 될 자격이 있는지 없는지 모르겠더라. 그래도 기어이 그 처녀와 결혼을 하겠다면 결혼하는 날부터 나는 너의 형님도 아니고 너는 나의 동생도 아니다. 그리고 네 혼인에 대한 비용은 백 원 한 장도 어찌할 수 없는 것이다. 사실 나는 내 자녀를 보나 너를 위해서 희생하여 왔다. 금전으로 또 정신으로."

장관은 소리 나게 문을 닫고 방을 나가버렸다. 현우는 그 길로 외투를 입고 거리로 뛰어나왔다.

브라운 사무실에서 타이프를 찍고 있는 설려의 입가에는 행복스러운 미소가 쉴 새 없이 흐르고 있다. 간밤에 어머니가 돌아오시지 않았으나 어머니는 또 상담으로 온천서 주무시는 것이다.

어머니가 오시면 현우와의 약혼 피로연은 그럴 듯하게 열도록 의논을 하여야 한다. 적어도 김신희의 눈이 둥그레지도록…… 신희는 장관의 친척이지만 나는 장관 가족의 일원이 된다.

이런 생각으로 머릿속이 바쁜 설려를 현우는 급한 얘기가 있다고 불러냈다. 두 사람은 설려의 집으로 돌아왔으나 전과 달리 완전히 우울해 있는 현우의 표정이 이상스러웠다.

설려는 두 팔로 현우의 어깨에 매달리며

"피로연 장소는 어디로 할까요?"

하고 물었다.

"저 그런데 미스 강 나는 미스 강을 사랑합니다. 미스 강도 날 사랑하시죠?"

"왜 갑자기 그런 말을 하세요? 아이 웃어 죽겠네."

"저어."

현우는 눈을 깜빡거리기만 하다가

"나는 어떤 일이 있어도 설려 씨와 결혼하겠어요. 비록 내 형님이 반대한다 해도 나는 미스 강과의 약속을 변치 않을 테에요."

"……."

설려의 얼굴에서 웃음이 거두워졌다.

"장관은 우리 결혼을 반대하시나요?"

무섭게 날이 선 설려의 눈을 바라보며 현우는

"네. 뭐 그래도 상관없어요. 우리들의 사랑만 변치 않는다면."

"이유는 무엇인가요?"

하고 묻는 설려는 어제 오늘의 신문기사는 읽지 않고 있는 것이다. 어제 오늘뿐 아니라 그는 국내에서 나오는 신문은 하나같이 너절하다는 것이다. 색깔도 선명하고 내용도 화려한 외국신문과 같아야만 그의 취미에 맞는 것이다.

"이유는 저 어머니가."

"피! 우리 어머니가 어떻단 말야요? 장관 부인이 아니란 말이죠?"

현우는 차마 신문 기사에 대하여 말을 할 수는 없었다. 어쩌면 설려가

알고 있을는지도 모른다. 현우는 다만 설려가 불쌍하였다. 그는 한 팔로 설려의 어깨를 안으며

"미스 강 우리가 서로 사랑하면 그만이니까 형님이 반대해도 결혼하면 되지 않아요?"

설려는 고개를 외로 돌려버렸다. 정현우라는 청년이 갑자기 허술하고 초라한 시골뜨기로 보여진 때문이다. 그에게서 상공 장관의 형님이 있다는 배경을 빼고 나면 일제의 매력은 사라지고 마는 것이다.

"미스 강!"

정현우는 얼굴빛이 해쓱해지도록 불쾌해 하는 설려가 견딜 수 없이 가여워졌다.

"설려 씨!"

현우는 설려의 목을 안았다.

"나를 믿어주세요. 나는 설려 씨를 언제까지나 언제까지나 사랑할 수 있어요. 비록 가난한 돈도 없는 적은 집에서 그리고 아무런 장식품도 세간도 없는 좁은 방에서라도 설려 씨만 보면 나는 즐겁게 즐겁게 살 수 있는 자신이 있어요 설려 씨!"

"……."

설려는 입을 봉한 듯 말이 없다. 현우는 설려의 어깨를 흔들며

"노하지 말하요. 형님과 결혼하는 것이 아니고 나와 하는 것이니까……."

"싫어요."

비단을 찢는 듯 설려의 부르짖는 소리는 쨍 하고 현우의 고막을 울리었다.

"그렇게 도저한 상공 장관의 동생이라면 난 결혼하지 않겠어요. 그래요

내 어머니는 장관의 부인은 아니에요. 내 아버지는 장관도 아니구."

정현우는 다시 한 번 설려의 팔을 잡았다.

"미스 강 우리 이 길로 나가서 '엔게이지링'(약혼반지)을 사옵시다. 사서 내가 당신 손가락에 끼워드리면 피로연은 열지 않으면 어때요. 내일부터 나는 형님의 집을 나와서 영어 교사 자리를 찾으면 돼요."

설려는 점점 더 현우의 말이 무서워졌다.

'가난뱅이 월급쟁이 아내가 되다니……'

"설려 씨 안심하세요. 내 형님의 동정과 이해가 없다 해도 우리는 굶어죽지는 않을 겁니다. 나의 사랑으로 설려 씨를 배부르게 할 자신이 있어요."

설려는 현우가 정열을 퍼부으면 퍼부울수록 그는 점점 더 현우가 무섭고 징그럽기까지 하였다.

장관의 배경이 없는 청년이라면 얼굴이나 풍채에 있어 현우보다 훨씬 더 매력을 느낄 수 있는 청년이 수두룩한 것이다.

"나의 자존심이 허락지 않습니다."

설려는 앞 이빨로 웃으며

"우리의 약속은 본래부터 없었던 것으로 잊어버려 주세요."

"……."

커다랗게 눈을 뜨고 쏘아보는 현우의 시선을 피하여 설려는 바람벽으로 얼굴을 돌리며

"미스터 정, 나는 다시 당신과 만나지 않겠어요. 나는 당신과 결혼하지 않아도 행복스럽게 살 수 있어요. 가서 장관에게 그렇게 똑똑히 일러 주세요. 설려는 장관 댁 가족이 될 자격이 없다고. 그 대신 장관을 그만두는 날 길바닥 위로 터벅터벅 걸어가는 것을 설려는 고급차에서 내다보며 웃어

주겠노라고 똑똑히 일러주세요.”

“…….”

현우는 설려의 말 가운데서 차디찬 칼날 같은 독기를 인식하였다. 그는 그 이상 더 인내할 기력도 양보할 성의도 사라졌다. 현우는 모자를 들고 설려의 집을 나왔다.

그는 큰 거리로 나와 뚜벅뚜벅 길을 걸었다. 서대신동에서 남포동으로, 남포동에서 광복동으로, 광복동에서 영도다리도 건너고. 그는 걷고 걸어서 아련히 피로를 느낄 때 비로소 오래 잠자던 그의 이성이 눈을 떴다.

‘사랑을 고백하지 말라고 하지 않더냐?’

그의 귀에 양심의 소리가 똑똑히 들렸다. 순간 현우의 머릿속에서 분홍빛 날개가 돋힌 일곱 마귀가 후르르 소리를 내며 허공으로 사라지는 환각을 느끼었다.

상공 장관저로 돌아온 현우는 밤늦도록 갈피 없는 생각에 고달팠으나 새벽이 되어 그의 마음의 평화는 돌아왔다. 그는 ‘메피스토펠레스’에서 영혼을 도루 찾은 ‘파우스트’처럼 아슬아슬함을 느끼며 자리에서 일어났다.

그는 태연히 장관 앞으로 가서 설려와의 결혼을 취소하였다. 하루 이틀 밤이 오고 아침이 왔으나 현우의 마음은 별로 상처받은 곳은 없었다. 설려와의 교제가 전 인격을 기울여 맹세한 사랑이 아니었고 감정 유희에 근사한 정열이었다는 것을 현우는 스스로 진단하고 부끄러워 혼자서 얼굴을 붉혔다.

‘전형적 요부다.’

현우는 이따금 눈앞에 떠오르는 설려의 그림자를 향하여 마음으로 소리를 쳤다.

설려가 진정으로 사랑한 오직 한 사람 이상칠에게는 신희라는 대상이 있었다.

설려는 아픈 마음을 권력과 출세로 달래보려던 꿈마저 무참하게 허물어진 것을 똑똑히 깨달았다.

설려는 울 수도 없이 다만 그의 마음은 온종일 까닭모를 분노에 짓씹히고 있었다. 이러한 설려에게 사흘 밤을 어머니가 돌아오지 않는다는 것은 진실로 참을 수 없이 짜증나는 일이다. 그러나 시간이 가는 대로 짜증은 불안으로 또 불안은 공포로 변하여갔다.

날만 새면 정 사장에게 달려갈 것을 생각하고 아직도 옥색 빛으로 푸른 영창문을 바라보고 아랫목에 누워 있는 설려의 귀에

"계십니까?"

하는 사나이의 음성이 들린다. 한 번도 들어보지 못한 목소리다.

"나는 남서에서 왔는데요. 강월라 씨의 심부름으로 왔습니다."

설려는 두근거리는 가슴으로 외투를 걸치고 마루로 나왔다.

"아니 남서에서? 웬일이에요."

"모르십니까? 강월라 씨가 구금당한 사실을."

"네? 구금이라니요?"

"하하하 아직 아무것도 모르십니다그려. 십육 일 신문 못 보셨어요?"

턱이 쭉 길고 얼굴이 파르스름한 젊은 형사는 명함을 한 장 내밀어 놓고 라이터로 담배에 불을 붙인다.

'남서 형사 이춘길.'

설려가 명함을 읽는데

"담요 한 개와 솜바지 한 개 우선 차입해 달라는 부탁입니다. 나를 주시

면 전해 드리지요."

설려는 파르르 떨리는 손가락으로 단스를 열었다.

"이불은 안 가져갑니다. 절대로 절대로."

형사가 담요와 바지 한 개만을 가지고 간 뒤 그는 바로 광복동 정 사장 집으로 달려갔다. 정 사장은 아직도 일어나지 않고 부인은 설려를 보았으나 벙어리 노릇으로 눈만 껌뻑거린다.

절에 가서 공을 들이는 정 부인은 몇 날 동안 말을 하지 않기로 작정하고 있다는 것을 나중에 정 사장에게 들어서 알았다.

설려는 정 사장이 일어날 동안 그는 건넌방으로 가서 기다려야 했다. 벽에 걸린 신문꽂이로 설려의 눈이 가자 그의 손은 바쁘게 십육일 신문을 더듬었다. 그러나 설려의 눈에 비친 신문은

'정 상공 장관 주영대사로 임명, 후임에는 김병화 씨.'

라는 이호 활자가 창끝같이 설려의 눈을 찔렀다.

"어쩌면."

가늘게 부르짖고 몇 줄 읽어가는 설려는 아랫입술을 꼭 깨물었다.

'주영대사로 임명된 정 장관은 왕방한 기자에게 영국은 처음이나 나의 비서관으로 갈 내 동생이 런던에 대한 상식이 있으니까…… 운운. 동생이라는 이는 에딘버러를 졸업하고 최근에 돌아온 그의 영제 정현우 씨를 말합니다.'

설려의 눈에 파란 불이 지나갔다.

정 사장이 건넌방으로 왔다.

"글쎄 내가 한두 번만 말린 것이 아니었어. 암만 보아도 일이 위태스러워 재삼 충고를 했는데도 엥이."

정 사장은 설려에게 긴급한 대책을 가르쳐 주었다. 설려가 상공 장관의 동생 되는 사람을 찾아보고 장관의 명함을 하나 얻어 우선 월라 여사를 불구속 취조하기로 서둘러 보자는 것이다.

설려는 그 말이 옳다 생각하고 상공 장관저로 갔다. 부르면 곧 나타날 정현우를 생각하고 설려는 빙그레 웃으며 상노아이에게

"미스 강이 왔다고 일러주."

하고 현관에 섰다. 오 분이 지나고 십 분이 지났다 생각될 때 상노아이가 나타났다.

"정 선생님은 몸이 피로하셔서 아무와도 만나실 수가 없다 하십니다."

"정 선생 침실이 어디지?"

하고 설려가 물었으나 상노아이는 잠자코 발소리를 내면서 안으로 사라졌다. 설려가 현관에 서있는 수 분 동안 현우는 자신을 방 안에 가두는 자기의 의지를 의심하였다. 그는 지금이라도 당장에 뛰쳐나가고만 싶었다. 나가서 그 부드럽고 향기로운 설려의 어깨를 안고만 싶었다.

현우는 자신의 의지를 붙들어 주는 한 개의 지팡이로서의 책갈피를 더듬어 편지를 꺼냈다. 조금 전에 개봉하였던 '메리 스파로우'의 편지다.

'사랑하는 정! 나는 당신이 이곳을 떠난 후 비로소 당신의 가치를 인식하였소. 내가 당신을 이렇게까지 사랑하고 있었다는 사실을 당신이 없어진 뒤에야 깨달았소. 정! 당신이 늘 말하던 당신의 모국이 내 눈앞에 훤합니다. 당신의 코리아에 아주 머물러 있게 된다면 나는 적십자사 간호 장교로 지원하여 코리아로 가겠소…….'

두 번 세 번 같은 편지를 되뇌고 되뇌고 한참만에야 불러들인 상노아이의 입으로

"바로 조금 전에 돌아갔어요."

"그동안 죽 현관에 서 있었더냐? 그분이?"

"그럼은요. 방을 가르쳐 달라고 하는 걸 안 가르쳐 드렸지요."

"……."

현우의 가슴에 슬픔 비슷한 감정이 일찰나로 지나갔으나 현우는

'뱀프妖婦[89]야.'

하고 고개를 흔들었다.

× ×

신희 집 좁은 골목 앞에는 하이야며 지프며 고급차도 섞여 연방 파킹하는가 하면 먼저 왔던 차는 돌아가고 빈자리에 또 새 차가 와서 대이고.

신희 집 마당 김병화 씨 안방 문 앞에는 십여 켤레의 신발이 주인을 기다리고 있다. 손님들은 육조 다다미방으로 하나 가득 둘러앉아 김병화 씨의 취임을 축복하고 격려하고.

그들의 간절한 인사말 속에는 평소의 소홀했던 인정의 사과며 앞으로의 생활에 대한 보장이 숨어 있는 것이다. 과연 인심은 조석변이라는 것을 신희는 뼈아프게 느끼었다.

찾아왔던 남자 손님들이 돌아가면 또 다른 손님이 들어오고 저녁때가 되어 색다른 손님 한 분이 나타났다. 은호 목도리를 수박색 두루마기 위에 아무렇게나 걸친 부인 손님이 안으로 기웃이 얼굴을 들이밀다가 대문 방

89 バンプ. 요부.

으로 고개를 돌리고

"미순이 불러봐. 난 못 부르겠어."

하고 주저하는 이는 황매였다.

"아니 웬일이세요?"

차 쟁반을 들고 부엌에서 나오던 신희가 반가워 소리를 쳤다. 신희를 쳐다보는 황매의 눈에는 슬픔이 가득하였다. 그는 아버지의 장관 된 것을 축하하러 온 것은 아니었다.

"이 책을 전해달라는 이가 있어서 일부러 가지고 왔어요."

하고 신문지로 꼭꼭 싸인 책 한 권을 신희의 손바닥에 놓아주고 품에서 반지곽과 편지를 끄집어낸다. 상칠의 글씨다.

"이것도 같이 보내는 거니 잘 받으세요."

황매는 커다랗게 한숨을 쉬고

"그이는 내일 아침 일찍이 수영 비행장에서 떠난데요. 우리 같이 나가 전송합시다. 일선으로 나가는 사람이니 다시 못 볼지 누가 알아요?"

"일선으로 나가요?"

한 마디 하는 신희는 후들후들 아랫도리며 허리통이며 온통 전신이 떨려왔다.

"어젯밤 우리 집에서 그이 친구들이 장행회[90]를 열었지요. 이 선생이 날 조용히 불러 이걸 부탁하며 자기는 오늘 새벽 입영하였다가 내일 새벽 수영 비행장에서 출발 한데요."

"면회가 될까요?"

---

90 壯行會. 장한 뜻을 품고 먼 길을 떠나는 사람의 앞날을 축복하고 송별하기 위한 모임.

"나도 그걸 물어봤더니 일체 안 된데요. 그러니까 수영 비행장으로 가서 먼빛으로나마 전송을 해야지요."

황매의 눈에는 눈물이 글썽하여졌다. 그는 수건으로 눈물을 씻고

"김 선생을 좀 더 위로라도 해드렸으면 좋겠는데 난 또 가서 손님들에게 고기도 구워드리고 술도 따라 팔아야죠."

황매는 쓸쓸히 웃고 돌아가 버렸다.

신희는 타는 듯 초조하였으나 편지를 펴볼 기회는 없다. 어디서 오는 손님들인지 차를 끓이고 끓여도 끝이 없다.

'저들이 모두 언제부터 아버지에게 저렇게 신의와 관심을 가졌던고?'

신희는 부엌에서 입을 삐쭉하고

'아버지를 위하여 오는 사람들은 아니야. 아버지가 쓰시게 된 상공 장관의 감투를 보고 오는 게야.'

신희는 그 이상 더 견딜 수가 없어 그는 편지와 신문에 싸인 꾸러미를 가지고 집 모퉁이로 돌아갔다.

신희는 먼저 편지를 열었다. 그는 우선 맹렬한 가슴의 고동을 늦추기 위하여 커다랗게 숨을 쉬었다.

'신희 씨! 배신하였던 사람만이 성실의 가치를 알 수 있습니다. 나는 당신에게 배신을 한 이름. 당신의 성실한 인격 앞에 나의 전 심신이 한 개 초라한 포로와 같이 당신의 사랑 아니 자비를 기다리기로 합니다.

나는 당신이 나를 용서하기 전에 내 스스로가 나를 형사의 채찍으로 따갑게 채벌하는 것이 옳은 줄로 알았습니다. 그 가장 적절한 방법으로 나는 일선으로 나아가기로 결심하였습니다. 허다한 젊은 생명이 혹은 죽고 혹은 불구가 되는 치열한 전쟁터는 나의 심신을 갱생시키는 뜨거운 풀무가 될

것입니다. 내가 다시 돌아오지 못하면 몸은 조국의 흙으로 영혼은 조물주의 품으로 그리고 내 심장 속에 살아 있는 사랑만은 신희 씨 당신의 가슴으로 돌아올 것입니다. 육체를 떠난 나의 사랑은 기체보다 가볍게 신과 같이 깨끗하고 또 영리하게 당신의 영혼 속에 접붙일 것입니다. 그때에 비로서 나의 사랑과 당신의 사랑은 영원한 생명 속으로 흘러 들어갈 것입니다.

죽음은 무서운 것은 아닙니다. 진실로 죽음만이 우리들의 영원히 쉴 수 있는 고향입니다. 행여나 살아서 다시 만나는 날이 허락된다면 그때에는 또 지금과 다른 훨씬 굳건하고 슬기로운 상칠의 모습을 대하시리다. 그러면 부디 평안히…… 당신의 상칠 나의 신희 씨.'

'추追 일기책을 한 장도 빼지 말고 읽어 주십시오. 내 생명의 거짓 없는 고백이외다. 반지는 적당히 처분 하십시오.'

신희는 떨리는 손으로 일기책을 아무데나 한 곳 열었다.

'설려는 지나가는 사람이었다. 그는 바람과 같이 구름과 같이 나부끼다가 바람과 함께 가버렸다.'

'신희 씨가 나를 다시 찾아오지 말라고 하였다. 그 말은 나에게 있어 죽음보다 잔인하다. 그러나 나는 즐거이 명령에 복종하련다. 왜? 그는 옳고 바르고 높고 깨끗하기 때문이다. 나는 저속하고 유약하고 어리석은 때문에.'

'신희를 향하여 신경문이가 탐욕의 아가리를 벌린다. 사탄아 물러가라. 신희는 하늘의 별, 태양의 권속이다.'

'어제 내 어머니를 안동에 계신 내 외삼촌에게로 모셔다 드렸다. 외삼촌의 전답은 작년에 평작은 되었단다. 신경문에게서 받은 백만 원을 어머니의 장례비로 외삼촌에게 맡기었다.'

신희는 울지 않았다. 그는 자기도 모르는 사이 그의 두 손이 합장하고 있었다.

'상칠 씨! 이기고 돌아오십시오. 신희는 기다립니다.'

차를 끓이면서 차 쟁반을 방안으로 들이면서도 신희는 입속으로 기도는 쉬지 않았다.

'상칠 씨! 신희는 기다립니다. 언제까지든지.'

이튿날 새벽 먼동이 트는 시각 해운대 방면을 향해 질주하는 자동차 속에는 황매와 미순과 그리고 신희가 타고 있었다. 그들이 수영 비행장 큰문 근처에서 차를 내릴 때 자기들보다 한 걸음 먼저 온 버스가 비행장 정문으로 들어간다.

비행장 한 지점에서 버스가 멈추고 안에서 젊은 병사들이 차례를 지어 내린다. 그들은 대기 하고 있는 비행기로서 ○○공군기지로 향하는 것이다. 거기서 본격적 훈련을 받아야 한 사람 몫의 공군이 되는 것이다.

열을 지어 걸어가는 젊은 사람들 가운데서 이편 울타리 쪽을 돌아보는 이가 있다. 이상칠이다. 그는 손을 꺼덕 치켜들며 빙그레 웃는다. 신희도 울타리 밖에서 마주 손을 흔들었다.

황매는 손수건을 눈에 대이고 미순은

"아주머니 보세요 보세요."

하고 소리를 치고.

상칠은 비행기 사다리를 올라가고 문으로 들어가려다 말고 다시 한 번 이쪽을 돌아보고 손을 든다. 신희는 일기책을 든 손을 높이 흔들었다. 신희의 손가락에 낀 비취반지가 햇살에 반짝거린다.

이윽고 비행기 문은 닫혔다.

부르릉 부르릉 폭음을 일으키며 창공을 향하여 올라가는 비행기는 아침 햇살을 받아 눈이 부시었다.

구름 속으로 들어갔던 비행기가 다시 구름 밖으로 나올 때는 한 점의 뽀얀 점으로 보였다. 그것은 또한 태양의 권속처럼 찬란한 한 점이었다.

-끝-

—『서울신문』, 1952.2.1~7.1

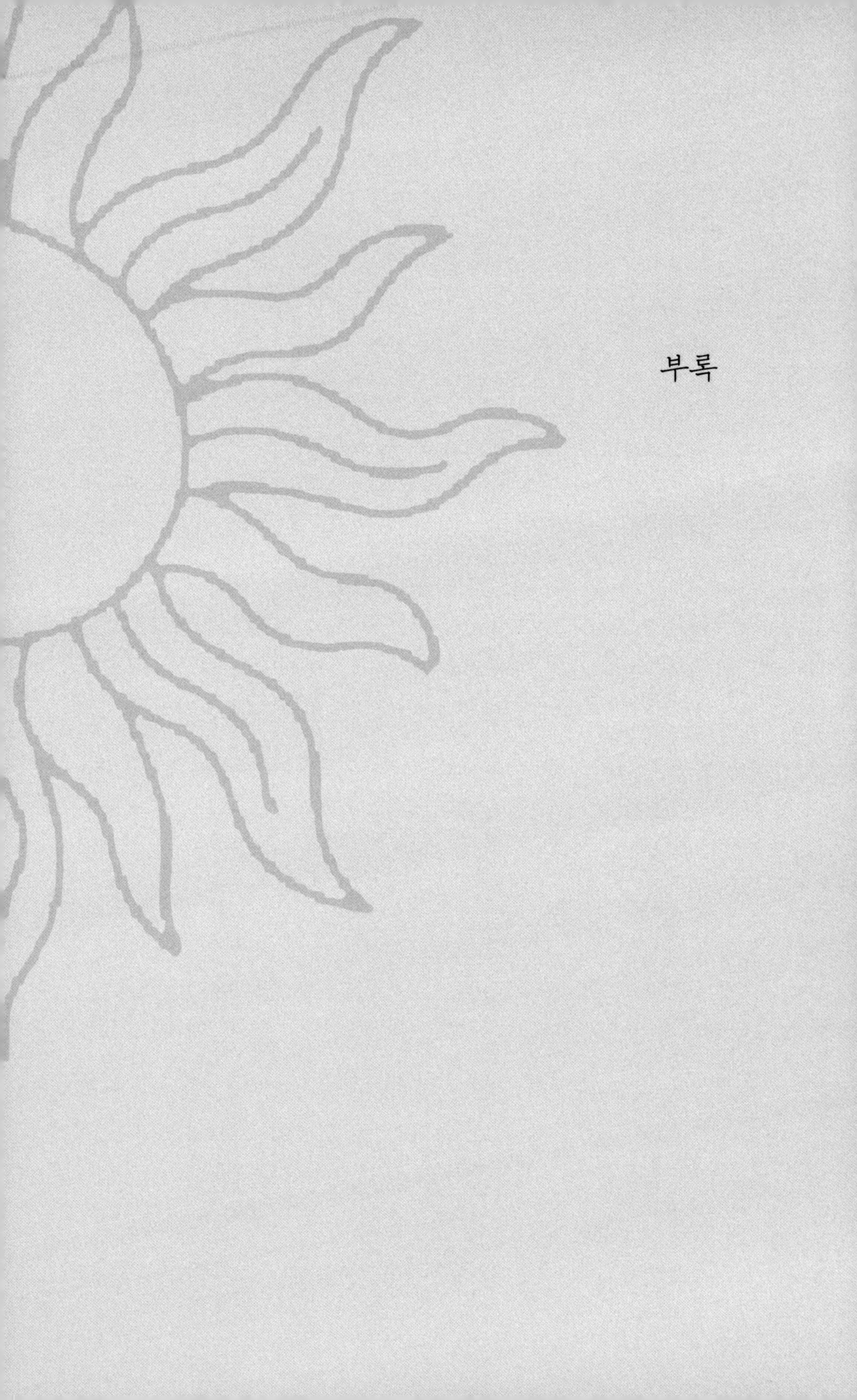

부록

작가 연보

1901.4.3 경남 밀양에서 부 김해 김씨 윤중(允仲)과 모 배복수(裵福守) 사이의 3자매 중 막내로 출생, 함양군 안의면에서 성장.
본적은 부산시 영주동 517번지.
본명은 말봉(末峰), 필명은 보옥(步玉), 말봉(末鳳), 아호는 끝뫼, 노초(露草).
미국인 어을빈의 부인이 경영하는 기독교계 소학교에서 초등학교를 마침.

1914 일신(日新)여학교(현 동래여고) 입학.

1917 일신여학교 3년 수료, 상경하여 정신여학교 4년 편입.

1919.3 서울 정신여학교 4년 졸업.

1919 황해도 재령 명신여학교 교원.

1922.11 도쿄에 있는 송영고등여학교(松榮高等女學校) 4학년에 편입, 고근여숙에 기숙.

1923 송영고등여학교 5학년 졸업.

1924.4.11 교토 동지사 여자전문학부 영문과 입학.

1924 목포의 이의현 씨와 동거.

1927.3.21 교토 동지사 여자전문학부 영문과 졸업.

1928 첫 딸 재금(매매) 출생, 이 무렵 첫 결혼을 정리한 듯함.

1929 『중외일보』 기자.

1930.11.26 1930년까지 『중외일보』 기자로 있다가 미국 하와이로 유학을 간다고 부산으로 내려갔다고 함. 하지만 유학 소식은 들려오지 않고 결혼 소식이 최신식 청첩(1930.11.26, 상오 11시 부산 영주동 525번지 자택에서 전상범과 결혼식을 거행)으로 친지들에게 발표되었다고 함. 전상범 씨와의 사이에서 영, 보옥 쌍둥이를 낳음(출생년도 명확치 않음)

1932 『중앙일보』 신춘문예에 단편 「망명녀」가 김보옥(金步玉)이라는 필명으로 당선되어 문단에 데뷔. 보옥이라는 필명은 쌍둥이 딸의 이름.

1933 부산 동구 좌천동 794번지에 거주. 딸 제옥을 낳음.

1935.9.26 『동아일보』에 『밀림』을 연재하기 시작.

1936.1.26 부군 전상범 씨 사망.

1936.8.29 『동아일보』 강제 정간으로 『밀림』 연재 중단.

1937.3.31 『조선일보』에 『찔레꽃』 연재 시작.

1937 이종하(李鍾河) 씨와 세 번째 결혼, 본적 경남 밀양군 하남읍 수산리 445번지. 혼인 신고는 1943년 4월 29일에 함.

1937.6.10 딸 정옥(貞沃) 출생.

1937.10.3 『조선일보』의 『찔레꽃』 연재 완결.

1937.11.4 『동아일보』에 『밀림』을 다시 연재하기 시작.

1938.12.25 『밀림』 후편 연재 중단.

1941.4.4 아들 무(茂) 출생(김말봉 씨 소생의 자녀는 모두 6명).

1945 해방까지 일어로 글쓰기를 거부, 가난과 싸움. 서울 중구 동자동 18-20으로 이주.

1946.3.21 『동아일보』에 오랫동안의 침묵을 깨고 장편소설 『밤과 낮』을 집필하기로 되었다는 소식이 발표되지만 실제 연재되지 않음.

1946.8.10 조선부녀총동맹을 비롯한 14개 좌우익 여성단체가 '폐업공창구제연맹'을 결성, 이 단체의 회장직을 수락하고 공창폐지운동의 전면에 나섬.

1947.7 신문사의 연재 예고나 문인 소식을 통해 볼 때 소설 쓰기를 재계하였으나 연재 지면을 얻지 못하는 듯하다가 『부인신보』에 「카인의 시장」을 연재하기 시작함. 이 소설은 후에 『화려한 지옥』으로 제목이 바뀌어 문연사에서 단행본이 출간. 오랜 절필의 시간을 뒤로 하고 본격적인 소설 쓰기가 시작됨.

1947.10.28 김말봉을 중심으로 한 여러 여성단체의 노력으로 공창폐지령이 확정되고 11월에 폐창연맹은 해소.

1949 하와이 시찰(보배 언니가 하와이에 거주).

1950 귀국, 부산으로 피난하여 수정동에 거주.

1952.9 베니스에서 열린 세계 예술가 대회에 한국대표로 참가.

1954 「새를 보라」, 「바람의 향연」, 「옥합을 열고」, 「푸른 날개」 등 4편의 소설을 동시에 연재. 부군 이종하 씨 사망.

1955 미 국무성 초청으로 도미 시찰, 펄벅 여사 만남.

1956 미국에서 귀국.

1957 「생명」, 「푸른 장미」, 「방초탑」 등 3편의 소설을 동시에 연재.

1957.12.2 성남교회 창립일에 기독교 장로교회에서 여성 장로로 피선(최초의 여성 장로), 대한민국 예술원 회원에 당선.

1958 「화관의 계절」, 「행로난」, 「사슴」, 「아담의 후예」, 「광명한 아침」, 「장미의 고향」, 「제비야 오렴」, 「환희」, 「해바라기」 등의 작품을 1959년에 걸쳐 발표, 왕성한 작품 활동을 함.

1960.4 폐암으로 세브란스병원에 입원.

1961.2.9 종로 오세헌내과에 재입원하였으나 상오 6시 사망.

1962.2.9 1주기를 맞아 망우리 묘지에 묘비를 세움.

작품 연보

1. 단편소설

작품명	연재 정보
망명녀	『중앙일보』, 1932.1.1~10.(9회, 김보옥(金步玉)으로 신춘문예 당선)
고행	『신가정』, 1935.7.
요람	『신가정』, 1935.10~1936.2.(5회로 연재 중단)
편지	『현대조선여류문학선집』, 조선일보사, 1937.
성좌는 부른다	『연합신문』, 1949.1.23~29.(6회)
낙엽과 함께	『신여원』 1호, 1949.3.
이십 일간	『주간서울』 50~62호, 1949.8.29~11.21.
선물	『현대문학』, 1951.
합장	『신조』 1호, 1951.6.
망령	『문예』 13, 1952.1.
어머니	『신경향』 4권 1호(복간호), 1952.6.
사천이백원	『협동』 37, 1952.12.
바퀴소리	『문예』 15, 1953.1.
처녀애장	『전선문학』, 1953.2.
전락의 기록	『신천지』 54, 1953.7,8.
이슬에 젖어	『현대공론』 12, 1954.12.
여적	『한국일보』, 1954.12.5~1955.2.13.(10회)
식칼 한 자루	『신태양』 30, 1955.2.
여심	『현대문학』 2, 1955.2.
탕아기	『여성계』 4권 2호~6호, 1955.2~6.
여신상	『여성계』 5권 1호~9호, 1956.1~6,9,11.(6회)
사랑의 비중	『여원』 2권 4호, 1956.4.
고슴도치	『주부생활』 1권 5호, 1957.5.
남편의 유령	『아리랑』 3권 6호, 1957.6.
아내의 유서	『아리랑』 3권 7호, 1957.7.
이런 취직	『아리랑』 3권 12호, 1957.12.
그리운 눈동자	『아리랑』 4권 2호, 1958.2.
그믐 밤의 전설	『아리랑』 4권 3호, 1958.3.

작품명	연재 정보
돌아온 아내	『아리랑』 4권 4호, 1958.4.
부르는 소리	『아리랑』 4권 5호, 1958.5.
광명한 아침	『학원』 7권 2호~8권 2호, 1958.6~1959.1.(9회)
아담의 후예	『보건세계』 5권 3호~6권 2호, 1958.6~1959.2.(9회)
월야(月夜)의 비화(秘話)	『아리랑』 4권 7호, 1958.7.
어머니를 죽인 사나이	『아리랑』 4권 9호, 1958.9.
수의를 선물한 아들	『아리랑』 4권 10호, 1958.10.
장도(壯途)는 슬프다	『아리랑』 4권 11호, 1958.11.
악몽	『여원』 5권 4호, 1959.3.
부부이변 : 간통쌍벌죄	『소설계』 8호, 1959.4.
학사님 논으로 가다	『아리랑』 5권 5호, 1959.4.
참새 둥우리	『주부생활』 3권 12호, 1959.12.
이브의 후예	『현대문학』 64~65호, 1960.4~5.

2. 장편소설

작품명	연재 정보
밀림	『동아일보』, 1935.9.26~1936.8.27.(『동아일보』 4차 정간으로 233회로 연재 중단) 1937.11.4~1938.2.7.(총 293회로 전편 완재) 1938.7.1~12.25.(후편 96회 연재 후 중단, 미완)
찔레꽃	『조선일보』, 1937.3.31~10.3.
카인의 시장	『부인신보』, 1947.7.1~1948.5.8.(이후 『화려한 지옥』으로 문연사에서 1951년 8월 초판 발행)
꽃과 뱀	1949.(연재 여부 불확실)
별들의 고향	1950.(연재 여부 불확실)
설계도	『매일신문』, 1951.(연재 일자 불확실)
출발	『국제신문』, 1951.(연재 일자 불확실)
파도에 부치는 노래	『희망』, 1951.10~1952.10-1953.1~6.
태양의 권속	『서울신문』, 1952.2.1~7.9.(139회)
계승자	『사랑의 세계』, 1952.
바람의 향연	『여성계』 3권 1호~4권 1호, 1954.1~1955.1.(11회)

작품명	연재 정보
옥합을 열고	『새가정』 1권 1호~2권 3호, 1954.2~1955.3.(14회)
새를 보라	『대구매일신보』, 1954.2.1~6.17.(120회)
푸른 날개	『조선일보』, 1954.3.26~9.13.(161회)
찬란한 독배(毒盃)	『국제신문』, 1955.2.15~7.9.(138회)
생명	『조선일보』, 1956.11.28~1957.9.16.(265회)
방초탑	『여원』 3권 2호~4권 2호, 1957.2~1958.2.(13회)
푸른 장미	『국제신문』, 1957.6.15~12.25.(186회)
화관의 계절	『한국일보』, 1957.9.18~1958.5.6.(228회)
길	『희망』 8권 1호, 1957~1958.1.
행로난(行路難)	『주부생활』 2권 2호~3권 1호, 1958.2~1959.1.(12회)
사슴	『연합신문』, 1958.6.1~12.31.(212회)
장미의 고향	『대구매일신보』, 1958.11.20~1959.4.22.(142회)
제비야 오렴	『부산일보』, 1958.12.1~1959.7.19.(227회)
환희	『조선일보』, 1958.12.15~1959.7.21.(217회)
해바라기	『연합신문』, 1959.7.1~1960.2.28.(236회)

3. 시

작품명	연재 정보
오월의 노래	『신가정』, 1935.5.
해바라기	『신가정』, 1935.9.

4. 수필

작품명	연재 정보
매매가 아픈 밤	『중외일보』, 1930.3.29.(김노초(金露草))
맛뽀는 어디로	『신가정』, 1935.4.(김끝뫼)
만리장공에 달만 홀로 달려	『신가정』, 1935.8.
5월은 내 사랑의 상징	『조광』, 1936.5.
잠꼬대	『소년』, 1937.10.
미혼인 젊은 남녀들에게	『부인』 2권 6호, 1947.9.

작품명	연재 정보
(고(故) 라-취 군정장관 추억) 라-취 군정장관을 추모하며	『새살림』, 1947.12.
새 시대의 남녀 정조관	『부인』 3권 5호, 1948.12.
가을의 추억 : 이역에서 만난 인도청년	『해방공론』, 1949.10.
낙엽과 주검	『연합신문』, 1949.11.9~11.
나의 여학생 시절	『여학생』 2권 1호, 1950.1.
새 술은 새 부대에	『부인경향』 1권 1호, 1950.1.
양여사와 나의 아라비안 인사	『부인』 5권 1호, 1950.2.
본대로 들은 대로	『경향신문』, 1951.8.26.
하와이의 야화	『신천지』 7권 2호, 1952.3.
멀리 떠나 있는 남편	『신천지』 7권 3호, 1952.5.
무슨 별 말 있으리 : 문인 대우나 받게 되었으면	『부산일보』, 1952.12.5.
자유예술인의 전결(傳結)	『신태양』 2권 6호, 1953.1.
베니스 기행	『신천지』 8권 1호, 1953.4.
딱한 문제	『신천지』 8권 2호, 1953.5.
내 아들 영이	『문예』 17, 1953.9.
나의 문필 생활과 유년기	『현대공론』 2권 1호, 1954.2.
농촌부녀에게 부치는 편지	『노향』, 1954.3.
나의 작가 생활	『국제보도』 34호, 1954.7.
나의 청춘기	『중앙일보』, 1954.8.1.
나는 어머니를 닮았다고	『새벽』 1권 2호, 1954.12.
육사(陸士)에 부침	『추성』 1호, 1954.12.
돌팔매	『조선일보』, 1955.1.22.
작가로 세상에 나오기까지 : 꿈꾸던 시절의 회상 : 처녀작은 딸의 이름으로	『신태양』 4권 1호, 1955.1.
대망의 노트	『사상계』 3권 3호, 1955.3.
아메리카 3개월 견문기	『한국일보』, 1955.12.8~13.
내가 와서 있는 학교	『여성계』 4권 12호, 1955.12.
미국에서 느낀 일들	『평화신문』, 1956.11.12~15.
미국에서 만난 사람들	『한국일보』, 1956.11.18~23.
미국기행	『연합신문』, 1956.11.26~12.5.
시장께 드리는 인사	『경향신문』, 1957.1.4.

작품명	연재 정보
화장과 독서와	『연합신문』, 1957.1.6.
인간·여인·전화	『경향신문』, 1957.3.10.
바느질 품에 늙고	『평화신문』, 1957.5.9.
'카나다' 선교회 한국지부에 부침 : 대등한 인격 교류	『동아일보』, 1957.5.23~25.
아내라는 이름의 가정부	『여성계』 6권 3호, 1957.5.
식전(式前)에서 초야(初夜)를 마칠 때까지	『여성계』 6권 4호, 1957.6.
딸에 대한 어머니의 권위와 한계	『여원』 3권 8호, 1957.8.
미국 사람들이 무서워하는 병	『보건세계』 4권, 1957.8.
옷치장과 모방	『평화신문』, 1957.11.27.
주부들에게 보내는 새해의 편지	『한국일보』, 1958.1.12.
십대의 성년 기록	『연합신문』, 1958.1.22~23.
등대수(燈臺手)가 본 한국여성의 고뇌상	『여성계』 7권 4호, 1958.4.
함께 하고 싶은 이야기	『한국일보』, 1958.5.6.
어머님 회상	『여원』 4권 5호, 1958.5.
너의 피가 헛되지 말아야하겠다	『동아일보』, 1958.6.26.
가을과 싱거운 병	『경향신문』, 1958.9.9.
한국남성은 정말 매력 없나	『자유공론』 2권 1호, 1958.12.
남의 나라에서 부러웠던 몇 가지 사실들	『예술원보』 2호, , 1958.12.
전화라는 것	『경향신문』, 1959.1.7.
매화	『서울신문』, 1959.2.6.
봄이라는 계절	『연합신문』, 1959.2.11.
가는 곳마다 꽃 속에 싸여	『세계일보』, 1959.2.28.
학생과 신문과 병과	『경향신문』, 1959.3.3.
내가 본 간호원 : 어머니, 누나인 동시에 때로는 애인	『보건세계』 6권 3호, 1959.3.
성장한 딸과 모친의 권위	『가정교육』 11호, 1959.5.
어머니는 늙으면 외로워지나? : 어머니를 맞으면서	『주부생활』 3권 5호, 1959.5.
크리스마스 이브	『서울신문』, 1959.12.24.
들은 대로 본 대로	『서울신문』, 1960.3.4
어머니	『주부생활』 4권 3호, 1960.3.

작품명	연재 정보
위인들의 첫사랑 교훈	『가정교육』 28호, 1960.12.
남편의 정조와 아내	『가정교육』 29호, 1961.1.

5. 칼럼 및 평론

작품명	연재 정보
여기자 생활의 감상	『조선지광』, 1930.1.(끝뫼)
(명사 부인기자 상호 인상) 비치는 대로의 최의순 씨	『철필』, 1930.8.
남자는 약하다	『별건곤』, 1930.8.
나의 분격	『삼천리』, 1936.12.
여행을 하고 싶다	『동아일보』, 1938.1.8.
내가 하고 있는 일	『경향신문』, 1946.10.24.
희망원의 사명	『부인』 1권 3호, 1946.10.
(본보에 보내는 각계의 축사) 진정한 대변자 되라	『여성신문』, 1947.5.13.
유곽의 존재는 과연 사회적 죄악이냐	『가정신문』, 1947.6.7.
(공창폐지 각계여론) 시기 늦었으나 실천화에 목적	『부인신보』, 1947.11.1.
희망원 준비의 사회가 냉정	『중앙신문』, 1948.1.21.
공창폐지 그 후 일개년	『연합신문』, 1949.2.22~24.(3회)
공창폐지와 그 후의 대책	『민성』 5권 10호, 1949.10.
여성과 문예	『서울신문』, 1949.8.6~9.
신남녀동등론	『부인경향』 1권 4호, 1950.4.
오늘의 정조관 – 여성의 순결은 신화시대부터	『서울신문』, 1953.3.22.
(논단) 간통죄와 쌍벌주의	『서울신문』, 1953.7.12.
나의 소설의 모델이 된 사나이	『신태양』 2권 10호, 1953.6.
(영화평) 미녀엠마	『조선일보』, 1954.1.9.
문화인을 대우하라	『여성계』 3권 1호, 1954.1.
판도라	『조선일보』, 1954.3.1

작품명	연재 정보
작가의 말	『조선일보』, 1954.3.25.
결혼이상론	『현대여성』 2권 9호, 1954.11.
학 같이 늙어가는 김팔봉 씨 : 젊은 시절에는 의젓한 청년	『서울신문』, 1955.3.18.
작자의 말	『한국일보』, 1957.9.13.
육당 선생님과 나 : 30년 전 부인기자로 인터뷰	『평화신문』, 1957.10.14.
〈행로난〉을 연재하며	『주부생활』 2권 2호, 1958.2.
제1회 내성상 심사 소감	『경향신문』, 1958.2.22.
여류작가와 여인	『동아일보』, 1958.4.24.
「화관의 계절」을 끝내며	『한국일보』, 1958.5.6.
「춘근집(春芹集)」	『서울신문』, 1959.2.12.
대중문학	『경향신문』, 1959.3.5.
독단은 곤란하다	『조선일보』, 1959.5.9~10.
육체파 소설의 시비(是非) : 소설 비평에 대한 몇 가지 견해	『서울신문』, 1959.6.12.
나의 애송시 : 박두진의 〈해〉	『보건세계』 6권 11호, 1959.11.

6. 동화

작품명	연재 정보
어머니의 책	『새벗』, 1952.1.
호배추와 달걀	『대벗』, 1952.
씨름	『소년세계』 5호, 1952.11.
신랑과 신부와 화살과	『학원』 2권 2호, 1953.2.
은순이와 메리	『새벗』 22, 1953.10.
인순이의 일요일	『학원』 2권 12호, 1953.12.
파초의 꿈	『학원』 3권 1호~9호, 1954.1~9.
파랑지갑	『학생계』 1권 1호, 1954.4.

7. 설문

작품명	연재 정보
여자가 본 남자 개조점	『별건곤』, 1930.1.
내가 본 나, 명사의 자아관	『별건곤』, 1930.6.
명류부인의 산아제한	『삼천리』, 1930.9.
십만 애독자에게 보내는 작가의 편지	『삼천리』, 1935.11.

8. 콩트

작품명	연재 정보
산타클로스	『조광』, 1935.12.
S와 주기도문	발표연대 미상
손수건	『민주여론』, 1954.1.25.
돌아온 아들	『추성』 4호, 1957.6.
꿈	『코메트』 39호, 1959.8.

9. 기사 및 좌담회

작품명	연재 정보
여학교를 찾아 – 정동 이화여학교	『중외일보』, 1929.9.11.(김말봉)
여학교를 찾아 – 관훈동 동덕여교	『중외일보』, 1929.9.13.(김노초, 金露草)
여학교를 찾아 – 연지동 정신여교	『중외일보』, 1929.9.14.(노초, 露草)
여학교를 찾아 – 견지동 여자상업	『중외일보』, 1929.9.15.(노초, 露草)
여학교를 찾아 – 제동 여자고보교	『중외일보』, 1929.9.18.
여학교를 찾아 – 필운동 배화여고	『중외일보』, 1929.9.19.
여학교를 찾아 – 수송동 숙명여고	『중외일보』, 1929.9.20.
여학교를 찾아 – 안국동 근화여교	『중외일보』, 1929.9.21.(노초, 露草)
여학교를 찾아 – 내자동 여자미술	『중외일보』, 1929.9.22.(노초, 露草)
본사주최, 가정부인 문제 좌담회	『중외일보』, 1930.1.1~2.

10. 단행본

책명	발행 정보
찔레꽃	인문사, 1939, 장편.
밀림	영창서관, 1942, 장편.
찔레꽃	합동사서점, 1948, 장편.
꽃과 뱀	문연사, 1949.
화려한 지옥	문연사, 1951, 소설집.
태양의 권속	삼신출판사, 1953, 장편.
별들의 고향	정음사, 1953, 장편.
푸른 날개	형설출판사, 1954, 소설집.
밀림	영창서관, 1955, 장편.
생명	동인문화사, 1957, 장편.
푸른 날개	남향문화사, 1957, 장편.
생명, 푸른 날개	민중서관, 1960, 장편.
바람의 향연	신화출판사, 1962, 장편.
찔레꽃	진문출판사, 1972, 장편.
벌레 많은 꽃	대일출판사, 1977, 소설집.

참고 문헌

강옥희, 「1930년대 후반 대중소설 연구」, 상명대 박사논문, 1999.

고인덕, 「신문소설에 나타난 가치연구」, 서강대 석사논문, 1980.

고준영, 「1930년대 신문장편소설에 나타난 민족관」, 고려대 석사논문, 1980.

구명숙 · 이병순 · 김진희 · 엄미옥 편, 『(해방기) 여성 단편소설』(1~2), 역락, 2011.

권미라, 「김말봉 통속소설 연구—『밀림』, 『찔레꽃』을 중심으로」, 영남대 석사논문, 2006.

권선아, 「1930년대 대중소설의 양상 연구—『찔레꽃』의 구조와 의미를 중심으로」, 고려대 석사논문, 1994.

김강호, 「1930년대 한국 통속소설 연구」, 부산대 박사논문, 1994.

김동윤, 「1950년대 신문소설 연구」, 제주대 박사논문, 1999.

김미영, 「김말봉의 『밀림』과 『찔레꽃』의 독자수용과정에 대한 인지심리학적 고찰」, 『어문학』 107, 한국어문학회, 2010.

김영식, 『그와 나 사이를 걷다—망우리 사잇길에서 읽는 인문학』, 호메로스, 2015.

김영애, 「『꽃과 뱀』의 대중소설적 위상」, 『한국어문교육』 19, 고려대 한국어문교육연구소, 2016.

김영찬, 「1930년대 후반 통속소설 연구—『찔레꽃』과 『순애보』를 중심으로」, 성균관대 석사논문, 1995.

김영택, 「친일세력 미 청산의 배경과 원인」, 『한국학논총』 31, 국민대 한국학연구소, 2009.

김자성, 「독일문학작품에 구현된 카인 아벨의 소재 변용(I)」, 『헤세연구』 23, 한국헤세학회, 2010.6.

김정준, 『마태 김의 메모아—내가 사랑한 한국의 근현대 예술가들』, 지와사랑, 2012.

김한식, 「김말봉의 『찔레꽃』과 '본격통속'의 구조」, 『한국학연구』 12, 고려대 한국학연구소, 2000.

김항명, 『이별속의 만남—김말봉론』, 명서원, 1983.

대중서사학회, 『연애소설이란 무엇인가』, 국학자료원, 1998.

민병덕, 「한국 근대 신문연재소설 연구—작품의 공감구조와 출판의 기능을 중심으로」,

성균관대 박사논문, 1988.
박산향, 「김말봉 소설 『꽃과 뱀』에 나타난 양면성 고찰」, 『인문사회과학연구』 14, 부경대 인문사회과학연구소, 2013.
______, 「김말봉 장편소설의 남녀 이미지 연구」, 부경대 박사논문, 2014.
______, 「김말봉 단편소설의 서사적 특징 연구」, 『인문사회과학연구』 16, 부경대 인문사회과학연구소, 2015.
박선희, 「『찔레꽃』에 나타난 스포츠와 연애」, 『우리말 글』 59, 우리말글학회, 2013.
______, 「김말봉의 『佳人의 市場』 개작과 여성운동」, 『우리말 글』 54, 우리말글학회, 2012.
박종홍, 「『밀림』의 담론 고찰」, 『현대소설연구』 16, 한국현대소설학회, 2002.
박유미, 「해방 후 공창제 폐지와 그 영향에 관한 연구」, 『역사와 실학』 41, 역사실학회, 2010.
박철우, 「1970년대 신문 연재소설 연구」, 중앙대 석사논문, 1996.
반건우, 「1930년대 대중 연애소설의 서사구조 연구-김말봉의 『찔레꽃』과 박계주의 『순애보』를 중심으로」, 한양대 석사논문, 2009.
배기정, 「『찔레꽃』의 전개양상과 그 의미」, 『국어교육학연구』 28, 국어교육학회, 1990.
배상미, 「성노동자에 대한 낙인을 통해 본 해방기 성노동자 재교육운동의 한계-김말봉의 『화려한 지옥』과 박계주의 『진리의 밤』을 중심으로」, 『현대소설연구』 55, 한국현대소설학회, 2014.
______, 「1930년대 여성 노동자의 노동, 그리고 계급투쟁」, 『민족문학사연구』 58, 민족문학사학회, 2015.
백운주, 「1930년대 대중소설의 독자 공감요소에 관한 연구-『흙』 『상록수』 『찔레꽃』 『순애보』를 중심으로」, 제주대 석사논문, 1996.
백 철, 「김말봉씨 저 『찔레꽃』」, 『동아일보』, 1938.
부산여성가족개발원, 『부산 여성사 I-근현대 속의 부산여성과 여성상』, 부산여성가족개발원, 2009.
서동훈, 「한국 대중소설 연구-연애소설을 중심으로」, 계명대 박사논문, 2003.
서영채, 「1930년대 통속성의 존재방식과 그 의미」, 『민족문학사연구』 4, 민족문학사학회, 1993.

서정자, 「삶의 비극적 인식과 행동형 인물의 창조－김말봉의 『밀림』과 『찔레꽃』 연구」, 『여성문학연구』 8, 한국여성문학학회, 2002.

______, 「아나키즘과 페미니즘－김말봉의 경우」, 『한국문학평론』 19·20, 범우사, 2002.

______, 「김말봉의 현실인식과 그 소설화」, 『문학예술』, 한국현대문화연구소, 2004 봄.

손종업, 「『찔레꽃』에 나타난 식민도시 경성의 공간 표상체」, 『한국근대문학연구』 16, 한국근대문학회, 2007.

송경섭, 「일제하 한국 신문연재소설의 특성에 관한 연구」, 서울대 석사논문, 1974.

안미영, 「김말봉의 전후 소설에서 선·악의 구현 양상과 구원 모티프－『새를 보라』·『푸른 날개』·『생명』·『장미의 고향』에 등장하는 '고학생'을 중심으로」, 『현대소설연구』 23, 한국현대소설학회, 2004.

안창수, 「『찔레꽃』에 나타난 삶의 양상과 그 한계」, 『영남어문학』 12, 영남대 영남어문학회, 1985.

양동숙, 「해방 후 공창제 폐지과정 연구」, 『역사연구』 9, 역사학연구소, 2001.

양왕용, 「정지용 시인과 동지사 대학 출신 문인들」, 『해동문학』 97, 해동문학사, 2017.

양찬수, 「1930년대 한국 신문연재소설의 성격에 관한 연구」, 동아대 석사논문, 1977.

오미남, 「1930년대 후반기 통속소설 연구」, 중앙대 석사논문, 1995.

오인문, 「한국신문연재소설의 사회적 기능에 대한 고찰」, 중앙대 석사논문, 1977.

오태영, 「가정소설의 정치학」, 『나혜석연구』 2, 나혜석학회, 2013.

유문선, 「애정갈등과 통속소설의 창작방법－김말봉의 『찔레꽃』에 관하여」, 『문학정신』 45, 열음사, 1990.

유진아, 「1930년대 후기 장편소설에 나타난 통속성의 양상－『찔레꽃』과 『탁류』를 중심으로」, 한국외대 석사논문, 2004.

이경춘, 「1930년대 대중소설 연구－김말봉의 『찔레꽃』을 중심으로」, 경성대 석사논문, 1997.

이미향, 「일제 강점기 애정갈등형 대중소설 연구」, 숙명여대 박사논문, 1999.

이병순, 「김말봉의 장편소설 연구－1945~1953년까지 발표된 소설을 중심으로」, 『한국사상과 문화』 61, 한국사상문화연구소, 2012.

이상규, 「부산 초량교회 출신의 여류 작가 김말봉」, 『생명나무』 385, 고신언론사, 2013.

이상진, 「대중소설의 반페미니즘적 경향－김말봉론」, 『문학과의식』 29, 문학과의식사,

1995.
이선희, 「김말봉씨 대저 『찔레꽃』평」, 『조선일보』, 1938.
이원조, 「김말봉론」, 『여성』, 여성사, 1937.
이정숙, 「김말봉의 통속소설과 휴머니즘」, 『한양어문연구』 13, 한양대 한양어문연구회, 1995.
이정옥, 「대중소설의 시학적 연구-1930년대를 중심으로」, 서강대 박사논문, 1999.
이종호, 「1930년대 통속소설 연구」, 경북대 석사논문, 1996.
임미진, 「해방기 아메리카니즘의 전면화와 여성의 주체화 방식-김말봉의 『화려한 지옥』과 박계주의 『진리의 밤』을 중심으로」, 『한국근대문학연구』 29, 한국근대문학연구회, 2014.
임영천, 『한국 현대소설과 기독교 정신-다성성의 시학을 바탕으로』, 국학자료원, 1998.
임정연, 「1950년대 새로운 '통속'으로서의 아메리카니즘과 '교양' 메커니즘-김말봉의 『방초탑』을 중심으로」, 『현대문학이론연구』 63, 현대문학이론학회, 2015.
장두식, 「근대 대중소설 연구-1930년대 후반기 '연애소설'을 중심으로」, 단국대 박사논문, 2002.
______, 「김말봉의 『찔레꽃』 연구」, 『국문학논집』 18, 단국대 국어국문학과, 2002.
장두영, 「김말봉 『밀림』의 통속성」, 『한국현대문학연구』 39, 한국현대문학회, 2013.
장서연, 「1970년대 대중소설 연구」, 동덕여대 석사논문, 1999.
전영태, 「대중문학논고」, 서울대 석사논문, 1980.
정비아, 「세태소설의 세계관 연구」, 숙명여대 석사논문, 2002.
정재욱, 『뉴욕의 황진이』, 시문학사, 2004.
정하은, 『김말봉의 문학과 사회』, 종로서적, 1986.
정한숙, 『현대한국소설론』, 고려대 출판부, 1977.
정희진, 「김말봉의 『찔레꽃』 연구」, 공주대 석사논문, 2000.
조동일, 『한국문학통사』 제5권, 지식산업사, 1988.
조신권, 「시대의 아침을 밝힌 기독문인들 2-소설로서 나라를 빛낸 전영택, 심훈, 김말봉, 박화성」, 『신앙세계』 566, 신앙세계사, 2015.
______, 「끝뫼 김말봉의 소설-지고지순한 사랑을 높은 가치로 그려낸 작가」, 『신앙세계』 587, 신앙세계사, 2017.

진선영, 『한국 대중연애서사의 이데올로기와 미학』, 소명출판, 2013.
______, 「한국전쟁기 김말봉 소설의 이데올로기 연구－『별들의 고향』을 중심으로」, 『겨레어문학』 55, 겨레어문학회, 2015.
______, 「해방기 세태소설의 한 양상－김말봉의 『가인의 시장』을 중심으로」, 『한국문화연구』 29, 이화여대 한국문화연구원, 2015.
______, 「형식적 미학과 운명애의 향연－김말봉의 『꽃과 뱀』을 중심으로」, 『여성문학연구』 36, 한국여성문학학회, 2015.
______, 「인조견을 두른 모럴리스트－김말봉 대중소설 창작방법론 연구」, 『현대소설연구』 68, 한국현대소설학회, 2017.
______, 「김말봉 『밀림』의 역설 연구」, 『이화어문연구』 44, 이화어문학회, 2018.
______, 「김말봉 이명(異名) 연구」, 『한국어문교육연구회 제216회 전국학술대회 자료집』, 한국어문교육연구회, 2018.
최미진, 「광복 후 공창폐지운동과 김말봉 소설의 대중성」, 『현대소설연구』 33, 한국현대소설학회, 2006.
최미진·김정자, 「한국전쟁기 김말봉의 『별들의 고향』 연구」, 『한국문학논총』 39, 한국문학회, 2005.
____________, 「한국 대중소설의 상호텍스트성 연구－김말봉과 최인호의 『별들의 고향』을 중심으로」, 『어문학』 89, 한국어문학회, 2005.
최지현, 「해방기 공창폐지운동과 여성 연대(solidarity) 연구－김말봉의 『화려한 지옥』을 중심으로」, 『여성문학연구』 19, 한국여성문학학회, 2008.
최해군, 「소설가 김말봉과 그 곁사람들」, 『부산일보』, 2003.
추은주, 「1970년대 대중소설 연구」, 부산대 석사논문, 1997.
한림대학교 아시아문화연구소, 『미군정기 한국의 사회변동과 사회사』 1, 한림대 출판부, 1999.
한명환, 『한국현대소설의 대중미학 연구』, 국학자료원, 1997.
홍은희, 「김말봉 소설 연구」, 대구가톨릭대 석사논문, 2002.
황영숙, 「김말봉 장편소설 연구－『푸른 날개』와 『생명』을 중심으로」, 『한국문예비평연구』 15, 창조문학사, 2004.

장편소설 태양太陽의 권속眷屬[1]

김말봉 작

구본웅 화

2월 1일부附부터 연재

소개의 말

일찍이 「찔레꽃」, 「밀림」, 「화려한 지옥」, 「별들의 고향」 등의 장편소설로서 수많은 독자의 심금을 울리던 우리 여류문학계의 거장 김말봉 여사의 장편소설을 본지에 연재하기 된 것은 여러분 독자와 함께 반가워 할 일이다. 그의 화려한 구상과 유창한 문장은 크고도 빛나는 예술로서 혼란한 우리 심정에 진실과 윤택을 던져 줄 것이다. 우리는 이 어지러운 사회현실 속에서 어떻게 참되게 살아갈 것이냐? 이제 본지에 연재하려는 여사의 장편소설 「태양의 권속」은 건전한 사상과 애정을 아름다운 문장으로 이끌어 줌에 있어서 여러분 독자의 가슴을 애태워 주고 애정과 진실의 길에 광명의 빛을 밝혀 줄 것이다.

1 『서울신문』, 1952.1.31.

작자의 말

'태초에…… 하나님이 가라사대 빛이 있으라 하시니 빛이 있거늘 하나님이 빛을 보시니 선하지라…….'—창세기 1장에서—

광명은 선이다. 어둠이 죽음과 죄와…… 일체의 악을 상징한다면 광명은 삶과 옳음과…… 일체의 선을 나타내고 있는 것이다. 돈과 권세와 청춘과 허영의 소용돌이 속에서 선을 지지하고 광명을 사랑하는 김신희와 그의 애인 이상칠은 마땅히 광명의 본원인 태양의 권속이라야 한다.

악의 구름이 겹겹으로 가리어 잠깐 동안 태양의 광명이 줄어들기는 하나 태양은 엄연히 낮을 지배하고 있다.

지금까지의 줄거리[2]

△△대학 총장이요 경제학자 김병화 씨의 맏딸 신희는 상공 장관 비서 이상칠과 약혼한 사이다. 신희가 타이피스트로 취직한 제일무역회사 사장 정사민 씨는 이상칠을 요정 서시관으로 초대한다.

이상칠은 서시관에서 토건회사 사장 신경문이며 여류 실업가 강월라 여사를 만나게 된다. 그 주석에서 서비스 하는 황매라는 접대부는 신경문의 애인인데 이날 밤 처음 보는 이상칠을 혼자서 연모한다.

술이 만취한 이상칠은 월라 여사의 자동차에 실려 그 집으로 가서 자게 되고 이튿날 아침 월라 여사의 큰딸 설려와 교제가 시작이 된다.

설려는 상칠에게 호의 이상의 호의를 보이고 저녁 때 차를 가지고 와서 상칠을 데리고 동래 온천으로 간다. 거기는 월라 여사며 정 사장이며 신경

2 『서울신문』, 1952.4.11.

문도 황매를 데리고 와서 있었다. 황매는 뜻밖에 나타난 이상칠을 보고 혼자서 반가워하고 슬퍼하고 설려가 너무 상칠과 접근하는 것을 황매는 질투한다.

김신희는 집안의 경제를 혼자서 맡은 몸으로 그의 여동생 성희의 교복이며 학비며 여러 가지로 돈 때문에 머리를 앓는다. 부친 김병화 씨는 학자로서 번역 같은 것을 하나 돈 문제에 대해서는 거의 무능한 까닭이다.

그러나 신희는 신경문에게서 보내온 오십만 원 소절수를 깨끗이 돌려보내고 회사에서 두 달치 봉급을 미리 꾼다.

신경문은 황매보다 지식도 있고 얼굴도 아름다운 김신희에게 백 퍼센트 흥미를 느끼고 그에게 접근할 기회를 노린다.

신희의 동생 성희와 학교 전람회도 같이 갈 약속을 해놓고 상칠은 설려와 함께 가버린다. 신희는 설려와 나란히 식당으로 들어오는 상칠과 정면으로 대하게 된다. 김신희는 가용이 자꾸 딸려간다. 그는 부득이 같이 일 보는 여자 사무원 황미순을 통하여 오십만 원의 차금을 하게 된다. 돈을 꾸어 주는 사람이 나중에 알고 보니 황매였다. 황매와 만난 신희는 황매의 청하는 대로 외투 감을 끊으러 가는데 같이 가서 조력을 하였다. 그 외투 감은 황매가 이상칠에게로 선사 보낼 것이나 신희는 알 까닭이 없었다.

신희는 밤마다 망령 난 할머니 집에 가서 찬송가를 불러주고 약간의 수입을 가지게 된다. 상칠은 어느 날 저녁 신희가 미순이와 신경문과 함께 우동 집에서 나오는 것을 보고 불쾌하게 생각한다. 그 뒤 신희의 집에 신경문이가 보낸 쌀가마니와 김장거리를 보고 상칠은 너무도 불쾌했다. 그는 자기 집에서 고민하고 있는데 설려가 찾으러 왔다.

상칠은 설려와 차에 실려 돌아다니며 위스키를 마시고 취한 김에 설려에게 키스를 요구한다.

설려가 요구하는 사랑의 약속에 얼른 대답을 못하는 상칠에게 토라져 설려는 속력을 과히 내어 차를 달린 때문에 상칠이가 육군 장교와 헌병에게 톡톡히 꾸지람을 듣는다. 이 현장을 밤 노래 불러주고 오는 신희가 똑똑히 보았다.

어느 날 상칠은 황매에게서 잠깐 나오라는 전화를 두 번 받았으나 상칠은 거절하였다. 황매는 상칠의 외투 가리누이한 것을 입혀보려 한 것인데…… 황매는 울분을 풀려고 다방 '화산' 마담 소춘에게로 온다.

이날 밤 신경문은 자기가 맡으려는 커다란 공사 보증금 오억 원의 일부를 대출해 주려는 김해 부호 송 참서를 서시관에 초대하였으나 송 참서는 황매를 보여 달라 조르다 불쾌해서 돌아간다.

황매는 다방 화산에서 신경문이가 월라 여사와 나타났다는 첩보를 들었으나 그는 심상하였다. 신경문은 월라 여사에게 긴한 말이 있다고 비상한 얼굴로 데리고 올 때 월라 여사는 어떤 착각을 가진다. 그러나 신경문은 김신희를 사모한다는 말을 듣고 그대로 돌아간다.

황매는 다방 화산 이층에 누워 있다가 이상칠과 설려가 들어왔다는 기별을 듣고 그는 한 사람의 서비스 걸이 되어 술과 차를 날랐다. 유리 판자로 둘러막은 어둑한 박스에서 상칠과 설려가 포옹하고 키스하는 장면을 목격하는 황매는 실망한다.

이날 밤 이상칠은 설려의 집으로 가서 설려가 사용하는 침대에 눕는다.

연재 정보

소제목	연재 횟수	전체 횟수	연재 일자
출발	1~23	태양의 권속 1~23	1952.2.1~2.23
행진	1~20	태양의 권속 24~43	1952.2.24~3.14
한난계	1~27	태양의 권속 44~70	1952.3.15~4.10
지금까지의 줄거리			1952.4.11
한난계	28~30	태양의 권속 71~73	1952.4.12~4.14
방황	1~25	태양의 권속 74~98	1952.4.15~5.9
사랑의 차원	1~25	태양의 권속 99~125	1952.5.10~6.9
구름 속으로	1~22	태양의 권속 125~147	1952.6.10~7.1

『태양의 권속』 1953년 삼신출판사본 序

끝뫼 김 여사는 우리 문단에 있어 첫손가락을 꼽는 여류의 중진이다. 그는 이십여 년에 가까운 문학 생활을 꾸준히 계속하여 가졌고 또 그의 작품은 세상에 나타날 때마다 사람의 입토시에 오르내려서 젊은이나 늙은이를 가릴 것 없이 좋은 유열愉悅과 차탄嗟歎의 문학정신의 대상으로 되어 있다. 이것은 그가 여류라 해서 사람들이 그를 한 첩 접어 존경하는 것이 아니요, 진실로 그의 건전한 문학의 모랄과 화려순란華麗純爛한 문장이 사람의 심리를 진선미의 길로 지향시키는 동시에 그 구상과 표현이 또한 언제든지 시대의 빛을 밟아서 새 시대에 맞도록 새롭게 표현하는 때문이다. 이리하여 그의 작품은 항상 시대에 뒤떨어지지 않는 훌륭하고 좋은 풍속도를 짜내는 동시에 조금도 녹슬고 곰팡내 나는 기성으로서의 흔히 범하고 또한 저지를 수 있는 단점과 비애를 갖지 아니한다. 이것은 끝뫼 여사의 관찰력이 항상 때를 같이 하여 민첩하게 살아 있다는 것, 아무리 청춘은 지났으나 그의 호흡은 언제까지나 새파란 청춘이어서 항상 새로운 세월의 싱싱한 연륜을 그의 정신과 육체 속에 부풀어 올려 붙여서 태□□□ 성한 청춘을 지속하고 있다는 것을 우리는 잘 알 수 있는 것이다.

이것은 여사의 작품 『찔레꽃』, 『밀림』 이래 이번 상재되는 『태양의 권속』을 읽어본다면 누구든지 내 말을 수긍치 아니할 사람이 없으리라.

그리고 또 한 가지 내가 이 서문에 부기하지 아니치 못할 것은 여사의 문학적 책임감이 얼마나 침통하도록 무거운 가를 나는 독자에게 소개하고 싶다. 『태양의 권속』은 내가 여사에게 간절히 □□□ 마침내는 이 거편이 탈고되는 기쁨을 오늘날 나누게 된 것인데 가시덤불 속 같은 피난길에서 여사가 꿋꿋이 이 방대한 장편을 완성한 그 이면에는 기막히고 구슬픈 애화哀話가 숨어 있다. 그것은 다른 것이 아니라 만고에 드문 한국의 동란 피투성이 된 제일선에서 붉은 공비共匪와 더불어 민국을 위하여 용감하게 싸우고 있던 젊은 용사의 하나인 끝뫼 여사의 아드님 방년 이십이의 전영 군이 엄숙하고 거룩한 전사를 하였던 것이다. 이 구슬프고 가슴 아픈 부음은 여사가 이 『태양의 권속』을 집필하기 시작한지 불과 며칠이 못 되어서 부산 남단 그의 자애스런 어머니의 가슴 속에 아찔하고 한 많은 못을 박아 주었던 것이다.

그러나 여사는 눈물을 머금고 뿌린 채 붓을 멈추지 않고 태연히 이 작품을 완성하여 오늘날 우리 문단에 빛을 더하게 하였던 것이다.

가장 사랑하는 아들의 순사殉死를 보았으면서도 끝끝내 문학 정신을 완성하려는 그 거룩한 노력을 우리는 가볍게 평가할 수 없는 것이다. 나는 끝뫼 여사의 앞으로의 문학이 한층 한층 더욱 빛나기를 빌며 이로써 권두의 서를 대신한다.

단기 4286년 6월 1일 월탄 박종화